JN250820

小峯和明＝監修　原　克昭＝編

【シリーズ】

日本文学の展望を拓く 3

宗教文芸の言説と環境

笠間書院

『日本文学の展望を拓く』第三巻「宗教文芸の言説と環境」

緒言——本シリーズの趣意——

鈴木　彰

近年、日本文学に接し、その研究に取り組む人々の環が世界各地へとますますの広がりをみせている。また、文学・歴史・美術・思想といった隣接する学術領域に携わる人々が交流・協働する機会も増え、その成果や認識を共有するとともに、互いの方法論や思考法の相違点を再認識し合うような状況も日常化しつつある。日本文学という、時を超えて積み重ねられてきたかけがえのない文化遺産を豊かに読み解き、多様な価値観が共存しうる未来へと受け継ぐために、その魅力や存在意義を、世界へ、次世代へ、諸学術領域へと発信し、今日的な状況を多方面へと繋ぐ道を切り拓いていく必要がある。

日本文学とその研究がこれまでに担ってきた領域、また、これから関与していく可能性をもつ領域とはいかなるものであろうか。その実態を俯瞰し、人文学としての文学が人間社会に果たしうる事柄に関して、より豊かな議論を成り立たせていきたい。日本文学という窓の向こうにはどのような視界が広がっているのか。本シリーズは、日本文学研究に直接・間接的に携わり、こうした問題関心をゆるやかに共有する計一一〇名の論者たちが、日本文学あるいは日本文学研究なるもののもつ可能性を、それぞれの観点から展望した論稿を集成したものである。

本シリーズは全五巻からなる。日本文学と向き合うための視座として、ここでは東アジア、絵画・イメージ、宗教、文学史、資料学という五つに重きをおき、それぞれを各巻の枠組みをなす主題として設定した。

各巻は基本的に四部構成とし（第五巻を除く）、論者それぞれの問題意識や論点などを勘案しつつ各論文・コラムを配列した。あわせて、各巻頭には「総論」を配置し、各論文・コラムの要点や意義を紹介するとともに、それらが連環し、交響することで浮かび上がる問題意識のありようや新たな視野などを示した。この「総論」は、いわば各編者の観点から記された、本シリーズを読み解くための道標ということになる。

以下、各巻の概要を示しておこう。

まず、第一巻「東アジアの文学圏」（金英順編）では、〈漢字・漢文文化圏〉の問題を念頭におきつつ、東アジアに広がる文学圏について、中国・朝鮮・日本・琉球・ベトナムなどを視野にいれた多面的な文学の諸相の提示と解明に取り組んでいる。

第二巻「絵画・イメージの回廊」（出口久徳編）では、文学と絵画・イメージといった視覚的想像力とが交わる動態について、絵巻や絵入り本、屏風絵などのほか、芸能や宗教テキスト、建築、デジタル情報といった多様なメディアを視野に入れつつ検討している。

第三巻「宗教文芸の言説と環境」（原克昭編）では、唱導・寺社縁起・中世神話・偽書・宗教儀礼など、近年とりわけ日本中世を中心に活性化した研究の観点から、宗教言説と文学・芸能とが交錯する文化的状況とその環境を見定めようとしている。

第四巻「文学史の時空」（宮腰直人編）では、従来の日本文学史理解を形づくってきた時代区分やジャンル枠を越境する視野のもとで柔軟にテキストの様相を探り、古典と近現代文学とに分断されがちな現況から、それらを貫く文学研究のあり方を模索している。

第五巻「資料学の現在」（目黒将史編）では、人文学の基幹をなす資料学に焦点をあて、新出資料の意義づけはもとより、諸資料の形成や変容、再生といった諸動態を検討することで、未開拓の研究領域を示し、今後の文学研究の可能性を探っている。

以上のような骨格をもつ本シリーズを特徴づけるのは、何といっても執筆者が国際性と学際性に富んでいることである。それは、日本文学と向き合う今日的なまなざしの多様性を映し出すことにつながっており、また従来の「日本文学」なる概念や日本文学史理解を問いなおす知的な刺激を生み出してもいる。

本シリーズが、多くの方々にとって、自らの「文学」をめぐる認識や問題系をとらえなおし、日本文学の魅力を体感し、また、日本文学とは何かについてそれぞれに思索し、展望する契機となるならば幸いである。

目次

第2部　信仰空間の表現史

第3部　多元的実践の叡知

第4部　聖地霊場の磁場

総論
――宗教文芸の沃野を拓くために――

原　克昭

1　はじめに

宗教と信仰は、そこに人々がいるかぎり、あらゆる時代や地域を超越してあまねく偏在する。では、そのような宗教をどのように捕捉し認識できるか。まずは経典論疏を基盤とする教理教学研究、あるいは宗門教派ごとの宗学研究が挙げられよう。しかし、こと日本にかぎってみても、おもむろに宗教から縁遠くなりつつある現代人にとっては、それだけではすくいきれない、あるいは見えてこない宗教言説や信仰空間がある。文学研究からのアプローチ方策と本領が必要とされる所以である。

改めて研究史を回顧するまでもなく、日本文学の諸領域において宗教や信仰が研究対象とされる場面が決してなかったわけではない。たとえば仏教文学会は、たえず「仏教」と「文学」の関係性をめぐって回顧と展望を問いつづけて半世紀、中世文学会・説話文学会においても、寺院聖教調査の進展と相俟って関連シンポジウムや研究発表が陸続と展開されている。▼注[1] かたや、「神道・神祇信仰」に関しても一九七〇年代あたりから説話研究の一環として関心が仕向けられ、いわゆる中世日本紀研究や中世神話論の提唱・継承とともに、文学研究との相互乗り入れを推進してきた経緯を持つ。▼注[2]

しかしながら、「仏教」「神道」といった枠組みは依然として根強く、どうしても近代的な宗教観やバイアスがはたらいている印象が払拭しきれず、ややもすれば前近代を表徴する「神仏習合」でさえ誤解を生じさせかねない殆うさがある。▼注[3] つまり、いま求められるのは既存の学域ジャンルや宗教系統、時代設定には拘泥しない宗教特有のダイナミズムを、宗教にまつわる言説や環境と連動させて読みこむ視座と方法であり、本巻ではその志向性から「宗教文芸」と銘打っている。▼注[4] 宗教文芸へのまなざしは、ひとたび宗教とは疎遠になりつつある現代から、ふたたび前近代の豊穣な信仰世界へと引き戻し、前近代と近現代をきりむすぶ可能性が期待されるからである。

もとより宗教文芸は一部の特殊領域として収斂されるわけもなく、東アジア・絵画・文学史・資料学の諸領域に偏在することは、本シリーズの各巻を通覧するだけでも充分に諒解されるところであろう。うち本巻『宗教文芸の言説と環境』には、文献テキストを基盤とした宗教言説および信仰の動態や現場をとりまく宗教環境を特立した諸論（論文十九編・コラム三編）を収録する。そして、学問領域や宗教系統、時代設定を超えて、広範かつ精緻に日本文学における宗教文芸の展望を切り開くねらいから、「第1部　宗教文芸の射程」、「第2部　信仰空間の表現史」、「第3部　多元的実践の叡知」、「第4部　聖地霊場の磁場」の四部で構成されている。以下、各部の構成と諸論の梗概を簡便に紹介することで、宗教文芸の沃野を拓くための読解と研究のてびきとしたい。

2　宗教文芸の射程（第1部）

第1部「宗教文芸の射程」には、宗教文芸の位相を見定め、多角的に捕捉するための新たな視座と方法を提示した論文五編を収める。

小峯和明論文は、日本文学界に屹立する「仏教文学」という範疇に胚胎する陥穽を指摘し、宗教文芸を捉えなおす新視角として〈仏教文芸〉を提唱した論である。仏教と疎遠になり教学や経典の素養を失った近現代だからこそ「仏教文学」という括りが必要とされた所以を指摘し、「手垢にまみれた仏教文学」の「犠牲になった典型」として『方丈記』を再定位する。『方丈記』にまつわる従前の諸見解をもとに、「鴨長明」に対する誤認と『方丈記』の「随筆」幻想が近現代人の為せる「創造された古典」である点を看破した上で、先行する今成元成論の再検証を端緒に、〈仏教文芸〉の視座から『方丈記』の本性を「ドラマ性に富んだ仮構の作品（フィクション）」として捉え返し、それゆえの中世・近世における『方丈記』享受・再生の実態相を掘り起こす。いま改めて「仮構の作品」として『方丈記』を主題化した〈仏教文芸〉論の提唱は、既定の「仏教文学」を解体・再構築させる予見を感じさせるとともに、ときに新資料の発掘へと傾斜しがちな宗教文芸研究の将来像に対する危惧・警鐘としても刺戟的である。

高陽論文は、仏教経典に淵源する帝釈天と阿修羅の闘諍譚をめぐって、いわゆる〈仏伝文学〉の一環としてではなく、その基底をなす「天竺神話」としての読み換えを企図した論である。『今昔物語集』所収話を起点に、阿修羅と帝釈天の住処としての「須弥山」をめぐる舞台装置とモチーフごとの展開相および図像化に即して、丹念な解析から「天竺神話」の基本構図を描きだす。「天竺」「須弥山」という言説中の宗教環境に対する着眼点の転換とともに、論証過程における仏典・漢籍・図像資料への論及は、〈漢字漢文文化圏〉からみた宗教文芸論という視座とアプローチ方策の提示としても有効的である。

趙恩馤論文は、釈迦と摩耶夫人をめぐる本生譚「鹿女夫人」説話につき、仏典モチーフの類型化を基調に視野を民間伝承へと拡張させることで、ひろく東アジアでの展開相を開陳させた論である。仏典・説話・説草をはじめ韓国説話および「光明皇后」「和泉式部」にまつわる寺社縁起や地域伝承へと踏みわけ、「鹿足」に潜在する「功徳」「輪廻」「業」

をめぐる主題をあぶりだす。民間伝承に関する民俗学研究への目配りに表徴されるとおり、近代民俗学による説話研究の成果を現代の宗教文芸研究の俎上へと昇華させる手法は、増尾伸一郎氏の薫陶を受けた論者ならではの趣向でもある。

これらの本説は仏典由来の〈仏伝文学〉である。ただし、両論文ではそれを既定の〈仏伝文学〉の枠組みに閉塞させず、「須弥山」をとりまく舞台設定から〈天竺神話〉として捉え返し、あるいは民間伝承も射程に〈仏伝説話〉の多層性を掘り起こす。こうした視座は、「仏教文学」の一領域に収束しがちな〈仏伝文学〉を拡大更新させる意義も大きく、ジャンル横断する宗教文芸の沃野をたしかに反映させている。▼注[5]

陸晩霞論文は、中世仏教説話集の博捜と叙述分析から中世の遁世者像の類型化を試み、その基底に潜在する「高僧伝」受容の様相を考究した論である。中世仏教説話から看取される遁世者像を「遁走型／閑居型／佯狂型」と分類し、そこに通底する共通項として「澄心」の境地を指摘する。そのうえで、中国の一連の「高僧伝」に立ち返り、『摩訶止観』享受の具体相を読み取ることで「澄心」志向の意義を追究する。「高僧伝」と中世仏教説話を架橋する〈漢字漢文文化圏〉の視座と論証が貫徹されている上に、遁世者像をとりまく景観境致への言及は〈環境文学〉▼注[6]論の一環へと展開する可能性も窺えて興味ぶかい。

石井公成論文は、〈法会文芸〉論の視座から和歌の言葉遊びにひそむ仏教の影響を掘り起こした論である。仏教学に造詣の深い論者は、これまでにも歌人たちが仏教経論のうちに恋歌を詠む新鮮な視点や表現の示唆を得ていた点を指摘しているが、本論文では小野小町の法会関連の贈答歌および『古今集』所収の物名歌へと展開させ、一首ごとに掛詞や訓読の趣向を読み解き、仏典との影響関係を精緻に復原してみせる。さらにその視座は言述面にとどまらず、物名歌や戯笑歌をはぐくんだ環境として講説や法要など法会の後宴という具体的な場が想定されている。和歌と仏教の関係を〈法会文芸〉の一環として捉え返し、相互を動態として有機的に読みなおす視座はきわめて刺戟性に富んでいる。

第1部に収録された諸論では、〈仏教文芸〉〈天竺神話〉〈仏伝説話〉〈仏教説話〉〈法会文芸〉といった視座から論じられてはいるが、いずれも厳密なジャンル規定や細分化を指向したものではない。むしろ、その射程は〈漢字漢文文化圏〉〈民間伝承〉〈僧伝文学〉〈和歌文学〉へと果敢に斬りこみ、既成の「仏教文学」には一元化しえない宗教文芸の多様性と重層性を開拓させる点にある。このような視座と方法は、宗教をとりまく文芸世界の偏在性を示すとともに、宗教文芸研究によって切り開かれる新たなステージを見据えた提言として認識しておく必要がある。

3　信仰空間の表現史（第2部）

第2部「信仰空間の表現史」には、特定の宗教文芸テキスト解析を基盤として、各時代にそれぞれの場で表現された宗教言説と信仰空間の多層性を提示した論文六編を収める。

水口幹記論文は、後世には祇園社や民間信仰との関連性で論じられることの多い「蘇民将来伝承」につき、いまひとたび『備後国風土記』逸文に立ち返ることで古代信仰の本質と「備後国」をとりまく伝承成立圏を究明した論である。まず「蘇民将来伝承」をめぐる研究史の整理をもとに、風土記逸文の由来・蘇民将来の語義などの主要論点を析出する。そして、朝鮮半島起源説とは別途に、改めて風土記逸文の構成分析と漢語の精査により風土記の伝承背景に潜在する漢籍の影響関係を解き明かす。あくまで伝播ルートの確定には慎重な姿勢をとるが、伝承成立圏としての「備後国」の蓋然性は実直な精読に裏打ちされた実証成果として説得力に富む。また、漢語と訓読、漢籍と古辞書を縦横に駆使する手際に、〈漢字漢文文化圏〉から古代宗教文芸を読み解く視座と方法の有効性がいかんなく発揮されており、当該研究における基調論文となっている。

鈴木彰論文は、『八幡愚童訓』甲本を「異国合戦像」の歴史叙述として捉え返し、枠組みと論理から主張を読みとることで全体像の再構築をはかった論である。神功皇后出兵譚・文永の合戦譚・弘安の合戦譚の三者を「大三災」に擬して関連づける枠組みと、そこに通底する「怨」の連鎖と「善縁」の論理を詳細に解き明かす。そのうえで、対異国意識と八幡大菩薩霊験譚が前景化する『愚童訓』にあって、その文脈の間隙に見え隠れする唱導性と独創性が指摘される。また、『愚童訓』の叙述描写を蒙古襲来という歴史的実態と重ねる読み方を「的外れ」とする注意喚起は、神仏信仰史の実態相に傾注されがちな宗教文芸テキストを、人々によるモノガタリ表現史の視点へとゆりもどし読みなおす、もうひとつの視座を与えてくれている。

有賀夏紀論文は、『神道集』所収「鹿嶋縁起」関連章にみる言説の生成過程と地域性の究明に主眼を据えた論である。巻三「鹿嶋大明神事」および巻五「春日大明神」にみる「鹿嶋神」の言説箇所を抽出し、氏神としての「鹿嶋神＝天津児屋根」説の創説背景や本地「十一面観音」説の由来、さらに中世の日本紀注や古今注との言説的連関を解読することで、中世春日信仰との関係性と「東国」をとりまく宗教文化圏を鮮明に浮かびあがらせる。最新の注釈研究を有機的に活用する手法と問題意識は、鹿嶋信仰圏にとどまらず『神道集』の成立文化圏へと敷衍される核心問題であり、「安居院作」を冠する意味と併せて『神道集』研究のさらなる進展に期待が寄せられる。

如上の諸論文で対象とされた宗教文芸テキストは、いずれも周知の文献であり相応の研究蓄積を有する。だが、それゆえに諸論を通じて、「これまで我々は宗教文芸テキストにきちんと対峙し、真に〝読む〟ことをしてきたか」と省察を促される思いがする。往々にして調査資料の一環として断章取義的に扱われがちな宗教文芸テキストを、改めて表現史の観点からじっくりと〝読む〟姿勢の重要性、そして〝読む〟ことでこそ見えてくる信仰空間の再現化の可能性を示唆してあまりある。

李銘敬論文は、中国南宋の天台僧・宗暁編『法華経顕応録』につき、かねてより論者が手懸けている成立情況・内容構成・引書考証の発展継承として、日本における受容相を新資料とともに検証した論である。鎌倉期の宗性『弥勒如来感応抄』をはじめ、無住・杲宝さらに高麗僧了円ら学匠たちによる引用の諸相が丹念に捃拾・整理されている。その視座は叙述言辞面にとどまらず、各テキストにみる排列意識や『顕応録』抄出歴・伝授・伝来など動向面にも仕向けられ、さらに最も緊密度の高い引用文献として新たに『誦経霊験』が紹介される。詳細な出典関係と『顕応録』との叙述関係の精査を通して、他の法華霊験説話集を介して『顕応録』が近世期におよぶまで長期に享受された背景を考究する視座に、法華経文化圏の点描図が示されている。

文明載論文は、東アジア三国間（中国・韓国・日本）の説話文学を通して「阿育王塔談」イメージの時空を描きだした論である。まず『今昔物語集』天竺部所載話を起点として、唐・法林『破邪論』との比較から『今昔』震旦部の劈頭話に添えられた「阿育王塔談」の位置づけ、『三国遺事』の関連説話から韓国における塔の霊験と仏国土意識という表裏の意識関係、さらに『今昔』本朝部の事例から日本での「阿育王塔」の信仰環境を順次にたどり起こしていく。そのうえで、三国間に通底する信仰の淵源として、『三宝感通録』関連記事の叙述分析から「仏法伝来の証し」と「仏法伝来の歴史をはかる尺度」としての「阿育王塔」の象徴性を指摘する。「阿育王塔」をめぐるイメージの表現史から見えてくる、東アジアを貫流する信仰の共有性と偏差の様相が簡明に解説されている。

大西和彦論文は、ベトナムの海神・四位聖娘をめぐって、信仰圏の形成背景に伏在するベトナム人と流寓華人の重層する関係性を検証した論である。研究現況をふまえた論点設定と基礎史料の再検討をふまえて、四位聖娘信仰のうちに中国文化を内包した数詞概念の変化を読みとり、ベトナム人による中国人の「身内化」を指摘する。さらに、コーン神祠周辺の歴史地理的条件および造船航海技能の継承という実態的側面から、流寓華人の「ベトナム人化」と四位聖娘信仰圏の獲得の軌跡を解き明かす。〈漢字漢文文化圏〉の視界から宗教文芸を捉え返す上で、ベトナムと流寓華人をめぐる重層的な関係もまた不可欠な信仰空間であることを読み解き示教してくれる貴重な論である。

そもそも宗教という主題じたい、自国と異国もしくは中央と地方といった単調な比較論の図式には収まりきらない性質を有する。宗教文芸として叙述された言説群は、ときに中国・韓国・日本にわたる仏法伝来史の軌跡や異国間意識を物語る一方で、ひろく〈漢字漢文化圏〉の諸国諸地域ごとに特有な信仰空間を再現する力を持つ。第2部に収録される論文は、時処位は異なれど、いずれも宗教文芸テキストに綴られた表現の内実を解読することで、信仰の時空間を照射し復原・結像させる視座の意義と有用性を実証した諸論として読むことができる。

4　多元的実践の叡知（第3部）

第3部「多元的実践の叡知」には、妖言・占術・教相・参詣・注釈・侍読と多岐にわたる多元的な実践営為に焦点をあて、宗教文芸をめぐる言説と動態の叡知を提示した論文五編・コラム一編を収める。

司志武論文は、口承文芸の視座から「謡言・訛言・妖言・伝言」をめぐる古代中国と日本の偏差と共通意識および「怪異説話」にいたる軌跡につき、和漢双方の資料を博捜し検証した論である。予備的考察として「説話」概念に関する日中双方の研究史を確認した上で、『後漢書』と『捜神記』の比較考証を通して、怪異事象を妖怪的と認識し記録する歴史書撰者と、それを教訓・知恵・知識として解釈する小説家の意識差を明らかにする。そのうえで、日本古代の王権統治階級の「詩妖」（神語・妖言）に対する態度と認識ぶり、史書と説話集の差異を考察し、さらに「伝言」「諺」「うわさ」へと視野を拡げる。同時代的に伝播し「事実」化することで「妖言・訛言」と認知される口承媒体と、それらが「フルコト」として語られ、「歴史」（縁起）として筆録されることで「伝言」「説話」が定着する書承の経緯を明確に描きだしている。

マティアス・ハイエクのコラムは、先行する〈予言文学〉論を承けて、「相人」を焦点化し、その職能と予言性を考究した論である。まず「相人」が一種の職能者として認識されていた点につき、『二中暦』の記録および『今昔物語集』所収「観相説話」から析出する。「未来」を対象とした「予言」と「占い」の位相差にかねてより意識的な論者は、「観相説話」が「三世」をつなぐ「予言」であるというモチーフの特徴から、中国故事に加えて「相人」の逸話に「仏伝」系統の要素が潜在している点を指摘する。そのうえで、「相人」の見るべき対象が「形」に加えて「声や振る舞い」を含むことから、「相人」もまた天命・宿業の入り混じった運命の「予言」となりうることを解き明かす。本書ではコラムの体裁をとるが、当該分野に対する指南書としても必読すべき掌論である。

両論ともに、古代日本における宗教的実践の具体相を動態的に浮かびあがらせている。それもひとえに「妖言」が語られ筆録される場があり、「占い」によって「予言」する営為をともなうからにほかならない。人々を駆り立て揺り動かす場や営為が宗教文芸を生みだす原動力となっていることを如実に物語っている。

胡照汀論文は、臨済宗の禅僧・虎関師錬の「十宗観」につき、彼の著述や修学履歴および時代背景も視野に考究した論である。虎関自身が禅宗重視の論理を展開した著述を端緒に他宗との対比意識をあぶりだし、同様の傾向を主著『元亨釈書』の編纂面から裏付けながら、以下「密教」「天台宗」「律宗」「他宗」と「十宗観」にもとづく諸宗の位置づけを確認する。そして、虎関の「十宗観」の由来につき、時代背景としての必然性、諸師遍歴から窺知される諸宗兼学的性格、その性格の基盤としての円爾辨円以来の東福寺聖一派の宗風に分けて検証した上で、「純粋禅」へと傾斜する虎関の思想的経緯をたどりおこす。鎌倉末から南北朝期という時代層から、高僧の伝記研究と思想研究の両面性を指向した論考である。

伊藤聡論文は、鎌倉時代における諸僧徒の伊勢参宮と仏教をめぐる問題につき、各種の記録や参詣記を基盤として検証した論である。僧尼の参詣忌避を標榜する伊勢神宮にあって、平安末期以降にわかに僧徒の「伊勢参宮ブーム」が起こる。その際、僧徒は神宮域内のどこまで参宮可能だったかという観点から、伊勢神宮と仏教との実践的関わり方が主題設定される。虎関師錬『元亨釈書』、坂十仏『伊勢太神宮参詣記』、通海『大神宮参詣記』にみる参詣叙述を通して限界地点の指標となった霊木「百枝松」の存在に注目し、そのメルクマールの意味、さらに西大寺叡尊・重源と東大寺衆徒による参宮の事例から具体的規定との関連性と確立時期を検証する。仏法忌避の伝統を有する神宮側が僧徒参詣の正当化をはかるべく「神話」としての「行基参宮譚」が用意された経緯と併せて、まさしく信仰現場から言説が喚起され、言説が信仰空間を規定する実践的叡知のリアルな動態が再現されている。

平沢卓也論文は、「仏語（仏教語）」を含む偈文に着目し、中世に成立した伊勢神道書『倭姫命世記』をめぐる近世神道諸家による評価と解釈の軌跡を考証した論である。まず『倭姫命世記』に収載する祝詞由来の偈文（諄辞・清浄偈）の性格につき、先行する『中臣祓訓解』との書承関係と中世の思想史的変遷から内部徴証をはかる。そのうえで、近世神道家たちによる〈神書〉の書写活動・注釈営為の過程で「仏語」としての偈文が削除されるに至った経緯、そして結果として『倭姫命世記』というテキストに込められた「清浄力」の消失を指摘する。神仏の区別意識が萌芽する近世前期の複雑に交錯した思想界の動向を一つのテキスト評価から逆照射する斬新な視座が効いており、中世神道書をめぐる近世の思想評価を考える上で示唆に富む。伊藤論文で論じられる、仏法忌避を表明しつつも僧徒参宮を容認し正当化する異時同図的な論理とは対照的であり、両論文を通して伊勢という信仰空間における時代的位相差と思想史的転換を窺い知ることができる。

原克昭論文は、「日本紀の家」である吉田神道家の出自で多数の古典書写を手懸けた神龍院梵舜の半生を、学問的営為と同時代の文化的動態から素描し再評価をめざした論である。「梵舜本」の存在は周知でありながら、先行研究にみる梵舜の学問思想史的評価は低い。その先入観の素因を確認した上で、『舜旧記』を通して梵舜の後半生における「文庫守」としての活動、後水尾への『日本書紀』侍読に際する動向、および公武双方との文物交流など実態的側面を検証する。神社研究や注釈活動など思想的内実には及んでいないが、戦国期から近世初期における梵舜の渉外活動から同時代の文化的動態が透視される可能性を提示した試論である。

宗教にまつわる文芸には必ず動態的側面がともなう。逆にいえば、実践的営為が宗教文芸を生みだし宗教言説を醸成するといってもよいだろう。第3部に収録される諸論文は、くしくも平安末~院政期、鎌倉末~南北朝期、室町末・戦国期~近世黎明期といった時代層のエポックごとに、宗教環境をとりまく人々の多元的営為と叡知の諸相をあぶりだしている。時代の変化は、さながら宗教思想界の激動期でもある。この過渡的状況をいかに受けとめ克服するか、混迷する時代層の中で求められた予言・占断・信仰・文物に対する人々の興味は尽きない。同轍の視座は、秘儀秘説をともなう灌頂伝授、古典をとりまく学問注釈・書写活動、仏典講説による直談唱導や漢籍抄物、キリシタン文芸および排耶書・護教書・問答書などへと切り開かれるところであり際限きわまりない。まさに宗教に対する憧憬が絶えないかぎり文芸が必要とされる所以でもある。

5　聖地霊場の磁場（第4部）

第4部「聖地霊場の磁場」には、宗教文芸の実践と学術交流をはぐくむ現場としての宗教環境を焦点化し、聖地霊場の磁場力を提示した論文三編・コラム二編を収める。

門屋温論文は、「西行と伊勢」をめぐる主要テーマにつき、従来の西行目線ではなく参詣者にとっての西行という視座の転換から、伊勢における西行の位相を再検証した論である。前提として実際に西行が伊勢を訪れた動向と旧跡を確認し、『通海参詣記』『とはずがたり』『伊勢大神宮参詣記』に登場する西行の幻像を掘り起こす。そこで想起されるのは西行詠歌であり、それが同じ現場を訪れた参詣者たちの共鳴を喚び感慨を惹き起こす。その所以は、同定地がすでに「旧跡」「廃墟」であった点にあり、それゆえに伊勢における西行は「永遠」かつ「無常」の象徴であったと指摘する。そもそも信仰云々以前に、参詣者たちが「歌詠み」であったからこそ伊勢が「西行の聖地」たりえたことを解明する視座は、現代にも通底する「聖地」認識として読みとれる。

平田英夫のコラムは、弥勒信仰のメッカ高野山奥の院を通して、西行の動態と表現史の連関性を照射した論である。高野山奥の院にある弘法大師廟が弥勒信仰を体感できる場として機能していたことを見届けた上で、その近くに立つ「歌碑卒塔婆」へと目を転じ、「おはします」という歌語の特異性を連想契機として西行詠歌を喚起する。そして、「狂言綺語観」を弥勒の「龍華三会」に読み換えた西行の思想的真意を問いただす。西行の実地踏査と作歌活動、聖地霊場と文学的虚構が交錯する磁場を、あたかも論者自身が追体験し再現させているかのような臨場感が漂い読み応えがある。

両論ともに西行が主題化されているが、かたや聖地と参詣者をきりむすぶ偶像としての西行、かたや西行と聖地霊場をつなぐ足跡としての和歌、とその視座と位置づけを異にする点は興味ぶかい。参詣動機と実感をもたらす装置として和歌があり、現場が創意創作のモチベーションをはぐくむ聖地霊場の磁場力が多分に窺い知れる。

アンドレア・カスティリョーニ論文は、室町末期から江戸初期における出羽湯殿山につき、文献資料に加えて石仏の銘文と各種縁起から多角的に検証し、山岳霊地としての宗教的特徴と信仰圏の諸相を考究した論である。紀行者にとって沈黙の場、補陀落渡海者にとって事前修行の場、不食実践者にとって起源の場という湯殿山の多層性を通して、湯殿山信仰圏が東北地方のみならず関東・関西・中部地方へと展開されていた様相を描出する。さらに、各種縁起類を「視覚的記憶」を優先する縁起と「聴覚の記憶」を醸成させる縁起に分別し、「口頭・聴覚・視覚」と「沈黙」が重奏する時空間を動態と関連づけて読み解く。信仰の「遠心力」と「求心力」を併せ持つ霊山の宗教的アイデンティティーを、壮大かつ精緻に復原してみせており説得力に富んでいる。

奥山直司のコラムは、高野山奥之院にある「大秦景教流行中国碑レプリカ」をめぐって、高野山大学図書館ゴルドン文庫資料から得られた情報提供と併せて、その意義を提示した論である。はるか七・八世紀の長安の地にあったネストリウス派キリスト教（景教）の遺品が、明代の発掘を経てゴルドンにより高野山にもたらされた契機、およびレプリカ制作の経緯と建立過程が紹介される。そして、原碑にない碑文の特徴から、ゴルドンの「仏耶一元論」を象徴するモニュメントとしての独特の価値と、高野山における思想環境について解説が加えられる。論者の命名するところの「物言う石」は、文字どおり時空や人種を越えた聖地の磁場力を喚起し、その宗教的意匠を雄弁に物語っているようである。

神田英昭論文は、新出書簡の紹介を兼ねて、未だ不明な点の多い南方熊楠と水原堯栄の学術交流の具体相を検証した論である。まず博物学者である熊楠の宗教学的位置、ならびに高野山管長を務め歴史学者としても知られる堯栄の偉業を整理し、両者の邂逅した顚末が紹介される。そして、親王院所蔵の堯栄宛書簡八通中、『南方熊楠全集』未収録五通の翻刻と併せて、そこから読み取れる熊楠の宗教的思惟の内実が丁重に考証されている。返信書簡や後日譚も含めた真摯な再現もようからは、ある種の感慨の念さえ感じられる。熊楠と堯栄の当該書簡は、昭和初期における紀伊田辺と高野山を結ぶ場、あるいは民間信仰・伝承研究と教理宗学研究が織りなす学術交流の実態相を考究する上できわめて貴重な資料であることは贅言を要すまい。さらにいえば、昨今の文学研究現況に鑑みたとき、両泰斗の学術交流のあり方は現在の研究者にとっても学ぶところが多く、一種の警鐘もしくは叱咤として肝に銘じておくべきものがある。

聖地霊場は宗教的メッカや信仰対象として機能するばかりではない。ときには文学創作の源泉となり、ときには時空を越えて信仰心を喚起する空間となり、さらには異領域相互の学術交流の場となる。第4部に収録される諸論文は、そのような聖地霊場にひそむ磁場力の魅力をすくいあげ、現代にもつながる学域と課題を提供してくれている。

＊　＊　＊

宗教は時代や場所を問わず偏在しつづけるともに、信仰や実践の諸相は各時代そして各国各地域で展開され、多様性・重層性を帯びて断続的に貫流しつづける。とはいえ、こうした宗教の位相を通史的・概念的に総括するだけでは意味をなさない。本巻では論点と視座の設定から、暫定的に第1部の文芸言説論、第2部の文献表現論、第3部の実践動態論、第4部の聖地霊場論に分かたれてはいるが、諸論いずれも、それぞれの時空間で論点を絞り込み確固とした視座をもって〝読む〟ことによって、宗教の諸位相を解明・再現・復原させている点で一貫している。宗教の内実や実態相の究明には信仰の営為や現場と文芸言説の相互作用を読み解く必要があるわけで、その往還運動のうちに教理宗学研究とは次元を異にした宗教文芸研究の意義と本領が求められる。普遍でありながら変化しつづけるところに、宗教文芸の魅力があり研究の醍醐味がある。本巻は、はてしなき宗教文芸の沃野を際限なく切り開き、日本文学の視座と方法を深化させるために提示された新たな試みでもある。

【注】

［1］『仏教文学』第三六・三七合併号所収「仏教文学会五十周年記念鼎談「仏教文学会五十年のあれこれ」」および「五十周年記念シンポジウム「仏教文学研究の可能性」」（二〇一二年四月）を参照。

［2］伊藤聡『神道の形成と中世神話』所収「説話研究と中世神道」（吉川弘文館、二〇一六年）では、一九七〇年代を「揺籃期」、一九八〇年代を「沸騰期」、一九九〇～二〇〇〇年代を「定着期」と位置づけ、国内外の研究現況を含めた研究史が詳細にまとめられている。

［3］「神仏習合」をめぐる最新の研究動向は、ルチア・ドルチェ・三橋正編『「神仏習合」再考』（勉誠出版、二〇一三年）を参照。

［4］小峯和明『中世法会文芸論』（笠間書院、二〇〇九年）に準拠。また、小峯編『日本文学史』第Ⅳ章「宗教と文学」（吉川弘文館、二〇一四年）、および本巻・第1部巻頭の小峯論文も参照。

［5］併せて、小峯和明編『東アジアの仏伝文学』（勉誠出版、二〇一七年）も参照。

［6］〈環境文学〉論に関しては、小峯編『日本文学史』第Ⅵ章「環境と文学」（前掲注4）、および本シリーズ第四巻・第1部巻頭の小峯論文を参照。

第1部
宗教文芸の射程

1 〈仏教文芸〉論
――『方丈記』の古典と現代――

小峯和明

1 「仏教文学」から〈仏教文芸〉へ

「仏教文学」という領域が今日の日本文学の中で確たる位置を占めていることは、ことあらためて言うまでもなく、たとえば、九〇年代に期せずして刊行された『岩波講座 日本文学と仏教』全十巻（岩波書店、一九九三～九五年）、『仏教文学講座』全九巻（勉誠出版、一九九四～九六年）という二種の講座にほぼその全容をたどることができる。また、学界の中心的な役割をはたした泰斗、今成元昭『仏教文学論纂』全五巻（法蔵館、二〇一五年）、及び山田昭全『山田昭全著作集』全八巻（おうふう、二〇一二～一五年）等のあいつぐ著作集の刊行が一つの時代の画期をなしたといえる。

その延長に阿部泰郎『中世日本の宗教テクスト体系』（名古屋大学出版会、二〇一三年）及び一大プロジェクトの領域横断型の活動など目を見張るべき研究の一方で、創設五十年を越えた仏教文学会の現状を見るに、その内実はいささか将来を危惧されることもまた否定できない。
こと前近代に対象を限れば、仏教と無縁の古典など見出しにくいように、そもそも「仏教文学」という範疇自体、意味をなさない面もある。近代化によって人々が仏教と疎遠になり、教学や経典の素養を失った結果、逆に「仏教文学」という括りが必要になったことを示している。そこで、ここは、あえて「仏教文学」という手垢にまみれた用語をはずして、再度、〈仏教文芸〉という語彙につくことにしたい。これは先年、『中世法会文芸論』に集約した〈法会文芸〉にちなむ名称で、とりわけ、「文芸」の「芸」に芸能の意味を強く含む意識的、作為的な命名である。近著の石井公成『〈ものまね〉の歴史　仏教・笑い・芸能』なども共鳴しあうもので、かつての文芸学的なものを指向しているわけではない。

基本にあるのは、そもそも「仏法」であったものが、儒教やキリスト教などの名称にあわせて「仏教」と呼ばれるようになった変転があり、近代になって忘れられた経典の素養及び仏法にもとづく発想や思考法、認識法や世界観、死生観の変転という問題が背後や深層にある。その変転によって、古典の読み方も大きく変わっていくわけで、私見によれば、最もその犠牲になった典型が『方丈記』であったと思われる。以下、ここでは『方丈記』を中心に検証することにしたい。

2　『方丈記』の読まれ方

『方丈記』はいわゆる五大災厄（火災、地震、辻風、飢饉、遷都）といわれる災害描写が多いことから、一九九五年の阪神淡路大震災、二〇一一年の東北大震災の折りにあらためて注目されるようになった。現実の状況から古典の読み方が変わったり、認識があらたにされる典型であり、まさに古典は生きている、という以上に、今現在の我々にとって意味や価値のあるものこそ古典たりうることが証明されたといえる。

さらにいえば、数ある日本の古典の中で、『方丈記』ほど読まれ方がおおきく変わった作品は少ないのではないだろうか。二〇一二年は『方丈記』執筆から八〇〇年に当り、あらためて注目されたが、私の恩師でもある今成元昭がすでに一九七〇年代に画期的な方丈記論を提起しているにもかかわらず、学界でほとんど無視されてきた研究状況に義憤さえ覚えていた。近年、今成論も徐々に対象化されつつあるが、そこには、仏教に対する認識の大きな変化があり、断絶感に近いものがあることを感じさせられる。

また二〇一五年三月、ニューヨークのコロンビア大学における文学史のシンポジウムで、近代文学専攻の研究者が堀田善衛の『方丈記私記』を取り上げたが、その本源の『方丈記』がどうなのかに全くふれることがなく、古典と近代文学との大きな分断、溝があることを再認識させられたこと等々が機縁になって、あらたに『方丈記』を読み直したいと思うようになった。

『方丈記』は建暦二年（一二一二）、蓮胤（鴨長明）が書いた、東アジアに伝統的な「記」の文学で、小品ではあるが中世を代表する和漢混交文の秀作とされる。今日では、『枕草子』『徒然草』と並ぶ三大随筆とされ、随筆ジャンルに入れられるが、しかし、その時代に即して「随筆」と呼びうる根拠はどこにもない。「三大随筆」として括られるのも明治期以降であろうが、今日では教科書や受験界での呼び習わしにすぎず、クイズ番組などで既定の事柄であるかのようにみなされるのは大きな誤りである。

『徒然草』が『枕草子』を意識していることは引用から明らかであり、『方丈記』と『徒然草』とを対比させる読み方が中世研究ではよく行われ、それはそれで意味があるが、『枕草子』と『方丈記』とには接点を見出しがたい。「三大随筆」の呼称はまずもって唾棄されるべきである。後述のごとく私見によれば、そもそも中世までは「随筆」なるジャンルは存在していないと思われる。

今成論に則って結論を先にいえば、『方丈記』は災厄を遁れ、草庵に隠遁して閑居に充足するが、さらにそれをも否定して、最後は念仏に身をゆだねる、という思想の回転、軌跡を描く、きわめてドラマ性に富んだ仮構の作品（フィクション）であり、基本は「法語」に属する〈仏教文芸〉である。ところが、近代はそのような〈仏教文芸〉としての本性を無視ないし排除し、挫折した知識人の懊悩や、精神の安住をもとめて閑居に安穏する様を綴った随筆とみなされるようになったのである。

古典が時代によって様々に読み替えられ、揺れ動いていくのは世の常である。たとえば、『今昔物語集』の根幹は〈仏教文芸〉であるにもかかわらず、芥川龍之介の「野性美」なる評価の影響から世俗性のみが着目されてしまった例が想起される。これも仏教の本性がはずされた皮相の読みにすぎない。とりわけ『方丈記』は短い作品であるが故に、読み手の思い入れを込めやすい対象で、その振幅の度合い、揺れ幅が特に大きかったように観察される。近現代になって、我々が仏教の知識素養を失い、特に漢訳仏典を読まなくなってしまったことが大きい。その溝の深さは「無常観」を「無常感」と表記しても何も変に思わない例に端的にうかがえる。本来、無常は認識するものであるから、「観」でなければならないはずだったが、感じてしまうだけの感覚的なものに変貌してしまったことを、その表記の改変は意味している。

近年の『方丈記』の読まれ方としては二度のウェーブがあったと思われる。

第一は、一九七〇年代の大学闘争の終息やオイルショックなど時代閉塞的状況下での、隠遁、遁世への関心の高まりに応じたもの（上記の堀田、今成他）。

第二は、先述のごとく災害文学として、である。『方丈記』前半の五大災厄は、古くから迫真の筆致の名文として名高い。先の堀田善衛のごとく戦争体験と重ねる読み方もあり、その延長ともいえるが、一九九五年の阪神淡路大震災、二〇一一年の東北大震災などを契機に災害をめぐるアーカイブスが注目されるようになり、その過程で『方丈記』

が浮上してきた。

これに二〇一二年はちょうど「方丈記八百年」というタイミングも相乗して、種々のイベントが企画された。二〇〇八年の「源氏物語千年紀」の受けをさらに狙ったものだったが、源氏千年紀との落差はおおきく、柳の下に泥鰌はいなかった。それは今成論の対象化がなされていない研究情勢のしからしむるところであったと考えられる。

3　近代の屈折と今成論の衝撃

特に『方丈記』の文脈を丹念に読み取れば、表現構造上、閑居の充足をも最後は否定することが明白であるにもかかわらず、意識の有無を問わずその結末をはずして、閑居の愉楽のみを言挙げするテクストとして扱う読み方が蔓延したことに典型的である。

署名に「鴨長明」ではなく、「桑門の蓮胤」と正式に僧名を明記していることもほとんど無視して、長明は仏教を知らなかったとか、仏者として修行が徹底していない云々と解釈する安直な読みが依然として目に付く。これはほとんど仏教と縁遠い読み手の自己投影にすぎないわけで、自らの思い入れを長明に仮託しているにとどまるであろう。参考までにその種の例を以下に列挙しておこう。もとより各論者への個的な批判のためではなく、時系列的にみることで、おのずと読みのありようが浮かび上がってくるからである（引用の太字は小峯）。

A　最後に自ら戒めるやうな、**その癖妙に悟った風の事を言って**筆を擱いている。（略）又彼の不平不満が生んだ呪ひと諦めの叫びだと解するも失当ではないと思ふ。（略）表面如何にも謙遜のやうでゐて、**そのくせ妙に悟った風の所**が抜けきらない。そこに又作者の面目躍如たるものがあるといへよう。（塚本哲三『通解方丈記』友朋堂書店、一九二九年）

B　もともと長明自身、**生活を楽しむための仏門帰依**であるから、その心境をふりかぶって純宗教的に刻むのは、長明自身答へるすべがないと同様に、それは客観的にも酷である。**悟りすましたやうな心境**になってみたり、俗世のかかづらひに詮めきれない煩悩に苦慮したり、その感情の波のうねりごとに、**この宗教詩人は矛盾し、煩悶し、微温的な諦命観**を一応はつくりあげる。（宮地幸一『方丈記精解』文教社、一九四七年）

C　世、社会は否定され、**仏教もまたどうでもよいものになってしまっている**。最後の拠りどころであった筈の仏道もまた、ここで傍に退き控えてしまっている。（略）それは彼の方からして捨てられたこの「世」に対する長明一流の、優しい挨拶なのだ。歴史と社会、本歌取り主義の伝統、**仏教までが、全否定をされた**ときに、彼にははじめて「歴史」が見えて来た。（堀田善衛『方丈記私記』筑摩書房、一九七一年）

D　弱気の、最下の底辺まで落した表現で、**一種の泣き笑いというか、おどけた末尾**のように思う。（神田秀夫「方丈記　解説」日本古典文学全集、小学館、一九七一年）

E　しかし鴨長明は、法然流の信仰に徹底したのではなく、その何たるかを知って、**自嘲しながら、和歌・管絃を捨てなかった**のである。（加藤周一『日本文学史序説上』筑摩書房、一九七五年）

F　長明という人は、蓮胤上人でもなく長明法師でもなく、どうしても鴨長明である。（略）位置づけるならば、彼は**宗教ジャーナリスト**でしょう。（略）**巻末の一文なんか、エポケ（判断停止）ですね。これなど居直りといってもいい**と思うのですよ。（略）＝松田

長明がほんとうに受戒して僧侶になったのかどうか、うたがわしいですね。長明というのはやはり隠遁者なのであって、**はじめから頭を剃った僧侶であったかどうかわからない**だろうと思います。（略）彼が往生譚をいっぱいあつめるのは、あれは知識人あるいは文学者としての死への関心にすぎないでしょう。（略）ただ、**長明がどのくらい仏教を信仰していたかってことになると、どうもあやふやなんじゃないか**なあ。（略）長明が出

家したのは、ひょっとしたら、**仏道修行のためではなくて、猛然たる執筆活動のため**かもしれない。（略）**長明は仏教の経典はそんなに読んでいないと思うの。経典は生かじり**で、しかし、肉体のほうが先に悟っているんじゃない？　＝馬場（馬場あき子・松田修「『方丈記』を読む」エナジー対話、一九七九年）

G　現実世界の不如意さに煩わされないように生きる―という**長明、のゆきかたは、不徹底きわまる**ものであって、無常にどう対処するか―と問われた重大さにはすこしも答えていない。（略）長明のごとく**愛用の楽器だけは携えてゆくといった中途半端さは、以ってのほか**なのである。（小西甚一『日本文芸史Ⅲ』講談社、一九八六年）

H　長明が方丈の庵を建てたのも、ただ狭いのがいいというのではなく、徹底的に維摩への道を辿ろうとしたのであろう。（略）**長明は悟ったようなことを言っている自分の矛盾に気づき**、自問自答しながら、それでも**阿弥陀仏は救ってくれる、という確信をもとうとしていた**のではないだろうか。（永井路子『永井路子の方丈記・徒然草』わたしの古典13、集英社、一九八七年）

I　『方丈記』は仏道修行の書ではありません。成仏したい、極楽往生したいと切に願い、悟りを志向しながら、**しかし中途半端なところまでしか到達できない生身の人間の文章**なのです。だからこそ万人の共感を呼ぶのです。悟りに至るにはこうすべきだ、大上段とはこうあるべきだとか、**説教くさくないところがいい**。（小林一彦『鴨長明　方丈記』NHK出版、二〇一三年）

J　要するにわたしは、長明が仏教の悟りの意味を、生死を離れるところに求め、**極楽浄土への成仏の願いには疑いをもっていた**と考えている。（略）「不請阿弥陀仏、両三遍申してやみぬ」は、白居易のいう閑適の「独善」、名利を離れ、生死の迷いから「自由」な境地に自足することが、極楽往生思想と葛藤を起こさざるをえない背理を鋭く自覚した者が、**その場しのぎに放った一言**にすぎまい。（鈴木貞美『鴨長明―自由のこころ』ちくま新書、二〇一六年）

この種の言説をあげていくときりがないが、これらを通観してみると、『方丈記』がどう読まれてきたか、よく分かる。ほぼ引用の全体を通じて、仏道や修行に関して、不徹底とか、中途半端とか、その場しのぎ、といった場当たり的なマイナス的な評言で一貫している。個人攻撃をするつもりはないが、あまりに共通する評言にむしろ唖然とさせられる。Hの「阿弥陀仏は救ってくれるという確信」にふれるのが多少なりとも当っている。要するに「仏教文学」『方丈記』が解体されている、といわざるをえないだろう。基本にあるのは、作者長明を読み手側に、できるだけ自分のそば近くに置いておきたいという、ほとんど無意識に近い心意による自己投影である。書き手長明をそのまま実体化しているのも、随筆という認識がおのずとすり込まれているからであろう。最後のJの鈴木論が唯一、随筆ジャンルを対象化し再検証する視角を持っているくらいである。

こうした近代の状況に敢然と異を唱えて、長明ではなく、桑門の蓮胤が書いた『方丈記』論として提起したのが今成元昭であった。

言語文字を以てしては解説しえない入不二法門の真髄を、典型的な環境とそれをふまえて典型的な生き方をする人物の精神ドラマとして具象化させ、どの一語もいずれの一句を欠いてもゆがめても、忽ちにその均衡のすべてを失ってしまうような緻密で繊細な構造と文体によって具象化させたのが『方丈記』なのである。(略)散文的な泥臭い教旨宣説談の領域からすっきりと抜け出た、詩的世界の構築に成功した仏教文学(法語文学)なのである。

(『方丈記と仏教思想』笠間書院、二〇〇五年、初出「蓮胤方丈記の論」『文学』一九七四年二月)。

今成論の試みはむしろ本来の仏教の素養を復権させ、「方丈」といえば『維摩経』の維摩居士の方丈が連想され、結末の「心」が答えないのも、維摩の黙然に拠る、という前近代の読みの常識に戻そうとする動きにほかならない。実際、近世の諸注釈書では当然のように、「方丈」といえば維摩居士のそれを指すとし、『維摩経』を引いているわけで、今成論は一種のルネッサンス的な回転の様相を呈している。まさに「創造される仏教文芸」といえ、「仏教文学」

の解体への抵抗運動ともみなせる。

この「蓮胤方丈記の論」は今読み返せば、かなり気負った緊張度の高い論述で、基本的にはやはり近代的な文学観が見え隠れしているが、「典型的な環境とそれをふまえて典型的な生き方をする人物の精神ドラマ」ととらえ、「散文的な泥臭い教旨宣説談の領域」から抜け出た「緻密で繊細な構造と文体」による「詩的世界の構築」にもとづく「仏教文学（法語文学）」だという定義である。要するに、『方丈記』はエッセイに通ずるような随筆ではなく、知識人が懊悩し、悟り得ない不徹底で中途半端な曖昧なものではなく、すべて計算され尽くした仮構、フィクションだと言っているわけである。「散文的な泥臭い教旨宣説談」とは、直接には同じ長明の『発心集』を念頭においているのであろうが、『方丈記』を「詩的世界の構築に成功した」テクストとして二元的に対比させ、高みにあげようとする作為を感じさせる。

当時、この論がもたらした衝撃は計り知れないものがあったはずだが、三木紀人の批判を受けた「論争へのいざない」の今成反論があって（いずれも雑誌『国文学』）、論争になりかけたところでやや低次元のままで終息してしまった。『文学』「『方丈記』800年」特集・座談会での「終章をめぐって」における浅見和彦発言「今成先生の説は、衝撃的でしたね。『文学』に載った論文です（一九七四年二月号）」（二五頁）の一言に典型化される。文字通り「衝撃的」の一言で終わってしまい、それについての対象化や言及がみられず、座談会でもその一言は受け止められずに宙に浮いたまま全く機能していない（そのすぐ後に「桑門」の署名は問題視されているが）。

問題はいまだにこの今成論を正面から受けとめ、対象化しようとする研究が少ないところにある。上記に引用したE以降は、今成論にふれる機会がありながら、参考文献にも掲げられないほど無視された結果となっている。むしろ個々の立論に不都合なものとして無視、排除し、頬被りしているのが実状である。その結果として、『方丈記』研究は停滞してしまったとみなせるだろう。

しかし、徐々にではあるが、今成論が浸透してきている面は、たとえば芝波田好弘「『方丈記』終章の沈黙の意味について」（『仏教文学』三六、三七合併号、二〇一二年）などにうかがえる。ここでは、『方丈記』の作者「蓮胤」と主人公「彼」とを峻別し、「主人公たる彼は作者を雛型とはしているものの、決して作者そのものではない」としている。その上で今成論の維摩の黙然無言を「絶対的な答え方」とする見解に異を唱え、天台系の空仮中の三諦説から、文殊の言説に対する相対的な沈黙ととらえ、そうした思慮の限界を越えたところで「不請阿弥陀仏」が唱えられたとする。閑居の草庵は『法華経』化城喩品の化城に相当し、そしてこの念仏は相対的な思慮から離れるべき『観心略要集』にいう三諦円融の念仏であり、執着心を菩提心に転換させるものだ、ともいう。相対と絶対との相剋から『方丈記』末尾を読み解く論で、その当否は置くとしても、今成論の本格的な対峙を企図した論といえる。

また、木下華子「『方丈記』終章の方法」（『文学』特集「『方丈記』の800年」）は、末尾を謙辞ととらえ、「不請阿弥陀仏」を阿弥陀への帰依と解し、念仏行の遁世者とのかかわりから位置づけ、今成論のすべてを『維摩経』に帰着させる一元化説に異を唱えている。

いずれも天台系や念仏系から『方丈記』を位置づけようとし、今成論を対象化し批判している。先引のA～Jに比べれば、はるかに深い読み取りになっているが、芝波田論では絶対か相対かの二元化の水掛け論になりかねないし、木下論では維摩の黙然を「長明が意識的に用いた叙述の仕掛け」とみるに止まり、『維摩経』の深い思想性との連関には及んでいない。自説を優位に導くために、結果として今成説の鍵である『維摩経』の読みをはずした決めつけになりかねない面が残る。

あるいは、今成論に直接ふれることはないが、荒木浩「『方丈記』の文体と思想—その結構をめぐって」（『文学』特集「『方丈記』800年」）では、良遍『法相二巻抄』や『真心要決』などを例に、法相の唯識から『方丈記』の冒頭文や「三界唯一心」等々の表現構造を読み解き、さらに禅宗につらねていく。中世の仏教学を思想面から掘り下げ、一三世紀の表現時空に『方丈記』を定位させようとする論として着目されるが、今成論がどう対象化されるのか、定かではない。

このようにみると、先引のA～Jのごとき読みと、今成論以降の芝波田、木下、荒木論等々の読みとにかなりのへだたりがあることを否定できない。ゆるやかにではあるが、今後は後者の読みが中心になっていくと思われ、今成論がようやく日の目を見つつあるように見なされる。

4　異本の存在と中世の法会唱導など

『方丈記』でさらに注目すべきは、文字通り短小なテクストでありながら、異本が複数あることで、それだけ広くよく読まれたことを意味する。広本と略本の二系統に加えて、広本では古本系と流布本系に大別される。一二一二年の蓮胤の記銘から三十二年後、寛元二年（一二四四）、醍醐寺僧親快が伝領したことが明記される、漢字片仮名交じり文の巻子本、大福光寺本が現在最も優れた本とされ、長明自筆説まであるほどだ。『方丈記』といえばこの写本を指すのが常識で、まさにカノンとなっている。親快伝領の巻末識語は、成立場の日野と醍醐寺とが近縁にあることから納得しやすい。その八年後には『十訓抄』にも引用されるから、『方丈記』がかなり早い時点で広まっていたことを示唆する。それを裏づけるように、一方で五大災厄や結末部をいっさいカットした略本もあって三系統に別れ、仮名本に対する真名本まである。長享本（一四八八年）、延徳本（一四九〇年）の仮名本に対し、真名本はより古態とされる。広本系の流布本も一条兼良本をはじめ、嵯峨本もある。近世には注釈書も複数書かれている。

かつてはこれら異本問題を作者長明にひきつけて、広本、略本の先後関係をはじめ作者主体の創作の問題として考える傾向が強かったが、異本はそれだけ様々な読まれ方をした証左として、受容や享受、再生論の一環として読み取るのが今の見方であろう。広本と略本の落差を長明個人に担わせるのは無理な話で、大福光寺本の正典化が動かない以上、略本は後代の改作、改編とみるのが自然であろう。略本が五大災厄を削除して、草庵の閑居を主体とする隠遁文学を指向していることは明らかで、十五世紀にはすでにそういう読み方がもとめられていたことを示している

宗祇や肖柏ら連歌師への伝流とも対応し、『徒然草』の流伝などとも軌を一にするだろう。近現代につながる読みの素地はすでに一五世紀以前に胚胎しているようにもみえるが、しかし、略本は『往生要集』などにもとづき、極楽往生と衆生救済を説くわけで、より唱導性が強まっているのである。なお、今成論以外に法語として『往生要集』との関連から徹して読む鈴木久『方丈記と往生要集』（新典社、二〇一二年、初稿・一九八九年）も参照に値するであろう。

私見では、『方丈記』と法会唱導の場との関連がさらなる読みの鍵となると考えている。異本誕生の場については今言及するゆとりはないが、『方丈記』の「ゆく川の流れは絶えずして」云々の著名な冒頭部分が、『文選』の「歎逝賦」の一節と併せて、称名寺・金沢文庫所蔵の唱導資料（一三世紀後半写、粘葉装小型の冊子「説草」）の一群「千字文説草」と呼ばれる一帖にも引用される。表題には、「文選歎逝賦事」「長明詞事」と記され、本文には、

鴨長明云ク、
行ク河ノ流ハ不絶シテ　シカモ
本ノ水ニアラズト　云々

と『方丈記』の冒頭が引かれる【図1】。これに続いて「文選　歎逝賦　陸士衡」として、以下にその一節も引用される。この『方丈記』と『文選』

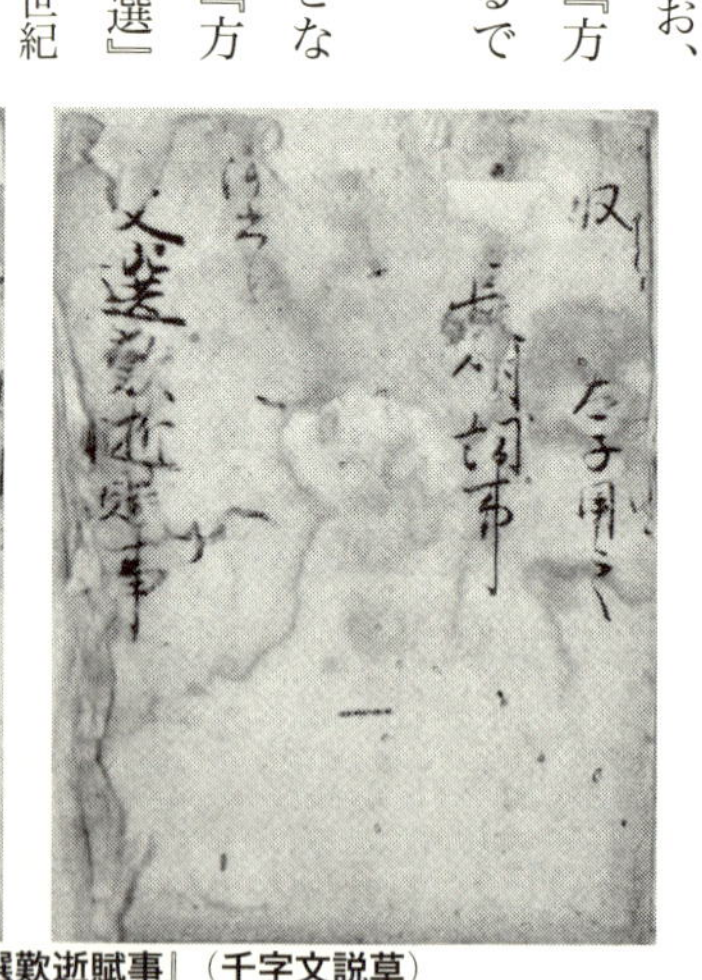

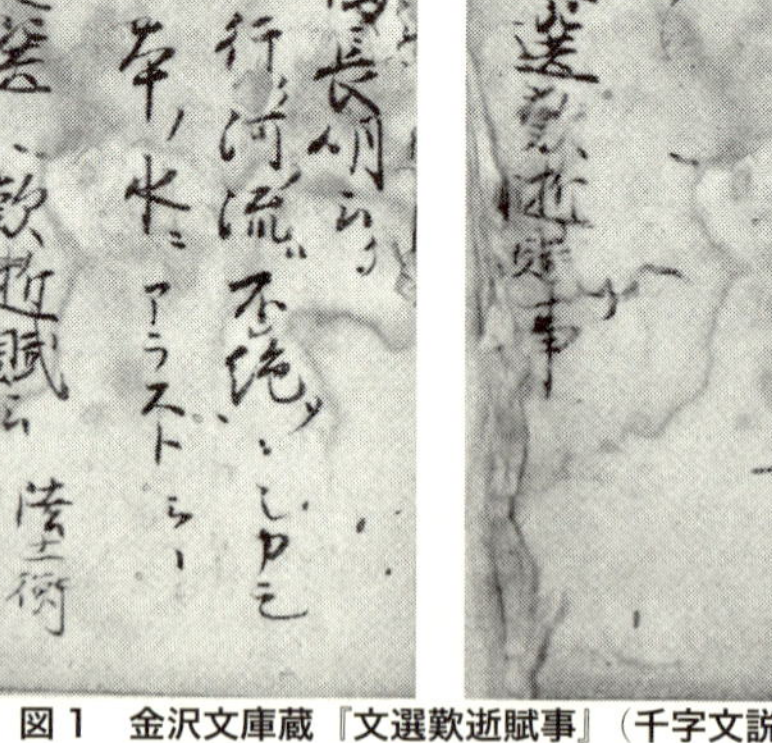

図1　金沢文庫蔵『文選歎逝賦事』（千字文説草）

「歎逝賦」を一緒に引くのは、『方丈記』を引用する享受史の早い例の『十訓抄』（一二五二年）にみえるから、これに拠った可能性もあるが、説草の方が「歎逝賦」の対句を多く引いている。また、本文の「云々」は省略を意味するので、実際の法会ではその続きが語られていたことは間違いないだろう。いずれにしても、この説草は『方丈記』が法会の場で取り上げられ、語られていたことを示す具体例として見のがせない。

ほかにも貴人の隠遁、閑居にふれる唱導の型があったようで、これも近時紹介された、長明と同時代の東大寺尊勝院の学僧弁暁の唱導資料「弁暁説草」にもうかがえる（称名寺・金沢文庫蔵）。たとえば、「逆修初日表白」（一・5）、「表白　為父母并所天　千部経結願」（一・6）は、双方同一の「信心禅定女大施主」の主催する供養表白である。前者には、「文治四年八月二十五日」という年次（一一八八年）が明記され、八条院に擬されている（美福門院加賀の可能性もあるが）。

これらにつながるかどうか、「逆修旨趣」（二・9）は、当該人物は不明であるが、女人の出家遁世をめぐる逆修の仏事で、高貴な身分の私的な行の印象が強い。表白というより、著名な安居院の澄憲のいう「説法詞」類に相当するかと思われる。「禅定大施主」の母女のための逆修法会で、表紙の標目には、「無常事」「改知無常不発心出家事」「今逢別離之悲発心出家事」「母女共遁世事」「在世之　輝皆悉苦基事」「出家閑居同心事」「冥衆之随喜事」といった多くの項目が記され、多様な法会にかなうよう利用されたものと思われる。

本文は「壮年の昔、近衛院に仕へ奉りて」とあり、以下、

暁の爐に煙細しとも、禅悦の味口に甘く、秋山に嵐寒しとも懺悔の衣膚を覆ふ。草の庵畜へず、盗賊の難きも恐れを払ひ、柴の戸厳しからざるもの、水火の害も思ひを離れ、夜の月窓を訪ふ。之を以て観念の友となす。春の花、籬に開き、之を見て、粛然の心を養ふ。（略）
されば現世にも身安く、後世にも有楽は実に出家遁世の閑なる栖こそ候めれ。

（引用は、神奈川県立金沢文庫『称名寺聖教　尊勝院弁暁説草　翻刻と解題』勉誠出版、二〇一三年によるが、読みやすいように私

意で平仮名交じり文にあらためた）

云々と、閑居をめぐる出家遁世の意義を説く。これは出家僧の閑居を説く『方丈記』にもつらなるし、安居院の唱導で名高い澄憲の晩年の述作『雑念集』「隠逸閑居楽事」などにも共通するといえる（山崎誠『調査研究報告』一六号、一九九五年）。

永断名利思偏忘衣食、希京師削跡山林卜居。
上不恐君父、下疎兄弟。
下憂喜国治乱、不慶年豊饒。
世上有事不驚耳、天下有災只以同。

『雑念集』ではこの後に「逸者」の条あり、中国故事をふまえつつ隠逸について説き、最後に「予齢及八旬」、「老病之身、独臥独眠、或酔或醒」「随案得注之、後代之人、見之必為想憐」「先得現世安穏之益、遂遇見仏聞法之縁云々」と結ばれる。男女差はあるにしても、俗塵を離れて山里での閑居隠遁や見仏聞法の縁を説く点で、時代に共有された表現の空間をみることができよう。『方丈記』だけが特別であったわけではない。時代の表現様式からあらためて『方丈記』を位置づけ直す試みが今後さらに必要であり、法会唱導の場はその有力な手がかりとなるはずだ。『方丈記』もまた広義の〈法会文芸〉といえるであろう。

なお、上野英二「和漢混淆の記—方丈記考」（『成城国文学論集』一九号、一九八八年）は、『方丈記』の文体を『古今集』仮名序とともに対句を重視して願文などとの関わりから論じ、文体論から末尾も「謙退」としてとらえ、従来の説に異を唱えている。これも文章は漢文体であっても訓読体で朗唱される法会の現場との連関においてとらえ返すべき課題である。

5　『方丈記』の享受と再生

一般的な『方丈記』の読み方として、これを仮構のものとみずに、実作者の長明の人生にあまりにひきつけて読まれすぎてきた。長明の経歴が明らかな面と曖昧な面とがほどよくブレンドされているため、よけいに評者の思い入れを込めやすくなっているようだ。作者長明と『方丈記』とを切り離す読みが必要であり、そのためにも随筆ジャンルを根本から見直すべきであろう。少なくとも『方丈記』を随筆という枷から解放しなくてはならない。挫折した知識人の肖像のごとき読み手の恣意的な自己投影を相対化し、近代的な随想、エッセイとみなす随筆ジャンルから解き放って再定位されるべき古典が『方丈記』であり、今成論に即した法語（仏教文芸）としての読み直しと対象化が今後の指針となるであろうことを再度強調しておきたい。

『方丈記』を軸にすることで、近現代における読みの懸隔が浮かび上がり、現在の文学史がかかえる問題の縮図ないし一端が浮き彫りにされてくる。『方丈記』にみる〈仏教文芸〉もまた、近代に「創造された古典」であることを忘れてはならない。

これにあわせていえば、『方丈記』は、近世には今長明の『犬方丈記』や洒落本『不粋照明房情記』なるパロディもあり、とりわけ近世の注釈書やパロディなどの読み直しが有効な手立てとなるであろう。ここでは、『犬方丈記』に注目しておきたい。天和二年（一六八二）刊の仮名草子、冒頭から、

おく質のながれは請ずして、しかも元も利もあげず、米屋にうりやるうちまきは、かつきれ、かつあがりて、久しくさがる事なし。世の中にある、人とすみかと、たて枯れのごとし。（『仮名草子集成』）

と『方丈記』をまねた文章で、パロディ仕立てで一貫するが、飢饉の過去の例から江戸期の寛永十九年、寛文九年、延宝三年などの時暦をあげ、ついで延宝八年の流星、翌年からの疫病、大風とうち続く災厄にふれ、天和二年に至り、

没落した今長明が登場、悲田院の奥に小屋をかまえるが、「事にふれて執心なかれと也。今この小屋をあいするもとがとす」と思い立ち、四国九州行脚の旅に出て、長崎まで行って崇福寺での施行を目の当たりにし、大坂を経て、京に戻り、大雲院や誓願寺などでの施行を見るうちに、次第に疫病も治まり、「御代泰平」となり、「諸人万歳をとなへて、いわひぞめくは限りなし」。

> 今長明も、かかるめでたき折りからに、ながらへあふも、うれしくて、昔のすみかに立ちかへり、心やすく念仏して、百有余歳のよわひをたもちぬ。
>
> 時に、天和の二とせ弥生の晦日の比、今長明、悲田院の庵にして、これをしるす。

という。これに、「つき米はあがる相場もつらかりきたへぬさがりをみるよしもがな」の狂歌がつくから、『方丈記』の流布本にみる和歌をふまえていることも知られる。

米相場の影響による飢饉、それに伴う疫病、流星や大風などの天変地異等々、災厄に身を処する人々の生き死にをとらえつつ、さらには『方丈記』にはみられない、西国行脚が描かれ、長崎や大坂の様子まで点描され、京の寺社を主とする施行の救済事業を描き出す、ドキュメント風の特色もそなえている。たんなる茶化したパロディではない、出色の作となっている。

また、近代には夏目漱石や南方熊楠による英訳もよく知られるし、佐藤春夫、船橋聖一、小林秀雄、唐木順三、堀田善衛、寺田透らの作家や評論家などによる創作や批評も少なくない。前尾繁三郎『政治家の方丈記』（理想社、一九八一年）、陳舜臣『美味方丈記』（中央公論、一九八四年）、など、『方丈記』を冠する書名もみられる。

ここから古典と近代に架橋する糸口もみえてくるし、『方丈記』の文学史も可能である。享受史的な観点からは、荒木浩「『方丈記』と『徒然草』――〈わたし〉と〈心〉の中世散文史」（荒木編『中世の随筆』二〇一四年）が種々の例をあげており、興味深い。

6　東アジアの「随筆」

『方丈記』の読み直しは随筆ジャンルの見直しにもかかわってくる。「随筆」の呼称は、中世の『東斎随筆』という説話集にはじまり、近世に確立する考証随筆から近代のエッセイ、随想に至るまで、かなりの位相差がある（鈴木貞美「随筆とは何か」荒木編『中世の随筆』）。中世までは、今日いうエッセイに相当する「随筆」と呼びうるジャンルは存在しないと考えられる。かつて稿者が編集を担当した『日本文学史　古代・中世篇』（ミネルヴァ書房、二〇一三年）では、あえて「随筆」という枠組みをはずして、「法語」という枠内に収める試みを行った。古代においても同様で、『枕草子』は広義の日記文学に充分収めうるもので、「随筆」を特立する必然性はほとんどないだろう。

近代のエッセイを前近代にあてはめるのではなく、むしろ漢語としての「随筆」からとらえ直すべきだというのが趣意である。したがって、対象となるのは「近世随筆」といわれる近世期以降の考証随筆を中心に再検証するのがかなっていると考えている（『日本随筆大成』）。それが本居宣長、滝沢馬琴、平田篤胤から南方熊楠、柳田国男あたりまで貫流する一大潮流となっている。まさに国学から近代の学の始発につらなる課題でもある。なお、近世随筆に関しては、中村幸彦の「圏外文学」の論が参考になる（『中村幸彦著述集』第一三巻、中央公論社、一九八四年）。

『方丈記』が、平安時代の慶滋保胤の『池亭記』をふまえており、さらには白居易の作などともつらなってくることがすでに言われている。「記」のスタイルが東アジアの〈漢字漢文文化圏〉に共有される文章体であることが深くかかわっていた。歴史学が一国史のみで成り立たなくなったことと同様に、文学研究も一国文学史に充足している限り、真の姿はとらえきれないであろう。少なくとも、仮名文芸も含めた広義の〈漢字漢文文化圏〉の一翼から日本文学の総体を位置づけていく必要があり、かつてのナショナルアイデンティティの「国文学」から脱却し、〈漢字漢文文化圏〉としての東アジア文学史構築が今後の課題となる（本シリーズ・第一巻・巻頭論参照）。

言いかえれば、日本文学を東アジアにいかに拓いていくかが問われることになる。たとえば、陸晩霞「中国文学と『方丈記』」の論（荒木編『中世の随筆』）は、白楽天の『草堂記』をはじめ、『文選』所収の潘岳「閑居賦」など、「賦」の文学の愛居論や居の文学との関連を広い見地から読み解こうとする点、様々に波及しうる示唆深い論といえる。あたかも『十訓抄』や説草「文選歎逝賦事」が『方丈記』冒頭文と『文選』の「歎逝賦」とを対置させて読んでいた読みとりになぞらえられるだろう。これらを受けて、隠遁や遁世をめぐって朝鮮古典やベトナム古典においてはどうか、東アジアの今後の動向を見守るしかないが、それがおのずとあらたな〈仏教文芸〉の地平を拓くことになるだろう。

さらに付言すれば、『方丈記』は〈環境文学〉からもあらたな読み変えが可能であろう。五大災厄の災害文学面にとどまらず、無常をめぐる人と栖の関係を一環して追究し、隠遁、閑居の生活様式をとらえ、さらなる救済を希求する点、〈環境文学〉としての範型をなしているとみることができるのである（本シリーズ・第四巻・巻頭論参照）。

【参考文献】

小峯和明『中世法会文芸論』（笠間書院、二〇〇九年）。

『仏教文学』（三六、三七合併号、二〇一二年）仏教文学会五十周年記念号。

『文学』特集「『方丈記』800年」（岩波書店、二〇一二年三、四月）。

荒木浩編『中世の随筆　成立と展開・文体』中世文学と隣接諸学・第十巻（竹林舎、二〇一四年）。

金沢文庫展観図録『仏教説話の世界』（二〇一五年一〇月）。

今成元昭著作集『仏教文学論纂』全五巻（法蔵館、二〇一五年）解説・小峯和明（第一巻、三巻、五巻）、日下力（第二巻、第四巻）。

石井公成『〈ものまね〉の歴史　仏教・笑い・芸能』（歴史文化ライブラリー、吉川弘文館、二〇一七年）。

2　天竺神話のいくさをめぐって
――帝釈天と阿修羅の戦いを中心に――

高　陽

1　はじめに

仏教の伝来とともに東アジアにひろまった釈迦の物語「仏伝文学」には、帝釈天と阿修羅の戦いをはじめ、流離王の釈迦族虐殺など、様々ないくさ、合戦、戦闘の話題が見られる。これらの説話は、漢訳経典をもとに日本でも『今昔物語集』などにもいろいろ語り変えられ、絵巻でも承久本の『北野天神縁起』に帝釈天と阿修羅の戦いが描かれているが、今までまとめて検討されたことがないようだ。ここでは、「仏伝文学」というよりも、仏伝の背景にある「天竺の神話」としてとらえ直し、その一環として戦争や戦闘、いくさに焦点を当てて、経典から日本の説話や物語、絵巻に至る変容をたどってみたいと思う。現代でも戦いの神と言えば、阿修羅であり、また戦場のことも修羅場とも言うように、今も生きている神話である。

便宜上、最も多彩な説話を伝える『今昔物語集』に描かれている帝釈天と阿修羅の戦いを中心にみていきたい。なお、「天竺神話」という用語は、二〇一四年七月、私も参加した立教大学日本学研究所主催の国際シンポジウム「日本と東アジアの〈仏伝文学〉と天竺世界」で小峯和明が講演で〈仏伝文学〉論の一環として提起したものを受けていることをお断りしておく。▼注[1]

2 『今昔物語集』の説話から

天竺でのいくさで最も有名な話題は、帝釈天と阿修羅の戦闘であろう。『今昔物語集』巻一「帝釈与修羅合戦語第三十」をはじめ、さまざまな資料にみられる。帝釈天の妻舎脂夫人は羅睺阿修羅王の娘で、娘を取り返すために常に阿修羅は帝釈天と合戦していたという。あるとき、帝釈天が負けて帰る際、阿修羅に追われ、須弥山の北面から逃げたが、道に多くの蟻の行列が出ていたため、帝釈は「たとえ阿修羅に負けて討たれることはあっても殺生の戒を破ることはできない。戒を破ったら善所に生まれ変われないし、ましてや仏道を果たすこともできない」と決意して引き返す。すると、阿修羅は帝釈天が多くの援軍を従えて反撃に来たと勘違いし、逃げて蓮の穴に隠れたという。蟻を殺さず殺生戒を守ったのが帝釈天の勝因になったわけで、「戒律を守るのが三悪道に堕ちず、緊急の災難から逃れる道なのだ」と仏が説いている通りだという。

3 須弥山をめぐる

右の話は新日本古典文学大系の注では、関連する経典として『観仏三昧海経』『菩薩処胎経』『雑阿含経』などをとりあげているが、直接に依拠した資料は不明であり、それら以外の経典類も関連話がみえるので、以下、いろいろみていきたい。

まずこの話の舞台である須弥山について取り上げよう。須弥山についてはすでに九世紀の敦煌本や十五世紀初のハーバード大学本『日本須弥諸天図』、明代の『法界安立図』などの紹介と比較を行った。▼注[2] 須弥山というのは前近代の、僧侶の観想によって創造された世界観のことである。須弥山は世界の中心にあり、逆三角形の形をして、周りは九山八海に囲まれ、左右には日と月がかかっていて、東西南北にはそれぞれ四つの洲があり、人間の住んでいる洲は南のほうにある南瞻部洲（南閻浮提とも）である。須弥

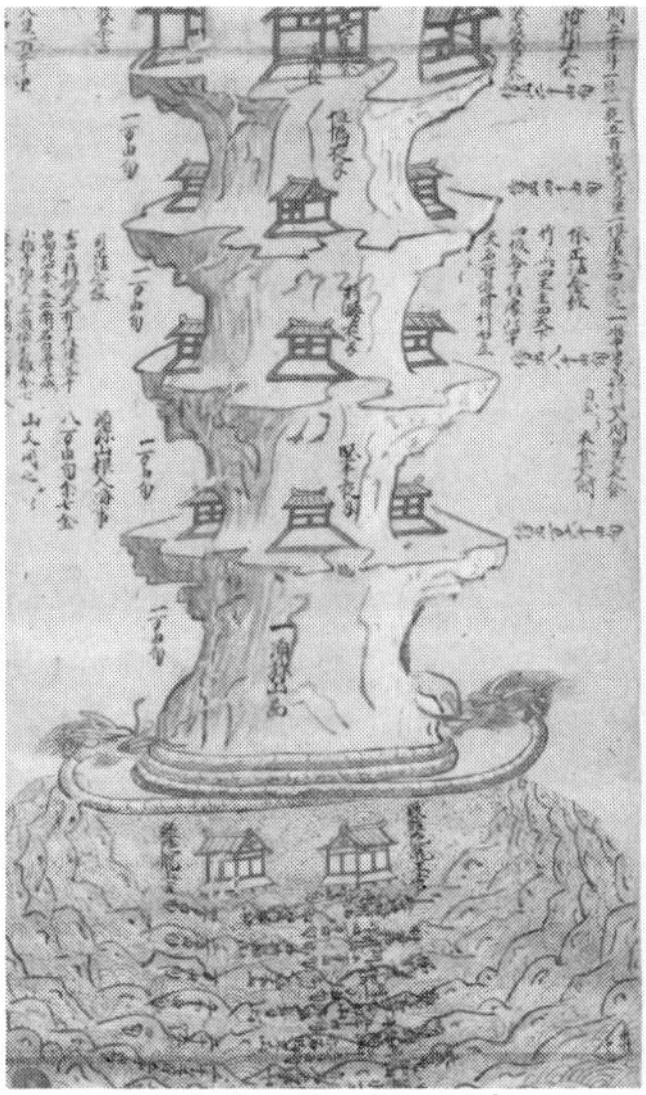

図1-1　ハーバード本『日本須弥諸天図』の須弥山図

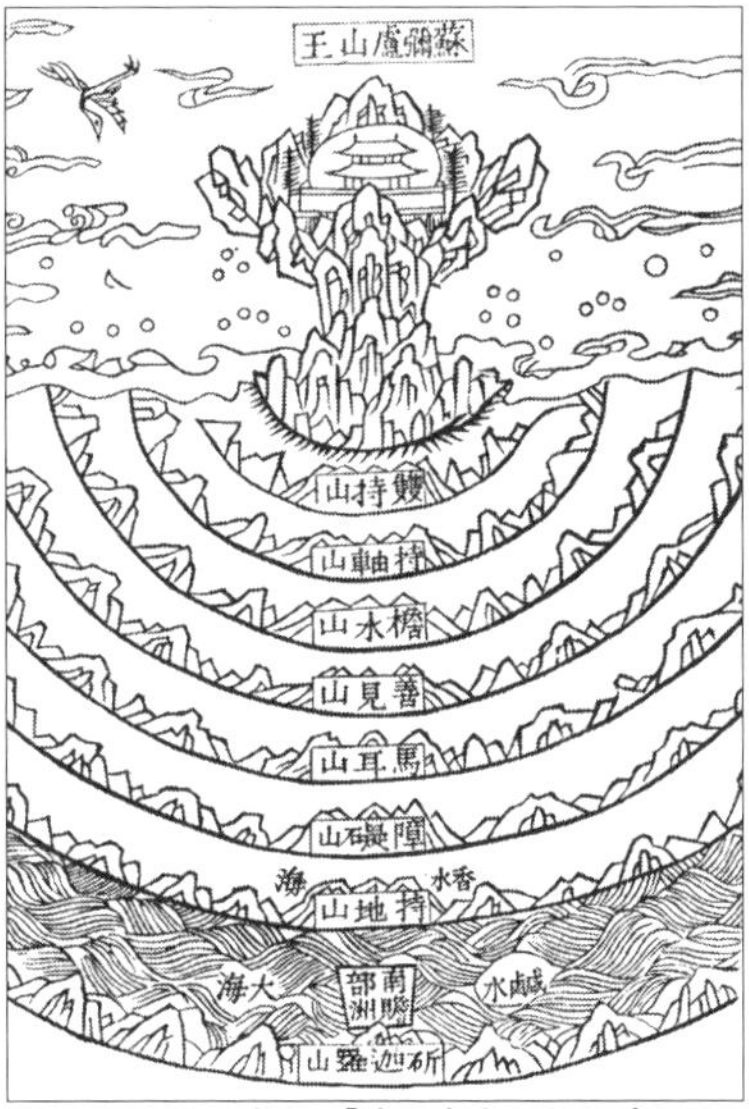

図1-2　明代の『法界安立図』の中の須弥山図

図1-3　敦煌本の須弥山の周りの四大州図

山の下のほうは地獄であり、上には天上界がある【図1―1～3】。

4　阿修羅と帝釈天の住処

『倶舎論』（世親著、玄奘訳、三十巻）巻十一にも「**于山頂中有宮名善見**、面二千半、周万逾善那、金城量高一逾善那半、……**是天帝釈所都大城**、于其城中有殊勝殿」と書かれたように、帝釈天がこの須弥山の頂上、忉利天の善見城【図2】または喜見城ともいう所にいることはよく知られている。『阿毘曇毘婆沙論』（北涼・迦旃延子造浮陀跋摩譯道泰譯五百羅漢釋、六十巻）をみると、以下のように書いている（経典類の引用は大蔵経、以下同）。

…阿修羅所以。何故名阿修羅。答曰。修羅是天。彼非天故名阿修羅。復有説者。修羅言端政。彼非端政故。名阿修羅。何以知之。世界初成時。諸**阿修羅**。**先住須彌山頂**。**後光音諸天**。**命終生須彌山頂上**。**亦有宮殿自然而出**。**諸阿修羅**。**興大瞋恚**。**即便避之**。**如是有第二天宮**。**展轉乃至三十三天**。**悉滿其上**。**諸阿修羅**。**生大瞋恚**。**捨須彌山頂**。**退下而住**。以瞋恚故。形不端政。以是事故。名不端政。問曰爲住何處。答曰。或有説者。須彌山中。有空缺處。猶覆寶器。中有大城。諸阿修羅。在中而住。…

つまり、阿修羅もまた、もとは須弥山の頂上にいた。修業は他の諸天に越えられたので、瞋恚を起こしたという。また、『経律異相』（南朝梁代・宝唱撰）六道部「阿修羅」第一には「大阿修羅王名曰羅呵。

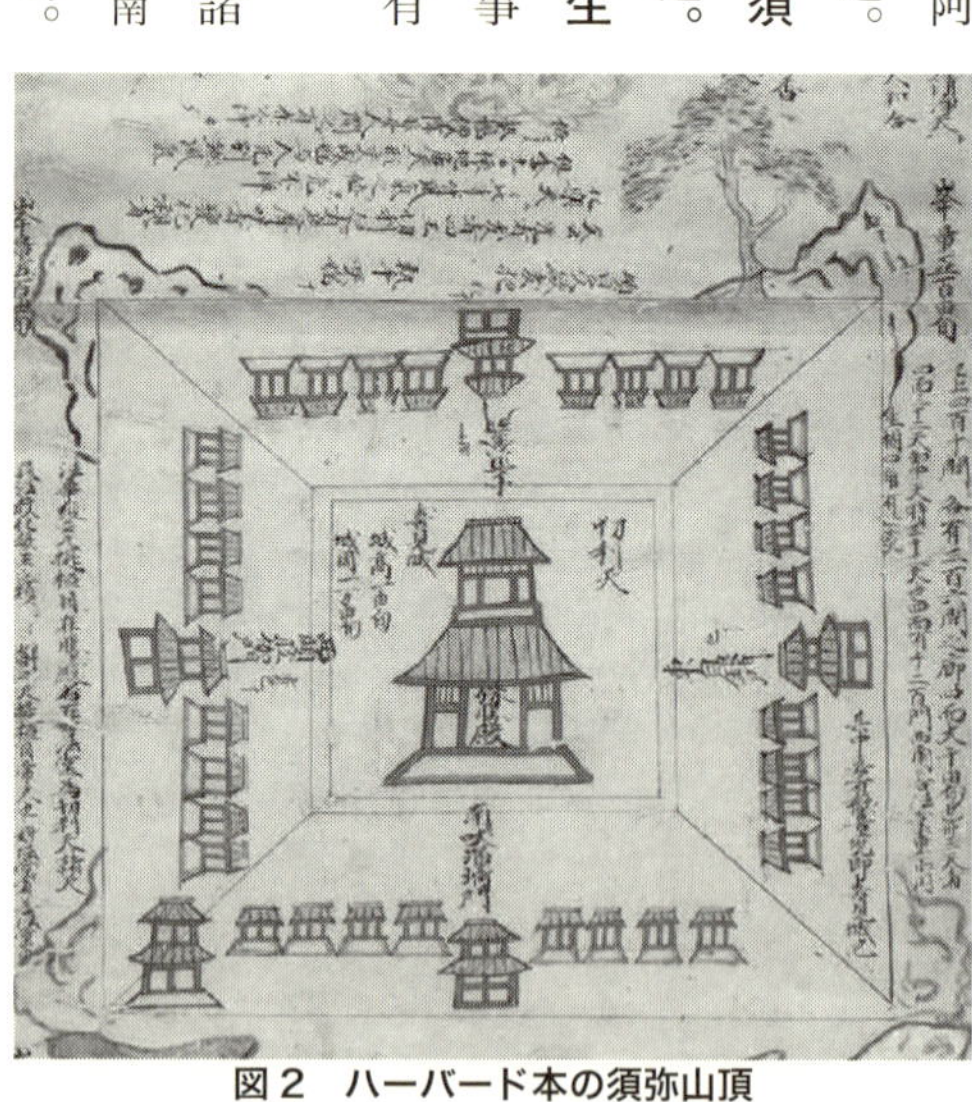

図2　ハーバード本の須弥山頂

住須弥山北大海之底。…去須弥山一万由旬。身長二万八千里。…**月十五日、入海中央。化其形體。下水著臍上闚須彌指覆日月。日月天子。見其醜形皆大恐懼。無復光明。**…」とあり、阿修羅王は須弥山の北の海底に住んでいるという。

5　阿修羅の身体、日と月

次に阿修羅の身体と日、月との関係についてみていきたい。『観仏三昧海経』（東晋・天竺三藏佛陀跋陀羅譯）巻十六譬品第一には以下のように書いている。

…**兒有九頭頭有千眼。口中出火。有九百九十九手八脚海中出聲。號毘摩質多羅阿修羅王。**此鬼食法。**惟噉淤泥及藕根。**…今此帝釋不復見寵。與諸婇女自共遊戲。父聞此語心生瞋恚。即興四兵往攻帝釋。**立大海水踞須彌頂。九百九十九手。同時倶作撼喜見城。搖須彌山。**…

以上のように阿修羅の体について詳しく描かれている。阿修羅王は立ち上がると須弥山に達するほど巨大な体で、九頭と千眼を持ち、口から火が出て、九十九の手と八つの足があるという。この経典では、九百九十九の手で帝釈天のいる喜見城をゆるがしたという。

また、『長阿含経』（後秦弘始年・佛陀耶舎共竺佛念譯）と、『起世経』（隋・闍那崛多譯）では、それぞれ以下のように書いている。

…昔者阿須倫自生念言。我有大威徳神力不少。而忉利天日月諸天常在虚空。於我頂上遊行自在。**今我寧可取彼日月以爲耳璫**自在遊行耶。…（『長阿含経』巻二十一第四分世記經戰闘品第十）

…所有天宮。更無有此帝釋天王勝殿比類爾時鞞摩質多羅阿修羅王。作如是念。**我有如是威神徳力。日月宮殿及**三十三天。雖在我上運轉周行。**我力能取以爲耳璫。**處處遊行。不爲妨礙。曾於一時。羅睺羅阿修羅王。内心瞋忿。

熾盛煩毒。意不歡喜。…（『起世経』）

以上から分かるように、阿修羅自身は大威徳神力があるのに、忉利天、日月、また諸天が皆自分の頭の上の虚空を自由自在に遊行しているのを嫉妬して、日と月を自分のイヤリングにしたいと悪念を起こす。先に挙げた『経律異相』では、日と月は、阿修羅の醜い形を見ると、怖がって、光を照らすことができなくなったという。

また『正法念処経』（元魏・婆羅門瞿曇般若流支譯）や『法華義疏』（隋・吉蔵撰）にも日天、月天と阿修羅王の戦いについて詳しく描かれている。

…阿修羅軍。日在其前。以日光明照其目故。不能加害。亦不能雨刀仗劍戟。不能以目正視諸天。各各相謂日光晃㷔。照我眼目。是故不得與天鬪戰。**是時羅睺阿修羅王。即以一手。障彼日光**。…（『正法念処経』巻二十畜生品第五之三）

…**問何故修羅手障月**。答婆沙云。**月是帝釋軍前峯。故以手障之而欲食月。正法念經云。日月放光障修羅眼。令不見天衆故以手障之**。…（『法華義疏』巻一）

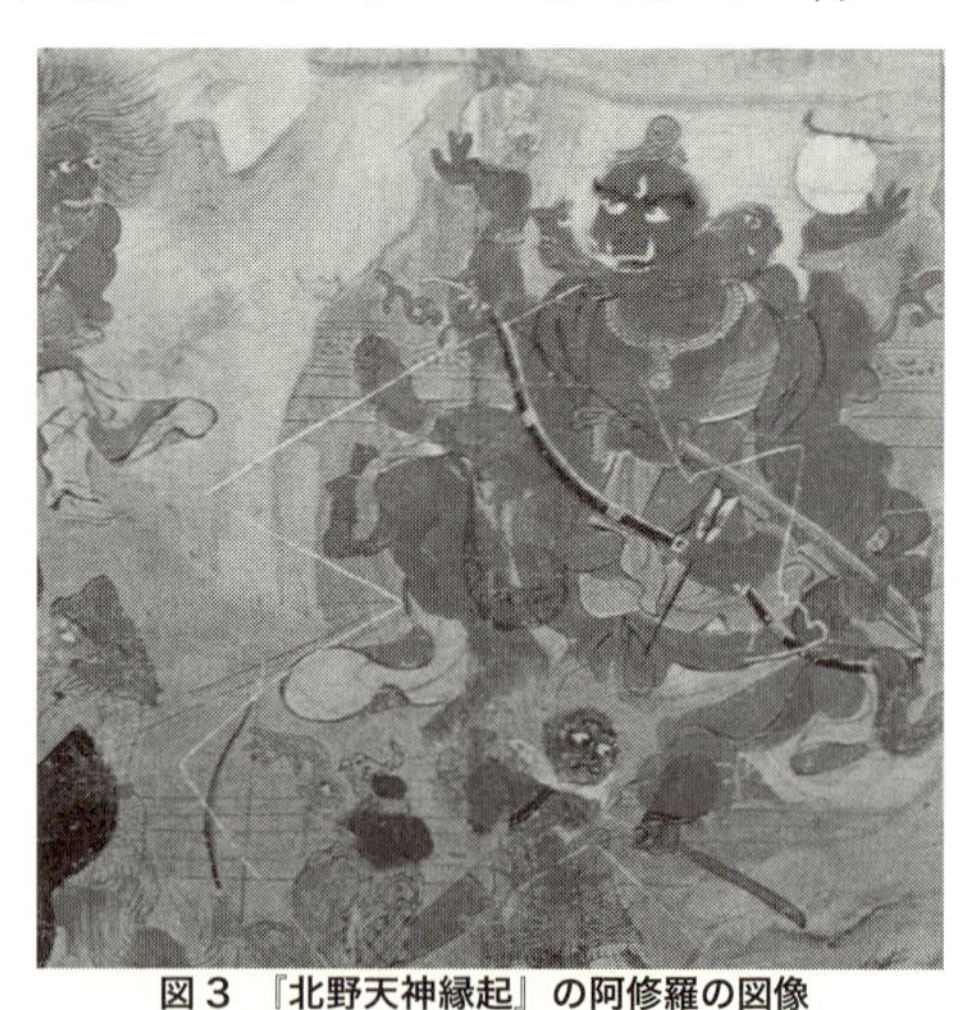

図３『北野天神縁起』の阿修羅の図像
（『日本絵巻大成』中央公論社より）

以上からわかるように、帝釈天と戦った時に、日と月は阿修羅の目を照らすことによって、阿修羅は順調に戦えなかったり、または婇女を見るのを妨害されたりすることで、手で日月の光をさえぎり、日蝕・月蝕を起こしたという。

以上のいずれにしても、阿修羅と日天、月天と、宿敵のように見えるのである。だから、阿修羅の図像で、手に日と月を持っていることは象徴的である。『北野天神縁起』の阿修羅の図像【図３】は最後に触れるが、今は阿修羅の図像のみを見てみると、阿修羅は頭が多く、手足も複数描かれ、複数の中の両手は日と月を持っているのである。

6　帝釈天と阿修羅の戦いの原因

次に、帝釈天と阿修羅が戦い続ける原因について見てみたいと思う。帝釈天と阿修羅が戦い続ける原因は、『今昔物語集』では、阿修羅が娘である舎脂夫人を帝釈天に奪われ、これを取り返すためとされる。これも新日本古典文学大系の注で、『観仏三昧海経』に帝釈天が侍女と戯れるのを嫉妬した舎脂夫人が父の阿修羅王に訴えたため、王が怒って帝釈天に抗議したことが指摘される。両者の闘争の要因をめぐる一つの物語解釈であろう。

舎脂夫人に関しては、『今昔物語集』巻五「天帝釈夫人舎脂音聞仙人語第三十」がある。この話は『注好選』に同話がみられるが、ここでは夫人は「毘摩質多羅阿修羅王」の娘とされる。釈迦がまだ出世する前の話題で、提婆那延という仙人のもとに帝釈天が仏法を学びにいつも通っていたのを、他の女の所に通っているのではと舎脂夫人が邪推し、後をつけて行くが帝釈天に見つかって叱責され、蓮の茎でぶたれるや、そこで夫人は帝釈天に甘え、なれなれしく戯れる。夫人のあでやかな声を聞いた仙人は心が汚れ、たちまち神通力を失ったという。

有名な一角仙人の話題に共通する堕落仙人の説話だが、舎脂夫人がいろいろ問題を引き起こす存在として登場する傾向がみられる。さらにこの話で注目されるのは、夫人が帝釈天に蓮の茎で叩かれるところである。帝釈天に敗れた阿修羅が蓮の穴に隠れることと、その娘の舎脂夫人が帝釈天に蓮の茎で叩かれることとが微妙に響き合っているように思われる。

ほかにも経典類では原因に関していろいろみられる。もう一つの原因として、『大法炬陀羅尼経』巻十四（隋・闍那崛多譯）には「…諸阿修羅長夜願樂須彌山上。食諸天味飲蒲桃漿。爲此三事常與天諍。…」とあり、阿修羅は永遠に須弥山の頂上に住み、天上の甘露と美食を食べようとしている欲望からきているという。『法華義疏』では、帝釈天と阿修羅の戦闘の原因についてははっきり説明されている。以下のように書いている。

…問修羅何故常與帝釋戰。答婆沙云。修羅有美女而無好食。諸天有好食而無美女。互相憎嫉故恒鬪戰也…

つまり、阿修羅のところには美女がいるが、美食はないのに対して、諸天のところには美食があり、美女はいないので、お互いに嫉妬して、戦っているという。

7　帝釈天が引き返す理由

次に帝釈天の引き返す理由について見てみたい。『今昔物語集』では戦いに敗れて逃げる帝釈天が蟻の行列を見て、殺生はできないと引き返すが、この部分は経典類には見られない。

『雑阿含経』『長阿含経』及び『経律異相』などの原拠の経典類では、それぞれ「金翅鳥子」、「両子」（金翅鳥のことを特に強調していない）、「二鳥」とあって、金翅鳥の巣を見つけてひな鳥を踏みつけるのを恐れて引き返したとする。金翅鳥も須弥山に縁の深い巨大な鳥であるから、たしかにこの方が天竺神話にはふさわしいだろう。

今まで指摘されていない『起世経』では、金翅鳥の卵を見て、慈悲の心で、引き返したとする。この経典の中では「合戦」という言葉が、何回も出ているところは興味深い。『今昔物語集』のタイトルにも「合戦」という言葉が使われている。

その一方、『菩薩処胎経』（姚秦・三蔵法師竺佛念訳）五楽品第二十九では、金翅鳥への慈悲の場面がなくて、女性をめぐる戦闘で、帝釈天は仏の功徳で阿修羅を退散させたのであり、『観仏三昧海経』巻十六譬品第一でも般若波羅蜜の呪で退け、阿修羅の耳、鼻、手足などは一斉に落ちて、海も血の海になった、と阿修羅の敗れた時の様子まで詳しく描かれている。

8　阿修羅の逃げ場所

次に問題にしたいのは、『今昔物語集』では阿修羅が逃げて隠れた場所が蓮の穴であることである。新日本古典文学大系の注によれば、『観仏三昧海経』や『菩薩処胎経』には、帝釈天の妻の嫉妬で、阿修羅は戦争を起こし、失敗したので、阿修羅が「藕糸孔」もしくは「池水中藕茎糸孔中」に入ったとある。このモチーフが『今昔物語集』の中で生かされていることが分かる。『観仏三昧海経』や、またそれを引いた『経律異相』では、阿修羅は海の中で蓮根の根や泥を食とするという。阿修羅と蓮は深い関係があるように見える。

9　極大と極小の反転

『今昔物語集』の説話で、あらためて注目されるのは、巨大な須弥山を舞台に巨大な存在同士が衝突し合うスケールの大きい戦闘に反して、蟻の行列という極小なものとの対比がよく生きていることだろう。この蟻の行列は経典類にみえないもので、特に注目されるが、これとあわせて、逃げた阿修羅が蓮の穴に籠もった点とも対応するように思われる。

巨大な阿修羅が蓮根の穴に隠れるという、これも巨大なものを小さな穴に取り込めてしまう面白さがあるが、つまり、この説話では、巨大な須弥山を舞台に繰り広げられる巨大な帝釈天対阿修羅に対して、帝釈天―蟻の行列、阿修羅―蓮の穴という巨大な存在と微小のものとの対比が仕組まれていることになる。

『維摩経』に説かれる芥子粒に須弥山をこめる極大と極小を反転させる有名な譬喩などとも響き合うものがあるだ

ろう。「須弥芥子」の観念は仏教空間の無限小から無限大への縮図であり、また仏教空間の多層の表現である。こういう発想は仏教文学にも、多大な影響を与えた。『今昔物語集』の帝釈天と阿修羅の話における極大と極小の反転も、まさに異界としての須弥山の特徴を示す絶好の例になるであろう。

10 須弥山という舞台にいる金翅鳥と阿修羅と龍

また、阿修羅の存在は金翅鳥との対決にもみられる。『今昔物語集』巻三「金翅鳥子免修羅難語第十」で、その前に位置する話の「龍子免金翅鳥難語第九」ともつながっている。この二話はいずれも『注好選』に同文的同話がある。第九話では、金翅鳥は迦楼羅（ガルーダ）とも言い、二つの羽の広さは三百三十六万里あるという。大海の底を住処とする龍王に対し、金翅鳥が羽で仰いで龍の子を取って食べるので、龍王が仏に泣きつき、仏の指示通り袈裟の切れで覆って金翅鳥に見えないようにして助かったという。

また次の第十話では、金翅鳥は須弥山の岩壁の窟に子供を生んだという。須弥山は高さ十六万由旬、水際より上下それぞれ八万由旬あり、水際上の四万由旬に巣を作っていた。一方、阿修羅王の住処は海辺と大海の底で、須弥山の山あいや谷間、大海の岸にいて、須弥山をゆり動かして金翅鳥の巣から鳥の子をふるい落として食べていた。ここでも金翅鳥が仏に泣きつき、仏の指示通り人間界の四十九日仏事の施食の飯を須弥山の片隅に置いたところ、阿修羅が力を尽しても須弥山はびくともしなかった、それで金翅鳥の子も助かったという。

『今昔物語集』の話末評に注目してみると、巻一第三十話では、帝釈天が阿修羅に勝ったのは殺生戒を堅持したからだ、と一般の持戒を強調する教訓に収束している。また右に例示した巻三第九話の龍王と金翅鳥の話では、袈裟の切れで龍が助かったのだから袈裟を着けた僧を敬えという教訓となっており、同第十話の金翅鳥と阿修羅の話では、四十九日の食べ物を隅に置いたことで金翅鳥の子が助かったのだから、四十九日の施食を食べるなという教訓に集約されている。これらにおいて、説話が現実の意味に従属し、変換されていることは見のがせない。読者は、遠い天竺の神話世界から一転して語りの現時点や現場に引き戻されるのである。

先ほどみた、ハーバード大学所蔵の須弥山図の中に、難陀龍王と跋難陀龍王という二匹の龍が須弥山を囲繞している【図4】。龍が日本国土を守っている図もあり【図5】、龍は須弥山を守っているという意味合いが深い。『長阿含経』、『起世経』を読み直すと、帝釈天と阿修羅の戦闘の前に、龍王は帝釈天に事前に知らせて、「異瑞」の前兆として、難陀龍王と跋難陀龍王は自分の身で須弥山を七匝囲繞して、尾で海の水を叩くと、海の水は帝釈天宮まで届いたという。

金翅鳥、阿修羅王、龍王、帝釈天等々、須弥山にかかわる巨大な存在の闘争が描かれ、それらの救済者として仏が君臨するかたちとなる。天竺神話の基本の構図がここにあるといえよう。

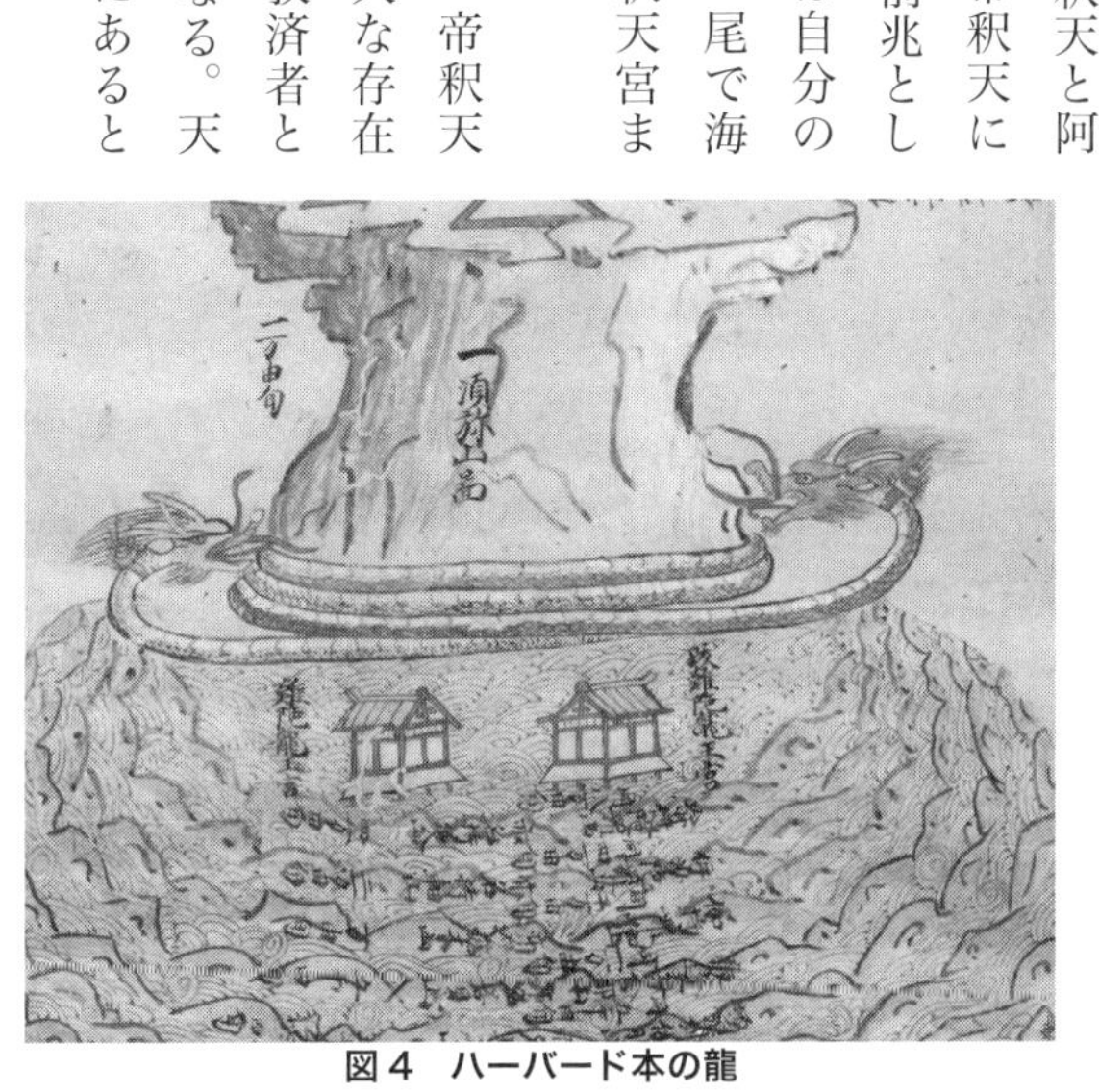

図4　ハーバード本の龍

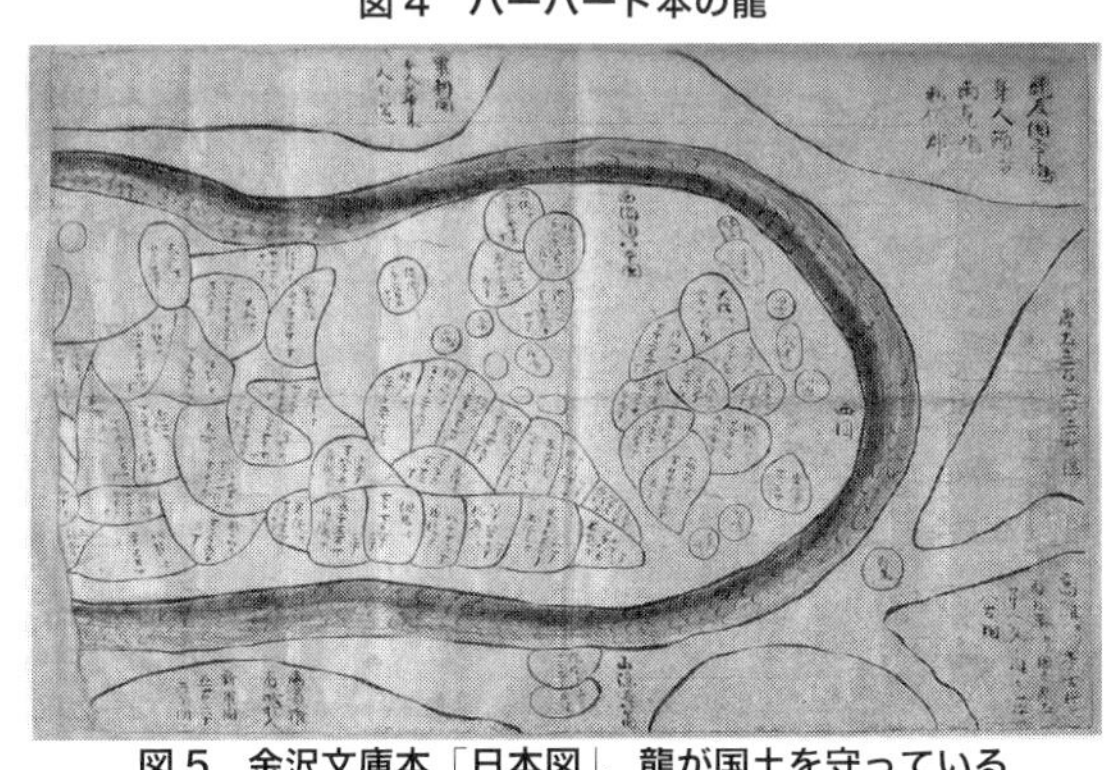

図5　金沢文庫本「日本図」、龍が国土を守っている

11　中国の例から——中国文献における帝釈天と阿修羅の記述

最後に中国の例や図像について簡単に紹介しておきたい。多くの経典では阿修羅は最終的に帝釈天と仲良くなり、ともに仏に帰依し、修行し、仏の守護神になったという。中国では、時代がくだると、帝釈天と阿修羅の戦いのことはインパクトが強く、あるいは外道の逞しさなど、唐代の碑文や詩や、明代、清代の戯曲・小説の中に記述されている。具体的に以下のようである（末尾の参考文献に挙げた雒少鋒論による）。

※唐·段成式『酉陽雑俎』（許逸民校箋、中華書局）巻三「二十五鹿名有山、多牛頭栴檀、天人与阿修羅闘、傷者于此塗香」

※唐・龍興寺『陀羅尼経幢三十五種』（『中国歴代石刻汇編電子版』、国家図書館金石組編、北京図書館出版社、二〇〇〇年）の中に『尊勝陀羅尼宝幢銘』があり、「夫天宮宝幢、持異諸相、所以樹善除悪、開愚解迷、蓋帝釈之能崇敵修羅克勝之置也」と書いてある。

※唐・盧綸『栖岩寺隋文帝馬脳盞歌』「開函捧之光乃発、阿修羅王掌中月」

※唐・呂岩『敲爻歌』「声聞縁覚氷消散、外道修羅縮項驚」

※明·屠隆『曇花記』（『六十種曲評注』第二二冊、吉林人民出版社、一九九九年）「西来遇魔」の段には「生平欲怒逞豪雄、貌似修羅気吐虹。一与諸天鏖戦後、至今擁衆住魔宮。」がある。

※清・『老残游記』（高鶚、人民文学出版社、二〇〇〇年）第十一回「黄龍子道：「爾看過佛経、知道阿修羅王与上帝争戦之事嗎？」子平道：「那却暁得、然我実不信」、又 姑拍掌大笑道：「我明白了！勢力尊者就是儒家説的個無極、上帝同阿修羅王合起来就是個太極」」

全部を紹介する余裕はないが、その中で、日本でもよく知られる『酉陽雑俎』では、山の中に牛頭栴檀が多く、天人は阿修羅と戦って、負傷者はここで香を塗るという。

12　帝釈天と阿修羅の戦いの図像に関して

また、図像に関して、特に敦煌の壁画が有名で、研究論文▼注[3]がたくさんみられる。図像には以下のようなものがある。

※敦煌第二四九号窟の須弥山と阿修羅の図像（西魏時代　五三五年～五五六年）【図6】

洞窟には頂上に壁画があり、また東西南北の壁にはそれぞれの壁画がある。西のほうには阿修羅王が描かれて、須弥山の前に立ち、手に日と月を持ち、両側に二匹の龍も描かれている。西壁の両側の南壁と北壁には、それぞれ帝釈天と帝釈天の妻、東王公と西王母の二つの説がある。

※慶陽北石窟寺第一六五窟

帝釈天と阿修羅像

図版は載出していないが、左側は象に乗った帝釈天、右側は手に日と月を持つ阿修羅である。

図6　敦煌莫高窟第二四九窟の阿修羅

図7　大足石窟宝頂山南宋第13号龕と石門山第8号窟、南宋時代

※大足石窟宝頂山南宋第十三号龕と石門山第八号窟（南宋　四川　孔雀明王経変彫刻）【図7】

官吏の服を着た帝釈天と阿修羅の戦闘の場面が描かれている。

13 『天神縁起絵巻』の場面

今、中国の例を中心に図像を紹介したが、日本では先に取り上げた、承久本の『北野天神縁起絵巻』の画面は迫力満点で描かれていて、注目される。有名な日蔵の六道巡りで、地獄で醍醐天皇と会う話が特に知られているが、天上界の図像では天人五衰も見られ、ここの阿修羅と帝釈天の戦いの画面に圧倒される【図8】。右手に阿修羅軍、左手に帝釈天の軍が配され、まさに修羅闘諍のいくさが展開する。この絵がどこから来ているのか、六道絵の伝統をふまえたものと思われるが、『今昔物語集』の説話を読む上でも見のがせないといえよう。

図8 『北野天神縁起』の帝釈天の図像

図8-1 『北野天神縁起』13世紀　帝釈天と阿修羅の戦い

14　まとめ

以上、『今昔物語集』の帝釈天と阿修羅の合戦と戦闘の説話を中心に、経典類や中国の例と図像とを照らし合わせながら検討してみた。今回は『今昔物語集』だけで、日本の例を集める余裕がなかった。『今昔物語集』には、ほかにも須弥山を舞台とする話や、流離王の釈迦族の虐殺、阿闍世王と波斯匿王の合戦など、天竺世界での戦闘をめぐる興味深い話題がたくさんある。巻五「般沙羅王五百卵初知父母語第六」、巻五「波羅奈国羅睺大臣擬罰国王語第七」、巻五「天竺国王依鼠護勝合戦語第十七」等々があるので、今後も継続して検討してみたいと思う。今まで『今昔物語集』の中でも天竺部はあまりよく読まれていなかった部分であり、天竺の説話というと、釈迦の生涯の物語の仏伝や本生譚に限定される傾向が強いが、仏伝にかかわりつつも、より広い範囲で天竺や須弥山などを舞台にするスケールの大きい世界をめぐる話題が少なくない。これらを「天竺神話」としてさまざまに読み解いてみたい。阿修羅と帝釈天の戦いの話はその象徴ともいえる説話であり、ひとまず『今昔物語集』を中心に検討してみたものである。

【注】

［1］小峯和明「日本と東アジアの〈仏伝文学〉」（『東アジアの仏伝文学』勉誠出版、二〇一七年）。

［2］高陽「須弥山と天上世界―ハーバード大学所蔵『日本須弥諸天図』と中国の『法界安立図』をめぐって」（小峯和明編『漢文文化圏の説話世界』竹林舎、二〇一〇年）、高陽「東アジアの須弥山図―敦煌本とハーバード本を中心に―」（小峯和明編『東アジアの今昔物語集　翻訳・変成・予言』勉誠出版、二〇一二年）など。

［3］斎藤理恵子「敦煌第249窟天上中国図像内涵的変化」（『敦煌研究』二〇〇一年二期、総第六八期）、岳鋒「莫高窟第249窟窟頂壁画図像学研究」（『天水師範学院学報』三二巻六期、二〇一二年十一月）、張宝璽「北石窟寺第165窟帝釈天考」（『敦煌研究』

二〇一三年二期、総第一三八期）など。

【参考文献】


任平山「克孜尔第118窟的三幅壁画」（『敦煌学輯刊』二〇一二年三期）。

張宝璽「北石窟寺第165窟帝釈天考」（『敦煌研究』二〇一三年二期、総第一三八期）。

胡同慶「諸神的兼容与仏教的中国化—敦煌西魏時期仏教芸術文化内涵探析」（『美育学刊』二〇一五年二期六巻、総第二七期）。

雒少鋒「阿修羅：仏教語境下的孫悟空原型」（『学燈』三一期、二〇一四年）。

李珂珂「大足孔雀明王窟経変内容初探—宝頂山第13号龕与石門山第8号窟」（『大足石刻考察研究報告』四川美術学院美術学系仏教芸術研究室編、梅林主編）。

『北野天神縁起』（日本絵巻大成二一、中央公論社、一九七八年）。

※本稿は北京市社会科学基金項目「『今昔物語集』的東亜比較文学研究」（項目番号14WYC058）のプロジェクトによる成果の一部である。
※二〇一五年十一月、青山学院大学で開催されたシンポジウム「異域と戦争」における口頭発表をもとにしている。
※本稿で使用した図版は、参考文献欄に挙げた諸文献から引用した。

3 民間伝承における「鹿女夫人」説話の展開

趙　恩馤

1 はじめに――「鹿女夫人」説話の前史▼注[1]

釈迦と摩耶夫人の本生譚として知られる「鹿女夫人」▼注[2]の説話は、鹿の娘として生まれた女人が王后となり、卵（蓮華）といった異類を産むことで子供たちと離別する。そして、成長した子供たちと戦場で再会、実の親子である証明として、母の乳汁が子供たちの口に飛び込む。この展開は、釈迦が摩耶夫人を教化するために忉利天を訪れた時に再現され、摩耶夫人の乳汁が離れの歓喜園にいた仏の口に入る展開に重なる。「鹿女夫人」の説話が確認できる主な仏典は、『六度集経』をはじめ、『報恩経』、『雑宝蔵経』、『大唐西域記』、『倶舎論』の注釈系統の文献などをとりあげることができる。そして、話の構成は、Ａ・仙人と鹿の間で生まれた女が王后となる「鹿娘説話」と、Ｂ・異常誕生で捨てられた息子たちと母が戦場で授乳の証明で再会する「母子再会説話」に分けることができる。そして、仏典には、このＡとＢの二つの話が続いている「結合型」とＢの「母子再会説話」のみが独立した形態で伝わるものがある。特に「母子再会説話」のみを伝える文献は、主に『倶舎論』の注釈書系統のものである特徴があり、説話の主題を左右するもっとも重要なモチーフは娘が鹿の腹から生まれる「鹿の因縁譚」の有無であるといえる。釈迦と摩耶夫人の忉利天での話を前提にみると「鹿女夫人」説話は、親子の愛別離苦の話として引用された説話であるが、仏典における「鹿女夫人」説話の主題は愛別離苦よりも、布施の功徳と業による輪廻に重きをおいているとみえる。それは、辟支仏に供養した女人がその功徳から後生に王后となるものの、一方で母親を罵ったための業として鹿の腹から生まれるという因縁とその輪廻をくりかえさなければならなかったことである。そして、この功徳と業の主題に重きを置くか否かによって、テキストの主題は変わっていく。

まずは、以下に「鹿足夫人」説話の主な内容と所収されたテキストをまとめてみた。

「鹿女夫人説話」の主な内容

①雌鹿が仙人の尿（沐浴・洗濯した水）を舐めて懐妊・娘を産む。仙人が育てる。
②娘が火種を消したので、他所に火をもらいに行く。足跡が蓮花になる。
③狩猟に来た王が娘を后にする。
④王の他の夫人たちが嫉妬する。
⑤娘が多数の子供を生む。（蓮、卵など）
⑥子供たちが捨てられる。（王、または他の夫人たちによって）
⑦隣国で育てられ、母国と戦争になる。
⑧自分の子だと知った母によって、両国が和睦する。
⑨結末（和睦・出家・地名由来譚など）
⑩鹿の因縁譚

表1

構成	収録文献	内容番号
結合型	『六度集経』巻第三・二三	⑩が始めにくる、①〜⑨
A．鹿娘説話	『報恩経』巻三・論議品・第五	①〜⑩・⑦⑧無（授乳モチーフ無）
＋	『雑宝蔵経』巻第一（八）**蓮華夫人縁**	①〜⑨・⑩無
B．母子再会説話	『雑宝蔵経』巻第一（九）**鹿女**夫人縁	①〜⑩
	『大唐西域記』巻七・吠舎釐国条	①〜⑨・⑩無
倶舎論系統	『倶舎論疏』巻八・分別界品・第三之一	①〜④と⑩無
B．母子再会説話	『倶舎論記』巻六・分別界品・第三之一	⑤〜⑨のみ

確認できるもっとも先行する文献は、『六度集経』であり、女人は自ら布施した婆羅門のような立派な聖人を産みたいと誓願する。その功徳のおかげで後生では王后となり、息子を出家させる話で、特に鹿から生まれたことを前世の業として解釈する印象はない。むしろ、女人は死後、婆羅門の子を生むために鹿にとりいって婆羅門の小便をなめるという積極性さえうかがえる。一方、『報恩経』では、女人が一人ではなく母と娘が登場し、お腹を空かした娘が帰りの遅い母を鹿に比喩して罵ることで、五百回も鹿の腹から生まれなければならない輪廻の業を受けることになる。両話とも最終的には摩耶夫人の本生譚として収斂されるが、『報恩経』では、釈迦という仏を産むために繰り返し鹿の腹から生まれなければならなかった摩耶夫人の前世での「業」とそれを解消する過程としての輪廻が強調されている。そして、『雑宝蔵経』では「蓮華夫人縁」と「鹿女夫人縁」との二話が続けて収録されており、鹿の因縁譚が収録されているのは「鹿女夫人縁」のほうである。注目したいのは『報恩経』では、娘の避難をうける対象としてのみ

登場していた母が、『雑宝蔵経』では母の方が聖人のような息子を産みたいという誓願をしており、後生で五百の息子を産んだという。そして子供たちの生母または養母となり、梵豫王にもなったという。娘のほうは百の蓮華を産み、「蓮華夫人」になるなど、母と娘は「鹿女夫人」の生を輪廻の過程で共有しているように解釈できる。もっとも確かなのは「鹿の足」をして生まれるのは必ず娘のほうであったことである。具体的にみると「鹿女夫人縁」の主人公である「鹿女夫人」は娘の後生で、その結婚相手は梵豫王であり、これは母の後生とみることができる。また、「鹿女夫人縁」の最後には、「鹿女夫人」の後身が「蓮華夫人」であると述べる。つまり、『雑宝蔵経』に収録された「蓮華夫人縁」と「鹿女夫人縁」という二つの話は、別々の話ではなく「鹿女夫人縁」に収録された鹿の因縁譚をはじめとして、二つの説話を「鹿女夫人」の生の輪廻の過程として続けて収録したものとみることができる。一方、Bの「母子再会説話」が独立している場合は、主に『倶舎論』の注釈類の文献に集中しており、ここでは、毘舎佉夫人の卵や世羅と鄔波世羅が鶴の卵から生まれるなどの、「卵生」の例として引用している。

仏典における「鹿女夫人」説話は、「結合型」では供養の功徳と一度の罪による輪廻の業を主題としており、「母子再会説話」は『倶舎論』の注釈類で「卵生」の例として引用される。しかし、『今昔物語集』（以下、『今昔』）や『宝物集』などの説話集に収録されるときには、主に「親子の絆」を説くものとして引用される変容をみることができる。そして、二つの類型は、それぞれ「母」と「子」という側面で、どちらに重点をおいているかによって使い分けられていると考えられる。すなわち、鹿の因縁譚から始まり、幾度の生を経て釈迦を産むという「結合型」では、特に「母」の立場からの因縁を強調していると指摘したい。そして、「母子再会説話」が独立した『倶舎論』系統の説話の場合は、「子」または「子の道理」が主題として引用される場合が多い。『宝物集』では「子は宝」の例話として、「般舎羅の卵子は、つゐに母にきし、安族国商人は二たび父を人になしき」▼注[3]と、「母子再会説話」を引用している。特に注目したいのは、子供たちが再会する相手は親というより「母」に重きを置き、続く「安族国商人」の話が「父」を助ける内容で、「母」

と「父」が対応していることである。「鹿女夫人」説話が「親」よりも「母」に重点をおいている説話であることを反証している。なお、子供の道理を説く主題として引用された例が、金沢文庫保管「称名寺聖教」に含まれる「千字文説草」の一つである。表紙には「般遮羅王五百卵事」「廻向」とあり、その下に「母子契深事之合阿弥陀尺可□□」▼注[4]とあるなど、特に「母」と子の絆を説いている母子再会説話であったことがわかる。

仏典において既に二つの類型で伝承された「鹿女夫人」の説話は、『今昔』に二つの説話として収録されていることの意味にも関連がある。『今昔』巻五第五話「国王、入山狩鹿、見鹿母夫人為后語」では、『報恩経』を原拠としているが、鹿の腹から生まれた娘が蓮を産み、捨てられた子供たちが隣国ではなく、自国の池に捨てられることで、戦争での再会と授乳の場面（⑦、⑧）はない。そして、⑩の鹿因縁譚もなく、釈迦や摩耶夫人の本生譚である痕跡を削除している。続く巻五第六話「般沙羅王五百卵、初知父母語」では、鹿と仙人の話はなく、般沙羅王の妃の話として、異常誕生や戦場での親子の証として授乳する展開の「母子再会説話」を収録している。『今昔』の巻五は、釈迦の前世譚を収録しつつも、特に誰の前世であるかなどを述べず、たんに前世での話のみを伝えるという特徴があり、⑩鹿の因縁譚の削除も同じく理解できる。しかし、『今昔』が前述したような「結合型」の「鹿女夫人」説話の中でも特異な『報恩経』を引用していることに注目したい。それは、特に異同のない「母子再会説話」はそのまま収録した後、『雑宝蔵経』のような「結合型」を引用すると「母子再会説話」が重複するために、戦争と再会という展開のない『報恩経』を引用したと考えられる。『倶舎論』系統の「母子再会説話」は、『今昔』や『宝物集』で、母子の離別と再会による親子の絆を主題として引用され、さらに法会の場で伝承されていく。一方、『今昔』の「母子再会説話」を含まない『報恩経』をもとにした、鹿の娘が王后となるという展開は、主に民間伝承として受け継がれていったと考えられる。特に、⑩鹿因縁譚が削除された構成でありながらも、その主題である布施の「功徳」と業による「輪廻」のモチーフは説話の背景としてその痕跡をみることができ、話の展開に大きく影響していると思われる。本研究は、仏典の「鹿女夫人」説話の主題を踏まえ、民間伝承における「鹿女夫人」説話の展開と変容について考察したい。

2　韓国における「鹿足夫人」説話と「足袋合わせ」

韓国における「鹿女夫人」説話は、十五世紀に編纂された仏伝である『釈譜詳節』と北朝鮮の平壌近郊に伝わる「鹿足夫人」説話がある。『釈譜詳節』の場合、『報恩経』を出拠としているため、前述したように戦場での親子確認や授乳するなどの話はない。一方、「鹿足夫人」説話の場合、十八世紀から十九世紀のものとして寺の碑文と地理書などに伝えられ、鹿の足をしていた王后の息子たちが多産（九子・十二子）であったことを「不祥」とされ川に流される。隣国で育った息子たちは兵士を率いて母国を攻めるが、母の鹿足夫人の授乳によって親子であることを知り、国の危機が解消する展開となっている。しかし、この「鹿足夫人」の説話は、仏典の影響の痕跡は少なく、先行研究では仏典との関わりについてはあまり注目されていなかった。それは、『今昔』で確認したような、⑩鹿の因縁譚の削除によって「功徳」と「業」の主題が薄れ、なぜ鹿から生まれる運命であったのかは問わず、鹿の足をしていた主人公の異常誕生と親子の離別と再会が伝わったためであると考えられる。前世での「業」の痕跡としての「鹿足」よりは、むしろ異常誕生の特徴として「鹿足」が強調されているのである。それは、韓国に伝わる説話の主人公の名が「鹿足夫人」であること、さらに仏典では確認できない「足袋合わせ」のモチーフが「授乳」モチーフに加わることからも指摘できる。

韓国に伝わる「鹿足夫人」説話の文献は少なく、『廣法寺事蹟碑銘』（一七二七）と『平壌續誌』（一七三〇）では、子供たちが出家した地の由来として「鹿水庵頭陀寺乃九佛始終地云」という。そして『輿地圖書』「古蹟」（一七五七～一七六五）と『安州牧邑誌』（一八二〇年以降）では、十二人の息子が敵国の三千の兵を率いて来た戦場で母と再会した平野として「其地謂之十二三千野」との由来譚になっている。両者とも一見、地名由来譚とみることができるが、前者はたんなる地名由来譚ではなく寺の縁起として仏教の痕跡がまだ残っている反面、後者は寺や仏との関連は述べておらず、さらに「足袋合わせ」のモチーフを加えていることが特徴といえる。さらに、『平壌續誌』の巻一は「仏寺」の項目があるものの、この話は巻三の「雑志」にあること、『輿地圖書』も「寺刹」ではなく「古蹟」に分類し、『輿地圖書』と『安州牧邑誌』がこの説話を「諺伝」と記していることなど民間伝承では仏典の痕跡がだんだん薄くなり、「鹿足」という異常さが強調されていく傾向がみえる。さらに、一九一九年に日本語で刊行された三輪環の『伝説の朝鮮』では、「鹿足夫人」説話三篇が収録され、上記の二種類の説話に続けて、出拠が明らかではないもう一つの説話を収録しており、これにより「鹿」の特徴が強調されていることが確認できる。

> 鹿足夫人は其の名の如く足が鹿に似、又其の髪は短くて毬栗の如く常に防寒用の風防といふものを冠っていた。鹿足夫人に七人の子があったが、皆母に似て鹿足であった。夫人はいつもこの子供等に足袋を穿かせて置いた。或る時その末子が足袋を脱いだので、夫人は大いに怒って此の七人の兄弟を大同江に投げ込んだ。（中略）汝等は皆わが子である。我は鹿足夫人、汝等を生んだのは我なるぞ、我が髪はかく短く、我が足は鹿足である。お前等もその通りであらう。わが乳には七つの穴がある。お前等は昔の事を忘れたのか、今一度わが乳汁を飲んで見よ。▼注[5]

ここでは子供が捨てられる原因として異常誕生や多産ではなく、母親の言い付けに従わなかった不孝が原因となって捨てられる。そして、ここでは、「足袋合わせ」の記述はないが、鹿の足をしているはずであり、髪が短いことなどの鹿の特徴を述べ、授乳する展開となっている。なお、大聖山の麓の川の名を、七人の子供が母国を攻めようとした不孝をわびたところだから「合掌川」とした由来を述べ、親孝行の主題となっている。

以上のように民間伝承における⑩鹿の因縁譚の削除は、布施の功徳と罪による輪廻という主題が薄くなる決定的な要因であるといえる。そして、この鹿の因縁譚が削除された形で定着していく民間伝承での「鹿女夫人」説話は、鹿から生まれた娘が皇后になることよりも、むしろ異常誕生とその痕跡である「鹿足」が強調されることが説話の展開に深く影響していると考える。以上のような民間伝承での「鹿足」と「足袋」のモチーフを持つ日本の民間伝承の主人公として、四人の女人を挙げることができる。それは、光明皇后、大宮姫、浄瑠璃御前、和泉式部であり、四人は鹿の因縁を持つ娘として生まれ、特に「鹿足」の描写がある場合はそれを隠すために履いた「足袋」の由来譚となる共通点を持つ。しかし、四人のそれぞれの物語は鹿から生まれるということ以外には、まったく違う内容のものであり、韓国の「鹿足夫人」の説話よりも仏典の痕跡はほとんど残していない。ただ、光明皇后と大宮姫では、鹿から生まれた娘が「王后になる」という共通点があり、浄瑠璃御前と和泉式部の場合、貴人との出会いはあるものの王后にはなれず、むしろ「放浪する女人」としての展開に共通点をみることができる。しかし、この「王后」と「放浪」の展開こそ、削除されている⑩鹿の因縁譚の主題である「功徳」と「輪廻」の痕跡が深く関わっていると考えている。

3 王后となる鹿娘――「光明皇后」と「大宮姫」

愛知県の鳳来寺には、開祖である利修仙人と鹿の間で生まれた光明皇后の伝承が伝わっており、『鳳来寺興記』（一六四八）には、光明皇后の誕生と湯施行を行う経緯を次のように述している。▼注[6]

物語ニ云。仙人万寿坂ノ辺リニ時ゞ(ヨリヨリ)小便ス。爰ニ妻鹿(メシカ)来テ此小便ヲ喰フ。仙人不レ知レ之。経ニテ数月一ヲ後チ彼鹿女子ヲ産ム。狐狼ノ恐ヲカナシミ仙人養育ス。程ナク成ニ三歳一ニ。仙人思ラク。仙室ニ女人置(ヲク)コトハ不レトテ可レ叶竹籠作リ、乗ニ少女一ヲ、奈良ノ京ニ上リ、聖武帝ノ門外ニ捨置ク。藤原氏取レ之養育ス。容貌端厳ニシテ宛モ如ニ貴妃昭君一ノ。十六歳ニシテ初テ入内シ、備ニ聖武ノ后一ニ。皇后ノ御膚甚タ鮮白ニシテ有ルヤ光明一歟ト疑フ故ニ時ノ人光明皇后ト申(タテ)マツル。漸ク成身ノ後チ、吾レ雖レ上ニルト

后ノ位ニ、真実ノ父母ヲ不レ知。増レ日添レ夜ニ此事ヲ歎タマフ。[注7]

鹿から生まれた娘は皇后になるものの親を知らないことを嘆き、薬師如来の告げによって「真実の父母」である鹿と仙人の存在を知り、親の菩提のために湯施行を行う。鹿から生まれた前世の因縁は語られないものの、鹿の娘として生まれながらも皇后の位に上ることは前世での「功徳」によるものであり、湯施行を行う理由が親への償いであることも、前世で母への罪の「業」を解消しなければならなかった⑩鹿の因縁譚の主題を背景としてみることが出来る。

一方、「鹿足」については、早川孝太郎が「鳳来寺寺記」の内容として、

鳳来寺の伝説では、光明皇后は鹿の胎内より生まれ給うたとなっている。開祖利修仙人が、かつて西北方ある煙巌山の岩窟に籠もって修行中、一日山上に出て四方を観望するうち、たまたま尿を催して、傍らの薄に放したるところ、おりから一匹の雌鹿来たりてその薄を舐め、たちまち孕んだとある。月満ちて玉の如き女子を産んだが、仙人修法中とてその処置に窮し、ひそかにその子を人に托して郷里奈良に遣わし、一日あるやんごとなき邸の門前に捨てしむと言う。その女子成長して後に光明皇后となり給うたが、鹿の胎内に宿り給いし故、生まれながらにして足の指二つに裂け、あたかも鹿の爪の如くなりしと言う。皇后これを嘆き給い、宿業滅亡のため鳳来寺に祈願を籠め、かねて御染筆の扁額を納め給うと言うのである。[注8]

と述べるが、現在、確認できる鳳来寺の文献からは、光明皇后の足が「鹿の爪」であった記述は確認できない。『三州鳳来寺山文献集成』は、鳳来寺に関する縁起、由緒、歴史、詩歌、伝説などを集代したものであるが、光明皇后については、前掲の『鳳来寺興記』の内容と同じく、たんに鹿から生まれたことのみを伝えており、縁起や由緒などでは、「鹿足」の描写をしている文献は見当たらなかった。しかし、早川のいう「鹿足」の描写は独自のものではなく、『鳳来むかしばなし』の「うぶ田と鹿」の話で、東門谷の森田藤吉氏の家の前の田を「うぶ田」というが、ここは光明皇后となった鹿の子の産湯を使った場所であるという。ここでも早川の話と同じく「鹿にあやかってうまれたところか

ら、足の先が鹿そっくりになっていたため、いつも足袋をはいておられ、これがやがて一般の人たちのはく足袋の始めとなったといわれています」と確認できる。▼注[9] すなわち縁起や由緒では鹿の娘として生まれただけの話が「鹿足」の描写をもって民間伝承のほうでより異常誕生を強調しているといえる。なお、光明皇后が「鹿の爪」をしており、これを「宿業」として認識していることには、⑩鹿因縁譚を意識している具体的な記述であると解釈したい。前世での布施の「功徳」が皇后になることであり、「業」は鹿から生まれ鹿の足をしていたこととして、この二つのモチーフは説話の中で常に対応しており、この構造は常に「鹿女夫人」説話の背景としてあると考える。それは、同じく鹿の娘として生まれ皇后になった鹿児島県開聞町に残る「大宮姫」の伝説からも確認できる。▼注[10]

仙人（智通とも）の水を飲んだ鹿から生まれた娘（端照姫・玉依姫）は、藤原鎌足の養女として天智天皇の后になり、「大宮姫」と呼ばれた。大宮姫はいつも足袋を履いていてこれを怪しんだ他の後宮たち（または大友皇子）の計略で雪投げの際、雪の上に残った鹿の足跡から正体がばれて故郷にもどることになる。天智天皇は大宮姫を惜しみ、その後を追って鹿児島に移り住んだという。『開聞古事縁起』をはじめ、『麑藩名勝考』、『三国名勝図会』などの文献と『鹿児島の伝説』、『日向の国諸県の伝説』など多くの資料から確認できる「大宮姫」であるが、民間伝承のほうでは「鹿足」のために都を離れなければならなくなる状況がより詳しく述べられる特徴がある。例えば『開聞古事縁起』では、特に「鹿足」についての具体的な記述はなく、「雪打戦」によって帰郷することになったと伝えるものの、民間伝承では、「鹿足」を恥じて自ら帰郷したり、さらには船に乗せられ流されるはめになり、帰郷すらもできない結末が確認できる。なお、都を追われた大宮姫の帰郷路の経緯が詳細になっていく傾向をみることができ、志賀を出て、伊勢参り、山川牟瀬の浜、頴娃脇浦、開聞嶽に着いたとあり（『三国名勝図会』）、さらに、天智天皇が後を追う路も、難波から日向灘、大隅の内之浦、志布志（『日向の国諸県の伝説』）などと都を追われ、ただ帰郷するのではなく、放浪の旅の末に辿り着いた印象を与える。この放浪の旅路は、⑩鹿の因縁譚の主題から解釈すると、「業」による「輪廻」を意味するのではないかと思う。鹿の娘として生まれた女人が王后になることは、身分の低い女性が最高の地位に上ることであり、そのためには鎌足や不比等という権力者の家の養女になる過程を必要とした。しかし、たんなる身分の低い田舎の娘ではなく、鹿腹で生まれた娘という特徴は、仏典における摩耶夫人、すなわち王后の中でも仏の母になるもっとも高貴な人物の前世を想起させるためのものとして必要なモチーフであるといえる。しかし、⑩鹿の因縁譚は王后になる「功徳」だけではなく、鹿腹で生まれ輪廻を繰り返す「業」も伴う因縁であり、王后になったとしてもその「業」を解消しなければならない問題を含んでいた。光明皇后の場合は、湯施行を行うことでその「業」を解消することになるが、「大宮姫」の場合は「鹿足」がより強調されているにもかかわらず、その「業」を解消するための話がないため、「放浪」という「輪廻」を思わせる展開を必要としていたのではないだろうか。この前世での「業」と「輪廻」の主題により重きをおいた説話が「浄瑠璃御前」と「和泉式部」に関わる「鹿女夫人」説話である。

4　放浪する鹿娘――「浄瑠璃御前」と「和泉式部」

早川孝太郎は、三河の光明皇后の伝説に続き、鹿足の女人について自ら聞いた「浄瑠璃御前」の伝承を記している。浄瑠璃の起源として知られ、浄瑠璃御前と義経の恋物語であるが、早川が伝える伝承の特徴は、薬師如来の化身である白鹿の申し子であったという内容に「鹿足」と「足袋の由来」が加わっている。

しかし自分らが耳で聞いた伝説では、これとはやや趣を異にして、浄瑠璃御前〈姫〉の話になっていた。矢作の兼高長者が、子のないことを憂いて、薬師堂に三七夜の参籠をして、子種を一つ授け給えと祈ったところ、あたかも満願の夜の夢に、薬師は大なる白鹿となって顕れ、汝の願い切なるものあれども、ついに汝に授くべき子種はなければとて、一個の丸を授けらると見て、胎むと言うのである。また別の話では、薬師が白髪の翁となって

> 現われ、鹿の子を授くと告げて消え失せ給うたとも言うた。やがて月満ちて生まれた子が浄瑠璃御前で、輝く如く美しかったが、足の指が二つに裂けていることを、長者が悲しんで、それを隠すため布をもってその足を纏うておいたが、これが足袋の濫觴であると言う。▼注[11]

「十二段草子」や『浄瑠璃御前物語』などでは見えない「鹿足」と「足袋」のモチーフは、矢作の長者が参詣したのが光明皇后の縁の寺である三河の鳳来寺であり、鳳来寺に関わりのある美貌の女人としての印象が光明皇后と重なったための変容であろう。前述したように鹿の因縁を持って生まれた女人は王后となるが、「業」を解消するための展開を必要とする。しかし、浄瑠璃御前の場合は、義経という貴人との出会いはあるものの王后になるわけではない。これは、「鹿女夫人」説話における「功徳」の主題は受け継がれずに、「業」のモチーフのみが残った伝承として考えられる。王后になれない鹿娘の浄瑠璃御前は「鹿足」という「業」の痕跡のみを抱えて、「大宮姫」でみたような「輪廻」の放浪をしなければならない。これは義経と別れた浄瑠璃御前が、義経の後を追って旅に出るという展開につながる。「大宮姫」では、放浪の末に開聞嶽（故郷）に辿り着き祭られる結末であるが、浄瑠璃御前の場合は放浪の旅を終えずに（義経に会えない）亡くなる展開もあり、「業」を解消できなかった結果としてみることができよう。浄瑠璃御前の伝承は、「鹿女夫人」説話のモチーフを共有する主人公の中で最も悲劇性の濃い結末であるが、浄瑠璃御前と同じく王后になれなかった鹿娘でありながらも放浪の末に往生するのが「和泉式部」の伝承である。

和泉式部の伝承も多くのテキストから確認できるが、佐賀県杵島郡和泉村の福泉寺に伝わる伝承では、福泉寺で仏に供えたお茶を飲んだ白鹿が子を産み、寺で子を祈願していた大黒丸の夫婦に引き取られ育ったのが和泉式部であったという。これは、柳田国男によって、詳しく検討されており、和泉式部の伝承を軸にして、光明皇后の伝承と早川孝太郎が伝えた浄瑠璃御前の伝承を比較、これらの伝承が多くの地域に伝わるのは、京都の誓願寺に所属し諸国において布教活動をした女性たちの語りが背景にあると指摘する。▼注[12]娘を亡くした和泉式部が法を求めて、京都から播磨国書写山の円教寺へ行き、また石清水八幡宮を経て辿り着いたのが誓願寺であった。和泉式部の法を求める放浪を伝えるのは『誓願寺縁起』と『和泉式部縁起』であり、ここには鹿の因縁はなく、それぞれ別の話として伝承するが、「鹿足」と「放浪」のモチーフのは対応するものとしてその背景に「鹿女夫人」説話の痕跡があることは確かである。和泉式部の「放浪」について田川くに子は次のように述べる。

> 『誓願寺縁起』が『三国伝記』を、その一部に参照しつつ書かれたものであろう事は、まちがいないが、法華経の功徳を説いた仏教説話を、念仏宗にうまく結合させるために、工夫の跡は明きらか（ママ）だ。結縁を求める和泉式部に袈裟を贈ったり（『無名草子』など）、法華経を授けたり（『三国伝記』）する性空上人は、ここでは明きらか（ママ）に責任回避、「弥陀教の利物いまだみつから分明ならず」と逃げて、八幡山の大菩薩へ行けと勧める。八幡山で七日七夜の通夜をすれば、八十才にもなる老僧が宝殿から現われ、帝都誓願寺を目差せという。和泉式部が誓願寺に辿りつくまでのこの廻り道は、古代中世を通して、一般の女人が往生浄土へのよすがを求めた、その筋道に叶っているともいうべきではないか▼注[13]。

田川がいうように和泉式部の放浪は、往生を求めて熊野や寺社に参詣する女性たちの姿として解釈できる。浄瑠璃御前の放浪は、離別した人を求めて旅に出る静御前や常盤御前などと重なり、「大宮姫」の放浪は、一種の貴種流離として読めるだろう。また、放浪する女性としては、柳田が指摘する、誓願寺の女性たちや熊野比丘尼のような布教活動をする女性たち、そして浄瑠璃や説教節を伝承させた女性たちがその背景にいることも確かである。しかし、それぞれ違うジャンルであり、まったく違う展開をもつ鹿娘たちの物語の共通点は、鹿の因縁で生まれたことだけではない。ここでは、「王后」と「放浪」という展開の背景には、仏典による「鹿女夫人」説話の「功徳」と「業・輪廻」の主題を前提にしてみたときにあらわれる構図があることを指摘しておきたい。さらに、ここまで述べてきた右の四人の女人たちの、物語の主人公としての位相の違いは、鹿の因縁譚でも「功徳」と「業」の主題において、どちらを主なモチーフとして構成するかによるといえる。これは、「功徳」による「王后」の主題をもつのが「光明皇后」と「大宮姫」であるにもかかわらず、「大宮姫」の放浪への展開には、「鹿足」が「業」としてより強調されているためである。鹿の因縁には両義性があり、これを「功徳」と捉えるか、「業」として捉えるかによって説話の展開は大きく変容するのであり、「業」として捉える場合は「鹿足」という描写によってより具体的になり、「業」に対応する「放浪」の展開としてあらわれる。一方、光明皇后の場合、「業」よりは王后になる資格としての「功徳」に重点がおかれたものとして、寺社縁起類の資料には「鹿足」の描写が削除されたと考える。しかしながら、光明皇后の鹿腹出生は、「業」としての認識が完全に消されずに、民間伝承の中で享受されたのである。

【注】

[1] 本研究は、趙恩馤「韓日の「鹿女夫人」説話の展開に関する考察」(『日語日文学研究』八五号二巻、韓国日語日文学会、二〇一三年三月)二四七〜二六三頁、「仏典における「鹿女夫人」説話の類型と意味」(『仏教学報』七六、仏教文化研究院、二〇一六年九月)三五七〜三八三頁(韓国語)の内容を踏まえて、その後の研究成果をまとめたものである。

[2] 「鹿女夫人」という名称は、テキストによって鹿女、鹿母夫人、蓮華夫人などとある。そして、韓国では、鹿の足の特徴を捉え、「鹿足夫人」となっている。本論では、各テキストの詳細を述べる以外では、「鹿女夫人」と使うことにする。

[3] 小泉弘他校注『宝物集・閑居友・比良山古人霊託』(新日本古典文学大系、岩波書店、一九九六年)二四〜二五頁。

[4] 「般遮羅王五百卵事」(千字文説草)(『特別展・仏教説話の世界』神奈川県立金沢文庫、二〇一五年)影印五六頁/翻刻一〇八頁。

[5] 三輪環『伝説の朝鮮』(博文館、一九一九年)、八〜一〇頁。

[6] なお、光明皇后が鹿の娘であったという伝承は、大阪府和泉市にも同じ内容が伝わっており、『大阪府誌』によると、瀧山の浄福寺(後に国分寺)の開基である智海上人と鹿の間で生まれ、藤原不比等の養女として聖武天皇の后になったことを伝えている(『大阪府誌』第五編、大阪府、一九〇三年)六〇三〜六〇五頁。

[7] 『鳳来寺興記』(長乳記)慶安元年(一六四八)、『三州鳳来寺山文献集成』(愛知県郷土資料刊行会、一九七八年)五頁。

［8］早川孝太郎「浄瑠璃御前［姫］と鹿」（講談社学術文庫『猪・鹿・狸』講談社、一九七九年、一一二～一一三頁。初出は一九二六年、郷土研究社第二叢書として刊行）。

［9］鈴木隆一編『鳳来むかしばなし』（鳳来町教育委員会、一九六四年）は確認できず、『三州鳳来寺山文献集成』六四八～六四九頁に所収。なお、『鳳来町誌』民俗資料編二（鳳来町教育委員会、一九七五年）にも所収している。

［10］以下の「大宮姫」の伝説は、荒木博之他編『日本伝説大系』第一四巻・南九州編（みずうみ書房、一九八三年）による。

［11］前掲注8・早川孝太郎。

［12］柳田国男「和泉式部の足袋」（ちくま文庫『柳田国男全集10』筑摩書房、一九九〇年、三五五～三八六頁。初出は一九三一年十一月「旅と伝説」として刊行）。

［13］田川くに子「和泉式部あれこれ」（『文藝論叢』一五、文教大学女子短期大学部文芸科、一九七九年三月）二二頁。

4

中世仏教説話における遁世者像の形成

——高僧伝の受容を中心に——

陸　晩霞

1　はじめに

中世の遁世者としてよく知られているのは、西行・鴨長明・兼好法師など文学史に名を遺した人々である。彼らの人物像について、それぞれの文学作品を通してその一斑が窺われる。むろん、ほかにも有名無名の遁世者は中世を通じて無数に現れており、その一部の姿が仏教説話によって捉えられて後世まで伝えられている。本稿は中世仏教説話を考察対象として、その中で遁世者はどのように表現されているかを考えるものである。

ただし、中世を代表する大方の仏教説話集に登場する遁世者は、例えば歴史的名僧の玄賓や増賀のように必ずしも中世の人物ではない。こうした場合、遁世者の存命時代にあえて頓着せずその人物像のあり方に意を注ぎたい。中世人の編者の手になる説話集だから、作中の人物像がだいたい中世的な彩りをされていると考えても差し支えあるまい。

また、説話は「あらゆる領域にかかわり、地盤や基底をなすと同時に、すべてを呑みこみ吸引する磁石をもち、さまざまな分野を活性化してやまない媒体」[注1]とされているように、本稿では高僧伝という分野の受容を中心に中世仏教説話における遁世者像の形成を探ってみる。

2　遁世の意味

日本の歴史文化の流れにおける「遁世」の語義変遷については、大隅和雄「遁世について」[注2]と小林昇「遁世と遁世者」[注3]の両論においてほぼ論じ尽くされており、詳細はそちらに譲りたいが、要点だけを拾うと次のようである。つまり、遁世はもともと、『礼記』中庸篇に「遯世不見知而不悔、唯聖者能之」とあり、または『易』乾の文言伝に「遯世无悶」とあるように、朝廷の徴用から遁れて隠逸を果たし、出世の途を自ら断つという意味である。奈良時代の『懐風藻』『経国集』などの諸文献における遁世はほとんどこのような意味を受け継いだものだが、十世紀の末頃から出た多くの願文類において、遁世は出家の意味として解されるようになった。中世鎌倉時代の遁世者には、上代の行基菩薩をはじめとする私度僧集団などに遡源できる聖・沙弥などと呼ばれる民間布教者もいれば、俗化が進んだ寺院から出奔し、名利からの離脱を志していわゆる再出家を実行した僧侶もいるように、遁世の意味が一層複雑になったのである。

事実、中世仏教説話における遁世の用例の意味するところは、おおよそ再出家・出家・隠遁という三つの意味範囲に亘っているとみられる。

例えば、鴨長明『発心集』巻一では、有名な遁世者玄賓と増賀の話が取り上げられている。第一話「玄敏僧都、遁世逐電の事」、第二話「同人、伊賀の国郡司に仕はれ給ふ事」、第五話「多武峯僧賀上人、遁世往生の事」などである。

玄賓はもと興福寺の高僧であったし、増賀は延暦寺良源のもとで出家したのだが、後に二人とも寺院を離れて、或いは逐電し或いは多武峯の奥に籠居した。彼らの遁世は明らかに僧侶が公的な寺院から再出家したものである。こうした再出家の遁世はとくに名僧に限らず、名の知られざる僧侶の発心談にも見られるので、仏教説話集に多く収録され、一つの説話群を成している。

一方、出家と同じ意味の遁世の用法も多く行われている。『発心集』巻五第七話「少納言統理、遁世の事」は、藤原統理が増賀聖のいる多武峯に分け入って出家した経緯を語る。巻八第十二話「前兵衛尉、遁世往生の事」はある下級貴族男性が賀茂の大神の夢告を得て出家した話である。同様に、『閑居友』や『撰集抄』に集められているさまざまな遁世談の中にも、単なる俗人の出家を記述した話が少なくない。実際、出家とほぼ同義の「遁世」は、仏教説話と区別される世俗説話集（『古事談』『十訓抄』など）ひいては王朝末期の公家日記にも多く認められるのである。

ただ、右で見たように中世鎌倉時代における遁世には新しい意味が加わってきたとはいえ、がんらい隠遁を表わす意味合いは完全に忘れ去られたわけではない。鎌倉末期成立の『沙石集』において作者無住は「遁世ノ遁ハ時代ニカキカヘム昔ハ遁今ハ貪」（梵舜本巻三第八話「栂尾上人物語事」）というざれ歌を詠んだりして、今昔を比較して今時の名利を忘れぬ遁世人を批判する。その際に、よく引き合いに出される古代の殊勝な遁世人には、再出家を果たした栂尾上人明恵のほかに、古代中国の賢人隠者のイメージも重なっているようだ。許由巣父や伯夷叔斉らの故事の度重なる引用から、無住が古代の隠遁者の姿に理想的な遁世の照準を当てていることが読み取れよう。見逃せないのは、『沙石集』のほかに、『撰集抄』『徒然草』なども許由巣父らを遁世者の模範として挙げていることである。これは、古代隠者風の遁世も仏教説話を含める多くの中世文学の作者・編者によって記憶され意識されていたことを示していよう。

以上からみると、中世の仏教説話に見える「遁世」は大概、僧侶の再出家、俗人の出家、古人の隠遁という三種の意味に類別できる。本稿で考察しようとする遁世者像は前二種に絞る、中世当時のものであるが、古人の隠遁はこうした遁世者像の形成に作用した要素として念頭に置くにとどめる。

3　類型化する遁世者像――遁走型・閑居型・佯狂型

そもそも、仏道への勧奨を主な創作動機に持つ仏教説話集は、凡俗一般の亀鑑となるような立派な人物の説話を集めて掲げるとともに、尾籠者の失敗談なども反面教師として取り上げるため、そこにさまざまな遁世者の生き方が見られる。けれども、中世人の目に映った理想的な遁世者はたいてい何らかの共通点があって、ある程度類型化していると考えられる。ここで注目するのは、遁走型・閑居型・佯狂型の三種である。

（1）遁走型

遁走型遁世者の筆頭に挙げられるのは玄賓である。『発心集』巻一の冒頭を飾るのは同人についての有名な説話である。三輪河のほとりに隠棲している玄賓は、桓武天皇に召し出されて大僧都に任命される。それを辞退して、「三輪川のきよき流れにすすぎてし」云々の名歌を詠んで、ほどなく「弟子にも使はる人にも知られずして、いづちともなく失せにけり」として行方不明になった。後年、越国で渡し守になっている玄賓を弟子が見つけ出して、ゆっくり訪ねようとしたら、再び行方を晦ましたという。玄賓は実に何度も遁走を繰り返し、世間の追随を頑なに拒んだ遁世者なのである。

『発心集』巻一には遁走型の遁世談が集中して配置されている観がある。第三話「平等供奉、山を離れて異州に趣く事」も異彩を放つ一話である。比叡山の平等供奉がある日便所に行った際、一念発起して下着姿のままで山から出奔した。足の向くのに任せて伊予の国に着いて「門乞食」となって過ごしたが、寺の弟子どもは一言の連絡も得ず惑乱するばかりだった。後に弟子の一人が偶然、乞食の姿のわが師と再会したが、再び弟子や世間から尊ばれ囲まれようとすると、平等はこつ然とまた行方を晦ました。『発心集』の編者が平等話の後に、「今も昔も、実に心を発せる人は、かやうに古郷を離れ、見ず知らぬ処にて、いさぎよく名利をば捨てて失するなり」という話末評をつけてその遁走行為を高く評価している。このような編者の態度は『閑居友』や『撰集抄』などにも見られ、平等の説話自体は『今昔物語集』『古事談』『私聚百因縁集』『三国伝記』などにも採録されていることから、当時一般的に遁走型の遁世者に敬意が払われていたことが想像できる。

（2）閑居型

中世の全時代にわたって見られる遁世において、閑居は重要なキーワードとなっていたようである。『閑居友』は題名にこれを大きく掲げているほかに、作中の随所に「人お遠(ママ)ざかる事、いみじく尊く侍」（上・六「あづまの聖のてづから山送りする事」）などと述べて、閑居独居を尊ぶ意志が読み取れる。『撰集抄』は『閑居友』の影響下にあるだけに、「閑居の友」という表現をそのまましばしば用いるし、「閑居のつれぐをば、我こそなぐさめ申に、そこのひとり残り給ひて、いかに多く歎かん」（巻六第五話、岩波文庫、一七七頁）とあるように、遁世者が日頃つれづれなる閑居生活を送っている様子を直接的に伝えている。

或いは、『沙石集』では解脱房上人貞慶の遁世について、「解脱房上人、笠置に般若台と名づけて、閑居の地をトして明神を請じ奉り給ひければ、童子の形にて、上人の頸に乗りて渡らせ給ひける、となむ申し伝へたり」（米沢本巻一第五話）と書かれる。貞慶が笠置寺を遁世の地に選んで、春日大明神にその地を鎮護するよう請じたというが、ここで注意したいのは、「閑居の地をト」すという言葉である。「閑居」は静かな独居生活であるからには、どこでもできるわけではなく、その地を入念に選ばなければならないのである。

遁世者がどのような場所で閑居するかについて、玄賓に纏わる一連の説話が示唆的である。玄賓は最初、「三輪河のほとりに、僅かなる草の庵を結びてなむ思ひつつ住みけり」（『発心集』）が、大僧都の任命を辞退して遁世した後も越国の「大きなる河」で渡し守をするなど、水のある所が好ましいようである。『閑居友』上・三では、同人の大僧都を辞退した時の歌として、「とつ国は山水清しこと繁き君が御代には住まぬまされり」を掲げ、「まことに境へだゝれる国の、人も通はで、いたづらに清き山水流れたる処」と評している。一方の『撰集抄』は遁世者の模範として常に玄賓の故事を引用するが、その引用はほとんど三輪河、清き流れなど常套化したパターンである。これもある意味では水と玄賓の遁世との密接な関係を物語る証拠となろう。

要するに、山水清らかな所に草庵を結んで閑居することが、理想的な遁世者像を構築する一場面として定着しているのである。『方丈記』鴨長明の日野山閑居や『徒然草』で兼好法師が「人遠く、水草清き所にさまよひありきたるばかり、心慰む事はあらじ」（第二十一段）と記したのを想起するまでもなく、閑居型の遁世者像が中世では最も一般的だったのではなかろうか。

（3）佯狂型

仏教説話に登場する遁世者の中、ひと際目立つのはいわゆる隠徳佯狂の人たちである。彼らは往々にして高い行徳を備えているにもかかわらず、それを秘めてわざと下賤な身なりを装い奇矯な行動を取って、最終的には往生するというのである。このタイプの遁世者は先行研究では偽悪の遁世者と呼ばれたこともあるが、本稿では説話の原文に「偽（いつわ）って」「物狂ひの様にて」とあるのと、その由来（後述）に因んで佯狂型の遁世者と称する。

『発心集』巻一第十二話「美作守顕能家に入り来る僧の事」は佯狂型遁世僧の話である。美作守顕能の家に乞食に来た若い僧は自分に妊娠した妻がいることを語り、食料を所望する。同情した主は布施を用意して僧の住所まで届けようとすると、僧は施主の配慮を断り、自分で持ち帰ることにした。不審に思った主が下人に後をつけさせると、実は北山の奥で修行に励む清僧で、妻を儲けているというのは嘘であった。これについて編者長明は遁世した法師が名聞を避けるべく、清徳を隠してわざと不埒な一面を世に示したものと解釈している。

このような佯狂型遁世者の話は他の説話集にも多数見えるので、遁世者の具体的な行状によってさらに三つの種類に細分できる。一、背徳の破戒僧、二、身体不具者または変人、三、狂人偏屈者をそれぞれ偽装するタイプである。背徳の破戒僧を偽装する場合、多くは仏者の女犯や肉食に焦点がある。前掲『発心集』巻一第十二話はそうだが、同巻第十一話の高野上人も同じように女犯を偽る筋書きである。高野上人は妻を儲ける振りをするが、実はこのような破戒の生活を見せかけとして裏では静修につとめついに往生したという。また、遁世僧が肉食を忌避しない例は、『発心集』巻一第十話「天王寺聖、隠徳の事付乞食聖の事」に見られる。そこに登場する乞食聖は「物狂ひの様にて、食物は魚鳥をもきらはず、着物は莚・こもをさへ重ねつつ、人の姿にもあらず」という。殺生精進を守らないどころか、まともな者にも見えない風体で、破戒者だけでなく次の類型の変人を装う一面すらある。

二番目の身体不具者または変人を装うケースも多々ある。『閑居友』上・八「唖の真似したる上人」や同九「あづまの方に不軽拝みける老僧」などがそうであるし、『発心集』には妙な口癖を発して世間から変人視される遁世者の話がとりわけ多く採取されている。巻一第十話の天王寺の聖や、巻三第一話の江州「ましての叟」、巻八第一話の時料上人などはみな世間から変人と目された存在であるが、みな一様にめでたく往生する結末になっている。だから、これら外形がみすぼらしく、行動が異様に見えた遁世の聖たちを説話集の編者は口を揃えて高く称揚している。

三番目の狂人偏屈者風に振る舞う代表格は玄賓と増賀を措いてほかあるまい。玄賓の逐電の話はあまりにも有名で彼の偏屈さを窺わせるのに最適の材料である。▼注[4]　増賀の数々の奇行ぶりもドラマチックでまた多くの説話集の注目材料となっている。▼注[5]　『発心集』は彼の内論義の場での奇行、后の宮出家時の奇行、師匠の晴れの場における奇行、臨命終時の奇行などを取り上げたうえ、「此の人のふるまひ、世の末には物狂ひとも云ひつべけれども、境界離れんための思ひばかりなれば、其れにつけても、ありがたきためしに云ひ置きけり」と述べている。これは、増賀上人の佯狂についての評論でもあれば、全ての佯狂型遁世に対する意義付けと見なすこともできよう。破戒僧や身体不具者、変人、狂人などは俗人の目には物狂いと映っていたり、または賤しめられたりするのだから、それを装うことは遁世者本人の立場から見ると、まさに俗の境界から離れる、世に捨てられる方便なのだというのである。

現に、天王寺の瑠璃聖などが長明から「此れらは、勝れたる後世者の一の有様なり」と絶賛されるように、佯狂型遁世者は一般の修行者が真似できない境地に到達しているからこそ、人々から集めた尊敬と憧憬も並大抵のものではなかっただろう。

4　理想的な遁世の境地——澄心（ちょうしん）

では、右のような遁世者像は如何にして形作られるのであろうか。この問題を解く前にまず、これらの遁世者をして遁走・閑居・佯狂をせしめたものは何だったのかを考える必要がある。

遁世者の閑居の地がいつも自然豊かな山間水沢に設定されるのはなぜか、この問いは早くから研究者の問題意識に上っていたようである。石田瑞麿は『撰集抄』における遁世者の理想を論じて、「宗教的自然美は遁世者一般の心の支えであった」と指摘している。▼注[6]また、遁世者の佯狂について、益田勝実の有名な論文「偽悪の伝統」▼注[7]がある。同論文では、佯狂の遁世者が自らを「人に悪人とみせて、自身を自由に解放しようとするだけではなく、みずから、悪人という意識をはっきり持たざるをえなかったろう。偽悪は、ようやく、単なる偽悪でなく、ほんとうの悪を生産しつづけて、その悪人意識によって信仰に結びついていく道となってきた。」（『火山列島の思想』二三七頁）と論じられているが、偽悪の動機についての分析はやや近代的に過ぎる印象を受ける。偽悪はやがて本当の悪を生産し続けて悪人意識を生み出すに至るという説明も必ずしも佯狂型遁世者の行状すべてに当てはまるとは言えない。

本稿は遁世者説話の文章に立ち返って、遁走や閑居、佯狂などを実践した遁世者たちの求めようとするものは何だったかを追究してみた結果、それは澄心つまり「心を澄ます」ことだったのではないかと考える。澄心は中世の仏教説話において「心を澄ます」「心すむ」「思ひを澄ます」「心をしづめる」など多様の表現によって表わされているが、このことが遁世者にとって如何に重要であるかは、遁世説話に澄心とその類似表現の頻出によって知られる。

例えば、全部で三十二話からなる『閑居友』の場合、全話数の四分の一弱において澄心が強調されている。そして、最終話「東山にて往生する女童の事」の末尾に、跋文として次のような、澄心への切実な思いを表出する一段がある。

かゝる数にもあらぬ憂き身にも、松風お（ママ）友と定め、白雲を馴れ行くものとして、ある時は、青嵐ノ夜、すさましき月の色を眺め、ある時は、長松の暁、さびたる猿の声を聞く、ある時は、訪ふかとすれば過ぎて行むら時雨を窓に聞き、ある時は、馴るゝまゝに荒れて行く高嶺の嵐を友として、窓の前に涙を抑へ、床の上に思ひを定めて侍は、何となく心も澄み渡り侍れば、それをこの世の楽しみにて侍なり。たとひ後の世お（ママ）思はずとも、たゞこの世一の心を遊ばせて侍らんも、あしからじものを。海の辺りに居て、寄り来る波に心を洗ひ、谷の深きに隠れて、嶺の松風に思ひを澄まさむ事、後の世のためとは思はずとも、澄み渡りて聞こゆべきにや。いはむや、思ひをま事の道にかけて、濁れる人〳〵を遠ざかり、心お（ママ）憂き世中に留めずして、世の塵に汚れじと住まはんは、などてかはあしく侍べき。（新日本古典文学大系、四五一～二頁）

和歌的表現を並べ立てているが、自然の景色が、どんな眺めであろうと、いつも人の心を洗い澄明な精神状態をもたらしてくれることを語っている。閑居が心を澄ます上で如何に重要なことか、澄心は思いを仏道に寄せる遁世者にとって如何に大事であるかは、この跋文で十分解説されている。

ただ、澄心は自然山水に身を置いてはじめて獲得できる境地であるとは限らない。糸竹管絃や和歌の嗜みを通して心が澄むという主張は、『発心集』の数奇助縁論が有名で、▼注［8］ほかに『撰集抄』の狂言綺語観（巻八）や『沙石集』の和歌陀羅尼観（巻五本）などにも反映している。要するに、精神を養うきっかけとして、山水の自然美と音楽詩文の芸術美とは異なるが、美しいものに心を澄ます原理は共通しており、そこで文芸の鑑賞も閑居生活の一部として捉えられるのである。一方、前節で考察した佯狂型の遁世者はむしろ、社会通念で美の対極とされる醜悪に拘り、醜悪を自ら演じることによって精神的孤独境を実現し、ゆえに澄心へ繋いでいくと考えられる。佯狂型遁世者による奇矯な振る舞いは、審美の基準では当然マイナスの価値判断が下され、世間から突き放される。まさに、このような屈折した手段をとってまで、遁世者は佯狂の実践過程で名利への執心を断ち切り、同時に澄心の境地に入っていくのであろう。

遁世者にとって、遁走や閑居はもし世を捨てる意味のある行動と言えるならば、佯狂はまさに世に捨てられるための方策だったのである。目的はいずれも澄心にある点には変わりない。ところで、澄心はまた如何にして遁世者たちの希求する境地になったのであろうか。それは、心を澄ますことが究極的には遁世者たちの後生大事、つまり「出離解脱」または「正念往生」に繋がるからであるが、後述するように高僧伝の影響も看過できないのである。

5　高僧伝の受容について

中国の高僧伝でよく知られているものに、『梁高僧伝』（五一九）、『唐高僧伝』（六四五）、『宋高僧伝』（九八八）、『大明高僧伝』（一六〇五）などがある。これらの高僧伝が中世の仏教説話に与えた影響については先行研究で注目されているが、まとまった論考は意外に少ない。▼注［9］ここでは、仏教説話における遁走型、閑居型及び佯狂型の遁世者像の形成において、高僧伝類が具体的にどう関わっているかを考察してみる。

『閑居友』上・三「玄賓僧都、門お閉して善珠僧正お入れぬ事」において、玄賓が天皇からの僧位授与を辞退し歌を詠んで山奥に隠れ、また僧正になった善珠に冷たく接した逸話を述べた後、次のように『摩訶止観』の文言を引用して玄賓の行状を褒め称える。

止観の中には、「徳を縮め瑕を露はし、狂を揚げ実お隠せ」といひ、また、「もし、迹を遁れんに脱るゝ事あたはずは、まさに一挙万里にして、絶域他方にすべし」といへり。今この迹を尋ぬるに、かの教へにつぶとかなひて侍にや。あはれにかしこくこそ侍れ。（新日本古典文学大系、三六七頁）

中世仏教説話にしばしば引かれる『摩訶止観』であるが、中世人の遁世観に与えた同書の影響は改めて言うまでもない。とくに、巻七の下で正しく止観を修することを説く部分には、「当縮徳露玼、揚狂隠実。密覆金唄、莫令盗見。若遁迹不脱、当一挙万里、絶域他方、無相諳練。快得学道。如求那跋摩云云」（大正蔵四十六巻九九頁下）とあって、遁世者を遁走・閑居・佯狂の方向に導いた指針の如きものともいえる。▼注[10]

ここで注目したいのは、右『摩訶止観』の引用の最後に「如求那跋摩云云」とある一文である。これは『梁高僧伝』巻三所収の求那跋摩伝を参看すべしとの指示であろう。求那跋摩伝によると、求那跋摩は罽賓国の王族の後裔で、小さい頃、相人から将来は国王になるか世俗を離れた聖人になるだろうと予言された。二十歳で出家したが、三十歳のとき、罽賓王が亡くなったため、後継者になるよう朝廷から求められた。しかし、求那跋摩は朝廷からの要請を固辞して、「乃辞師違衆、林棲谷飲、孤行山野、遁迹人世」（大正蔵五十巻三四〇頁中）とあるように、山林渓谷に迹を晦ます遁走型の先駆者となったのである。

『梁高僧伝』のこの部分に基づいて、智顗は「若遁迹不脱、当一挙万里、絶域他方」という遁走の方法を見出して『摩訶止観』で示教したのであろう。それがまた中世の仏教説話に受け入れられ、遁世者説話の構成に貢献したと思われる。

また、佯狂型の遁世者像が造形される上でも、先に引用した『摩訶止観』の文言「当縮徳露玼、揚狂隠実」▼注[11]の指導的影響がもちろん無視できないが、高僧伝の類も同様に表現の面で少なからぬ寄与をしている。例えば『唐高僧伝』巻二十五感通上の「賈逸伝（附揚祐伝）」に、

時蜀郡又有揚祐師者。佯狂岷絡。古老百歳者云。初見至今貌常不改。可年四十。著故黄衫。食噉同俗。栖止無定。毎有大集身必在先。言笑応変不傷物議。預記来験。時共称美。迄于唐初猶見彼土。後失其所在。（大正蔵五十巻六五三頁中）

とある。この文章による限り、揚祐法師の佯狂の動機は判然としないが、その「食噉同俗、栖止無定」という生き様は、『発心集』などにおける乞食僧・偽装破戒僧などの佯狂ぶりに相似る。また、賈逸については、

大業五年。天下清晏。逸与諸群小戯於水側。或騎橋檻。手拚之云。拗羊頭捩羊頭。衆人倚看笑其所作。（大正蔵五十巻六五三頁中）

と記述されている。沙門賈逸が子供と遊び仲間となり、意味不明な言葉を口走り、市中の人々に笑い物にされるなどの特徴は『発心集』『閑居友』『撰集抄』などに登場する佯狂型遁世者にも認められる。

玄賓を彷彿させる佯狂僧としては『宋高僧伝』巻二十の釈清観が挙げられる。清観は生れつきの神童であり、手足の指の間に蹼状の膜が付いているという異相の持ち主であった。成人した後、僧侶として様々な神異を起こし、庶衆の信仰を集めた。天台山の僧正職になるよう要請されたら、佯狂して迹を晦ましたという。伝によると、

人皆異之。遠近瞻礼日別盈満。喧擾可厭。乃逃往翠屏山蘭若独棲。続天台山衆列請為僧正。乃佯狂隠晦。州牧杜雄遂奏昭宗宣賜紫衣。観聞之若愁思不楽。後無疾而終焉。（大正蔵五十巻八四二頁中。傍線引用者）

右の伝記の傍線部を見て分かるように、清観は佯狂だけでなく、遁走、閑居も実践した三拍子そろった修行者なのである。高僧伝に見られる高僧像のこうした特徴は中世の遁世者像に引き継がれたと考えられよう。

また、前節で中世仏教説話において遁世者たちの対面する風景が、彼らを澄心の境地へ導く機縁として積極的に表

現されていることに注意した。これは換言すれば、修行環境（閑居）と修行効果（澄心）の関係を把握する表現法と言えよう。そこにも高僧伝が大きく投影していることを指摘したい。中国撰述の四朝高僧伝では、閑居と澄心のモチーフが組み合わせとなって人物の評伝に用いられることは珍しくない。ただし、表現としては多様に亘り、閑居と同義の「幽棲」「独居」などがあれば、「澄心」の意味で「息心」「養志」なども多用される。▼注［12］ここで『梁高僧伝』の釈慧遠伝を通して、山水の間に閑居する高僧がいかに心を澄ますのかを見てみよう。

慧遠は、廬山白蓮社などの念仏結社で日本の仏教界でも広く知られる人物で、その伝記が『梁高僧伝』巻六第一に列せられている。彼の四十代後半、戦乱が迫ったため、師道安の率いる北方教団と別れ、数十人の弟子を伴って南の方へ伝法に赴く。その途中、潯陽を通過するとき、「廬峯の清静にして以て心を息はしむるに足るを見て」（釈慧遠伝、原漢文）、始めて廬山に止住することにした。『梁高僧伝』によると、地元の有力者刺史桓伊は慧遠のために廬山の東麓に東林寺を創った。慧遠を開祖とする東林寺の環境は次のように描かれている。

桓乃為遠復於山東更立房殿。即東林是也。遠創造精舎洞尽山美。却負香爐之峯。傍帯瀑布之壑。仍石疊基即松栽構。清泉環階白雲満室。復於寺内別置禅林。森樹烟凝石筵苔合。凡在瞻履皆神清而気粛焉。（大正蔵五十巻三五八頁中）

香炉峰を後ろに瀑布を横にという東林寺の立地が素晴らしさを極める。そこにあるものは、松石・清泉・白雲・林煙・青苔など。その景観を見、その地に足を踏み入れた者はみな「神清気粛」と、精神が清らかで気分が粛然として心が洗われる。この描写は前掲『閑居友』の松風・白雲・青嵐・時雨・嶺風などを書き連ねた跋文を思い出させる。慶政としては、清らかな自然景物が遁世者の心を洗い澄ましてくれると言おうとしているのだが、釈慧遠伝のような文章から啓発された部分も多くあったのではなかろうか。

高僧と閑居と澄心という関係は慧遠だけに見られるものではない。ほかに『梁高僧伝』巻七「釈曇諦伝」、巻十一「釈僧業伝」、巻十二「釈超辯伝」及び『唐高僧伝』巻七「釈洪偃伝」、巻十二の「釈慧覚伝」などにおいても、自然山水に囲まれて俗念を滅却し（「息心」「澄心」）、道心を練磨する高僧像は多く描かれている。高僧伝の編纂者たちは、高僧の清徳が清澄な自然の中で閑居することによって涵養された、「息心（澄心）」の結果であると認識し表現していたのである。このような表現の手法は、中世仏教説話にも受容されて、澄心を求めて閑居する遁世者像を作り出す上で大いに役割を果たしたと考えるのである。

6　おわりに

中世の仏教説話には、山水景勝の地に草庵を結んで閑居し、市中にいて佯狂し、度々僻地へ遁走する遁世者が多く描かれている。このような類型化した遁世者像の形成においては、高僧伝の内容や人物描写、さらには自然と人間の関係を捉える修行観を受容したことの意義が甚大であることを述べてきた。

そして、遁世者にとって遁走や閑居、佯狂などの目的はすべて澄心のためにあり、最終的には臨終正念で往生を遂げるためであったことも注意されたい。言い換えれば、往生こそが遁世の究極の目的だったのである。そのため、遁世者説話における往生思想の表現（例えば念誦の功徳、捨身行の実践など）と高僧伝の関係についてもなお考察を深める必要があるが、与えられた紙幅がすでに尽きているので、別稿を期すこととしたい。

【注】

［１］小峯和明『説話の言説―中世の表現と歴史叙述』（森話社、二〇〇二年）一〇四頁。
［２］大隅和雄「遁世について」（『北海道大学文学紀要』一三号第二分冊、一九六五年一月）。
［３］小林昇『中国・日本における歴史観と隠逸思想』（早稲田大学出版部、一九八三年）所収。

［4］石田瑞麿「遁世の理想像　玄賓」（『中世文学と仏教の交渉』春秋社、一九七五年所収）、渡辺貞麿「玄賓説話考」（『平家物語の思想』法蔵館、一九八八年所収）、廣田哲通「隠者の原型―玄賓像の形成」（『中世仏教説話研究』勉誠社、一九八七年）、野村卓美「玄賓説話の基礎的研究」（『中世仏教説話論考』和泉書院、二〇〇五年）など参照。

［5］平林盛得「増賀聖奇行説話の検討」（『国語と国文学』四〇巻一〇号、一九六三年十月）参照。増賀上人の奇行は『大日本国法華経験記』をはじめ、『古事談』『今昔物語集』『宇治拾遺物語』『私聚百因縁集』『三国伝記』『発心集』『撰集抄』などにほとんど記録されている。

［6］石田瑞麿前掲書所収の「遁世者の理想―『撰集抄』の世界―」による。また、田村圓澄『日本仏教思想史研究・浄土教篇』「遁世者考―『撰集抄』を中心として―」（平楽寺書店、一九五九年）も参照できる。

［7］益田勝実『火山列島の思想』（筑摩書房、一九六八年）所収。

［8］『発心集』巻六第九話に「数奇と云ふは、人の交はりを好まず、身のしづめるをも愁へず、花の咲き散るをあはれみ、月の出入を思ふに付けて、常に心を澄まして、世の濁りにしまぬを事とすれば、おのづから生滅のことわりも顕はれ、名利の余執つきぬべし」とあるのを指す。

［9］『閑居友』などの注釈ではしばしば言及されるが、論考に纏められたものは少ない。

［10］『摩訶止観』で止観の前方便として説かれた五縁具足思想が鴨長明、無住、兼好法師らの文学に深く浸透している。同書と遁世文学の関係については稿を改めて検討したい。

［11］この文は「徳を縮め玼を露わし、狂を揚げ実を隠す」と訓読されているが、「揚狂」は同音のため、「陽狂」の誤写または訛伝の可能性が高い。また「陽狂」と「佯狂」は同義なので、「揚狂隠実」は本来「狂を揚り実を隠す」と読むべきであろう。

［12］『梁高僧伝』巻第五「釈道立伝」、同巻「竺法曠伝」、巻第七「竺道生伝」など参照。

【参考文献】

小泉弘その他『宝物集・閑居友・比良山古人霊託』（新日本古典文学大系、岩波書店、一九九三年）。
西尾光一『撰集抄』（岩波文庫、一九七〇年）。
渡邊綱也『沙石集』（日本古典文学大系、岩波書店、一九六六年）。
小島孝之『沙石集』（新編日本古典文学全集、小学館、二〇〇一年）。

三木紀人『方丈記・発心集』（新潮日本古典集成、新潮社、一九九八年第一三刷）。
三木紀人『徒然草全訳注（一）』（講談社学術文庫、一九七九年）。
慧皎『梁高僧伝』・道宣『唐高僧伝』・賛寧等『宋高僧伝』大正新脩大蔵経第五十巻（一九六〇年再刊）。
智顗『摩訶止観』大正新脩大蔵経第四十六巻（一九六二年再刊）。

5

法会と言葉遊び

——小野小町と物名の歌を手がかりとして——

石井公成

1　はじめに

小野小町は、身と心を見つめた恋歌を詠んだ女流歌人の代表とみなされてきた。掛詞や縁語などの技法の巧みさでも知られている。ところが、小沢正夫はその小町について「歌の舞台は寺であることが不思議に多い」という。▼注[1] 確かに、小町の歌は寺と縁が深いものが多いのだ。卒都婆に腰かけたことをとがめられ、仏教教理を用いてやりかえす歌を詠んだとする能の「卒都婆小町」などは、後代の小町伝説に基づく話であって史実でないとはいえ、小町の歌にはそうした話をふくらませていきたくなるような要素、また仏教色の濃い後代の歌を小町の作としたくなるような要素があることは間違いない。近年になって、小町の歌における仏教の影響に関する研究が進みつつあるのは当然だろう。▼注[2]

ここで重要なのは、仏教が和歌に及ぼした影響は、無常観などだけではないにもかかわらず、研究はまだまだ不十分であって、とりわけ、冗談や言葉遊びとの関係については解明すべきことばかりであることだ。実際、『古今集』「仮名序」の「たとへば、絵に描ける女を見て、徒らに心を動かすがごとし」という遍昭評は、『涅槃経』高貴徳王菩薩品が「心」について論ずる際、「譬へば人有りて、画ける女の像を見て、亦た復た貪を生じ、貪を生ずるを以ての故に、種種の罪を得るが如し（譬如有人、見画女像、亦復生貪、以生貪故、得種種罪）」（大正一二・五一五下）と説き、『日本霊異記』中巻第十三縁でも「涅槃経に云うが如し。多婬の人は、画ける女にも欲を生ずとは、其れ斯の謂なり（如涅槃経云、多婬之人、画女生欲者、其斯謂之矣）」として引かれる有名な画女の譬喩に基づく冗談まじりの評言であるにもかかわらず、そうした面はこれまで注意されていない。「仮名序」すら正確に理解されていないのだ。

そこで、本稿では『古今集』における小町の歌と物名の歌を検討することによって、和歌における言葉遊びに及ぼした仏教の影響の一端を明らかにしたい。

2　法会関連の小町の歌

小町の歌のうち、寺での法事と関連することが明記されている代表は、『古今集』恋歌二におさめられた次の有名な贈答歌だろう。

　　下出雲寺に人の業しける日、真静法師の、導師にて言へりける言葉を、
　　歌によみて、小野小町がもとに遣はせりける　　　　　　安倍清行朝臣

つつめども袖にたまらぬ白玉は人を見ぬ目の涙なりけり（五五六）

返し　　　　　　　　　　　　　　　　　　　　　　　　　　小町

おろかなる涙ぞ袖に玉はなす我は塞きあへずたぎつ瀬なれば（五五七）

四十九日などだろうか、下出雲寺で行なわれたある人の追善法要において、導師を勤めた真静法師が述べたことを清行が早速、歌に詠みこみ、「袖で包んでもたまらない白玉は、実は会いたい人に会えない私の目から落ちた悲しみの涙でありましたよ」という和歌を送ったところ、小町は「おろかな（おざなりな）涙だからこそ、袖の上の玉のようになるのです。私の涙はせき止められません、たぎって下る急流のようなので」とやりこめた歌を返したというのだ。この清行の歌の典拠が『法華経』五百弟子受記品の衣裏宝珠の譬えであることは早くから知られていたが、小町の返歌の方も同じ個所を利用していることが指摘されている。▼注［3］

衣裏宝珠の段では、ある人が親友の家で酔って寝てしまった際、用事ができた親友は「無価の宝珠を以て其の衣の裏に繋け（以無価宝珠繫其衣裏）」、与えて出かけていったものの、その人はそれを知らずに諸国をさすらってつらい労働に励み、僅かな収入で満足していたところ、たまたま再会した親友は「之を見て（見之）」宝珠のことを告げ、衣食も思うままにならない生活に苦しんでいるのは「甚だ癡［おろか］なりと為す」となじったという話が比喩として示されている。すなわち、誰もが仏になれる可能性を有しているにもかかわらず、声聞や縁覚たちは苦労して修行しておりながらちっぽけな悟りで満足していることを、『法華経』は宝珠の比喩によって示したのだ。

真静法師は、この比喩に基づき、「『法華経』では、友人に出会った親友はその惨状を見て、友人の衣の奥に宝珠を隠しておいたことを告げましたが、袖で包みとめようとしてもこぼれ落ちてゆく白い玉は、二度と見ることができなくなった故人を思う人々の悲しみの涙にほかなりません」といった趣旨のことを、朗々たる声で弁じたのだろう。清行はこれを利用し、故人を思い悲しむ歌のような体裁にしつつ、「袖にとどまらずにこぼれ落ちる涙は、人（あなた）を見ることができず、つらく思っている私の目から落ちる涙でしたよ」という内容を含ませたのだ。これまで指摘されていないが、「人を見ぬ」という部分も、親友が幸いに旧友に出会って「見」ることができたとする衣裏宝珠の話を意識し、その反対の状況であることを強調した表現と考えるべきだろう。当時の日本では、男女に関して「見る」と言えば、単に会うというだけの意味ではない。

小町は、これに対して、「おざなりであって、ぼつりぼつりと落ちる程度の涙だからこそ玉のようになるのです」と決めつけ、「私の悲しみは深く、涙が急流のように流れ落ちるため、袖などでせきとめられません」と述べている。こちらも故人に対する思いの歌のような体裁をとりつつ、「あなたはそうおっしゃるけど、私に対する思いも『おろか』なのですね」とやり反し、「おろか（おざなり、いい加減）」の語に五百弟子受記品の「癡なり」の語を掛けたのだ。▼注[4]

『古今集』では「玉」の語については、「袖」や「袂」、あるいは「つつむ」「涙」といった類の言葉と結びつけて使う例が多い。これは真静のように、漢詩文に通じていて弁舌巧みな法師や仏教知識に富んだ文人が、衣裏宝珠の譬えを用いて作成した表白や願文などでそうした表現を用い、それが和歌での慣用表現として広まっていった可能性が高い。小峯和明が指摘しているように、「願文・表白が歌を呼びおこす例はすくなくなかった」▼注[5]だろう。一方、「唱導といわれる行為、すなわち仏事法会の場で展開される言説やパフォーマンスは、機知や滑稽をふんだんに盛り込んだもの」▼注[6]だったのであって、「ことば遊びをはじめ、さまざまな笑いや即興的な話芸が頻繁に語られ、媒介されていたに違いない。言語遊戯は、法会唱導の場を媒介して、人々の間に浸透し、またそれが還流し、テキストに回収されていったたろう」▼注[7]という面も見逃せない。九世紀後半に歌合が盛んになる以前の宴会の代表は、法会の後宴だった。

実際、藤原清輔『奥義抄』が、「誹諧」歌について、「その趣、弁舌利口あるものの如二言語一。火をも水にいひなすなり。或は狂言にして妙義をあらはす」と述べていることに注目した久富木原玲は、この主張には仏教用語が目立つとし、これは「清輔が、説教の場での巧みな語り口や言い換えを念頭に置いていることを推測させる」として、誹諧歌やそれ以前の『万葉集』巻十六の戯笑歌には仏教用語が点在することに注意している。▼注[8]

「真静法師」については、古い写本では「しせいほふし」「しんせいほうし」「真せい法し」などと記すものが多く、誰を指すかについては諸説あるが、ここではその問題はひとまず措き、『古今集』の物名の部には、植物の「わらび」と「藁火」を掛けた歌、

わらび　　　　　　　　　　　　　　　　　真静法師

煙たちもゆとも見えぬ草の葉を誰かわらびと名づけそめけむ（物名・四五三）

が真静法師の作としておさめられている点に注目しておきたい。この歌については、植物の「蕨」と「藁火」を掛けただけ、加えるとしても「萌ゆ」と「燃ゆ」を掛けた程度であって、他の技巧的な物名の歌とは違う単純でつまらぬ作とされている。

しかし、それだけであれば採録されるだろうか。素朴な詠みぶりのようだが、「煙」「もゆ（燃える）」「見」「火」というつながりからすれば、因明の代表的な論証例であって多くの仏教論書で用いられている「あの山に火有り。煙有るが故に。かまどの如し」といった「煙による火の存在論証」を踏まえている可能性もある。たとえば、因明に関する代表的な書物である基の『因明入正理論疏』は、「彼山等の処に定んで応に火有るべし。烟を現ずるを以ての故に。余の厨等の処の如し（彼山等処、定応有火。以現烟故。如余厨等処）」という主張を紹介し、火が有っても煙が出ていなかったり、煙が見えなくても火が有る場合があるため、疑惑が残ると述べている（大正四四・一三六下。この用例は、花園大学の師茂樹氏のご教示による）。真静の歌は冗談めかしてはいるものの、「煙が立って燃えているとも見えない草の葉のことを、誰が『藁火』などと呼び始めたのだろう？」という論難の口調になっているのは、法会の論義などで「因が足りず、論証になっていない」などと批判する際の述べ方を思わせる。

『古今集』に見える真静のもう一つの歌も、掛詞を用いた遊戯色の強い歌だ。

からことといふ所にてよめる　　　　真静法師

都までひびきかよへる唐琴は波の緒すげて風ぞひきける（雑上・九二一）

「都まで響いて聞こえる唐琴は、波を弦として張って風がかなでるものだったよ」と詠うこの歌は、地名の「からこと」に楽器の「唐琴」を掛け、浦に立つ波を糸に、また波を吹く風を琴の弾き手に見立てたうえ、「ひびき」の語に都にまで名が響いて知れ渡っているの意と楽器の「響き」とを掛けている。しかも、清行にしても、物名に採られた歌では、

からことといふ所にて春の立ちける日よめる　　　　安倍清行朝臣

波の音の今朝からことに聞こゆるは春のしらべやあらたまるらむ（四五六）

とあるように、波の音が昨日までと違い、今朝から異って聞こえるのは立春の日なので春の調子に変わったからだろうとして、真静法師同様に「からこと」という地名に「唐琴」を掛け、しかも、その「からこと」という語に「今朝から異に」という句を掛けるなど、かなり凝った言葉遊びの歌を作っているのだ。これらのことから、真静法師は洒落を交えた美文の説法を得意としており、清行もまた、そうした真静法師と共通する面を多分に持っていたのであって、おそらく真静と交流もあったであろうことが推測される。

むろん、真静は笑わせるばかりではなかったろう。巧みな言葉によって聴き入らせ、時には笑わせ時には泣かせ、最後は有り難い教訓でしめくくるのが、説法の常套だ。唐代伝奇小説の『李娃伝』では、葬式業者の歌う悲痛な挽歌が芸能化して人々の人気を集め、対立する地域の業者たちが公衆の前で声と技を競い合う様子が描かれている。日本でも、新鮮で心打たれる文章が読み上げられたり歌われたりする機会の代表は、葬儀や追善法会、あるいは講経などの仏教儀式であったろう。法会で読み上げられる文章は、文人貴族が書くものと、中国の漢詩文に通じていた僧侶が書くものとがある。新鮮な表現を捜し求める歌人が、そうした僧侶の美文調の表白や説法などを聞けば、悲しみを新

たにしつつも、「導師のあの比喩は実に見事だった」「導師のあの言い回しは本当にうまい」といった印象の方が強く残っても不思議でない。

先の贈答歌の詞書が触れている「人の業しける日」とは、まさにそうした法要の日のことであり、清行は、そのような場で聞いて耳に残った真静の表現を利用し、小町に歌を詠んでよこしたのだろう。ただ、それに応えた小町の歌は、単なる言葉遊びで終わっていないことも確かだ。窪田空穂はこの贈答について「仏教と歌とが、いかに日常生活化されていたか」を示すものとしたうえで、清行の歌について「単に機知ばかりとはいえず、余情あるものとなっている」と評しているが、▼注[9] これは小町の歌にこそ当てはまる。言葉遊びに近い技巧をこらしていても、それだけにとどまらず、我が身と心をふりかえることによって感情に訴えかける力が強いのが小町の歌の特徴なのだ。このため、小町の様々な歌を扱う場合、男性との関係の中で作られたということで恋歌の部に収めるか、巧みな掛詞に注目して物名の部に収めるか、仏教色が強いとして雑歌の部に、また冗談を主とする歌と見て雑歌の俳諧の部に収めるかは、撰者たちの判断次第となる。

むろん、『古今集』編纂は、小町の頃から百年もたっていないため、歌が詠まれた当時の状況を撰者たちが伝え聞いていた場合もあろうし、複数の面が重なっていることを承知しつつ、あえてどこかの部に配した場合も多かったろう。『古今集』については、撰者たちが工夫をこらして秀歌を配列したひとまとまりの作品と見るべきであり、個々の歌の意図や早い時期における受け取られ方について考える際は、その歌がどの部に配されているかにとらわれすぎると、かえって誤りとなる場合もあると思われる。

いずれにせよ、ここでは、説教の名手が法会などで述べたてる言葉は実に巧みであって、歌人がそれを利用した和歌を作らずにおれなくなるほどであった、ということに注意しておきたい。当時、貴族に招かれて法要をおこなうような僧たちは、仏典に加えて中国の漢詩文にも通じていてそうした知識を活用していたのであって、真静法師にして

も仏教教理を詠った漢詩を作っていた。[注10]

4　物名歌と仏教

その真静法師の法事での言説に基づく清行と小町の掛詞を用いた贈答歌について考える際、注意すべきは、真静の歌も含まれていた『古今集』物名の部は、まさにそうした性格の歌が多く、特に冒頭の十首については、七首までが仏教に関連する歌であることだろう。[注11]冒頭の歌にしても、

うぐひす　　　　　　　　　　　　　　　　藤原敏行

心から花のしづくにそほちつつ憂くひずとのみ鳥の鳴くなむ（四二二）

であって、「鶯」と「憂く、干ず」を掛けた自業自得の歌だ。自分から進んで花の雫に濡れておきながら、つらいことに乾かないとばかり鳥が鳴くのだろう、という内容が示すように、自業自得を指摘した歌となっている。冒頭の「心から」という言葉自体、「自業自得」の「自」を和語化したものであって、こうした用法は奈良時代からだ。[注12]

また、物名の部の末尾は、「は」で始めて「る」で終わり、「ながめ（長雨）」をかけて季節の和歌を詠めという注文に応えて詠んだと詞書に明記する僧正聖宝（八三二〜九〇九）の歌でしめくくられている。

花のなか目に飽くやとてわけゆけば心ぞともに散りぬべらなる（四六八）

桜の林の中を見飽きるかと思ってわけ行っていくと、見飽きるどころか散る花とともに心こそが一緒に散ってしまうようだ、という歌であって、ここでも心がテーマとなっていることに注意すべきだろう。右の歌のうち、心が散るというのは、中野方子が指摘したように仏教の「散乱心」などの術語に基づいている。[注13]つまり、物名の部は、冒頭の敏行の歌も末尾のこの歌も、仏教に基づいて心を詠んだ歌、言葉遊びを折り込んだ歌なのだ。しかも、末尾の歌は、僧

侶の歌であるうえ、要望されてそのような言葉遊びの歌を詠んでいる。「僧正聖宝」とあるのは、後年の称号であって、この歌を詠んだ際はまだ僧正には任じられていなかったにせよ、そうした要望を受けるほど聖宝は言葉遊びを得意としていた僧ということになろう。

『古今集』の物名の部では、僧正遍昭、真静法師、僧正聖宝という三人の僧侶の歌が録されているように、『古今集』の歌人の歌を多く収録している『拾遺集』巻第七の物名でも僧侶の歌が見られる。如覚法師、仙慶法師、恵慶法師の三人に加え、左記のように名が知られていない住職の僧の歌がとられている。

くまのくらといふ山寺に賀縁法師の宿りて侍りけるに、

住持し侍りける法師に歌詠めと言ひ侍りければ

身をすてて山に入りにし我なればくまのくらはむこともおぼえず（三八二）

世俗の身を捨てて山寺に入った私なので、熊に食われるかもしれないといったことなども気にかけないという、いかにも出家らしい歌だ。ただ、「熊の食らはむ」という部分に寺名である「くまのくら」を掛けてあり、ユーモアに富んだ歌となっている。「くまのくら」という寺も賀縁法師の経歴も不明だが、こうしたやりとりから見て、賀縁法師もこのような言葉遊びが得意だったか好きであったことが推測される。

如覚・仙慶・恵慶という右の三人の僧のうち、貴人への献上のために自撰したと推測されている『恵慶集』[注14]という歌集が残り、十世紀の半ばから後半にかけて活躍したことが知られている恵慶法師は、十二支のそれぞれを詠み込んだ歌を初めとして、多くの物名歌を作っている。

しかも、『拾遺集』の物名の末尾の歌は、僧侶の歌ではなく、物名の歌の名手であった藤原輔相の歌であるものの、「四十九日」の語を詠み込んだ歌だ。

四十九日　　　輔相

秋風の四方の山よりをのがじしふくにちりぬる紅葉かなしな

「秋風が四方の山からそれぞれ吹いてくるにつれて散ってしまった紅葉が悲しいことだ」という歌内容だが、これも物名が仏教と関係深いことを示す一例と言えよう。

実は、『古今集』にせよ『拾遺集』にせよ、物名の巻には仏教の用語を用いていながらこれまで気づかれていない歌がいくつもある。たとえば、『拾遺集』で二首連続している大伴黒主の歌だ。

つぐみ　　大伴黒主

我が心あやしくあだに春来れば花につく身とならでなりけん（四〇四）

咲く花に思ひつくみのあぢけなさ身にいたつきの入るも知らずて（四〇五）

四〇四の歌は、私の心はあやしいまで浮わついてしまうのであって、春になると花に執着する身にどうしてなってしまったのだろう、と嘆いたもの。四〇五は、病気が取りつくことも知らないまま咲く花に愛着する身の無益さを嘆いている。むろん、どちらの歌も本気ではなく、花に対する愛着の強さを誇ったものだ。二首とも「つく身（執着する身）」に鳥の「つぐみ」を掛けており、『古今集』仮名序の「かぞへ歌」でも取り上げられている四〇五では、「あぢ」「たづ」という鳥の名、さらには先が尖っていない鏃やそれをつけた矢を指す「いたつき」と、患い・病気を意味する「いたつき（いたづき）」、「入る」と「射る」が掛けられている。

花に愛着するのは愚かな行為であることは、『古今集』物名のうち、高名な僧侶歌人の作が示す通りだ。

くたに　　僧正遍昭

散りぬれば後は芥になる花を思ひ知らずに迷ふてふ哉（四三五）

無常である花に執著してまとわりつく蝶を詠みつつ、植物の名である「くたに」を詠み込んだ歌だが、「思ひ知る」は、痛切に自覚するという意味の「念知」などの仏教用語を和語化した表現にほかならない。▼注[15] 遍昭はその語を、今だけ華やかな美女に恋してまといつく男を思わせるような歌の中で用いているのだ。

黒主の歌と同様に「あぢきなし」の語を用いた『古今集』物名の歌も、実は仏教用語を用いている。

なし　なつめ　くるみ　　兵衛

あぢきなし嘆きなつめそ憂きことにあひくる身をば捨てぬものから（四五五）

は、「実」と「身」が同音であることを踏まえつつ、「梨」「棗」「胡桃」の語を詠み込んだ歌であって、つらいことに逢ってきた身を捨てるまではいかないにせよ、嘆きすぎるのは無益ですよと述べている。このうち、「身を捨てる」というのは、仏教術語である「捨身」を和語化した表現だ。「捨身」という言い回しは、「念知」と同様、仏教伝来以前の中国古典にはほとんど見られない。「憂きこと」とは、男の愛情に関わることであって、この句は恋と言葉遊びと仏教の要素が混じっていると考えるべきだろう。

興味深いのは、実は黒主の四〇五の歌にも仏教用語が含まれていることだ。「つく」は「著」であって執著を意味することは当然だが、「思ひつく」というのは、「念著」「想著」などの語を和語化したものだろう。たとえば、『大智度論』では、「いわゆる一切法は無相なるが故に、念著すべからず（所謂一切法無相故、不可念著）」（大正二五・七四一上〜中）とあり、外見にとらわれて執著してはならないことが説かれている。この図式は、そのまま恋歌にも転用できる。

5　恋を扱った歌と仏教の表現

『古今集』恋歌一の詠み人しらずの歌も、経典の表現を恋歌で掛詞として用いている例だ。

夏虫の身をいたづらになすこともひとつ思ひによりてなりけり（五四四）

夏の虫が自ら火に投じて身を焼き失ってしまうのも、恋心ゆえに身をほろぼしそうになっている私と同一の「思ひ

（火）」によってこそだったことだよ、という歌だ。現在の目で見れば、自ら火に近づいて焼かれる虫と、自業自得で恋に苦しむ自分を重ね合わせ、「思ひ」と「火」をかけただけであって、陳腐な発想・表現のつまらない歌ということになろう。自ら火に投じる蛾を、欲望に引きずられてその報いに苦しむことになる愚人の喩えとすることは、仏教経典がしばしば用いており、『古今集』に見えるこうした歌は、そのような経典の影響によることはよく知られている。特に右の歌では、「なりけり」とあって改めてその正しさに気づいたという形になっているため、そのような教えを以前聞いて知っていたことが示されているが、蛾の愚かな行為そのものでなく、それを引き起こした「思ひ」に重点を置いて述べている経典は実は多くない。例外の一つは、基礎学として良く読まれた『成実論』が苦について説いた苦想品の一節だ。

如癡蛾投火、以楽想故。智者知火能焼、則能遠離、凡夫亦爾。無明癡故、投後身火、智者以苦想故、能得解脱。（大正三二。三四八中）

癡蛾の火に投ずるは、楽想を以ての故にして、智者は火の能く焼くを知れば、則ち能く遠離するが如く、凡夫も亦た爾り。無明の癡の故に後身を火に投ずるも、智者は苦想を以ての故に能く解脱を得。

蛾も凡夫も「楽想（楽という想い）」を起こして危険な火に近づき、焼かれるのだと説いたこの個所を利用し、弁舌あざやかな僧侶が巧みに語るとすれば、「凡夫が美しい存在にまどわされて苦しい報いを得るのは、飛んで灯火に近づく蛾と同じであって、ともに『想ひ』という『ひ（火）』によって自から焼かれるのであります」などと語るのではなかろうか。『古今集』で掛詞が盛んに用いられているのは、雑名詩などの漢文学の影響に加え、清濁のない平仮名が確立し、それで歌を書くようになったことが原因とされているが、小町の例が示すように、掛詞が仏教がらみの恋の歌の中で用いられ、しかも自分や人の心をかえりみる歌が目立つのは、講経や追善法会などでの右のような言い回しも一因となったことと思われる。

講経ではないが、経典解釈に当たって洒落が用いられたことを推測させる例として、『竹取物語』に見える冗談語源解釈をあげることができる。持参した仏の鉢をかぐや姫に偽物と見破られたため、石作の皇子は鉢を捨てて竹取の翁の家を出ておりながら、「鉢を捨てても、まだ結婚の可能性があるのではないかと期待されます」という求愛の歌を詠んだため、あつかましいことを「はち（鉢・恥）を捨つ」と言うのだと説いている箇所だ。これは、『維摩経』に見える「鉢」と「恥」に関する箇所を利用した駄洒落であって、『竹取物語』の作者は、遍昭ないし遍昭のような素養を持つ僧侶の可能性が高いことは既に指摘したところだ。▼注[16]

火に投ずる蛾の比喩で心に触れているもう一つの経論の例は、唐の般若三蔵が八一〇年に訳し、空海・円仁・円珍なども引用している『大乗本生心地観経』（以下、『心地観経』と略）だ。インドと違って国王の恩を強調した四恩を説く経典として東アジア諸国で広く用いられた『心地観経』は、般若三蔵の他のいくつかの訳経と同様、逐語的な翻訳でなく、中国社会に合わせた付加した部分も少なくないことが知られている。▼注[17] その『心地観経』は、名が表しているように心を重視しており、特に巻第八の「観心品」では、「心は〜の如し。〜の故に」という形で、以下のように興味深い比喩を次から次へと並べ立て、心は制御しがたいことを強調している。

心如流水念念生滅、於前後世不暫住故。心如大風、一刹那間歴方所故。心如灯焔、衆縁和合而得生故。心如電光、須臾之頃不久住故。……心如猿猴、遊五欲樹不暫住故。心如画師、能画世間種種色故。心如僮僕、為諸煩悩所策役故。……心如怨家、能令自身受大苦故。……心如幻夢、於無我法執為我故。心如夜叉、能噉種種功徳法故。心如青蝿、好穢悪故。……**心如飛蛾、愛灯色故**。心如野鹿、逐仮声故。心如群豬、楽雑穢故。心如衆蜂、集蜜味故。心如酔象、耽牝触故……。（大正三・三二七中〜下）

小町を代表として、『古今集』の歌には掛詞を用いつつ心をかえりみる恋歌が多いのは、心を強調するこうした仏教経論に基づく講説による面もあると思われる。『心地観経』の文では、「心如飛蛾、愛灯色故（心は飛ぶ蛾の如し、灯色を愛するが故に)」とあり、我々の心が灯りの明るさ（美しい外見）に愛着することは、まるで飛んで火に近づく蛾のようだ、と述べている。この時期の仏教は、藤原氏の氏寺であった興福寺を本拠とする法相宗だけでなく、天台宗にしても真言宗にしても、いずれも心を重視していたうえ、『心地観経』のような経典は広く諸宗で用いられていた。別稿で論じたように、日本の歌人たちは、心を精密に分析する仏教が恋愛の感情を見事に説明してくれることに驚き、これを恋愛時の自分の心に適用して仏教の正しさを痛感すると同時に、仏教経論の表現を恋歌を詠む際の新鮮な視点や表現のヒントとして利用したのだ。▼注[18]

さらに、法事での真静法師の言葉に基づく清行と小町の贈答歌や、『維摩経』の経文に基づく『竹取物語』の洒落が示すように、仏教は「古今和歌集の最も重要な技法▼注[19]」と言われる掛詞とも関わっていた。つまり、当時の仏教は、和歌という舞台を得て、心の自覚を深め、言葉遊びを発展させる役割を果たしたのだ。

6　おわりに

これまで見てきたように、法事に関わる場で詠まれた歌ばかりでなく、遊戯色の強い物名歌でも、仏教の影響が見られる歌が多い。このことは、そうした物名歌が詠まれた場について推測させるものだ。機知と言葉遊びを競う場としては歌合があるが、歌合が盛んになるのは九世紀後半からであり、本稿でとりあげた小町、遍昭、黒主などの六歌仙の時代より後のことだ。

仏教用語が目立つ『万葉集』巻十六の戯笑歌が宴会の際に作られていたことを考えれば、『古今集』の歌風を築いた六歌仙たちが仏教用語を用いて物名歌やそれに近い性格の歌を盛んに詠み、作品の質をあげていった場として考えられるのは、僧侶によって技巧的な美文や洒落などが述べられた講経や追善法要などの後の宴ではなかろうか。宴が進んで興が高まれば、仏教関連の楽しい歌や恋の歌が詠まれても不思議ではない。日本では、『万葉集』の戯笑歌段階で仏教と言葉遊びが結びついた歌が作られていたが、仏教と漢詩文の影響が強まった六歌仙の時代には、遊びとしての面も文学技法としての面も、さらに大幅に進んだと考えられる。

【注】

[1] 小沢正夫「和歌史における小町と和泉」(『国文学解釈と鑑賞』四一巻一号、一九七六年一月) 七頁。

[2] 個々の論文の初出は二〇〇〇年代初頭頃だが、著書としては、大塚英子『小野小町』(笠間書院、二〇一一年)、同『古今集小町歌生成原論』(笠間書院、二〇一一年)、中野方子『平安前期歌語の比較文学的研究』(笠間書院、二〇〇五年)、近藤みゆき『古代後期和歌文学の研究』(笠間書院、二〇〇五年) などがある。筆者も「見仏から恋歌へ―『古今和歌集』の仏教的背景―」(『駒澤大学 仏教文学研究』六号、二〇〇三年三月)、「恋歌と仏教―『万葉集』『古今集』『伊勢物語』―」(『心 (日曜講演集)』二五集、武蔵野大学、二〇〇六年四月) その他でいくつかの新解釈を提示した。

[3] 新井栄蔵「『おろかなる涙』をめぐって―古今和歌集考―」(『仏教文学』一三号、一九九九年三月)。

[4] 注2の大塚『古今集小町歌生成原論』二三四～五頁。同書では、石井が二条町の歌について唯識説の影響を指摘したことに触れたうえで、「たぎつ瀬」を阿頼耶識と関連づけて説明している(二三九頁)が、小町の歌からは阿頼耶識説の影響は感じられない。大塚の論考は新鮮で有益な内容が多いが、中野方子の書評「大塚英子『古今集小町歌生成原論』」(『国語と国文学』八九―四、二〇一二年四月) も指摘しているように、仏教との結びつきに関する議論を初めとして、論証不足の推測もしばしば目につく。

[5] 小峯和明『中世法会文芸論』(笠間書院、二〇〇九年) 四一四頁。この問題については、西村加代子『平安後期歌学の研究』「誦経文の和歌―法会の高座で和歌を詠ずること―」(和泉書院、一九九七年) 参照。

[6] 小峯前掲書、八二頁。

[7] 小峯前掲書、八五頁。

[8] 久富木原玲「「雑躰」の特色と構造」(『一冊の講座』編集部編『一冊の講座 古今和歌集』有精堂出版、一九八七年) 一六八頁下～一六九頁上。

［9］窪田空穂『古今和歌集評釈』中巻（東京堂出版、一九六〇年）二五九頁。

［10］田坂順子「『古今集』と漢詩―物名歌をめぐって―」（『和歌文学論集』編集委員会編『古今集とその前後』風間書房、一九九四年）。

［11］石井公成「言葉遊びと仏教の関係―『古今和歌集』物名を手がかりとして―」（『駒澤大学仏教学部論集』四四号、二〇一三年十月）。

［12］石井公成「『万葉集』の恋歌と仏教」（『駒澤大学仏教文学研究』」七号、二〇〇四年三月）。

［13］中野方子「僧の歌―後代勅撰集からの逆照射―」（『立正大学国語国文』三九号、二〇〇一年三月、前掲書に再録）。

［14］川村晃生・松本真奈美『恵慶集注釈』「解説」（貴重本刊行会、二〇〇六年）。

［15］石井公成「漢詩から和歌へ―良岑安世・僧正遍昭・素性法師―（二）」（『駒澤大学仏教学部論集』四七号、二〇一六年十月）。

［16］石井公成「変化の人といふとも、女の身持ち給へり―『竹取物語』の基調となる仏教要素―」（『駒澤大学 仏教文学研究』九号、二〇〇六年三月）。

［17］月輪賢隆「般若三蔵の翻経に対する批議」（『印度学仏教学研究』四巻二号、一九五六年三月）。

［18］注2の拙稿「見仏から恋歌へ―『古今和歌集』の仏教的背景―」や、「唯識思想が日本の文学・芸能に与えた影響」（『2013年第一届慈宗国際学術論壇論文集』香港、二〇一三年）参照。

［19］平野由紀子「古今和歌集表現論」（犬養廉編『古典和歌論叢』明治書院、一九八八年）一五一頁。

第2部

信仰空間の表現史

1　蘇民将来伝承の成立

――『備後国風土記』逸文考――

水口幹記

1　『備後国風土記』逸文

本稿で対象とする『備後国風土記』の逸文（以下、風土記逸文と略す）として伝わる話は、戦前から歴史学・民俗学・文学など様々な学問分野において検証が重ねられ、今なお多くの論点が残されている。その話とは、「蘇民将来」をめぐる伝承であり、現在も「蘇民将来」の文字が記された辟邪の札が全国各地で配布されている、実に長い歴史を有した伝承でもある。本稿の目的は、その出発点となる風土記逸文の構成など基本的事項を検討することにある。そこで、まずは、以下に全文を載せておこう。なお、本文は、『釈日本紀』巻七・述義三・神代上「素戔嗚尊乞宿於衆神」所引「備後国風土記」を軸に、卜部兼方自筆『日本書紀神代巻』所引「備後国風土記」の記述を一部追加（〔　〕とした箇所）している。[注1]

備後国風土記曰、疫隅国社、〔疫隅云、故者〕昔北海坐志武塔神、南海神之女子乎与波比尓坐尓、日暮。彼所蘇民将来二人在伎。兄蘇民将来甚貧窮、弟将来富饒。屋倉一百在伎。爰塔神借二宿処一、惜而不レ借。兄蘇民将来借奉。即以二粟柄一為レ座、以二粟飯等一饗奉爰畢出坐。後尓経レ年率二八柱子一還来天詔久。我将二奉レ之為一レ報。答、汝子孫其家尓在哉止問給。蘇民将来答申久、己女子与二斯婦一侍止申。即詔久、以二茅輪一令レ着二於腰上一。随レ詔令レ着。即夜尓蘇民之女子一人乎置天、皆悉許呂志保呂保志（コロシホロホシ）天伎。即詔久、吾者速須佐雄能（ハヤスサノヲノ）神也。後世仁疫気在者、汝蘇民将来之子孫止云天、以二茅輪一着レ腰。在人者将レ免止詔伎。〔因斯迎国之人、以二茅輪一着レ腰其将来之家地者、今母〻止乃原止云、自社小鳥在。〕

【梗概】

昔、北海にいた武塔神が南海の神の女子の求婚に出たが、日が暮れた。そこで、そこに住む〈蘇民将来二人〉に一夜の宿を頼むと、兄の蘇民将来は貧しいながらも丁重にもてなした。これに対し、豊かな弟の将来は断った。その後、年を経て、武塔神が八柱の子を連れて戻ってきて、「私はもてなしてもらった報答をしよう。お前の子孫は家にいるか?」と言った。蘇民将来は「私の女子と妻がいます」と答えた。そこで、武塔神は「茅の輪をもって、腰の上に付けさせせよ」と述べた。蘇民将来は言う通りに腰に付けさせると、武塔神はその夜に蘇民の女子一人を残して、他の者全員を殺した。そこで、武塔神は「私は速須佐雄の神である。後の世に疫気があれば、（自分は）〈蘇民将来之子孫〉であると言って、茅の輪を腰に付けた人は救われる」と告げた。

また、『釈日本紀』には続けて、「先師申云、此則祇園社本縁也。大仰云、祇園社三所者、何神哉。……」という記載が見られ、本話は古来から京都の祇園社との関連で語られることの多い伝承でもある。ただし、祇園社と結びつけたのは吉田兼文であり、▼注[2] 風土記逸文と直接の関係はなく、関連は後世になって付されたものである。文明元年（一四六九）に吉田兼倶が撰したとされる『二十二社註式』祇園社（『群書類従』第二輯・神祇部二）にも同類の文章が載るが、そこには「神社本縁起云」とあり、すでにこの物語が祇園社の本縁起に組み込まれていた姿が確認できる。内容も蘇民将来兄弟の弟を「巨旦将来」とするなど、後世の変更を蒙っている。また、こうした改編は広く地方にも広がっていた。現在も蘇民将来符を頒布している信濃国分寺（長野県上田市）が所蔵し、文明十二年の年紀を持つ「牛頭天王之祭文」にも、「牛頭天王」「小丹長者」といった用語がみられる。▼注[3] 本稿では、後世の改編には触れず、風土記逸文を中心に検討していく。

2　蘇民将来をめぐる論点と研究史

蘇民将来をめぐる研究は多分野に及んでいる。そのため、研究史の蓄積も膨大なものがあるが、本稿では、論述の関係上、関連論点に絞って紹介していく。

まずは、蘇民将来伝承の由来についてである。諸説は全て列島外からの伝来を述べ、大きく分けて大陸発祥説・朝鮮半島発祥説に分けることができる。前者に関して注目されるのは、水野祐の説である。▼注[4] 水野は、

第一蘇民将来という名であるが、蘇民とは「蘇の民」という義ではないか。蘇の人である。「蘇」とは、中国の「蘇州」である。……秦漢以来呉県と称された水上交通の中心地で、会稽郡の郡治所であった。したがって蘇州の人が、日本と交流があったとしてもふしぎではない。

と述べ、「蘇民将来」の名義を起点にその由来を説いている。さらに、「蘇」の名を持つ樹木が陽木であり、「蘇民符はもっぱら陽木である柳」が用いられていることと関連づけて論じる。

一方、朝鮮半島発祥説については、多くの論者がこの説を支持しており、現在有力となっている。この説は論点が多岐にわたっているため、以下便宜上番号を付して紹介していく。

（1）武塔（ムタフ）と舞天（ムダン）とを関連づける説

本説は、音の類似を一つの根拠とする説である。「舞天」とは、『三国志』魏書・烏丸鮮卑東夷伝第三十・東夷・濊伝にある「常用㆓十月節㆒祭㆑天、昼夜飲酒歌舞、名㆑之為㆓舞天㆒」のことであり、本来は祭天儀礼の際の用語のようであるが、朝鮮の巫覡を総称して「ムーダン」ということから、彼らが祭る神を「武塔神」と呼んだのではないかとする。▼注[5] また、志賀剛は、日本各地にムタ・ムトと呼ぶ地名があるが、それは、その付近の台形の山容によるのであって、ムトはムタの訛りで、ムタは朝鮮語のムータンが日本化したものとみて、武塔神は自然の聖所（特に台形）の神であったと主張する。▼注[6]

（2）「蘇塗」と関連づける説

本説も音の類似を一つの根拠とする。「蘇塗」とは、『三国志』魏書・烏丸鮮卑東夷伝第三十・東夷・韓伝に「又諸国各有㆓別邑㆒、名㆑之為㆓蘇塗㆒。立㆓大木㆒、縣㆓鈴鼓㆒、事㆓鬼神㆒。諸亡逃至㆓其中㆒、皆不㆑還㆑之、好作㆑賊。其立㆓蘇塗㆒之義、有㆑似㆓浮屠㆒、而所㆑行善悪有㆑異」とある用語であり、増尾伸一郎はそれをもって「朝鮮の村落の境界などに大木を立てて祀られた蘇塗は、疫気から民を守る辟邪の意味において蘇民に通じる」と述べている。▼注[7]

（3）スサノヲと新羅との関係を関連づける説

本説は、『日本書紀』巻一・神代上・第八段一書第四に「是の時に素戔鳴尊、其の子五十猛神を帥ゐ、新羅国に降り到り、曽尸茂梨（そしもり）の処に居す」とあることから、スサノヲと新羅との関係を読み取り、この話は、帰化人（朝鮮人）がもたらした原話に、朝鮮の曽尸茂梨から帰ったスサノオを武塔神に代え、夏越の祓えに使用する茅の輪にて疫病を払うべしと日本の民俗を付加して作ったものであると志賀は述べる。

（４）類似説話の存在

類似の説話は、二点指摘されている。一つ目は、『三国遺事』巻三・塔像第四・南白月二聖である。本説話は、観音の化身である女性に対照的な応接をした二人の修行僧の応報譚である。二つ目は、『同』巻二・紀異第二・処容郎・望海寺である。

第四十九憲康大王之代。……東海龍喜、乃率㆓七子㆒現㆓於駕前㆒。……其一子随㆑駕入㆑京、輔㆓佐王政㆒。名曰㆓処容㆒。王以㆓美女㆒妻㆑之、欲㆑留㆓其意㆒。……其妻甚美。疫神欽慕㆑之。変無㆑人夜至㆓其家㆒。竊與㆑之宿。処容自㆑外至㆓其家㆒、見㆔寝有㆓二人㆒。乃唱㆑歌作㆑舞而退。……時神現㆑形、跪㆓於前㆒曰、「吾羨㆓公之妻㆒、今犯㆑之矣。公不㆓見怒㆒、感而美㆑之。誓㆘今已後、見㆑画㆓公之形容㆒、不㆑入㆗其門㆖矣。」因㆑此国人門帖㆓処容之形㆒、以僻邪進㆑慶。

本説話は、「マレビト歓待型」の一類型であり、疫病神が除疫の呪法を授けて退散する形は風土記逸文と似ているとの指摘がある。▼注[8] 確かに、傍線部分は「処容の姿を描いたものを門に貼れば、辟邪となり、疫神は入ってこない」となっており、風土記逸文の後半部分と似通っている。

（５）朝鮮半島の「蘇民将来符」の存在

日帝占領時に行われた民俗調査記録に次のような記述がみられる。▼注[9]

諸病除には「蘇民将来之子孫海州后入」の文字を縦三寸横一寸の赤紙に書きて門戸に貼る。又左記の文を朱書して入口に貼る。

まさに、朝鮮半島に「蘇民将来符」が存在していたことを示す文章である。この記述を一つの根拠として挙げる説がある。[注10]

以上、蘇民将来伝承の起源について述べたが、「蘇民将来」の名称をめぐっても議論が分かれている。まず、朝鮮語との関係からは、上述したように増尾が、「蘇塗」が「蘇民」に通じるとした上で、将来は時間ではなく、「将ち来ったもの」、すなわち半島からの将来を指すと述べる。また、川村は、「蘇民」は「氏族名や集団名（蘇の民といった）などであることを現しているのかもしれない」と述べ、「蘇民将来」は「ソミンチャンネ」、「巨旦将来」は「コタンチャンネ」となり、「小さなチャンネ」「大きなチャンネ」という兄弟（チャンネは将来のこと）であり、「将来」は福を「将来（招来）する」という意味かと類推している。

一方、漢語としては上述した水野説の他、関和彦の説が注目される。[注11] 関は、「蘇民」とは「民を蘇らす」、すなわち疫病から守るという意味であり、「将来」は個人の固有の名前ではなく、「未来」という意味であるとする。つまり、兄の「蘇民将来」とは、以後（未来に向けて）、人々を疫病から守るという意味だと、関は言うのである。この関説は、その後、影山によって支持されている。ただし、影山は「民、将来に蘇る」意だと述べる（この点、筆者には語義が不明瞭に感じる）。

風土記逸文の構成そのものについての議論もある。それは、全体が古風土記（和銅詔によるもの）なのか、延長の再撰によるものなのか、という点をめぐってである。この点については、原型が古風土記で再撰時に手が加わった可能性説（影山、馬場）、前半部の起源は古く、後半部が再撰時に追補された可能性説（増尾）、一部『釈日本紀』編纂時の改変がある可能性説（川村）などがある。なお、構成に関する私案については後述する。

また、本稿との関連で述べれば、結局殺されたのは誰であったのかという問題がある。水野や三橋健[注12]は蘇民将来一家以外の全ての人々とみるが、それは助けた者が殺されることはおかしいという固定観念による説であり、風土記逸文本文を読めば、蘇民将来の娘一人を除いた全ての人々が殺されたのだ（つまり、蘇民将来も殺された）とする関説が最も穏当であると思われ、支持されている。▼注[13]

3　『備後国風土記』逸文の構成と背景となる物語

前節で見たように、風土記逸文の背景をなす世界は、朝鮮半島で伝承されていた物語にあったと見る説が現在の所有力である。しかしながら、上記（1）から（5）に確固たる根拠があるわけでもないのも、また事実である。（1）（2）は、そもそもが音の類似からの連想であり、その根拠は薄い。（2）の「蘇塗」は確かに辟邪ではあるが、それは、「蘇民将来」が辟邪であるとわかっているための連想であると考えられ、思考のベクトルが逆である。（3）も同様に、スサノヲとの関係が、風土記逸文の後半で示されているからこその連想であろう。（4）は一つ目だけでは類推にすぎないが、二つ目は確かに近いように思える。ただし、それも「蘇民将来札」ありきの連想である。蘇民将来伝承と蘇民将来札は、同時発生的である根拠はなく、一旦は切り離して考える必要がある。そういった意味で、（5）は、成り立ちがたい。村山が紹介した事例が古代にまで遡る証拠もなく、本事例は日本から後世に伝来したとみるべき事例である可能性もある。

このように、状況的には朝鮮半島起源説が有力に見えるが、断定できるわけではない。この問題を考える上で重要なのが、風土記逸文の文章はどのように構成されているのか、ということになろう。風土記逸文は上記したように、その成立に見解が分かれている。何度かの変遷を経て現在見る形に整えられた可能性が考えられるのである。たとえば、蘇民将来に触れるあらゆる論が、「疫気」のために蘇民将来の女子を除く全ての人が殺されたことを自明と見ているが、風土記逸文本文には「疫気」のために殺されたとは一言も書かれていない。「疫気」は、殺害の記述後に出てくるのであり、そのことは、「疫気」との関係が後付けであった可能性を示唆しているのである。

このことを念頭におき、改めて、風土記逸文の展開を確認していこう。風土記逸文の冒頭部分は、大きく三つの要素が重なって現れてくる。それは、㈠備後国風土記曰、㈡疫隅国社、㈢疫隅云故者である。㈠は、『備後国風土記』全文で逸文全体にかかる。㈡は疫隅国社にまつわる話であり、㈢は「疫隅」という名称の起源を説く話となる。問題は、㈡㈢がどこまでかかるかということになるが、その点は後述する。そして、㈢をさらに細かくわけて展開を見ると、

A、北海の武塔神が出かける。

B、武塔神と蘇民将来兄弟とのやりとり（弟は助けず、兄の家に泊まる）。

C、武塔神が数年後、蘇民将来（兄）のもとを尋ねる（両者のやりとり）。

a家に誰がいるのか尋ねる、b婦人と女子がいると答える、c御礼に茅の輪を腰につけさせることを勧める、d女子のみが助かり、他の者全てが殺される、e武塔神が自分はスサノヲだと名乗る、f後世疫気が起こったら蘇民将来の子孫だと名乗り、茅の輪を腰に付ければ助かるという。

D、蘇民将来家の現在地について。

とすることができる。Dは直接蘇民将来と武塔神とのやりとりと関係ないので、この部分は後付けであろう。となると、㈡はCまでということになる。問題は㈢であるが、筆者はC―dまでであったと考えている。以上までを原文に反映させると、次のようになる（返点省略）。

㈠備後国風土記曰、【㈡疫隅国社、《㈢疫隅云、故者〔A昔北海坐志武塔神、南海神之女子乎与波比尓坐尓、日暮。B彼所蘇民将来二人在伎。兄蘇民将来甚貧窮、弟将来富饒。屋倉一百在伎。爰塔神借宿処、惜而不借。兄蘇民将来借奉。即以粟柄為座、以粟飯等饗奉爰畢出坐。C後尓経年率八柱子還来天詔久。a我将奉之為報。答、汝子孫其

家尓在哉止問給。b蘇民将来答申久、己女子与斯婦侍止申。c即詔久、以茅輪令着於腰上。随詔令着。d即夜尓蘇民之女子一人乎置天、皆悉許呂志保呂保志（コロシホロホシ）天伎。〉e即詔久、吾者速須佐雄能（ハヤスサノヲノ）神也。f後世仁疫気在者、汝蘇民将来之子孫止云天、以茅輪着腰。在人者将免止詔伎。》D因斯迎国之人、以茅輪着腰其将来之家地者、今母ミ止乃原止云、自社小鳥在。】

*㊀備後国風土記【　】、㊁疫隅国社《　》、㊂疫隅云〈　〉

この構成を仮に是とすると、㊂の部分〈　〉が原形となり、A～C（a～d）が軸であったことになる。もちろん、そう判断するには理由がある。まずは、以下の文章を見て頂きたい。

古巣、一日江水暴漲。尋復二故道一、港有二巨魚一、重万斤、三日乃死。合郡皆食レ之。一老姥独不レ食。忽有二老叟一曰、「此吾子也。不レ幸罹二此禍一、汝独不レ食、吾厚報レ汝。若東門石亀目赤、城当レ陷。」姥日往視。有二稚子一訝レ之、姥以レ実告。稚子欺レ之、以レ朱傅二亀目一。姥見、急出レ城。有二青衣童子一曰、「吾龍之子。」乃引レ姥登レ山、而城陥為レ湖。

本話は、『捜神記』巻二十に収載された説話であり、古巣（現、安徽省合肥市）という場所が舞台となっている。これは、ある日、長江が氾濫し、水が引いた後港に巨大な魚が打ち上げられた。人々は皆でこの魚を食べたが、独り老姥だけが食べなかった。すると老叟が現れ、「この魚は私の子です。不幸にもこのような目に遭ってしまったが、あなただけが食べなかった。なので、私はあなたに報いたいと思う。もし、東門の石亀の目が赤くなれば、城は陥没します」と言った。老姥は毎日行っては石亀を見ていた。ある子供がこれを訝しがったので、老姥は理由を話した。その子供は老姥をからかってやろうと、亀の目を赤く塗った。それを見た老姥は急いで城を出た。すると、青い衣を着た童子が「私は龍の子です」と言って、老姥を連れて山に登った。城は陥没し、湖となってしまった、という話である。つまり、本話は神的・霊的存在を救ったこと（本話ではただ食べなかっただけではあるが）に対して、御礼に老姥に対して助かる方法を教え、それを信じた老姥のみが助かり、ほかの者は全滅した、というものであった。

本話のような洪水神話・説話は、古くから中国には存在し、それらを詳細に検討した北條勝貴によると、最古の事例は後漢の高誘による『淮南子』の注釈書『淮南鴻烈解』収載のもの（現、安徽省馬鞍山市を舞台とする話）であるという。▼注[14] この話も、上述した古巣のものと同様の話型を有している。北條は、これらの洪水神話・説話は、以後江南地域で言説形式として確立し、恒常的に洪水の危機を伴う類似の環境にあって、継承・伝播していったと指摘する。北條も指摘しているが、中国の洪水神話・説話には、いくつかのタイプが存在する。その中で特に注意したいのが、

某者が困っている神的存在に施しを与える→神的存在が施した者に災害（洪水）から助かる方法を教える→それを信じた某者だけが助かる（それ以外は滅亡する）

というモチーフを持つものが多く存在するという事実である（その後の展開は、世界の再構築などが語られる）。▼注[15] このモチーフは朝鮮半島の神話においても見られ、▼注[16] 東アジア世界に広く伝わるモチーフであったことがわかる。そして、このモチーフが、上掲風土記逸文の〳〵部分と類似しているのである。風土記逸文のC―dの女子のみが助かり、他の者全てが殺されるという展開は、直前のC―cでの茅の輪を腰につけるべきであるという武塔神の言を、結果的に女子のみが信じて付けて救われたということになろう。

そこで、関係してくるのが、「疫隅」の由来である。「疫隅国社」の比定地に関しては、旧品治郡江熊郷戸手村字江熊（現、芦品郡新市町戸手）の牛頭天王社（現、素盞嗚神社）、旧沼隅郡鞆津（現、福山市鞆町後地）の祇園社（現、沼名前神社）、旧深津郡深津村（現、福山市王子町）の王子神社と諸説あり定まっていないが、「疫隅」については、「江」の「隅（くま）」（曲がっているところ）という自然地形による命名とする見解がある。『倭名類聚抄』には「疫　説文云疫〈音役　衣夜美、一云度岐乃介〉民皆病也」と、『類聚名義抄』法下には「疫　エヤミ」とあり、「疫」を「エ」と読むこと、『名義抄』法中に「隅　スミ、カト、クマ、スミヤカニ」、僧下に「曲　マカル、メクル、クマ」、原本系『玉篇』に「隈　……

説文、水曲隈也」とあることから、この説は穏当であろう。ここでの「江」を「川」とするか、[17]「入り江」とするか[18]は見解が分かれているが、水や水際に深く関わる名称であることは変わりなく、[19]〜〜部分が、元来は洪水にまつわる伝承であった可能性が考えられるのである。

以上を踏まえ、改めて風土記逸文の成立・構成を考えてみたい。まず、第一段階として、洪水神話・説話に基づく〜〜部分が形成された。そして、第二段階として、C―e・fを加え、冒頭に「疫隅云」と付し地名起源譚とし、さらに「疫隅国社」の縁起（的言説）として整えられていった[20]（上記《》の部分）。この時、「疫気」との関係が付加されていったと思われる。これは、実際の疫病発生との関連が考えられよう[21]。『続日本紀』天平宝字四年（七六〇）三月丁亥条には「伊勢・近江・美濃・若狭・伯耆・石見・播磨・備中・備後・安芸・周防・紀伊・淡路・讃岐・伊予等一十五国疫。賑給之」とあり、この際の特に瀬戸内海沿岸を中心とした「疫」による現状と伝承された洪水神話・説話が結びついて語られるようになったのではないだろうか。そして、このとき「疫気」との関係で、「蘇民将来」という名称が与えられた可能性が考えられよう（語義については次節）。ただし、eのスサノヲに関する記述は無くても文意が通じることから、後世の付加の可能性（たとえば、『日本書紀』解釈における過程での付加が考えられよう。『釈日本紀』では「素戔嗚尊乞宿於衆神」の項目に風土記逸文が収載されている）が考えられる。最後に、第三段階として、Dが付けられ、風土記の文章として整えられた（上記【】の部分）。ただし、この部分が、古風土記なのか延長期採録なのかは、不明とするほかないが、Dに「今」とあり、Cまでとの時間差を感じる表現が含まれていることから、延長期採録と見ることもできよう。

4　「蘇民将来」の語義について

本節ではまず、残された問題である「蘇民将来」の語義について考えてみたい。たとえ、伝承自体が朝鮮半島から渡ってきたとしても、風土記逸文の伝承ができ文字化されるときには、「蘇民将来」という漢語で語られ、定着していったのである。前節で述べたように、元来は別の名前でも第二段階で名称が与えられた可能性もある。やはり、漢語としてどう捉えるか、ということを考えるべきであろう。

そこで、参考になるのは、「民を蘇(よみがえ)らす」と解釈した関説である。『大漢和辞典』「蘇」項では、第二の用法として「よみがへる。生きかへる」というのが挙げられており、関説を受けた影山も「よみがえる」の意味で解釈している。また、後世の例になるが、中世（一四四四年成立）の辞書『下学集』巻上・神祇門第三には「蘇民将来〈懸㆓神符於衣袖㆒、則縦雖㆓死人㆒蘇生来故云也〉」という解釈が紹介されている。

しかし、「蘇」には別の読み方・意味もある。『大漢和辞典』には、第三の用法として「いこふ。困苦をのがれて休息する」が挙げられている。関も一箇所のみであるが、「憩う」「やすむ」「苦しいのをのがれて休息する」という意味があることに注目している箇所がある。ここで次の話を見てもらいたい。

『尚書』仲虺之誥

成湯放㆓桀于南巣㆒、惟有㆑慙㆑徳。曰、「予恐㆔来世以㆑台為㆓口実㆒。」仲虺乃作㆑誥、曰、「嗚呼、惟天生㆑民有㆑欲。無㆑主乃乱。………乃葛伯仇㆑餉。初征自㆑葛。東征西夷怨、南征北狄怨。曰、『奚独後㆑予。』攸㆑徂之民、室家相慶。曰、『徯㆓予后㆒、后来其蘇。』民之戴㆑商。厥惟旧哉。………」

ここに掲げた『尚書』の一節は、殷の湯王が夏の桀王を南巣に放逐したときの話である。湯王は自分の徳の至らないことを恥じるのだが、それに対して、仲虺が湯王の有徳さを説くのである。その中で、仲虺は、多くの人々が湯王の来訪を待ちわびている姿を傍線部として表現している。当該部分の孔安国伝は、「湯所㆑往之民皆喜曰、待㆓我君来㆒、其可㆓蘇息㆒。」とあり、「蘇息」とあることから、ここでの「蘇」は「いこふ」と読むべきであろう。つまり、傍線部は、「曰く、予が后(きみ)を徯(ま)たん、后来たれば其れ蘇(いこ)はん、と」と読むことができる。▼注[22]

また、「蘇民」の語は宋代以降ではあるがみることができ、これらも「蘇ふ」と読む事例である。以下に、一例を挙げる。

『宋史』巻二百四十七・列傳第六・宗室四・希懌

移知太平州、希懌為レ倅日、習二知其民利病一、遂損二折帛價一、減二榷酤額一、以蘇二民力一。（以て民の力を蘇ふ）

なお、「将来」に関しては、『尚書』君奭の孔安国の序「約レ文申レ義、敷二暢厥旨一、庶幾有レ補二於将来一。」（文を約し義を申べ、厥の旨を敷暢し、庶幾くは将来に補すること有らんを）があり、「将来・未来」の意味として解釈してもよいであろう。

すなわち、漢語としての「蘇民将来」は、「民を将来に蘇（いこ）ふ」と読み、「民に対して将来へわたっての安息への確約の言葉」として理解できるのである。そう理解することによってはじめて、風土記逸文中の「蘇民将来之子孫」という言葉が意味をなしていくのである。

さて、これまで二節にわたって述べてきたように、風土記逸文の由来、「蘇民将来」の語義は、共に漢籍に基づく知識（もしくは、漢籍に基づく口承）によって組み上げられ、成立していたことが明らかになったことと思う。では、備後国の人々は、どのようにしてこうした外来知識を入手していたのだろうか。その点を最後に述べておきたい。

そのことを考える上で参考になるのが、『日本霊異記』である。『日本霊異記』には、備後国に関する説話が二話収載されている。そのうちの一つ、上巻第七縁「贖二亀命一放生得二現報一亀所レ助縁」に注目してみたい。本話の主人公禅師弘済は百済国の人である。備後国三谷郡の郡司大領の先祖が白村江の戦いに参加したときに両者は出会い、共に備後国に還ってきた。その後、弘済は三谷寺を建立した。ある時、弘済は難波津で売られていた大きな亀を四匹買い求め放生した。その後、船で備後国に戻ろうとした際、船人により海に落とされてしまった。しかし、腰まで水につかったとき、足の下に亀が現れ、その背に乗って海辺までたどり着いた、という話になっている。本話は、三谷寺の寺院縁起や亀の報恩譚などいくつかの話が組み合わさりできあがっているのである。

そして、その中の亀の報恩譚は、『捜神後記』収載の「毛宝白亀」に出典を求めることができるという。[注23] また、それ以外の三谷寺縁起に関わる部分は日本の伝承に基づくものであるが、その寺院建立の契機となる「誓願」は朝鮮半島における誓願信仰を反映していて、そうした霊験譚を日本が受け入れていたとの指摘もある。[注24] 備後国（及び吉備地域）には、大陸・半島からの知識・伝承が伝播していたことがわかる。

周知のように、『日本霊異記』には、上巻序文に明記された『冥報記』『金剛般若経集験記』の他にも多くの漢籍が参照されており、『捜神記』『捜神後記』もその一つである。この点を精査した河野貴美子は、唐代仏教類書である『法苑珠林』を通じての受容もあることを指摘している。[注25] 『法苑珠林』は『日本書紀』編纂に際しても参照されていたことが明らかにされており、[注26] 奈良時代には広く利用されていたことが確認でき、これらの書物は、少なくとも編者景戒を含む中央の官大寺僧には身近な書物であったことが考えられる。鈴木景二が中央の官大寺僧が法会の説法のために都鄙間を往来していたことを指摘して以降、[注27] 同類の事例の指摘が蓄積しているが、それは、備後国（及び吉備地域）でも同様であった。[注28]

日本は律令制以前から中国南朝の学問・知識が伝来し定着していた。[注29] 官大寺僧らもこうした歴史的背景の下活動をしていた。そして、北條も指摘しているように、洪水神話·説話は江南地域を中心に広がり、定着していたのである。官大寺僧ら当時の知識層が、これらを知っていたとしても不思議ではない。もちろん、上巻第七縁の弘済が百済国出身であるように、直接渡来人から外来知識・思想の伝播があったことも考えられるが、中央の僧侶を中心とした知識人たちからの伝播も可能性の一つとして考えてもよかろう。[注30]

このように、伝播ルートはいくつか想定でき、確定することは困難ではあるが、備後国において蘇民将来伝承が形成される要因はあったということは、確かに言うことができるであろう。

【注】

［1］影山尚之「蘇民将来」（上代文献を読む会編『風土記逸文注釈』翰林書房、二〇〇一年）を参照した。以下、影山の説は全てこれによる。

［2］久保田収「祇園社と陰陽道」（同『八坂神社の研究』臨川書店、一九七四年）。

［3］上田市立信濃国分寺資料館『蘇民将来符―その信仰と伝承―』第三版（上田市立信濃国分寺資料館、二〇〇六年）収載のものを利用した。

［4］水野祐「諸国風土記逸文―その二」（同『入門・古風土記（下）』雄山閣出版、一九八七年）。他に、藤原相之助「蘇民将来の称呼に就て」（『郷土研究』七―五、一九三三年）、山口建治「武塔神とは何だったか―五道神から武塔神・五頭天王・牛頭天王へ―」（『口承文芸研究』三七、二〇一四年）などがある。

［5］肥後和男「朝鮮との関係―附牛頭天王」（同『古代伝承研究』河出書房、一九三八年）。

［6］志賀剛「日本に於ける疫神信仰の生成―蘇民将来と八坂神社の祭神研究―」（『神道史研究』二九―三、一九八一年）。以下、志賀の説は全てこれによる。

［7］増尾伸一郎「蘇民将来伝承考―『備後国風土記』逸文の形成―」（神田典城編『風土記の表現―記録から文学へ』笠間書院、二〇〇九年）。また、馬場治「蘇民将来説話の一考察―縁起と奏宣―」（『皇學館論叢』三一―六、二〇〇八年）も同様の指摘をしている。以下、増尾・馬場の説は全てこれによる。

［8］増尾、金祥圭「『備後国風土記』逸文考―祇園社縁起との関連解釈をめぐって―」（『古代研究』二七、一九九四年）。以下、金の説は全てこれによる。

［9］村山智順『朝鮮の鬼神』第九章・呪符法（朝鮮総督府、一九二九年）。

［10］金、増尾、川村湊『牛頭天王と蘇民将来伝説―消された異神たち―』（作品社、二〇〇七年）。以下、川村の説は全てこれによる。

［11］関和彦「『風土記』社会の諸様相―その5――蘇民将来考―」（『風土記研究』五、一九九〇年）。以下、関の説は全てこれによる。

［12］三橋健「蘇民将来」（『国史大辞典』八、吉川弘文館、一九八七年）。

［13］瀧音能之「蘇民将来伝承の再検討」（『古代文化研究』二、一九九四年）は、蘇民将来の娘一人を除く全ての子孫たち（蘇民将来一家は殺されていない）との説を立てるが、無理がある。

[14] 北條勝貴「環境／言説の問題系―〈都邑水没〉譚の成立と再話／伝播をめぐって―」（『人民の歴史学』一九九、二〇一四年）。以下、特に記さない場合、北條の説は全てこれによる。
[15] 郭富光「中国東北地方の洪水神話」、小南一郎「中国の洪水伝説」（共に篠田知和基・丸山顕徳編『世界の洪水神話―海に浮かぶ文明―』勉誠出版、二〇〇五年）紹介の事例を参照した。
[16] 北條、依田千百子「韓国の洪水神話」（前掲注15『世界の洪水神話―海に浮かぶ文明―』）。
[17] 影山、岡田米夫「武塔神と蘇民将来の信仰」（『神道宗教』六五・六六、一九七二年）。
[18] 志賀、馬場。
[19] 氾濫と疫病を結びつけて考える説もある（岡田、馬場）。また、北條は日本では洪水神話・説話（北條は都邑水没譚と称す）は島嶼や海岸部を対象としたものが多いことを指摘する。
[20] 馬場は冒頭の「疫隅云故者」と末尾の一文を加えることによって、疫隅国社の縁起・地名起源譚として完結する文章構成となることを指摘する。また、馬場は疫隅国社の縁起として成立したのは、延喜式神名帳に登録するためであり、延長再撰の新風土記においてなされたとみている。
[21] 現実の疫病発生と風土記逸文を結びつける考え方は、志賀、今堀、影山、川村、馬場、今堀太逸「疫病と神祇信仰の展開―牛頭天王と蘇民将来の子孫―」（『仏教史学研究』三六―二、一九九三年）にある。
[22] 新釈漢文大系（明治書院。小野沢精一著）は、「后来らば其れ蘇せんと」と読み下し、「君がお出でになればきっと蘇生することができるでしょう」と訳す。
[23] 寺川眞知夫「亀報恩譚の土着」（同『日本国現報善悪霊異記の研究』和泉書院、一九九六年。初出は一九八一年）。
[24] 石井公成「誓願の威力か亀の恩返しか―『日本霊異記』上巻第七縁の再検討―」（『駒澤大学仏教学部研究紀要』五三、一九九五年）。
[25] 河野貴美子「『捜神記』と『日本霊異記』の類話をめぐる考察―『法苑珠林』を媒介とした摂取の可能性―」（早稲田大学古代文学比較文学研究所編『交錯する古代』勉誠出版、二〇〇四年）。
[26] 北條勝貴「祟・病・仏神―『日本書紀』崇仏論争と『法苑珠林』―」（あたらしい古代史の会編『王権と信仰の古代史』吉川弘文館、二〇〇五年）。
[27] 鈴木景二「都鄙間交通と在地秩序―奈良・平安時代の仏教を素材として―」（『日本史研究』三七九、一九九四年）。

〔28〕三舟隆之「『日本霊異記』地方関係説話形成の背景—備後国を例として—」（同『『日本霊異記』説話の地域史的研究』法蔵館、二〇一六年。初出は二〇一一年）、藤本誠「『日本霊異記』における備中国説話の成立—上巻第二九をめぐって—」（『吉備地方文化研究』二三、二〇一三年）。藤本は官大寺僧だけでなく、同地域における〈遊行の僧〉の活動にも言及している。
〔29〕神田喜一郎「飛鳥奈良時代の中国学」（『神田喜一郎全集』第八巻、同朋社、一九八七年。初出は一九六〇年）など。
〔30〕水口幹記「引用書名からみた古代の学問」（同『日本古代漢籍受容の史的研究』汲古書院、二〇〇五年）は、大学で学ぶべき『尚書』注釈として、孔伝と鄭注が指定されている（学令６教授正業条）にもかかわらず、実際は孔伝ばかりが利用されていたことを明らかにしており、彼らが「蘇」を「いこふ」と読むことを知っていた可能性は高い。

【付記】本稿は、科学研究費助成事業基盤研究（B）（一般）「前近代東アジアにおける術数文化の形成と伝播・展開に関する学際的研究」（課題番号：16H03466）、基盤研究（C）（一般）「前近代日本における病気治療と呪術の研究」（課題番号：16K02217）による研究成果の一部である。

2

『八幡愚童訓』甲本にみる異国合戦像

――その枠組み・論理・主張――

鈴木　彰

1　はじめに

『八幡愚童訓』甲本（以下、『愚童訓』と略称）は、花園天皇の治世中、すなわち延慶元年（一三〇八）から文保二年（一三一八）の間に成立したと考えられる、八幡大菩薩の神威・霊験を語る物語である。中軸をなす文永・弘安年間の蒙古襲来に関する記述では、劫初以来の時間軸のなかで「異国襲来」の先例を回顧し、仲哀天皇・神功皇后のときの異国合戦のさまと、その皇子たる応神天皇＝八幡大菩薩の霊威を詳述したのちに、本朝史上十度目と十一度目の異国合戦として、文永・弘安両度の戦いを位置づけている。

また、弘安の戦いの終結まで語ったのちに、種々の霊験譚や朝敵追討説話、天皇方が破れた承久の乱などを列挙し、それぞれの様相と結果を八幡神との関係から位置づけている。この乱後の記事は全体の三分の一ほどの分量を占めており、また内容的にも、本書の性格を考える際には看過できず、合戦記事と併せてその叙述の全体像を把握する必要がある。とはいえ、これまでのところは、やはり蒙古襲来や神功皇后関係の記事が個々に切り出されて分析されることが多く、本書の叙述がもつ総体としての性質は、今なお検討の余地が多く残されているといえよう。▼注[1]

『愚童訓』には、蒙古襲来に際する八幡大菩薩の功績を喧伝するという意図が含まれていることが、これまでに指摘されている。▼注[2] そのこと自体は確かなことであろう。ただし、そうした主張をむやみに強弁するのではなく、一定の説得力をもつものとして成り立たせるために、その叙述にはさまざまな表現の網が張りめぐらされている。その様相をていねいに読み解くことで、『愚童訓』という歴史叙述への理解はいっそう深まることだろう。本稿では、その叙述を支える枠組みや論理、総体として主張するところを探るという観点に立ち、まずは『愚童訓』にみえる神功皇后出兵譚、文永の合戦譚、弘安の合戦譚を構成する枠組みと、そこにはたらいている論理を読み解いていく。そこから順次、分析を展開させていくことにしたい。

2　三災へのなぞらえ――水・火・風の奇瑞

『愚童訓』には、神功皇后の三韓出兵譚や文永・弘安の異国合戦の様子が描かれている。ただし、それらは個々に独立した事件として並列されているのではなく、連続した、あるいは相似的な事件として、意識的に関係づけられている。そのことを典型的に示すのは次の記事である。

（I）異賊ヲ亡シ、日本ヲ助給フハ、大菩薩守リ坐ス故ニ、風ヲ吹セテ敵ヲ摧キ、数万ノ賊徒悉片時ノ程ニ失シハ、致二ス神威ノ所一ニテ、人力(リヨク)曾不レ煩。当社西御前ハ沙竭羅竜王ノ御女也。今賊徒ノ大将軍、海上ニ青竜出現スルト見テ逃帰ヌル事、竜王ノ合力被レ申ケルニヤ。不思議ナル事共也。我神ノ徳風遠仰テ、国家ノ人民煩ハズ。神

功皇后ハ海水ヲ上ゲ、文永ニハ猛火ヲ出シ、弘安ニハ大風ヲ吹ス。水火風ノ三災、劫末ナラネド出来テ、任ニテ
　神慮ニ自在也。濁世末代ノ受レ生ヲ、謀反殺害ノ時ニ逢ルハ雖レ悲シト、大菩薩ノ霊験新ニシテ、不思議ノ神変
　ヲ現サセ給ヘル時ニ生レ逢ヒ、和光同塵ノ縁ヲ結ビ、皆得解脱ノ恵ヲ仰ギ奉ル悦ビ、昔ニ過タリ。

これは弘安の戦いを総括する記事であり、夜半から「乾ノ風」がおびただしく吹いたことで「賊船漂湯(ママ)シテ海ニ沈」んだことで決着したと述べたことを受けて書かれている。日本を「助」けたのは八幡大菩薩の神威であり、濁世末代を生きる身として、その霊験と神変を体験でき、仏縁を結べる悦びが述べられている。叙述はこのあと、「盛者必衰ノ理ハ有為無常ノ習」であり、「枯草モ栄シ鷲嶺ノ仏日ハ、二千余年ノ霧ニ溺レ」ているが、「末代儘モ尽セヌハ只八幡ノ霊威也」と続けられていく。

この記事は、弘安の戦いを総括しているだけではない。傍線部には、ここまでに記してきた異国合戦全体を見据えた視座と理解が示されているといえよう。すなわち、『愚童訓』は、神功皇后の出兵、文永の戦い、弘安の戦いの三つを、壊劫の終わりに起こるとされる大三災（火災・水災・風災）になぞらえ、その枠組みにあてはめる形で、三つの異国合戦をひとまとまりに描き出しているのである。

このことと対応すると考えられるのは、『愚童訓』では、文永と弘安の戦いの性格を意識的に描きわけていることである。その叙述を順に見てみよう。

(a)去程ニ、夜明レバ廿一日ノ朝、海ノ面ヲ見遣ネニ、蒙古ノ船皆々馳帰リケリ。是ヲ見テ、「孤如何(コハイカ)ニ。此方ハ此方へ、彼方ハ彼方へ後合ニ落ル事コソ心得ヘネ。……何トテ角ハ帰ルラン。……」ト泣咲シテ、色出来リ、人心モ付ニケル。

(b)蒙古既退散シヌト云シカバ、……

(c)落ニシ事ハ昨日ゾカシ。夜ノ間ニモ角替終ヌル栖哉。

(d)今ハ角ト見ヘシ時、夜中ニ白張装束ノ人三千(十)人計、筥崎ノ宮ヨリ出テ、箭鋒ヲ整テ射ケルガ、其事ガラ唱立クシテ、身毛竪テ怖シク、家々ノ燃ル焰ノ海ノ面ニ移レルヲ、波ノ中ヨリ猛火燃ヘ出タリト見成シテ、蒙古、肝心ヲ迷ハシテ、我先ニト逃ヌ。……無二一人一モ落失テ後、多ノ異賊怖恐テ逃シカバ、神軍ノ威勢厳重ニシテ不思議弥顕レ給ヒケリ。

これらは文永の戦いに関する叙述だが、傍点部からわかるように、文永の戦いは、八幡大菩薩が異賊を追い払った戦いとして描かれている。直前までは劣勢だったにもかかわらず、一晩のうちに蒙古軍は居なくなっていたというのである。

いっぽう、弘安の戦いは次のように描かれている。

(e)西国ノ早馬着テ申ス、「去七日ノ夜半ヨリ、乾ノ風唱立吹。〔潤〕七月一日ハ、賊船悉漂湯(ママ)シテ海ニ沈ヌ。大将軍ノ船ハ、風以前ニ青竜海ヨリ頭ヲ指出、流黄(ママ)ノ香虚空ニ満テ、異類異形ノ者共眼ニ遮シニ恐テ逃去リヌ。所レ残船共ハ、皆破テ磯ニ上リ奥ニ漂テ、海ノ面ハ算ヲ散スニ不レ異。死人多重テ如レ嶋ノタリ。『身没シ魂孤ウカレテ成ニ望郷ノ鬼一』、雲南ノ瀘水モ何可ニ是ニ及一。……」トゾ馳申ス。

(f)狩尾御託宣ニ、「風ヲ吹セテ滅亡サセン」ト、西国ノ早馬以前ニ告給シカバ、神威ノ掲焉ナル事仰ガヌ者ゾ無リケル。

こちらでは、海上に現れた青竜に驚いて逃げ帰った大将軍の船（破線部）を除いて、皆が悉く命を落とした戦いとして語られている。(e)の中略した部分には、鷹島に打ち上げられた「異賊数千人」が船を修理して帰国しようとしたが、鎮西の軍兵に攻められ、海に沈んだり、差し違えたり、あるいは投降したのちに斬られたりして、やはり全員が落命したとされている。

このように、文永の戦いは敵を追い返した戦い、弘安合戦は敵を全滅させた戦いとされている。前者では一人も死者が出ていないのに対して、後者では逃げ延びた大将軍の船を除いて、他は全滅したことになっている。文永と弘安の襲来があったという事実は動かせない。したがって、八幡大菩薩の強大な神威を語るためとはいえ、前者において「異賊」を全滅させるわけにはいかない。そこで、ふたつの合戦を対照的に描き分け、文永時に追い返された者たちが再び襲来し、弘安時に全滅させられるという一連の出来事として位置づけたと考えられる。このことは、文永時の退却のあと、叙述がただちに弘安四年に飛び、その間の経過がいっさい問題視されていないこととも対応する。今日、文永・弘安二度の襲来として、段階をわけて認識されているこれら出来事は、『愚童訓』ではひとつの結末につながる一連の事件として描き出されているのである。

いっぽう、神功皇后の出兵譚であるが、もちろん、これと文永・弘安時の戦いは時間的に連続した事件とされているわけではない。しかし、これらは『愚童訓』なりの論理で関係づけられており、そこにひとつの因果関係が見定められていると考えられる。その具体的な様相については、次節以降で順を追って述べていく。ここでは、『愚童訓』がこれら三つの異国合戦を、まずは三災になぞらえるという枠組みを設定した上で、意識的に独特な脈絡を与えながら叙述したと考えられることを確認しておきたい。

3　殺生する神――合戦と「怨」の連鎖

ところで、弘安の戦いを通して、八幡神は敵を全滅させることになる。そこに、神の殺生・罪という問題が生じるのは必然であろう。実際、『愚童訓』は最終的にこの点に一つの回答を示すことで叙述を結んでおり、これが本書の重要な論点であったことがわかる。

抑大菩薩ハ……縦非分反逆ノ企ナリ共、縦異賊朝敵ノ輩也共、罪アルヲ宥給ンコソ大慈大悲トハ可レ奉レ仰キ。

……心狭ク数万ノ凶徒ヲ一度ニ滅亡シ給フ事コソ不思議ナレ。

ここでは、右のように、慈悲を先とする八幡大菩薩が、なぜ「心狭ク」も敵を「滅亡」させたのかという「不思議」への問いから始まり、大尾に至るまでの叙述を終結部と仮称することにするが、その終結部では数々の故事を引きながら、ひとつの論理が開陳されていく。終結部の構成は次のようになっている。

①八幡大菩薩が敵を「滅亡」させたのは不思議。
②長寿王・長生太子の故事。
③今回の大菩薩の所行は突き詰めると「調伏」である。
④染殿后に取り付いた柿本紀僧正真済を相応和尚が不動明王に祈って退けた故事。
⑤弘法大師と守敏僧都が互いを「調伏」しあったという故事。
⑥仏神に悲智の二徳あり。釈迦が不動明王に命じて大自在天を踏み殺させた故事。
⑦大菩薩が怨敵・罪人を「降伏」するゆえん。
⑧業報・往因は誰も逃れ得ぬこと。瑠璃王の故事。
⑨八幡三所の利生は甚深殊勝。

さて、これらを通して示される主張の要点は、記事⑦によく表れている。

三毒熾盛ノ怨敵、一業所感ノ罪人、強剛ニシテ他国ヲ滅シ、暴悪ニシテ仏神ヲ令レ軽、大菩薩降伏シ給フ故ニ、結縁ノ始ト成リ、得脱ノ因ト貯ルヲ、凡夫ノ眼ニハ殺生ト見也。

八幡大菩薩がおこなう「降伏」は、「怨敵」「罪人」らにとって「結縁ノ始」「得脱ノ因」であり、それが凡夫の目には「殺生」として映るのだと述べられている。ここには、大菩薩による殺生は、悪業にとらわれた者たちを救済することなのだとする論理が読み取れよう。

記事③にみえる「外ニハ奪二怨家敵対ノ寿命一ヲ、内ニハ摧二ク煩悩菩提ノ違背一ヲ。是ヲ調伏ト云。調伏ナレバ敬愛也。敬愛ナレバ増益也。増益ナレバ息災也。十地等覚ノ菩薩ダニ其理ヲ究給ハズ。六識凡夫ノ蒙昧ハ此義ヲ何ゾ覚ン」という思考法も、同様の論理に基づくものといえよう。そして、続く記事④⑤は「調伏還テ善縁ト成ル事ハ」と書き出されているように、その論理が表れた具体例として引かれている。そして④では、不動明王が真済の「悪心ヲ蕩シテ無上菩提ニ」「引入」れたこと、⑤では弘法大師が守敏僧都を法力比べで殺してしまったことを示して、「大定大智ノ利剣ヲ以テ、我慢我執ノ怨敵ヲ切ガ故ニ、生死ノ身ヲ尽セドモ、菩提ニイタル秘術也」と評している。また、「悪心ヲ放シテ調伏ヲ行ハ、能所共ニ大利アリ」とも書き添えている。

記事⑥に引かれる釈迦の故事も、「夫仏神ニ悲智ノ二徳御坐ス。悲門ニハ科ヲ宥テ柔和忍辱衣ヲ覆ヒ、智門ニハ悪ヲ断ジ降伏威怒ノ剣ヲ振フ。去バ……」と導入され、最終的には、殺された大自在天が「蘇生シテ、心大歓喜シテ仏ニ奉レル顧」過程が語られていることを見れば、同様の文脈で扱われていることは明白だろう。先に引いた記事⑦の主張は、かかる流れを受けてなされているのである。

続く記事⑧で、「三時決定ノ業報ハ可レ遁ル事ナ」きことを語る釈迦の故事を引くのは、

二種生死離タル三界慈父ノ仏ダニ、往因ヲバ不レ免。迷惑無慙ノ賊軍、必死ノ病ニ被レ責、寿命尽果テ、善根ノ無レ種者ヲ〔哀ミテ〕、悪心ヲ摧破シ、邪見ヲ対治シ給ヘリ。寿限イマダ尽ヌハ命事ナシ。

という、一定の基準に沿って命を奪っている、八幡大菩薩の姿勢を正当なものとして語るためにほかならない。記事⑨ではそれを、「神明波定業乃死於波雖レ有二延事一、宿命乃限於無二奪事一」という託宣で裏付けし、その上で、

神明ハ愚人ヲ罰ス。殺サンニハ非ズ。為レ令レ懲也。……然則被レ罰逆縁ヲ結ビ、被レ賞可レ在二順縁一。甚深殊勝ノ巨益ハ八幡三所之利生也。

と述べることで全体の結びとしているのである。神功皇后の出兵譚以来、殺生する神の姿を語り続ける『愚童訓』の

叙述は、その根本において、八幡大菩薩がおこなう「殺生」は「調伏」であり、「調伏」は「怨敵」「罪人」らが仏と出会う「善縁」であるという論理によって支えられていることがわかる。

さて、こうした論理を読み取った上で、あらためて注目したいのは、記事①の問いを立てたのち、まずはじめに釈迦の前生譚である長寿王・長生太子の故事（記事②）を引いていることである。それは以下のような話である。

大国の大貧王が、隣国の長寿王を誅戮することとなった。長寿王はわが子長生太子に、仇討ちはしないようにと遺言する。しかし、太子は思いを抑えがたく、素性を隠して大貧王に近づき、信頼を得た。ある日、大貧王が長生太子の膝枕で昼寝をした。今こそと太子は剣を抜いたが、父の遺言を思い出し、それを納めた。すると大貧王が目覚め、長寿王の子に殺される夢を見たと語る。その後、再び寝入った王を殺そうと太子は再び剣を抜くが、やはり父の遺言を思い出して剣を納める。すると、王はまた目覚めて、同じ夢を見たという。このやりとりが三度に及んだとき、太子は自らの素性をあかし、父の遺言ゆえに王を殺せなかったと語って、身の処遇を大貧王にゆだねる。これを聞いた大貧王は善心を起こし、国王の座を退いて太子に譲った。このときの長生太子は釈迦、長寿王は浄飯王、大貧王は調達である。

この話は、『中阿含経』巻十七「長寿王品長寿王本起経第一」のほか、『六度集経』巻一、『出曜経』巻十六、『長寿王経』などにみえ、恩で怨を報ずることを主題としている。『壒嚢鈔』巻一の六「以レ恩ヲ報レ怨ヲ事　付大貧王事、惟成ノ弁事、齊信民部卿ノ事」が「世ノ諺ニ以レ恩ヲ報レ怨ヲ云ハ証拠アリヤ」と書き出され、『論語』の一節を引用したあと、「然共、仏法ニハ又、報レ怨ヲ以レ徳ヲ為レ善ント、以レ恩ヲ報レ怨ヲ永ク亡シテ自他安穏ナル故ニ、若其証拠ヲ云ハ……」として本話を引用しており、▼注[3] それが『塵添壒嚢鈔』巻一に継承されていくという、日本における受容の流れも確認できる。

『愚童訓』にみえる当該話でも、やはり恩で怨に報いることが焦点となっている。

・長寿王、其子長生太子ニ向テ云ク、「我敵ヲ討事ナカレ。以レ怨報ルニ怨ヲ、々互無ニ絶事一。以レ恩ヲ報レ怨ニ、怨永尽ル也」トテ失給ケリ。

・大貧王、其時、翻ニシ邪見一ヲ起ニテ善心一ヲ、「貪欲無道ノ故ニ、汝ガ父ヲ失ヒケリ。怨ヲバ恩ヲ以テ報ズル、真実ノ孝養ナルベシ。今日ヨリ後ハ長生ヲ国王トスベシ」トテ、我身ハ位ヲ去給フ。

前者は話の冒頭に出てくる長寿王の遺言、後者は締めくくりにあたる王位を譲る大貧王の言葉である。本話の主題が、「相手に恩を施すことで怨みの連鎖を断つ」という点にあることは明らかであろう。

こうした故事を示した上で、『愚童訓』は八幡大菩薩がおこなう「断命」、すなわち殺生という行為を次のように意味づけている。

大菩薩モ、平等慈悲ノ御所行ニヲイテ不レル可レ有ニ断命之態一処ニ、異賊・朝敵毎度ニ多ク亡シ給事、殺生其数ヲ不レ知。冥慮ノ程コソ難レ測ケレ。怨ヲバ恩ヲモテ報ズルニ、怨則止事ハ、長生太子ノ如クナルベシ。

冒頭に、「大菩薩モ」とあるのは、引用部の直前で、無間地獄に堕ちた調達にさえ記別を授けた釈迦と八幡大菩薩が類比されていることを意味する。大菩薩がおこなう殺生は、「長生太子ノ如」き振る舞いであるというのが、『愚童訓』の主張である。

八幡大菩薩がおこなう殺生は「調伏」であり、「調伏」はその対象となる者たちが仏道と出会う「善縁」である。したがって、大菩薩による「異賊・朝敵」たちの殺生は「怨を恩で報ずる」振る舞いなのであり、その殺生は、殺した者たちに「恩」を施していることにほかならない――。これが『愚童訓』の論理ということになる。また、右の傍線部から、長生太子の場合と同様、八幡大菩薩が「怨ヲバ恩ヲモテ報」じたことで「怨」が「止」んだという理解が読み取れることも注意しておく必要がある。以上を整理すれば、八幡大菩薩による殺生は、合戦によって生じる「怨」の連鎖を断ち切るために、「恩」をもって「怨」に「報」じた「慈悲」ある行為なのだと、『愚童訓』は主張しているのである。

いくさの勝利をもたらす、殺生を肯定する神である以上、それを支える論理を提示する必要があったはずである。終結部で開示されていくこの論理もまた、『愚童訓』の重要な枠組みのひとつとして機能していることは否定できまい。『愚童訓』は、度重なる異国合戦を霊験を軸として描くだけではなく、むしろそれを利用して、八幡大菩薩の振る舞いかたや大菩薩を仰ぐ自己の宗教的立場の正当性を示すというねらいを含意し、それを強く主張している物語なのである。

4　神功皇后の評価

勝敗を決め、死者を生み出す合戦は、「怨」の連鎖を生む。『愚童訓』はそのことを問題にしている。八幡大菩薩がおこなう殺生は相手に「恩」を施す行為であり、「異賊・朝敵」への「慈悲」にほかならないという論理は、今日的な目でみればきわめて自己本位なものと映るが、かかる論理が『愚童訓』の叙述を成り立たせており、そうした論理・言説が力を持ちうる状況がかつての社会に続いていたことは受け止めておかねばなるまい。

さて、この点を踏まえてみると、じつは神功皇后の出兵譚にも同様の論理が埋め込まれていたことに気づかされる。合戦の終結に際して、皇后が弓先で大盤石の上に「新羅国ノ大王ハ日本ノ犬也」と書き付けたという、著名な記事が記されたあと、『愚童訓』は皇后の振る舞いを次のように総評している。

皇后、新羅・百済・高麗三箇ノ大国ヲ女人ノ為二御身一、纔以二小勢一不レ経二日数一不レ廻二時尅一責靡テ、御帰朝アリシ勇々シサハ、戒日大王ノ五竺ヲ随ヘ、秦ノ始皇帝ノ六国ヲ滅シ、越王ノ夫差ヲ討ジテ会稽ノ恥ヲ雪シヨリモ勝タリ。異国ニ向シ士率ハ旧里ニ帰ル悦アリ。此土ニ残ル人臣ハ本主ヲ得タル勇アリ。異国ノ合戦ニ討勝事ハ雖二毎度事也一、敵国帰伏シテ日本ノ犬ト成リ、奉レ備二年貢一事、皇后ノ外ハ御坐サズ。遠異代ヲ訪ヒ、近ク本朝ヲ尋ルニ、女人合戦ノ場趣テ、隣国ノ怨ヲ退ル事、未ㇾ聞二其例一。

まず、波線部で、神功皇后は、「隣国ノ怨ヲ退ル」という未聞のことを成し遂げたとされているところに注意したい。『愚童訓』はこの引用部以前には「怨」という問題に一切言及していない。にもかかわらず、こうした総括がなされる事情としては、やはり前節までに確認してきた、『愚童訓』なりの論理が作用しているとみるのが妥当であろう。

また、ここで「怨」という問題（波線部）が持ち出される流れとしては、傍線部との関連も勘案する必要があるようだ。傍線部には、このたびの神功皇后の「勇々シサ」は、戒日王、始皇帝、越王勾践よりも「勝」っているとある。皇后の優位性が語られているわけだが、ではどのような意味での優位性が語られているのであろうか。

戒日王は中印度羯若鞠闍国の王で、玄奘を庇護するなど、仏教を保護した王として多くの文献にその名が現れている。[注4]しかし、始皇帝や勾践と並ぶこの例は、そうした理解とは異なる意味づけがなされていると考えられる。ここで参考になるのが、『宝物集』にみえる戒日王の扱いである。

『宝物集』（第二種七巻本系）には戒日王への言及が三箇所みられる。そのうちの二例は、無遮の大会を五度行ったという三宝に帰依する王の姿を引いたものだが、[注5]残る一箇所は巻二の「怨憎会苦」についての長大な記述の末尾で、天竺・震旦・本朝の歴史上、怨みが生じた故事を列挙するなかに現れる。そこでは、まず震旦の例が、

ましして震旦は合戦を先とし、煙塵を業とする国なれば、かぞへ申に及ばず。しかれども、少々申侍るべし。黄帝は蚩尤をうつ。周の武王は殷の紂をうつ。越王勾践は呉王夫差をうつ。秦の始皇は六国をしたがふ。……

のように示され、その中では、まさに始皇帝と勾践の名が掲出された（傍線部）のちに、

いはんや、天竺は国もひろく、人の心もおほきなれば、かやうの事おほく侍なり。摩竭陀国の阿闍世王は、仏生国の勝軍王にまけ、毘留離王は五百釈衆をころし、戒日大王は五天竺をうつ。……

と、天竺の戒日王の武事に言及しているのである（傍線部）。『宝物集』のこの例によれば、この三者は合戦で勝利し

たものの、相手に「怨」を生じさせてしまった者たちなのである。この点と照らし合わせてみれば、この三者に対する皇后の優位性とは、合戦によって「敵国ノ怨ヲ退」けた点において見定められることになる。▼注[6] むろん、皇后の力は、腹中の胎児（応神天皇すなわち八幡大菩薩）の力の表れとされていることも忘れてはならない。▼注[7]

このようにみた場合、戒日王・始皇帝・勾践の故事と神功皇后を対比するという発想は、やはり合戦と「怨」の連鎖に焦点をあわせた問題意識が呼び起こしたものと考えてよいのではなかろうか。かかる関心の流れを踏まえてみれば、『愚童訓』が波線部で「怨」という語彙を持ち出すのも決して唐突なことではなく、むしろ自然な思考展開の結果といえるだろう。

即断できるものではないが、『愚童訓』が戒日王・始皇帝・勾践の組み合わせをこのような意味で扱おうとした際、『宝物集』の当該記事が影響していた可能性は高いように思われる。『宝物集』の関連表現が、『愚童訓』の「戒日大王ノ五竺ヲ随へ、秦ノ始皇帝ノ六国ヲ滅シ、越王ノ夫差ヲ討ジテ」と近いことに留意しておきたい。

なお、『宝物集』で戒日王の前に引かれている毘留離王の故事（二重傍線部）は、『愚童訓』の終結部でも記事⑧として大きく扱われている（前述。第二節参照）。こうした様相を俯瞰してみれば、少なくとも、『愚童訓』では、合戦で生じる「怨」の連鎖を八幡大菩薩が断つという論理が、神功皇后譚から終結部までを貫いて底流しているとみてよいだろう。第一節においてあらかじめ述べておいた、神功皇后の出兵譚と文永・弘安の戦いとを結ぶ『愚童訓』なりの論理とは、このことにほかならない。

付言すれば、こうした論理は、戦いの相手が異国であるがゆえに生じたというわけではない。これをただちに異国に対する日本という国の優位性や異国を劣等視する姿勢のみと結びつけるとしたら、それは誤りである。『愚童訓』が明確に記しているように、これは八幡大菩薩が「異賊・朝敵」を相手にする際の論理である。実際、『愚童訓』は弘安の戦いに続けて、「只異国降伏ノミナラズ、朝敵追討モ相同ジ」として、将門の乱、前九年の戦い、平家の追討などの具体例をあげてもいる。『愚童訓』が著された現在においては、モンゴル襲来の危機感が続いており、対異国意識が高揚していたがゆえに、その叙述では異国合戦という側面が前景化しているが、その叙述を支える論理は、本質的には国内外に現れるすべての敵対者たちを念頭においたものであったと考えられるのである。

5　「安全」を求める祈り――唱導の書としての『八幡愚童訓』

『愚童訓』は、神功皇后のときに、「怨」ゆえのいくさの連鎖は終わったとみなしている。それを支えているのは、八幡大菩薩による「異賊・朝敵」たちの殺生は「怨を恩で報ずる」振る舞いなのであり、その殺生は、殺した者たちに「恩」を施し、仏縁をもたらすことで救済していることにほかならないという、『愚童訓』なりの一貫した論理であった。

かくして「怨」の連鎖は断たれたと述べたはずだが、文永・弘安の異国合戦が起きることとなった。したがって、八幡大菩薩は、そのときあらためて「怨ヲバ恩ヲモテ報」じ、「怨」を「止」めたということになる。一見すると矛盾しているようにもみえるこの展開は、『愚童訓』の重要な性質に近づくための扉といってよい。

文永・弘安の異国襲来を語る直前で、『愚童訓』は次のように語りかけている。

但大菩薩ノ因ク坐ス事ヲ案ズルニ、依二仏法ノ徳ニ一諸神ノ力ヲ合スルニ在リ。然バ、必偏シ二仏法ヲ一諸神ヲ不レ可レ有二卑奉コト一。……去レバ、仏法ハ増シ二大菩薩ノ威力ヲ一、諸神ハ添二大菩薩ノ化用ヲ一給ヘリ。……敬ヒ二仏法ヲ一崇ハレ神ヲ、大菩薩ヲ奉ルレ仰也。捨二仏法一軽ハ二諸神ヲ一、大菩薩ヲ賤シ奉ルナルベシ。……在ル二助伴ノ勢一故、其主弥徳アリ。不レ懐二偏執一而本末ノ別ヲ存シテ、大菩薩ノ霊威ヲ赫シ、可レ祈二我朝ノ安全ヲ一。

大菩薩の力は仏法・諸神に支えられて増すものであるから、神仏を崇敬することで、大菩薩の「霊威ヲ赫シ」、「我朝ノ安全」を祈ることを、享受者に勧める流れとなっている。これに続けて、文永の戦いの始まりが次のように語られていく。

上代ハ仏神ノ奇瑞新ニシテ、異国ノ凶徒退散速也キ。世及二澆季一政不二廉正一シテ、不レ預二仏陀冥睠一、漏二神明擁護一時、異賊襲来センニ、日本纔ノ小国也、討取ンコト不レ可レ廻レ踵。……当時ノ氏人、抱二道理一溺二悲涙一、神事衰ヘ廃テ崇敬無レ誠。大菩薩社ヲ去リ、災ヲ示給ニヤ、天変地夭、風雨水旱、疫癘兵革、横死頓病打続、国土不レ穏、人民雖レ無二絶事（ヤスキ）一、政ヲ以テ蝗虫ヲ駈シ、謀ヲ忘レ、夭ハ徳ニ不レ勝様ニ背ケバ、蒙古、折ヲ得テ牒使牒状ヲ奉ル。

新たな合戦の始まりは、「蒙古」が日本の状況をみて、「折ヲ得」たことに求められている。「異国襲来」は「政不二廉正一シテ、不レ預二仏陀冥睠一、漏二神明擁護一時」に起こるとされている。そして、現実に、「当時ノ氏人」は神事を怠り、崇敬に誠実さを欠くありさまであるという。そうした日本側の状況、人と神（八幡大菩薩）とのあるべき関係性が崩れたことが、このときの襲来を招いた原因とされている。つまり、『愚童訓』は、神功皇后のときに「怨」の連鎖は断たれたのだが、それを台無しにするような状況を、今の世を生きる人々が生み出してしまったとみなしているのである。

弘安の戦いに際しては、「自二一人一至二万民一、道俗男女一筋ニ、非二神明之冥助一ヨリハ日本ノ不レ可レ有二安全一」と「各々」が「懇祈」したとされ、その結果は「致ス二神威ノ一所ニテ、人力（リョク）曾不レ煩」とみなされている。加えて、八幡大菩薩の神威が顕現した三つの異国合戦を三災になぞらえたのちに、

……身ハ懈怠不法ニシテ仮令計ノ法楽、公事態ノ参詣、ナジカハ神慮ニ可レ叶。然ルニ不レ顧二我咎一、利生ノ遅ト恨申ゾ愚ナル。

と述べる部分もまた、神仏をないがしろにすることに警鐘を鳴らし、そうした「咎」あるわが姿勢への自省を強く促

す語りかけとなっている。

ほかにも、『愚童訓』には、「正直ノ者ト梢平キ杉ノ枝ニ吾ハ可レ住」という神功皇后の誓いや、「不実ノ者ハ被レ罪、正直ノ者ハ被レ賞由ヲ、末代ニ示給ハン方便」という理解、「大菩薩ハ正直ノ頭ヲ棲トシ、武内ハ無実ノ讒奏ヲ歎給ヘバ、君臣心ヲ一ニシテ、上下違事ナカレ。懸ル神慮ヲ忘テ争非拠ヲ可レ好。『神ハ不レ享二非礼一』云ヘバ、非分非道ヲ祈申シ、為レ世為レ人ノ悪カルベキニヲイテハ、御納受更ニナカリケリ」といった表現が要所に織り込まれている。戦場の描写においては、八幡大菩薩を祈ったがゆえに手柄を立てることができた武士たちの姿を、ごく限られたものとして描き込んでもいた。▼注[8]

こうした叙述を見渡すとき、『愚童訓』では神仏と向き合う人の姿勢こそが問われ続けていることが見えてこよう。「日本」すなわち自らが住むこの地の「安全」、言い換えれば、異国合戦や朝敵追討といった戦いのない世を求めるのならば、八幡大菩薩とその威力を増す仏法とを崇敬し、しかるべく実践するようにと呼びかける声が、その叙述には響いている。そこに、『愚童訓』がもつ唱導の書としての性格が見定められるのである。

『愚童訓』は、自己正当化と自己批判の論理を混在させながら、自らの求める独特な異国合戦像を創出していた。本稿ではその様相を読み解いてきたが、それが蒙古襲来に関する当時の平均的な事件認識であったとは考えられまい。それはむしろ、八幡信仰に支えられた諸文献のなかでも、きわめて個性的な一形態と見るべきであろう。また、それが三災という枠組みにあてはめて創られた事件像であったことを勘案すれば、その描写と事件の歴史的実態とを無条件に重ねることがそもそも的外れであることはいうまでもない。それにもかかわらず、『愚童訓』は後世に多大なる影響を及ぼし、その範囲は文芸のみならず、歴史認識や実社会のさまざまな局面に及んでおり、今日なおその影響は続いている。▼注[9]だが、そうした状況は、『愚童訓』をていねいに読み直すことで乗り越えられるはずである。

【注】

［1］『八幡愚童訓』に関する代表的な研究には、西田長男「八幡愚童訓」（『群書解題　第六巻』続群書類従完成会、一九六二年）、新城敏男「中世八幡信仰の一考察——八幡愚童訓の成立と性格——」（『日本歴史』三三一、一九七五年二月）、川添昭二「蒙古襲来と中世文芸」（『中世九州の政治・文化史』海鳥社、二〇〇三年。初出一九七三年七月）、新間水緒『神仏説話と説話集の研究』（清文堂出版　二〇〇八年）などがある。

［2］注1川添論文。

［3］表現が細部まで合致することからみて、『壒嚢鈔』は『愚童訓』を参照して当該記事を記したものと考えられる。

［4］『大智度論』、『今昔物語集』巻第六—六など。

［5］『宝物集』（第二種七巻本）巻第五、巻第六に一例ずつあり。三巻本には後者の例のみあり。この話題は『大毘婆沙論』百三、『大唐西域記』五などに見える。

［6］「敵国ノ怨ヲ退ル」とは、負けた相手が報復のいくさを仕掛けることがないようにしたことを意味すると考えるのが妥当である。

［7］鈴木彰「『八幡愚童訓』の一側面——神功皇后像と故事としての仏伝——」（張龍妹・小峯和明編『東アジアの女性と仏教』勉誠出版、二〇一七年）で、こうした問題を論じた。

［8］鈴木彰「蒙古襲来と軍記物語の生成——『八幡愚童訓』甲本を窓として——」（日下力監修、鈴木彰・三澤裕子編『いくさと物語の中世』汲古書院、二〇一五年）参照。

［9］鈴木彰「『八幡愚童訓』の幻影——乾珠・満珠説話を中心に——」（『季刊第二次　悠久』一四九、二〇一七年五月）でも、こうした問題に言及した。

【引用本文】『八幡愚童訓』甲本……日本思想大系『寺社縁起』（岩波書店）、『壒嚢鈔』……『塵添壒嚢鈔　壒嚢鈔』（臨川書店）、『宝物集』……新日本古典文学大系『宝物集　閑居友　比良山古人霊託』（岩波書店）

3 『神道集』の「鹿嶋縁起」に関する一考察

有賀夏紀

1 はじめに

南北朝期の編纂とされる『神道集』は、諸社の由来を類従した縁起集である。十巻五十編で構成される本書には、神々の前生譚や中世の神道論など、さまざまな記事がおさめられており、中世における宗教と文芸との関わりを考えるうえで重要な位置をしめる。

『神道集』各巻の内題下には、「安居院作」と記されている。しかし、この表記をもって澄憲や聖覚に連なる唱導の一派、安居院流の手になるものと断定できるかどうかは議論が分かれている。▼注[1] 東国関連の縁起、とくに上野や信濃の神々の物語が多いことから、上州に通じた者が編纂に関わっていると推測されているが、▼注[2] いまだ編者は詳らかではない。そこで本稿では、『神道集』の成立背景を明らかにするための一助として、本書の「鹿嶋縁起」をとりあげる。『神道集』で鹿嶋社に言及している章段は、巻三「鹿嶋大明神事」と、巻五「春日大明神」との二編があり、本稿ではこの二つの章段の鹿嶋関連記述をさして、「鹿嶋縁起」と呼称する。

「鹿嶋縁起」の特徴のひとつに、中世の注釈類と共通する言説をとり入れている点があげられる。院政期ごろから盛んになった注釈活動は、『日本書紀』、『古今和歌集』、『伊勢物語』、『聖徳太子伝』、『法華経』など、多彩な分野で行われた。『神道集』にも、日本紀注や古今注に通じる言説が散見されるが、「鹿嶋縁起」はその影響が顕著な記事のひとつである。「鹿嶋縁起」に見える言説が具体的にどういった素性のものかを検討することで、本書の性質や地域性がより明確になるだろう。それは『神道集』の文化圏を明かすとともに、『神道集』をはじめとする宗教文芸の知識の基層や、中世の神話的世界の広がりについても提示すると考えられるのである。

本稿では、まず「鹿嶋縁起」の内容と特色とを確認し、鹿嶋神をめぐる東国の伝承世界が『神道集』に与えた影響を指摘する。そのうえで常陸国周辺で成立した典籍を手がかりに、『神道集』が「鹿嶋縁起」を語るためにとりこんだ言説群について考えたい。

2　『神道集』の「鹿嶋縁起」

『神道集』の編者は従来より東国に求められてきたが、「鹿嶋縁起」の叙述もまた東国の立場によるものである。『神道集』の「鹿嶋縁起」は、巻三「鹿嶋大明神事」と、巻五「春日大明神」という二つの章段の記事からなる。巻三「鹿嶋大明神事」は、標題どおり常陸国鹿嶋郡に鎮座する鹿嶋社の縁起である。一方、巻五「春日大明神」は、章段の前半で春日神の来歴と、春日四所明神の一宮から四宮までの本地を記し、後半では鹿嶋神と、鹿嶋の地の摂末社に言及している。

ここで留意したいのは、巻五「春日大明神」は春日神の縁起でありながら、鹿嶋社について多く語っている点である。「春日大明神」では、冒頭で以下のように述べている。

此御神ノ大社ハ、常陸国鎮守、鹿嶋大明神是。仏法守護、鎮護国家ノ為ニ、人王四十八代称徳天王ノ御宇、神護慶雲元年丁未年、三笠山ニ移、春日四所明神ト申。既ニ五百才余リ、南都ニ移玉ケル時、一丈許ノ白鹿ニテ、御友二人ナリ。其二人ノ御友者、時風・秀行是ナリ。（巻五「春日大明神」）[注3]

本章段では、まず春日神が「常陸国鎮守鹿嶋大明神」と同体であることを明言している。一般的に春日四所明神は、一宮が鹿嶋神、二宮が香取神、三宮が枚岡神、四宮が姫神とされており、春日社における鹿嶋神は、第一殿の神という位置づけだ。しかしながら『神道集』「春日大明神」では、鹿嶋神を「春日の第一殿の鹿嶋神」としてではなく、あくまで「鹿嶋にいる鹿嶋神」として描いているのである。

『神道集』「春日大明神」では、章段の後半部で、鹿嶋の地の摂末社が列記されている。まずは鹿嶋社境内の記述からはじまり、つぎに沼尾、坂戸、息州、手午后、御足洗池、神宮寺といった鹿嶋社周辺の関係社寺へおよぶ。それはあたかも鹿嶋の神域内を俯瞰するようであり、鹿嶋神が「春日の第一殿の神」ではなく、「鹿嶋に坐す鹿嶋神」として意識されているからこそなされた叙述であろう。本章段は「春日大明神」という標題でありながら、春日社よりもむしろ鹿嶋社のことが詳細に語られているのである。こうした『神道集』の姿勢には、鹿嶋神を重視・称揚する東国の視点が介在していると考えられる。

それでは、「鹿嶋縁起」の内容を具体的に見ていきたい。まずは、巻三「鹿嶋大明神事」の冒頭部分から、鹿嶋神の影向譚をとりあげる。

抑鹿嶋大明神ト者、天照太神第四ノ御子也。天津児屋根ノ尊、金鷲ニ駕シテ常陸国へ天マ下ツヽ、古内チ山ノ旧跡、鹿嶋ノ里ニ顕給。其間ハ幾千年ト云事ヲ知ラズ。御本地ハ十一面観音也。采女所ノ忠為詩ニ云、神明国ヲ守ル時ハ、人種繁昌シ天下逆レリ。信心心ニ在ル時ハ、諸神ノ明言永代ニ弘レリ。此詩ノ中ノ神明国守ト者、今鹿嶋ノ大明神ノ氏子ヲ堅ク守給事ヲ明□。（巻三「鹿嶋大明神事」）

ここでは鹿嶋神が天照太神第四の御子の「天津児屋根ノ尊」であり、「金鷲」に駕して常陸国へ顕現したと述べられている。▼注[4] 鹿嶋神は『古語拾遺』に「武甕槌神、是甕速日神之子。今常陸国鹿島神是也」とあるのをはじめとして、通常は記紀の国譲りで功績のあった武甕槌神とされており、「天津児屋根」とする所説は、管見の限りほかに見出せない特異なものである。▼注[5] そしてその本地仏は、「十一面観音」だと明かされている。

さらに「采女所ノ忠為詩」を引用したうえで、神明が国を守ることは、鹿嶋神が氏子の藤原氏を堅く守ることに明らかだという。ここで神々と日本との関係を、鹿嶋神と藤原氏との関係に重ね合わせていることからも分かるように、『神道集』の鹿嶋神は、藤原氏の氏神としての性質が濃厚である。つづいて展開される記述からも、それは明白であろう。

今ハ昔、此御神氏人大仲臣ノ鎌足村子ト云シ人ハ、天津児屋根ノ尊、金鷲ニ乗テ天下リ給ケル時、銀鶴ニ乗テ御友ニ候ケル、其御末也。而レバ藤原氏ノ始メハ、神ノ代ノ始ヨリ廿一代トカヤ。（中略）此ノ時ニ藤氏ノ最初ハ、是鎌足内大臣也。今ハ多ノ帝ト后ト大臣公卿ハ、方々ノ藤氏末々ノ枝葉也。此等ハ皆以一州ニ迸レリ。此ハ則神明ノ御哀ミ深クシテ、神鎌ヲ賜ツヽ、殊ニ奸臣靡ケ、依テニ内裏ノ勅ニ一朝敵ヲ誅スル也。故ニ此ノ鎌足ノ大臣ハ生ヲ叢祠ノ露ノ底ニ受テ、栄百城雲ノ上ニ得タリ。偏ヘニ大明神御利生、併権現和光ノ恵ミ也。

（巻三「鹿嶋大明神事」）

『神道集』では、藤原氏の系譜を「大仲臣ノ鎌足村子」から語り始めている。始祖の鎌足は、天津児屋根が「金鷲」に乗って天降った際に「銀鶴」に乗って随伴した者の子孫だという。今は帝・后・大臣・公卿といった国を統治する人々の多くが藤原氏の苗裔であり、その発端として、鎌足が鹿嶋神から「神鎌」を賜って朝敵（蘇我入鹿）を誅したという逸話をあげている。ここでは鹿嶋神の鎮座伝承とともに、藤原氏の起源譚が展開されているのである。

以降は、不比等・宇合・内麻呂・武智麻呂・房前と藤原氏の系譜がつづき、鹿嶋神を勧請した春日社・大原社・吉田社に言及していく。このあたりの記事は、『大鏡』の叙述とも重なるものである。このように『神道集』の「鹿嶋縁起」

では、藤原氏との結び付きが積極的に書き記され、藤原氏の氏神としての側面が強く意識されている。
以上の鹿嶋関連記事の特徴をまとめると、『神道集』では春日縁起でも鹿嶋神に焦点をあてるという東国の視点から語られたものであること、鹿嶋神は金鷲に乗って飛来した天津児屋根とされていること、本地が十一面観音であること、そして藤原氏の氏神としての意識が強いことが指摘できる。これらの要素は、『神道集』の成立文化圏を考察するための手がかりとなるだろう。以下、順次検討していきたい。

3　鹿嶋神と天津児屋根

まずは、『神道集』の独自記事である「鹿嶋神＝天津児屋根」説について考えたい。
本来、武甕槌であるはずの鹿嶋神を、『神道集』では天津児屋根としている。「鹿嶋大明神事」の当該本文は先に引いたとおりだが、「春日大明神」でもおなじように鹿嶋神を天津児屋根と言明し、金鷲に乗って「常陸国中郡古内山」へ降臨したと記している。

抑鹿嶋大明神者、常陸国垂迹故天神七代ヨリ国常立ノ尊、伊弉諾・伊弉冉尊御代終、地神五代鎮玉ヘツヽ、荒振神達、大小神祇在々定玉ベキ。其時、天津児屋根尊、金鷲ニ乗テ、常陸国中郡古内山天マ下マス。其後国中廻、鹿嶋郡吉処在所定。（巻五「春日大明神」）

天津児屋根尊は河内国枚岡社に鎮座し、春日社の第三殿に祀られる藤原氏の祖神である。本地は地蔵菩薩。この神は宮中祭祀をつかさどる神で、天照太神の岩戸籠りの際には岩戸の前で祝詞を奏上し、天孫降臨にともない瓊瓊杵尊に随行した。『日本書紀』によれば、その時に太玉命とともに天照太神から「惟爾二神亦同侍殿内、善為防護」という神勅を受けている。この神勅が、中世では天照太神と天津児屋根との間で交わされた約諾とされ、天皇家と藤原氏との密接な関係を、神代より約されたものとする根拠となった。『神道集』「春日大明神」の末尾にも、約諾を念頭においた「天照大神ノ御前、天津児屋根御末、天子政助」という記述があり、本書もまた藤原氏をめぐる中世の神話をとり入れていたことが分かる。

なお、鹿嶋の地にも天津児屋根尊は祀られていた。すでに『常陸国風土記』において、鹿嶋三所の一所として鹿嶋・沼尾とともに名が見える「坂戸社」である。鹿嶋三所は、鹿嶋社が武甕槌、沼尾社が経津主、坂戸社は天津児屋根とされた。

鹿嶋社の摂末社および神事などを記した鎌倉末期の『鹿嶋宮社例伝記』には、坂戸社について「本社ヨリ北五里ヲ去。天児屋根尊、是則河内国平岡之神也。日神天磐戸ニ籠賜時、此御神ノ謀ヲ以テ、磐戸ヲ開賜フ」と、坂戸社が本社の北五里に鎮座すること、祭神が天津児屋根尊であること、知略によって天岩戸を開いたことなどが記されている。『神道集』「春日大明神」でも、鹿嶋三所として沼尾、酒戸（坂戸）に言及し、祭神の名は示さないものの、酒戸の本地は天津児屋根とおなじ地蔵菩薩であって、「明神ノ御妹」だと述べている。

天津児屋根が、『神道集』で鹿嶋神と見なされた大きな要因のひとつには、古くは春日社第一殿の武甕槌神を中心としていた春日信仰が、第三殿の天津児屋根を主体とするものへと変化したことが考えられる。

たとえば、『神道集』とおなじく南北朝期成立の『神皇正統記』では、

春日神ハ、天児屋ノ神ヲ本トス、本社ハ河内ノ平岡ニマス、（中略）又春日第一ノ御殿、常陸鹿嶋神、第二ハ下総ノ香取神、三ハ平岡、四ハ姫御神ト申、シカレバ、藤氏ノ氏神ハ三御殿ニマシマス、▼注[6]

と、春日神の「本」は第三殿に鎮座する「藤氏ノ氏神」、すなわち天津児屋根だと記されている。『神道集』が鹿嶋神と藤原氏との関係を強調したいのであれば、当時の春日信仰の中心であり、藤原氏の祖神である天津児屋根を、鹿嶋神と結び付けたのも理解できるだろう。

もう一点、『神道集』の鹿嶋祭神説の背景には、鎌足の出生を常陸国とする伝承世界が影響していると推察される。『藤氏家伝』において、鎌足は大和国高市郡の人とされているが、その出生地を常陸国とする説は、▼注[7]『大鏡』に「鎌足のおとど生まれたまへるは、常陸国なれば、かしこに鹿島といふ所に、氏の御神を住ましめたてまつりたまひて」と見えるほか、『伊呂波字類抄』『簾中抄』などにも認められる。この出生伝説に、鹿嶋神の化身である狐から与えられた鎌で蘇我入鹿を討つというエピソードが加わり、中世にはいわゆる「摂籙縁起」と呼ばれる藤原氏の起源譚が形成された。▼注[8]

たとえば、十四世紀成立とされる春日社記『春夜神記』「鎌足大臣因縁事」には、▼注[9]白狐から藤巻の鎌を与えられた常陸国鹿嶋郡の土民の子が、長じて内裏に仕え、狐から与えられた鎌で入鹿を誅して藤原姓を賜り、常陸国を拝領した旨が記されている。鎌を与えた白狐は下野国松岡明神で、これは鹿嶋大明神と一体であり、さらに春日明神でもあるという。

先に見たように、『神道集』「鹿嶋大明神事」にも、「藤氏ノ最初ハ、是鎌足内大臣也。（中略）此ハ則神明ノ御哀ミ深クシテ、神鎌ヲ賜ツヽ、殊ニ姧臣靡ケ、依テ㆓内裏ノ勅ニ㆒朝敵ヲ誅スル也」と、藤原氏繁栄の発端を、鎌足が鹿嶋神より賜った神鎌で奸臣を誅したことに求めている。『神道集』ではつづけて「偏ヘニ大明神御利生、併権現和光ノ恵ミ也」とあり、常陸国出身の鎌足が氏神の利生によって栄えたとして、鹿嶋神を讃歎しているのである。なお、『鹿嶋宮社例伝記』には、

又此辺鎌足之御出生有リタル小社アリ。則大職冠之宮ト云。天児屋根命二十一世祖神也。毎年霜月廿七日祭レ之。▼注[10]

と見え、当時の鹿嶋に鎌足の出生地とされる「大職冠之宮」なる小社があったことが知られる。『鹿嶋神宮伝記』によれば、この社は本社の西に十丁ほどの場所にあったという。

　このように、鹿嶋神が天津児屋根となった背景には、中世の春日信仰が天津児屋根に重きをおいていたこと、鹿嶋の坂戸社に天津児屋根が祀られていたこと、鹿嶋を舞台とする藤原氏の神話が形成されていたことなどの要因があった。鹿嶋神と藤原氏とをより直接的に結び付けようとするとき、当時の春日信仰の中心であった藤原氏の祖神・天津児屋根がその仲立ちになることは十分に考えられる。鹿嶋と藤原氏とをめぐる諸伝承と、天津児屋根を中心とする春日信仰とが交錯し、鎌足の出生地とされた常陸国の神と、天津児屋根とが結合した結果、『神道集』の「鹿嶋神＝天津児屋根」という独自説を生み出したと推されるのである。

4　神宮寺と十一面観音

　つぎに、鹿嶋神の本地についてとりあげたい。前述のように、『神道集』では鹿嶋神の本地を「十一面観音」としている。

抑鹿嶋大明神ト者、天照太神第四ノ御子也。天津児屋根ノ尊、金鷲ニ駕シテ常陸国へ天マ下ツヽ、古内チ山ノ旧跡、鹿嶋ノ里ニ顕給。其間ハ幾千年ト云事ヲ知ラズ。御本地ハ十一面観音也。（巻三「鹿嶋大明神事」）

鎌倉末期成立の『鹿嶋宮社例伝記』では、鹿嶋神宮寺の本尊について、以下のように記している。

和同元年戊申万巻上人是建立、三十間之紺堂、以㆓鴛尾㆒葺ト云。本尊丈六之釈迦如来、脇立十一面観音自在菩薩有㆓弥勒菩薩㆒ニテ。（中略）後鳥羽院御宇建久二年辛亥二月、大風転倒時、彼宮殿吹開奉㆑拝㆓内院㆒奉幣。外陣之中尊、地蔵菩薩、脇立不空羂索・十一面観音御座ケル。両度之建立、本仏ノ替賜事不審アラズヤ。此神宮寺、昔基跡改、今御手洗河辺移㆓御座㆒。十一面観音・薬師如来・地蔵菩薩・不動明王・毘沙門天皇是也。仏前斗帳懸サレバ、アラハニ御座。今諸尊現量付、前両説相違不審ナルニヤ。

ここで鹿嶋社の神宮寺は、和銅元年（七〇八）に万巻上人によって建立されたと伝えられ、▼注[11]その際の本尊は釈迦如来で、脇立が十一面観音・弥勒菩薩であった。その後、嘉保元年（一〇九四）に火事で焼け、嘉承元年（一一〇六）に本尊と脇立を造立したが、建久二年（一一九一）に大風で転倒した際には、外陣の中尊が地蔵菩薩、脇立が不空羂索・十一面観音であった。これについて編者は、「本仏ノ替賜事不審アラズヤ」と述べている。そして御手洗河辺へ移動してからは、十一面観音・薬師如来・地蔵菩薩・不動明王・毘沙門天となっており、これには「前両説相違不審ナルニヤ」と疑念を呈している。

『神道集』「春日大明神」には「御足洗心塵濯ツ、神宮寺本地拝」とあり、御手洗池で身を浄めてから神宮寺で鹿嶋神の本地仏を拝するとされるが、『社例伝記』の記述からは、時代によって本尊が変わっていたことがうかがえる。

中世における鹿嶋神の本地説は、不空羂索観音（春日社記類）、降三世明王（『神祇秘鈔』）等が確認できるが、『神道集』のように十一面観音としている所説は、元亨四年（一三二四）成立の存覚『諸神本懐集』、その底本と目される応永二十年（一四一三）写『神本地之事』、永和三年（一三七七）の聖冏『鹿嶋問答』など、東国に関係する浄土系典籍に認められる。このうち『鹿嶋問答』には、つぎのようにある。

> 昔シ万巻上人、当社（引用者注・鹿嶋社）ニ参籠アツテ、本地ノ御事ヲ祈リ玉ヒシカバ、明神ノ御夢想ニ曰、本地観世音、常在補陀落、為度衆生故、示現大明神。仍テ上人補陀落ニ渡リ玉ヒテ、椎シイノ木ヲ三箇伐テ、海水ニ浮べ玉フ。其ノ木、此ノ浦ニ打チ寄セタリ。還リ玉ヒテ此ヲ取ツテ、三尊ノ観音ヲ造リ玉フ。其ノ内ノ一体ハ、今ノ神宮寺ノ本尊十一面是レ也。▼注[12]

ここからは、「今」、すなわち本書が成立した永和三年当時の神宮寺の本尊は、「十一面」であったことが読みとれる。同様に、『諸神本懐集』でも「鹿嶋ノ大明神ハ、本地十一面観音ナリ」と明言されているため、鎌倉末期から南北朝期の鹿嶋神宮寺の本尊（本地）は、十一面観音であったのだろう。『神道集』の本文には、浄土系の唱導文との同文が見られることが指摘されているが、▼注[13]鹿嶋神の本地を記したものに『鹿嶋問答』や『諸神本懐集』など浄土系典籍が多いことは、あるいはそうしたこととも関係があろうか。

『鹿嶋問答』の聖冏は常陸国の学僧で、序文によれば、本書は諸国兼学の旅から常陸国へ戻った際に著わしたものという。また、『諸神本懐集』の底本とされる『神本地之事』も、東国で成立したものと考えられている。▼注[14] つまり、鎌倉末期から南北朝期にかけて、鹿嶋神の本地を十一面観音とする典籍は東国由来のものであり、『神道集』の鹿嶋縁起における祭神説と本地説には、東国という地域性が強く滲んでいることが知られるのである。

5　金鷲・銀鷲と日本紀注

さらに、ここで注目したいのが、鹿嶋神は金鷲に駕して常陸国へ天降り、大仲臣氏の祖は銀鶴に駕してそれにしたがったという「鹿嶋大明神事」の記述である。

抑鹿嶋大明神ト者、天照太神第四ノ御子也。天津児屋根ノ尊、金鷲ニ駕シテ常陸国へ天マ下ツヽ、古内チ山ノ旧跡、鹿嶋ノ里ニ顕給。其間ハ幾千年ト云事ヲ知ラズ。（中略）今ハ昔、此御神氏人大仲臣ノ鎌足村子ト云シ人ハ、天津児屋根ノ尊、金鷲ニ乗テ天下リ給ケル時、銀鶴ニ乗テ御友ニ候ケル、其御末也。（巻三「鹿嶋大明神事」）

鹿嶋神が鷲に乗って飛来するイメージは、まず和歌のなかに見出せる。十四世紀初頭の『夫木和歌抄』には「鹿嶋社」の題で、以下のような九条良経（一一六九～一二〇六）の詠が載る。

かしまのやわしの羽がひにのりてこし　昔の跡は絶せざりけり▼注[15]

摂関家出身の良経が、氏神の鹿嶋神を詠んだ歌である。鹿嶋神が鷲の羽交いに乗ってあらわれたというこの発想は、『古事記』の建御雷（武甕槌）神が天降る折に、天鳥船神を副えて遣わしたという伝承に求められている。▼注[16]

そして天津児屋根もまた、鷲のイメージをまとう神であった。『春夜神記』「神野大明神御事」には、つぎのようにある。

> 鹿嶋・香取・坂戸ノ三人ノ御兄弟、各陸奥国塩竈浦ニハジメテ空降給ツヽ、唐冑甲・弓箭・兵丈帯シテ、太郎一ノ御前者白鹿ニタテマツリ、次郎二ノ御前者翠竹ノ葉ニ乗、第三ノ坂戸ノ王子ハ鷲翅ニ乗ツヽ、各イクサ立給フ。[注17]

ここでは鹿嶋・香取・坂戸を「三人ノ御兄弟」とし、太郎は白鹿、次郎は翠の竹の葉、「第三ノ坂戸ノ王子」は「鷲ノ翅」に乗って戦さへおもむいたと語る。この「坂戸ノ王子」は天津児屋根であり、かつ女体だとされている。坂戸が女性であることは、『神道集』「春日大明神」において、「明神ノ御妹」とあったこととも矛盾しない。[注18]『春夜神記』で描かれる坂戸の王子は、鷲に乗り、甲冑を着して戦う勇猛な女神なのである。

また一方で、中臣氏が鶴に駕して飛来する伝承も存在した。たとえば『鹿嶋宮社例伝記』では、「鹿嶋立」の語源譚につづけて以下のように記す。

> 奈良ノ京時、王城為ニ守護神一ト、称徳天皇御宇、神護景雲二年六月廿一日、白鹿乗榊枝鞭トシ、大和御笠山ニ入。故神主中臣大連時風・秀行二人供奉申ケリ。神主鶴乗供行云。

鹿嶋神が大和三笠山へ影向した際、鹿嶋神は白鹿に、供奉の神主である中臣時風・秀行は鶴に乗っていたという。鹿嶋神の三笠山影向の姿は、「鹿嶋立神影図」などで白い神鹿にまたがる鹿嶋神と、徒歩で随行する中臣時風・秀行の図がよく知られているが、文暦元年（一二三四）以後まもなく制作されたという春日社の「古社記」や、『春夜神記』にも、武甕槌神や経津主神、天児屋根尊が荒ぶる神々を平定して地上へ降臨した際に、「中臣連等ハ鶴ノ翅ニ乗下」ったと書かれている。

このように鷲と鶴のモチーフは、春日や鹿嶋の社記類に認められる。だが、『神道集』のように金鷲・銀鶴とするものはなく、鷲と鶴の両者がそろって登場することもない。それゆえに『神道集』の記述は、鹿嶋神や藤原氏をとりまく鷲と鶴のイメージをとり入れながら、さらに段階を経てあらわれたものだと考えられよう。興味深いことに、この金鷲・銀鶴の描写は、東国周辺で成立した日本紀注にも見出せるのである。

先に掲げた『鹿嶋問答』の著者、浄土宗鎮西流白旗派の了誉聖冏（一三四一〜一四二〇）は、神道関連典籍や古今集序注などの注釈類を著した常陸国出身の学僧である。聖冏によって応永五年（一三九八）に常陸国で編まれた『日本書紀私鈔』巻三には、つぎのような記述が見える。

　彼ノ武甕槌ノ命ノ昔シ田中ノ降臨処ヲ立テ、防ニ東夷ヲ此国ヲ守ラント思シケル故ニ、明神ハ金ノ鷲乗給ヒ、大中臣ノ神ハ銀ノ鶴ニ乗リテ、飛ビ上リ指レテ東ヲ飛ビ給ヒケルガ、大日本国ノ東際常州ヲカチノ地ニ宮居シ給フ。山内迫シトテ、又虚空ニ飛騰シテ中路ニ息給ヒシ処ヲ、今ニ息塚ト云フ。今亦安塚□云ハ訛也。中群（ママ）ト云所ニ居初給ヒシカバ、ソコヲ居初ノ宮ト名ク。今世ニハ訛テ云ニ磯辺ト。其後、又虚空ヘ飛ビ立テ、伏見地ニ宮居シ給フ。今ハ鹿島ト云是也。▼注[19]

これは「カンナツキ」の語源となる武甕槌の降臨譚である。東夷を防いでこの国を守るために、武甕槌は「金ノ鷲」に、大中臣神は「銀ノ鶴」に乗って東を目指し、日本国の東際である常州に降り立ったという。鹿嶋神は従来どおり武甕槌とされるものの、鹿嶋神が「金ノ鷲」、大中臣氏が「銀ノ鶴」に駕して鹿嶋の地に飛来したモチーフが認められることは注目されよう。

先に引用した『神道集』巻五「春日大明神」では、「天津児屋根尊、金鷲ニ乗テ、常陸国中郡古内山天マ下マス。其後国中廻、鹿嶋郡吉処、御在所定」と、金鷲に乗った鹿嶋神が、国中をめぐった末に鹿嶋郡に居を定めたとされている。これも『私鈔』の各地をめぐった鹿嶋神が中郡古内山に天降り、最終的に伏見の地に宮を構えたとする説と共通している。

『神道集』の鹿嶋縁起に登場する金鷲と銀鶴は、『春夜神記』などの春日社記類や『鹿嶋宮社例伝記』のなかの鷲と鶴のモチーフに重なるものである。それが金鷲・銀鶴とそろった形で、しかも天降りの際に駕していたという記述が『神道集』とおなじように認められるのは、常陸国で成立した『日本書紀私鈔』であった。このように『神道集』の「鹿嶋縁起」には、東国の注釈書と共通する言説がとりこまれているのである。▼注[20]

6 『神道集』と東国の諸注釈

『日本書紀私鈔』のほかにも、『神道集』と同文関係が指摘される日本紀注として、応永年間に真言僧の春瑜によって書写された『日本書紀私見聞』がある。[注21] これは『日本書紀』と『麗気記』の注釈書であり、関東天台の祖ともいわれる尊海（一二五三〜一三三二）の『即位法門』の所説が多くとり入れられていることから、尊海の影響下にある談義所で形成・流布されたものかと推定されている。[注22]

『神道集』と春瑜写『私見聞』との関わりのなかで注目したいのが、「鹿嶋大明神事」の前半部で展開される、以下の語源説である。

夫日本国ハ神国ナレバ、利生止事無ク御在ス。御神達幾ク柱ト云事ヲ知ラズ。此中ニモ常陸国鹿嶋大明神ハ、殊ニ大勢力ニシテ賢ク御在ス。八万神達ノ千石破ト申スモ、此ノ御神ノ故也。天津児屋根ノ雨天ノ珈瑚山ノ榊ノ根ニシテ、昔ノ豊ノ明リノ面白リシ古ヘ、手力雄ノ神ヲ以、天照太神天ノ岩戸ヲ押開給シ神世ノ古御事ハ、世中人ハ皆知給ヘリ。事新ニ申ニ及バズ。（巻三「鹿嶋大明神事」）

先に見た冒頭の影向譚につづけて、『神道集』では「千石破（ちはやぶる）」の語と天岩戸神話に言及している。鹿嶋神は日本国の神々のなかでも「大勢力ニシテ賢」い神であり、八百万の神々の枕詞である「千石破」は、この神に由来するという。そして、天照太神の籠もる天岩戸を、天津児屋根が手力雄に押し開かせた神代の出来事は世の人みなが知っているから、改めて申すにはおよばないと記している。中世の古今注でしばしば問題になるチハヤブルの語義が、ここにあらわれているのである。[注23]

「千石破」の語義については、「春日大明神」につづく『神道集』巻五「御神楽事」で五つの説があげられている。[注24]

（一）茅葉屋経　天照太神を伊勢に祀って社を茅葉で葺き、その後年月を経たこと。
（二）千石破　「岩破」と同一で、閉じて久しい天岩戸を押し破ること。
（三）山破　手力雄神のこと。春日社の前の東向きの小社がこの神。
（四）茅葉屋振　岩戸の前で神楽をした時、茅葉を手に持ち、鈴をそえて舞ったこと。
（五）千鉾振　八百万神たちが、素戔嗚に千の鉾を立てて振ったこと。

ここにあげた五説は、春瑜写『私見聞』に同文を含んだ同内容のものが認められる。▼注[25]「鹿嶋大明神事」では、鹿嶋神である天津児屋根にまつわるエピソードであるため、天津児屋根に関係する（二）の説だけが掲示されているのだろう。鹿嶋神が武甕槌であったならば挿入されなかったはずの所伝が、鹿嶋神が天津児屋根となったことで登場したのである。これは『神道集』の独自記事が、古今注の言説を引き寄せた例だといえよう。

そしてさらに、先にとりあげた『日本書紀私鈔』の編者である了誉聖冏の『古今序註』（以下『了誉序註』）にも、「御神楽事」や『私見聞』に通じるチハヤブルの語源説が記載されているのである。

『了誉序註』は、聖冏の最晩年に常陸国で書かれたと考えられる古今集仮名序の注釈書である。南北朝期に広く流布した顕昭の『古今集序註』を核に本文が構成されているが、▼注[26]ことチハヤブルの語義に関する部分は顕昭注の本文とは重ならないため、この所説が顕昭注に依ったものではないことが知られる。

チハヤブルの語義について、『神道集』『私見聞』『了誉序註』の三者を比較すると、基本的には『神道集』と『私見聞』の間で共通項が多い。しかし、なかには崇神天皇の御代に諸国の神の社を茅で葺いたこと、巫女装束のことなど、『神道集』と『了誉序註』のみに認められる所説も含まれている。▼注[27]三者は細部や記載順序が異なっており、直接的な典拠関係は想定できない。だが、この共通所説は『神道集』が常陸国をめぐる注釈類と同じ文化圏の言説を有することを具体的に示している。

院政期ごろより盛行した注釈活動は、自らの根源を希求する意識とも結び付いて、おびただしい神話言説を創造していった。南北朝期という動乱の時代に神々の集として編まれた『神道集』も、この営みと軌を一にする。「鹿嶋大明神事」の末尾では、

チハヤブル神ノチカイノナカリセバ　イカナルトコニ身ヲバヤドサン（巻三「鹿嶋大明神事」）

と、『古今和歌集』選者である紀友則に仮託された和歌を掲げている。この和歌は、「鹿嶋大明神事」の前半にあった「千石破」の語源譚と呼応すると考えて良い。つまり、「鹿嶋大明神事」では、章段の前半部と終わりでチハヤブルに言及しているのである。

この和歌の直前には、「我滅度後、於末法中、現大明神、利益衆生」という『悲華経』とされる偈文、「得道来不動法性、自八正道垂於跡、皆得解脱衆生、故八幡大菩薩」という八幡神の偈文、「本体観世音、常在補陀洛、為度衆生故、示現大明神」という賀茂神の偈文など、本地垂迹の例証として広く知られた偈文がならぶ。そのうえで友則詠とするチハヤブル神祇の歌を、仏菩薩の利生を詠むものとして掲げて、章段を締めくくっているのである。それゆえに、衆生済度のために神明として顕現するという仏菩薩の「チカイ」をあかした偈文・要文は、すべて末尾の和歌へと収斂されることとなる。前半部の語源説と、末尾の和歌の両者が呼応し、章段全体が「チハヤブル」の語に貫かれることで、「鹿嶋大明神事」という章段が古今注・日本紀注の世界に通じるものであることを、いっそう強く意識させる。

このように『神道集』は、『日本書紀私鈔』『日本書紀私見聞』『了誉序註』といった常陸をめぐる注釈類と共通する言説をとり入れている。直接的な典拠関係は認められないものの、この事実は『神道集』が東国の宗教文化圏において成立したことを示すものである。また、「鹿嶋大明神事」では章段の最後に、仏菩薩の誓いをあらわしたものとして、『古今集』の編者に仮託された和歌を掲げている。この歌は前半部に掲げられた「千石破」と響き合いながら、本章段が和歌注釈の世界に相通じるものであることを認識させるのである。

7　おわりに

本稿では『神道集』の「鹿嶋縁起」をとりあげ、縁起の生成過程で依拠した言説の性質や、地域性を考察してきた。その結果、『神道集』の「鹿嶋縁起」が、藤原氏をとりまく諸伝承や、常陸国近辺の注釈類と深く関わっていることが明らかになったと思う。

『神道集』の「鹿嶋縁起」は、鹿嶋神を重視する東国の立場から語られている。本稿では、まず鹿嶋神を天津児屋根とする『神道集』の独自説に注目した。これは藤原氏の始祖である鎌足を常陸国出身とする伝承や、中世の春日信仰が天津児屋根を中心としたこと、鹿嶋の坂戸社が天津児屋根を祀っていたことなどの諸要素が重なり合って生まれた所説だと考えられる。そして、鹿嶋神の本地を『神道集』同様に十一面観音とする中世の典籍は、『諸神本懐集』『神本地之事』『鹿嶋問答』など、東国にゆかりのあるものであることも留意すべきであろう。

また、金鷲・銀鶴に運ばれる降臨譚や、天津児屋根にまつわるチハヤブルの語義などから、『神道集』が聖冏『日本書紀私鈔』や、春瑜写『日本書紀私見聞』といった常陸周辺に由来する日本紀の注釈書、および聖冏『了誉序註』といった『古今和歌集』の注釈類と共通する言説をおさめていることを確認した。それは「鹿嶋大明神事」という章段が『古今和歌集』の撰者である紀友則に仮託された和歌によって締めくくられることからもうかがえる。これらの事例は、『神道集』を形成する基層に注釈類と通底する言説群があることを示すとともに、その地域性を考えるにあたって重要な視座を与える。

中世の東国には数多くの談義所が存在し、現在では談義所間に宗派や流派を越えた交流があったことが明らかになっている。常陸国にも多くの談義所がひらかれており、本稿で触れた典籍類も、談義所間の交流のなかで作成され、享受されたものだと類推される。具体的な検討は今後の課題となるが、本稿で見たような『神道集』と注釈書との関係を手がかりに、東国の談義所間の人や典籍の移動を追うことで、『神道集』の成立事情や、本書が編まれた宗教文化圏の様相を探ることができるだろう。そしてその過程において、本書に記された「安居院作」の意味もまた明確になっていくと考えられるのである。

【注】

［1］たとえば小峯和明は、「『神道集』は法会唱導の権威たる安居院の名を騙ったものにすぎず、「安居院」の偽作や仮託、騙りとして『神道集』をみなおすべきではないか」と問題提起している。小峯和明「澄憲をめぐる」（『中世法会文芸論』笠間書院、二〇〇九年）。

［2］『神道集』と東国については、近藤喜博「神道集について」（『神道集 東洋文庫本』角川書店、一九五九年）、福田晃「原神道集の成立」（『神道集説話の成立』三弥井書店、一九八四年）、同『安居院作『神道集』の成立』（三弥井書店、二〇一七年）、村上学「『神道集』の構成原理」（『伝承文学研究』四三、一九九四年一二月）、同「神道集」（『岩波講座 日本文学と仏教 第8巻 仏と神』岩波書店、一九九四年）参照。福田晃は『安居院作『神道集』の成立』において、『神道集』の編纂を、世良田長楽寺の末寺である一宮光明院に求めている。

［3］『神道集』本文の引用は、貴重古典籍叢刊『赤木文庫本 神道集』（角川書店、一九六八年）による。以下、資料の引用には私に句読点・濁点を付した。

［4］天津児屋根は、「天児屋根」「天児屋」ともされるが、本稿では『神道集』の表記にしたがう。この神の出自は、『日本書紀』では興台産霊の子、『新撰姓氏録』では津速魂命の三世の孫とされており、『神道集』の天照太神第四の御子という説は典拠未詳である。なお、『鹿嶋問答』では「興居登魂ノ神ノ第四ノ御子」とあり、『神道集』の第四の御子という記述はこうした所説から来たものか。

［5］近藤喜博はこれを「古伝といたく相違する」と評したうえで、藤原氏との関係を強調するために、藤原氏の祖神の天津児屋根と結び付けたものとしている。そして『神道集』編者が依った記紀が異伝的なものであった可能性を示し、この「異伝」を真名本『曽

我物語』に連なる「東国の唱導」と判じている。近藤喜博「神道集について」（前掲注2）。

［6］『神道大系 論説編 北畠親房（下）』（神道大系編纂会、一九九二年）。

［7］鹿嶋と藤原氏について、宮井義雄は中臣氏が常陸国に田荘と部曲を所有しており、鎌足のときにそれを封戸へと改めて関係を継続し、鹿嶋社は封戸の地の神として尊崇されて、藤原氏の氏神になったとする。宮井義雄「律令貴族藤原氏の信仰」（『歴史の中の鹿島と香取』春秋社、一九八九年）。朝廷による東国進出の拠点として鹿嶋社と朝廷とが結び付くなかで、鹿嶋社は中臣氏との関係により権威を強めたと考えられるという。

［8］この物語は『天照太神口決』『志度寺縁起』『春夜神記』『旅宿問答』『法華神道秘決』のほか、幸若舞曲『入鹿』などでも知られている。阿部泰郎「『入鹿』の成立」（『芸能史研究』六九、一九八〇年四月）。

［9］阿部泰郎は、当該説話を記した「鎌足大臣因縁事」は『春夜神記』本来の部分であるかどうか不明としながらも、尊経閣本が書写された永享九年（一四三七）以前には成立していたとする。

［10］『神道大系 神社編 香取・鹿嶋』（神道大系編纂会、一九八四年）。

［11］『類聚三代格』嘉承三年（八五〇）八月五日の太政官符と、天安三年（八五九）二月十六日の太政官符には、天平勝宝年中（七四九～七五七）に満願上人が、中臣鹿島連大宗、中臣千徳等と神宮寺を建立した旨が記されている。

［12］『浄土宗全書』十二（山喜房仏書林、一九七二年）。

［13］村上学「真字本管理者についての一臆測」（『曽我物語の基礎的研究』風間書房、一九八四年）。

［14］北西弘「諸神本懐集の成立」（『真宗史の研究』永田文昌堂、一九六六年）。

［15］『図書寮叢刊 夫木和歌抄』五（明治書院、一九八八年）。

［16］中川博夫「鹿島の宗教文化圏―和歌をめぐって」（『国文学 解釈と鑑賞』六七・一一、二〇〇二年一一月）。

［17］『神道大系 神社編 春日』（神道大系編纂会、一九八五年）。

［18］なお、春瑜本『日本書紀私見聞』にも、坂戸社を鹿嶋神の妹とする記述が認められる。

［19］『日本書紀私鈔』（明治聖徳記念学会、一九二一年）。

［20］このほかにも、「春日大明神」の末尾に「日本記曰」として、本来の日本紀とは大きく異なる、いわゆる中世日本紀の一つである大日の印文説話を展開するなど、「春日大明神」「鹿嶋大明神事」はともに注釈世界に通じる章段であることが知られる。

[21] 高橋伸幸「『神道集』本文の研究―『日本書紀私見聞』(春瑜本)との関係を廻って〈上〉」(『伝承文学研究』一五、一九七三年一二月)。

[22] 阿部泰郎「良遍『日本書紀』注釈の様相―学問の言談から〝物語〟としての〈日本紀〉へ」(『国語と国文学』七一・一一、一九九四年一一月)。『日本書紀私見聞』には春瑜本のほかに、真言系記事を多く含む願教寺本などがあるが、願教寺本を紹介した落合博志によれば、願教寺本の祖本は常陸国で成立した蓋然性が高く、願教寺本との関係性を考慮すると、春瑜本も関東で成立したことは疑いがないという。そして同じく常陸国の聖冏『日本書紀私鈔』も、明確な引用の跡は認められないながらも、たとえば『私見聞』がひとつの刺激となって述作されたという可能性はありえるとしている。落合博志「願教寺蔵主要資料紹介・『日本紀私見聞』」(『調査研究報告』二一、国文学研究資料館文献資料部、二〇〇〇年九月)。

[23] 伊藤聡「「ちはやぶる」をめぐって―歌語の神秘化」(『中世天照大神信仰の研究』法蔵館、二〇一一年)。

[24] この語源説は、『古今和歌集序聞書』『毘沙門堂本古今集注』などにも類似した所説が見られる。ただし、同文は含まない。

[25] 高橋伸幸「『神道集』本文の研究―『日本書紀私見聞』(春瑜本)との関係を廻って〈上〉」(前掲注21)。

[26] 鈴木英之「中世学僧と古今注―了誉聖冏『古今序注』について」(『中世文学と隣接諸学3 中世神話と神祇・神道世界』竹林舍、二〇一一年)、同「聖冏の神道論概観」(『中世学僧と神道』勉誠出版、二〇一二年)。

[27] このほかにも、『神道集』と『了誉序註』に同様の古歌をもつ赫屋姫伝説が確認できることや、『神道集』と成立圏が近い真名本『曽我物語』に『了誉序註』の独自記事である枝折山伝説が見えることなどが指摘されている。村上学「真字本管理者についての一臆測」(前掲注13)。

4　日本における『法華経顕応録』の受容をめぐって

――碧沖洞叢書八・説話資料集所収『誦経霊験』の紹介を兼ねて――

李　銘敬

1　宗暁と『顕応録』

宗暁（一一五一〜一二一四）は中国南宋の天台宗の僧侶で、四明（現在の浙江省寧波市）の人である。石芝と号す。一八歳で具足戒を受け、具菴強公、雲菴洪公に師事し、昌国（現在の浙江省定海県）の翠羅寺の主となったが、のち西山に退隠し、『法華経』の読誦を日課とした。著書に『法華経顕応録』（以下は『顕応録』と略す）二巻、『楽邦文類』五巻、『楽邦遺稿』二巻などがある。

『顕応録』は、慶元戊午（一一九八）仲春、宗暁が編纂した『法華経』の受持による霊験・利益などを宣伝する仏教説話集であり、序文、目次、巻上序、古聖（凡七事）、高僧（凡一七三人）、高尼（凡一三人）、信男（凡三一人）、信女（凡一四人）からなっている。現在、『新纂大日本続蔵経』第七八巻と『大日本続蔵経』第一輯第二編乙第七套第五冊に所収されている。『新纂続蔵経』所収本・下巻末所附の、享保丁未（一七二七）仲秋、東叡沙門亮典が撰した「刻法華経顕応録序」によると、当山の「浄業社」の人々の勧請に応じて、亮典が校合を加えて版行したものだというのである。

中国で編纂された『法華経』関係の霊験説話集には、唐の恵詳撰『弘賛法華伝』と僧祥撰『法華経伝記』がよく知られている。この二書は日本僧門の間においても広く流通され、『百座法談聞書抄』『今昔物語集』『探要法華験記』『法華経利益物語』などにおける引用説話が多く見えている。慶長五年（一六〇〇）に刊行された要法寺版『法華経伝記』（活字版）の刊記に「唐僧祥公、不知其氏族、博聞達識之人、而記法華之応験、誘愚昧之徳、（中略）故盛行于世、為談者之資矣」とある記事から、本書が仏教への唱導宣教に大いに使用されていたということが推察される。江戸初期に至って、本書から和訳された『法華経利益物語』が現れてきた。ところが、『顕応録』の場合はどうであろうか。「刻法華経顕応録序」に「嘗伝本邦而久閟僻地」（本邦に伝わったものの、久しくも僻地に隠れてしまった）とあるように、日本ではあまり広まらなかったらしい。しかし、本書は早くより宗性上人による抄録資料に見えているので、少なくとも鎌倉時代に既に日本に伝来しているのである。以下、これまでに見付けた、本書と交渉関係をもつ資料を紹介しながらその受容軌跡を辿ってみたい。

2 『弥勒如来感応抄』と『顕応録』

宗性上人（一二〇二～一二九二）は鎌倉時代前期から中期にかけての華厳宗の学僧で、一三歳で東大寺に入寺、華厳、因明学、天台、法相などを修める。東大寺尊勝院院主、華厳宗貫首、東大寺別当、権僧正などを歴任。笠置山解脱上人貞慶の感化から弥勒信仰に篤信し、一二三五年より一二六〇年まで長年にわたって『弥勒如来感応抄』（以下『感応抄』と略す）五帖を抄出してきた。その第一帖には解脱上人による講式・願文・表白・勧進状などを収め、第二帖から第五帖までには中国の高僧伝、往生伝、仏法僧三宝感応伝、雑伝、経論疏などから抄出された弥勒関係説話を多く載せている。五帖にみる中国文献の名は、『大唐西域記』『大慈恩寺三蔵法師伝』『大唐西域求法高僧伝』『法顕伝』『高僧伝』『続高僧伝』『比丘尼伝』『名僧伝』『大宋高僧伝』『慈恩大師碑文』『淄州大師碑文』、『往生西方浄土瑞応刪伝』『往生浄土伝』『新修浄土往生伝』『新編古今往生浄土宝珠集』、『華厳経伝記』『華厳経纂霊記』『華厳経探玄記』『大般若経伝』『弘賛法華伝』『法華経伝記』『三宝感通録』『心性罪福因縁集』『三宝感応要略録』『法華経顕応録』『地蔵菩薩応験記』（広本と略本）、『法苑珠林』『大唐内典録』『集古今仏道論衡』『古清涼伝』『広清涼伝』、『上生経』『上生経疏』『八十華厳経疏』『華厳経随疏演義鈔』『竜樹菩薩十二礼』『成唯識論述記』『法華経玄賛要集』『浄土論』などが挙げられる。そのうちに、『名僧伝』『往生浄土伝』『三宝感応要略録』『地蔵菩薩応験記』『顕応録』など既に中国で佚失書となった貴重な資料も多く含まれている。

第五帖には、宋代に成立した往生伝類とともに『顕応録』から抄録された説話五話が見え、本書所附の題目で示すと、「高僧」第八話「南山澄照律師」（釈道宣）、同第一五話「章安總持禅師」（釈灌頂）、同第九三話「終南誠法師」（僧法誠）、同第百二二話「湖州天下上座」（釈抱玉）、同第百二七「并州倫僧録」（沙門継倫）というのである。第一話の冒頭部に「宗暁編法華経顕應録上云」、以下の四話は各話の冒頭部に「又云」「同下云」とあって抄録の出拠資料を示している。五話の抄出状況については、現存の続蔵経所収本と見比べたところ、すべて『顕応録』・「高僧」の順序通りに抄出してきたものであり、しかも釈抱玉が往生を遂げた以後の記事がカットされた「湖州天下上座」という一話を除き、他の四話はみな全話を丸ごとで抄出したものであった。

また、現存版本での「湖州天下上座」という一話は「高僧」第百二二話となっているが、元々高尼である抱玉が『法華経』読誦による霊験説話なので、「高尼」という話群に帰すべき説話であった。多分、編集上のミスか或いは後の伝本の誤りからこのように混入されたのではないかと考えられる。興味深いことに、『感応抄』におけるこの一話の抄出順序もまったく一致している。これで宗性が抄出の際に使用したテキストも現存版本と同様な状況をもつことが推断されよう。その一方、「湖州天下上座」には「詔並許、**勅**湖州以官緡**増廣寺宇**、**賜墨**詔一道、多寶塔一所、彌勒像**一幀**、**金字**蓮經一部、**七宝念珠**一副、奴一人。」という部分に傍線で示す数箇所は、現存版本では欠字となるところである。そこで、燦然と残っているこれらの文字がちょうど現存本の欠を補うことができる。宗性筆抄録資料の貴重さはここからもはっきり証明される。

この五話には「弥勒如来感」に関わる記述は、次のとおりである。

其陳本願曰、「庶得早浄六根、仰慈尊之嘉會、速成四德、趣樂土之玄猷。」（「南山澄照律師」）

師以貞觀六年於國清示疾、無論醫療、而室有異香。告弟子曰、「弥勒經説、佛入滅日、香烟若雲。汝多燒香、吾將去矣。」言已而逝。時有智晞禪師、先貞觀元年入滅、臨終告言、「吾生兜率、見智者坐一寶座、行列有人、唯一座空。天曰、『却後六年、灌頂禪師昇此説法。』」焚香驗意、即慈氏降靈。計歳論期、審晞言不謬。（「章安總持禪師」）

至貞觀中感疾、志願上生兜率、乃曰、「今有童子相迎、吾即去矣。」言已、口出光明、異香充室、恬然坐化。（「終南誠法師」）

光以慈親在呉、上表乞歸報恩、勅不允、再嘉首飾、戴法華經誦念。尋有詔許還、光奏曰、「臣歸有三願、就養老母一也、乞度天下僧二也、欲増造法華寺三也。」詔並許、勅湖州以官緡増廣寺宇、賜墨詔一道、多寶塔一所、弥勒像一幀、金字蓮經一部、七宝念珠一副、奴一人。（「湖州天下上座」）

一朝示疾、述願生知足天。▼注[1]（「并州倫僧録」）

「仰慈尊之嘉會」「吾生兜率」「志願上生兜率」「述願生知足天」とあるように、道宣、釈灌頂、誠法師と沙門継倫などの高僧たちが示寂の時に、みな兜率天に生まれようとした文言を口にする、といった記述である。「湖州天下上座」には「釈抱玉」（「大光」）が往生に関わらなくて、ただ彼女への賜詔に「弥勒像一幀」という文言のみが出るぐらいだ。

こうした記述を有する説話の抄出で宗性上人の弥勒浄土への信仰に繋がることになっている。本帖（『感応抄』第五帖）の奥書には宗性自筆の識語が次のように付記してある。

文應年庚申五月十一日申時、於笠置寺般若院抄出之畢。自去文暦二年二月之比、至于寛元々年暮春之候、毎卜當山寂寞之閑居、所抄弥勒感應之要文、先後九廻之間、結集四帖雙紙。其後當山之参籠中絶、傳記之被覧懈怠。而今六旬齢傾、難期後年於笠置山之暁月、一生残迫、深懸願念於兜率天之暮雲、依之自去四月十五日、移住此幽閑聖跡、先度不勘及之要処、此間抄出、亦為一帖。始末五箇帖、号之弥勒如来感応抄、令後代見此抄之人、欲入欣求兜率之門。加之十三重寶塔壇場、勵微力而加修複、三七日入堂参社、扶老骨而致精誠。仰願大聖慈尊知見此深志、伏乞春日権現哀愍此慇誠、一期終焉之時、必施引攝於兜率内院、三會下生之砌、早開恵解於唯識奥旨。重乞有縁無縁、平等利益、自他他界、普皆廻向而已。

右筆華厳宗末葉法印権大僧都宗性
年齢五十九
夏臈四十七▼注[2]

それによれば、『感応抄』は「文暦二年（一二三五年）二月の比」より笠置寺で抄録し始め、「寛元々年（一二四三）暮春の候」までは前後九回で四帖を抄出した。だが、その後は「当山参籠を中絶し、伝記の被覧を懈怠す」とあるように、抄出の仕事が一旦擱かれた。「今六旬（六〇歳）の齢に傾き、後年を笠置山の暁月に期し難し。一生の残り迫りて、深く願念を兜卒天の暮雲に懸け」ているので、「去る（一二五九）四月十五日より」その抄出を再開し、「先度勘及せざる要処を此の間抄出し、亦一帖と為す」が、「文応元年（一二六〇年）庚申五月十一日申時、笠置寺般若院に於いて之を抄出し畢んぬ」と、先に抄出された四帖に次いで第五帖を完成させた、ということが分かる。『顕応録』は第五帖に出るので、その抄出が正元元年（一二五九）四月一五日から文応元年（一二六〇）五月一一日までの間に行なわれたことが明白である。そう言えば、『顕応録』の成立（一一九八）後から六〇年ほど立った時であった。

「後代、此の抄を見る人、欣求し兜卒の門に入るを欲せしむ。之に加うるに（中略）、仰ぎ願うは大聖慈尊、此の深志を知見されんことを（中略）、一期終焉の時、必ず引摂を兜卒の内院に施し、三会下生の砌、早く恵解を唯識の奥旨に開かれんことを。」という奥書後半の記述から見れば、前後二五年間も掛けて「弥勒感応の要文を抄す」宗性上人の意図や彼の「大聖慈尊」への信仰の篤きことが見てとれる。『顕応録』が抄録された契機も正しくここにあったのであろう。

実際、宗性が『感応抄』第五帖を編集するための準備は、既に正嘉三年（一二五九）正月二六日より始められ、その資料収集のためにまた『弥勒如来感応抄草』第三（以下『感応抄草』第三と略す）が作成された。それによると、同年二月二七日には、『本朝新修往生伝』『往生浄土宝珠集』とともに『顕応録』を抄録した。▼注[3] そこに抄出された『顕応録』説話を調べたところ、『感応抄』第五帖に見た同書の説話と同じ順序で抄出されているが、第五話「并州倫僧録」の後に続き、さらに「又云」とあって「法師道昂」（『顕応録』「高僧」第一三五「相州昂法師」）と「法師薀齊」（同「高僧」第一五二「南屏清辯法師」）という二話が多く抄出してある。この両話については、前話では道昂法師が、兜率天の特別な来迎（「兜率陀天特來相迎」）に対して、「願うところは西方だけだ」（「所願者西方耳」）と言って兜卒院天の来迎を拒んで弥陀浄土へ往生したという描写が見られ、また後話には薀齊法師の「法華経序品」について詠んだ四句の偈に「彌勒文殊雨饒舌、始知躬稟舊威儀」とある文言だけが見えている。結局、宗性から目指された弥勒浄土信仰に相反するか或いは実質的な弥勒信仰と相関しない内容であって、その理由によってか正式に編纂された『感応抄』第五帖には、この二話は収めないことになってしまった。しかし、それにしても『顕応録』における弥勒関係の説話をすべて網羅しようとした宗性の敬虔な姿勢がこれで窺われるのであろう。

なお、『感応抄』第五帖にみる抄出と異なったところを挙げれば、殆ど各話の右横に同筆でやや小さな文字で題目を書き付けたことが目立つ。それらを示すと、「道宣律師作慈尊之嘉會事」「智晞禅師智者禅師灌頂禅師往生兜率事」「法誠願上生兜率事」「抱玉造立弥勒像一幀事」「継倫願生知足天事」「道昂臨終兜率陀天特来相迎事」というのである。これら書き添えられた題目から宗性が弥勒浄土説話を目指して抄出したり心に整理したりした軌跡が明示されている。もう一つは、「湖州天下上座」という一話は『感応抄草』第三には全話を省略せずに抄出されていて、『感応抄』第五帖にみた同話の後半がカットされたことと対照をなして、宗性の手によって編纂がなされた片鱗を垣間見ることができた。これほど真摯に『顕応録』に取り組んだ人は宗性上人のほかにいなかったのではないかと感嘆せざるを得ない。

『感応抄』第五帖の抄出に使う資料について、平岡定海氏が「(『感応抄』)第五帖関係のものは殆ど東大寺知足院内の良遍の手沢本と見られるものによって作成されている」と述べている。▼注[4] そうならば、『顕応録』も東大寺知足院良遍が所持していたのによっている可能性が高い。実は、『三宝感応要略録』に対しての抄出も良遍とも関わったのであった。『感応抄草』第二には、『三宝感応要略録』から「釈詮明造慈氏菩薩三寸檀像感応第十四　新録」と題して抄出された一話が見られ、それは『三宝感応要略録』下巻第十四話から同題で抄出されたものであり、その奥書には「天福二年正月下旬、興福寺光明院良遍三位已講所勘送也。於笠置寺東谷房始披見之」とある。即ち天福二年（一二三四）、宗性が興福寺良遍から送ってきた『三宝感応要略録』を笠置寺東谷房で見たというわけである。良遍（一一九四～一二五二）は、奈良興福寺で法相教学を学び、法印・権大僧都に任じられた。生駒竹林寺の住持となり、東大寺知足院を復興していた。宗性は仁治三年（一二四二）九月に因明について良遍から伝授を受けたのである。▼注[5]

3 無住と『顕応録』

すでに第一節に述べたように、宗暁の著書には『顕応録』二巻のほかに『楽邦文類』五巻と『楽邦遺稿』二巻がある。『楽邦文類』は、『顕応録』成立後二年ほど経った慶元六年（一二〇〇）頃成立し、浄土に関する経、呪、論、序跋、文、賛、記碑、伝、雑文、賦、銘、偈、頌、詩、詞など諸種類の文献を編集してまとめたものである。その続編として『楽邦遺稿』が編纂された。『楽邦文類』は成立後まもなく日本に伝わり、俊芿（一一六六～一二二七）『東林十六観堂勧進疏』（一二一五年成立）や親鸞（一一七三～一二六三）『教行信証』[注6]、良忠（一一九九～一二八七）『浄土宗要集』[注7]、愚勧住信（一二一〇～?）『私聚百因縁集』（一二五七年成立）、無住（一二二七～一三一二）『聖財集』と『沙石集』（阿岸本）[注8]などに引用され、長西（一一八四～一二二八）『浄土依憑経論章疏目録』（『長西録』）と大道一以（一二九二～一三七〇）『普門院経論章疏語録儒書等目録』などにも著録されており、広く受容された模様である。『長西録』においてはその第四「集義録」に「楽邦文類五巻　宗暁　唐人　天台」と「楽邦遺稿一巻　同」と著録するばかりか、その第一〇「偽妄録」には「楽邦文類七巻　宗暁」と「新十疑　同」とも記してある。[注9]即ち『楽邦文類』が流伝されるうちに、それと同名の偽書までも作られたようである。本書が重宝がられ愛読された事情は、これでその一斑が窺われよう。なお、本書は江戸時代寛永七年（一六三〇）に刊行された和刻本があり、『大日本続大蔵経』、『大正新修大蔵経』、『浄土宗全書』、『国訳一切経』などにも所収され、[注10]現代までも読み継がれてきた重要な著作であると見受けられる。

無住は『楽邦文類』を愛読した多くの者の一人であり、彼の『聖財集』と『沙石集』においてそれを引用しているが、それのみならず、『聖財集』と『雑談集』においては『顕応録』からも取材しているとされる。小林直樹氏の論文によると、『聖財集』巻下にみる「延寿伝」、『雑談集』巻七「法華事」にみる「達摩大師弟子尼摠持」「畜類マデ聞之得益アル事」、同書巻九にみる「仏法ニ世ノ益并逆修ノ事」などは、それぞれ『顕応録』巻下の「杭州智覚禅師」、「湖州蹟禅師」、巻上の「餘杭志禅師」、「天衣飛雲大師」、巻下の「陝右馬郎婦」などにあたる数話から全部か部分的に取材した可能性が高い。そして、無住が『顕応録』に関心を惹かれた理由としては、「一つには法華経を「多年読誦シ」（『雑談集』巻七・「法華事」）ていたという厚い信仰によるものであろうが、今一つは『楽邦文類』同様、撰者宗暁の智者禅師延寿尊重の姿勢に関わるであろう。」と述べている。[注11]

また、『雑談集』巻三にみる「法宗上人」、同書巻七「法華事」にみる「陳代行堅」と「漢代李山龍」、及び同書巻九にみる「万物精霊事」との四話は、それぞれ唐の僧祥撰『法華経伝記』巻八「隋大業中客僧」・同巻六「左監門校尉憑翊李山龍」・同巻八「揚州厳恭」・同巻四「宋剡州法華台釈法宗」、そして『顕応録』巻上「東岳堅法師」・同巻下「憑翊李山龍」・同巻下「揚州厳恭事」・同巻上「法華台宗法師」に該当する説話である。『雑談集』ではこれらの説話について、『法華経伝記』（「法華伝」）という出典注がつけてあるものの、実際にはそれだけに拠らず、『顕応録』を参照したり或はそれから取材したりしたことも見受けられる。特に「行堅や李山龍の説話は明らかに『法華伝記』より『顕応録』に近く、出典注記とは裏腹に、実際はむしろ『顕応録』に多くを拠っていると判断されるものであった」。無住のこのような採録姿勢は、「『顕応録』の説話には『法華伝記』に比して、律や禅に関する要素が目立つという点にある」とされている。[注12]

4　『諡号雑記』と『顕応録』

南北朝初期の真言宗学匠・東寺観智院杲宝（一三〇六〜一三六二）の撰した『諡号雑記』とは、高僧や大臣に諡号を宣下された顚末などを記した書である。[注13]「伝教慈覚諡号事」「弘法大師諡号事」「智証大師諡号事」「諡号人数事」「俗中諡号事」など十五項を並べた目録があり、その第一項には「智者勅号歟事」が置かれ、その内題が「智者大師号為勅号哉否事」で、顔魯公撰『画讃文』（『天台智者大師画讃』）、恵心僧都撰『注画讃』（『天台智者大師注画讃』）及び文諗・少康撰『瑞応伝』（『往生西方浄土瑞応伝』）、『奝然巡礼記』、『顕応録』、最澄編『霊応伝』（『天台霊応図本伝集』）、湛然撰『弘決』（『止観輔行伝弘決』）などの諸書から天台大師「智者」の勅号に関わる記事を抄録した内容となっている。『顕応録』からの抄録は次の通りである。

顕應録上云、至開皇中煬帝居蕃、為菩薩戒師、乃賜智者之號口。呉越銭王嘗追諡法空寶覺之號。自師入滅距今年凡六百二載。（「為」は『顕応録』原文では「請為」となる）

『顕応録』に照らすと、それはその巻上「高僧」・第七「天台智者大師」より「智者」という諡号に関する数句の文言を摘出したものだと分かる。原文の後半部をここに掲げて見比べてみよう。

至開皇中煬帝居蕃、請為菩薩戒師、乃賜智者之號。後歸老天台、一夜忽夢大風吹壞寶塔。是時詔書連徵、至石城像前、遽云有疾。遂顧命弟子唱『法華經』而自讃曰、「法門父母、慧解由生、本迹曠大、微妙難測。輟斤絶弦、於今日矣。」又曰、「吾不領眾、必淨六根。為他損己、退居五品。吾諸師友、觀音來迎。」言已、加趺而寂。即開皇十七年丁巳仲冬念四日未時也。春秋六十、坐四十夏。勅封靈塔于佛隴西南峰、毎歳時遣使開塔羞供、最後開封則不見全身矣。呉越錢王嘗追諡法空寶覺之號。自師入滅、距今年凡六百二載。師弘教觀、不畜章疏、唯縱懸河之辯。講諸經外、説『法華玄句』以開妙解、次演『止觀』依解以立正行。故荊溪曰、「非『玄義』無以導、非『文句』無以持、非『止觀』無以達、非一家無以進。」斯之謂歟。大矣哉。救世明道之書見於台宗三部矣。師之化導六十餘州、其道久而益明。凡諸事蹟、詳于『別傳』及『天台十二所道場記』▼注[14]。

『顕応録』では、本話は天台智者大師の『法華経』受持講説による霊験譚として組み込まれており、前半部分において大師が誕生時の霊異や大賢山での『法華経』読誦、出家後大蘇山で慧思大師に知遇する宿縁と「普賢道場四安楽行」修持の精進ぶり、南京瓦官寺での法華玄義の敷揚、そして天台山隠居後『法華経』読誦による霊験事、陳の皇帝のために大論を講説することなどが記述されており、後半部分でも大師が臨終の際に「法門父母、慧解由生、本迹曠大、微妙難測」と言って、法門における『法華経』の存在意義とその霊妙不思議なることを感嘆する、という叙述から『法華経』の宣伝を努めている本書の編纂姿勢が窺われる。ところが、『謚号雑記』では、後半部分より大師の謚号に関わる内容を有した二箇所のみを摘出したのである。

本話以外の一四事項は日本天台宗と真言宗との高僧謚号をめぐった内容ばかりであるが、そうした中で本話を第一話に置いていることから、天台大師を始祖と位置づけているという配列意識が見て取れる。また、第四「智証大師謚号事」の後には「天台大師法空之謚号、入滅之後六百二歳云々、若以遠為劣者、伝教慈覚可謂勝元祖法空乎」とあり、高僧が入滅後いつ謚号が宣下されるかという時間の早晩で優劣を決め付けようとした妄論を批判した文言だが、ここからも同様なことが見受けられる。

引用の内容がごく僅かなものであるが、南北朝時代における『顕応録』受容の一齣となり、宋代説話集の受容史上でも貴重な資料だと言えよう。

5　『法華霊験伝』と『顕応録』

『法華霊験伝』は、『法華経』に関する僧俗の奇特な霊験説話百余話を集めた仏教説話集である。高麗僧・了円が編纂したもので、二巻からなる。成立時間は未詳だが、これまでの研究では、一三〇〇年頃か一三七〇年頃とする二説がある。▼注[15] その巻上序に、「法華霊験伝、有大唐藍谷沙門慧詳所撰弘賛伝十巻、大宋朝四明沙門宗暁所撰現応録四巻、▼注[16]又有本朝真浄国師所撰海東伝弘録四巻。今歴覧此三伝、抄録其中最為奇特事、合成二巻、以勧発後来。兩巻合百七奇異。」とあるように、本書所収の説話は、主に『弘賛法華伝』と『顕応録』と『海東伝弘録』との三書から集録されたものである。

本書の出典について小考を行なったことがあるが、[注17]それによると、『弘賛法華伝』と『顕応録』が本説話集での典拠資料の中心をなす基本文献であり、『弘賛法華伝』を出典とした説話は六四話、『顕応録』から直接に採録した説話は三三話で、その中から両書を共に採録した三話を除くと、合わせて九四話がこの両書を典拠としたことが確認されている。それに『顕応録』を介して『観音義疏』から集録された五話も明らかになった。すなわち、『顕応録』を取り入れた作品には、これまで最も多くの話数を取材したのがこの『法華霊験伝』であった。

本書は版本として明嘉靖一三年（一五三四）甲午六月日全羅道高敞文殊寺重録のものや順治九年（一六五三）全羅道宝城開興寺重録のものなどが見られる。また日本にも伝来して慶長元和（一五九六〜一六二四）中刊行本（伊州新大仏寺旧蔵本）や慶安三年（一六五〇）刊本などの和刻本が現存する。[注18]それらの刊本には訓点も付き、入念に読まれたことは明白である。このように直接的に日本で編纂された作品ではないが、間違いなく日本における『顕応録』の伝播を促すことの一役を担っているものと言えよう。

6　『誦経霊験』と『顕応録』

尊経閣文庫には『誦経霊験』という説話資料集がある。原本は未見だが、その翻刻は簗瀬一雄編『碧沖洞叢書』第五五輯「説話資料集（第一冊）」[注19]に所収されている。「説話資料集」第一冊の「はしがき」には、簗瀬氏が解題を書いている。本資料が学界では簗瀬氏以外に殆どは取り上げられていないようであるので、ここに全文と解題を転載しておく。

本書は尊経閣所蔵本である。袋綴一冊本。29.4×20.3cm、濃茶表紙がつき、題簽は無く、表紙地に白粉墨を以て「誦経霊験」と記してある。これは本文と異筆であり、内題もないので、本の下端の木口にも同様に記してあるが、仮題と思はれる。第一丁は白紙で、その裏側に「洛東要法寺文庫」の朱印がある。墨付は十六丁。各條間に一行をあけ、はじめの数条には題号を記してあるが、後になると殆どこれを脱してゐる。又、本文の冒頭に「一」を加へるのも初めの数条であり、朱筆による固有名詞の標示、墨による訓点もはじめの部分だけで、途中からはこれらを施してゐない。翻刻にあたっては、朱筆の標示は略し、訓点のみはこれを写した。

本書は法華経読誦の功によって往生した人々の伝を集めたものである。対象はすべて中国人であり、編者も恐らく域外の人であらう。或は彼の地に於て刊行せられたかも知れないし、国内に伝写本が存するかも知れないが、私は他本をまだ見てゐない。

上記の解題によって本資料集に関する基本的な事情は大体分かるが、何時成立したものかを知る手掛かりが見当らない。また、「洛東要法寺文庫」[注20]という印があることで一時期は要法寺の保管に帰していたことが推断されるが、それも具体的な事情に乏しい。

「本書は法華経読誦の功によって往生した人々の伝を集めたものである」と指摘されているものの、実際には、悉く往生を遂げた人々の往生伝のようなものではなくて、むしろ仮題が示すように『法華経』読誦による霊験説話を集めたものである。簗瀬氏の翻刻によれば、全部で四九話、そのうちに「普門讀誦功免鎖」「誦経舌不朽」など漢文で題名を付けたのは八話あり、訓点を付したのは一四話ある。そして、題名付きの八話はすべて訓点が付けてある。こうしたことから本資料集がかつて日本で読まれたり利用されたりしたことが看取れよう。

本資料集は漢文で書かれた唐宋或いはそれ以前の『法華経』霊験説話を集めたものであるが、所収された各話の出処や類話を辿ってみたところ、それらは殆ど宋代或いはそれ以後の文献より抄出された、ということが確認できる。しかもその大多数は『顕応録』より採録されたもののようである。以下、四九話の主な関係説話を次の通りに表示する。

表1　尊経閣文庫蔵『誦経霊験』出典関係資料一覧表

『誦経霊験』	『法華経顕応録』	その他
●一、普門讀誦功免鎖	信男・一五「河東董雄」（『法苑珠林』）	『太平広記』巻第一一二報応一一「董雄」
●二、誦経舌不朽	高僧・八六「雍州俗上人」（『続高僧伝』）	『太平広記』巻一〇九・報応八「釈道俗」
●三、朋友見録報法花		宋・王鞏『随手雑録』「全州進士唐伯虎」、桂林府通判汪森編『粤西叢載』巻一三「五代时全州进士唐伯虎」
●四、寺神請九旬説法	高僧・二五「河陰邃法師」（『梁高僧伝』）	『神僧伝』第二「晋河陰白馬寺釈曇邃」、『太平広記』巻一〇九・報応八「釈曇邃」
●五、誦経功免風浪難	高僧・三五「廬山慶法師」（『法苑珠林』）	『太平広記』巻一〇九・報応八「釈慧慶」
●六、髑骨誦経舌唇不朽	高僧・八八「悟真寺僧」（『太平広記』）	『太平広記』巻一〇九・報応八「悟真寺僧」
●七、宋李元佐家陳氏乳母（冒頭部だけ訓点付）		宋・洪邁『夷堅支景』第七「李氏母」
●八、周僧延寿	高僧・一三六「杭州智覚禅師」（「師事跡大宋僧伝、僧宝伝、宝珠集並委載。以官銭市放生用、見東坡大全」）	『神僧伝』第九「延寿」、『仏祖統紀』巻二六・浄土立教志・二之一「法師延寿」
●九、宋江陰斉三妻欧氏		宋・洪邁『夷堅甲志』第二「斉宜哥救母」
●一〇、昔天竺国有一阿蘭若	高僧・一「天竺国摩訶羅比丘」（『大智度論』）	

一一、姚秦法師鳩摩羅什	高僧・三「姚秦三蔵什法師」（「委見梁僧伝及晋書、南山感通伝韋天曰」）	
●一二、晋釈道生	高僧・五「虎丘生法師」（「半塘寺蹟見『続霊瑞集』、餘出『梁高僧伝』」）	
一三、隋僧法俊		『仏祖統紀』巻二八・高僧往生伝「唐碧澗法俊禅師」
一四、隋僧等観	高僧・二〇「銭唐観法師」（『霊瑞集』）	
一五、晋僧法荘	高僧・二一「廬山荘法師」（『続霊瑞集』）	
一六、隋僧法京	高僧・二四「天台明法師」（『続霊瑞集』）	
●一七、南岳十年誦経象普賢摩頂	高僧・六「南嶽思大禅師」（『唐続高僧伝』）	
●一八、陳僧智顗	高僧・七「天台智者大師」（「詳于別伝及天台一二所道場記」）	
一九、隋僧慧超	高僧・一三「終南超禅師」（『続高僧伝』）	
二〇、隋僧智璪	高僧・一六「天台璪禅師」（『続高僧伝』）	
二一、隋僧大志	高僧・一七「廬山志禅師」（『続高僧伝』）	
二二、隋僧道悦	高僧・一八「荊州悦禅師」（『続高僧伝』）	
二三、晋僧静生	高僧・二六「成都生寺主」（『梁高僧伝』）	
二四、晋高昌僧法緒	高僧・二七「高昌国緒師」（『続高僧伝』）	
二五、晋僧法義	高僧・二八「会稽義法師」（『霊瑞集』）	
二六、晋僧竺法曠	高僧・三〇「呉興曠法師」（『続高僧伝』）	

●二七、誦経十万部舌生青蓮花

●二七、誦経十万部舌生青蓮花	高僧・三一「長沙亡名僧」（『洪覚範文字禅集』）	
二八、魏範陽五侯寺僧	高僧・三二「古亡名二僧」（『三宝感通録』）	
二九、宋僧慧紹（焼身供養）	高僧・三四「臨川紹法師」（『梁高僧伝』）	
三〇、宋僧瑜（焼身供養）	高僧・四二「廬山瑜法師」（『梁高僧伝』）	
三一、宋僧慧益	高僧・四三「鐘山益法師」（『梁高僧伝』）	
三二、晋僧登師	高僧・四五「廬山登法師」（『霊瑞集』）	
三三、晋僧法志	高僧・四六「餘杭志禅師」	
三四、宋僧弘明	高僧・四八「越州明法師」（『梁高僧伝』）	
三五、周釈慧命		『仏祖統紀』巻二八・高僧往生伝「（北周）長沙慧命法師（法音法師附）」
三六、晋僧跋澄	高僧・五二「沙門澄法師」（『霊瑞集』）	
三七、梁僧法雲	高僧・五三「金陵雲法師」（『続高僧伝』）	
三八、隋僧法崇	高僧・七一「湘州崇法師」（『続霊瑞集』）	
三九、隋僧玄秀	高僧・七七「黄州秀上人」（『続高僧伝』）	
四〇、隋僧生	高僧・七八「齊州生法師」（『霊瑞集』）	
四一、唐百済国沙門慧顕	高僧・八〇「伯濟顕禅師」（『続高僧伝』）	
四二、唐桂府城外	高僧・九〇「雉山寺僧」（『戒殺類』）	
四三、隋僧智聰	高僧・九一「揚州聰法師」（『続高僧伝』）	
四四、唐僧法響	高僧・九二「棲霞響法師」（『続高僧伝』）	

四五、唐僧儀禅師	高僧・一〇二「蘇州儀禅師」（『霊瑞集』）
四六、唐武徳中都水使	信女・四「蘇刺史女使」（『法苑珠林』）
四七、宋紹興末奉化県有姓趙人	信女・一三「明州趙氏使」（「宗暁嘗親聞其説、聊記于此」）
四八、陳華手尼	高尼・六「高郵華手尼」（『霊瑞集』）
四九、唐尼法潤	高尼・一〇「潤州潤法師」（『霊瑞集』）

少し説明しておくが、本資料集に収めた四九話の説話には、題名付きの八話（ゴシック所示）を除き、他の四一話の題名は筆者が各話冒頭部の文言により擬したものである。●付きは訓点の付された説話を示すものである。

関連資料からすれば、第三話、第七話、第九話、第一三話、第三五話との五話は、図示するように『顕応録』に見えず、宋・王鞏撰『随手雑録』、宋・洪邁撰『夷堅志』、南宋・志盤撰『仏祖統紀』を原典にして集めてあるもの。両者の文章を対照したところ、五話ともに同話関係を持つものだと確認される。

五話以外の四四話はみな『顕応録』に見えてはいるが、第一話、第二話、第四話、第五話、第六話と第八話の六話は内容においては『顕応録』との相違が大きくて、直接的な交渉関係が見い出せない。むしろ『太平広記』と『神僧伝』に一致性を持ち、その辺りの資料から採録されたのではないかと見られる。▼注[21]

それらに対して、第一〇話以後の三八話は直接に『顕応録』から抄録されたもので、大まかに「高僧」「信女」「高尼」との順で次第に抄出されたものと見受けられる。次に、図示のように、抄出された順からそれぞれ一話ずつ短小のものを例示して他の類話資料と見比べながらその抄出の具体的な様子を検討してみよう。

『誦経霊験』	『法華経顕応録』	他の類話
第一五話 晉僧法莊、淮南人。十歳出家、為廬山遠公弟子。性率直、以苦行有名。誦法華經、自為恒業、常於靜夜、鄰者每聞師房前有兵仗羽衛之声。	高僧・第二二話　廬山莊法師 比丘法莊、淮南人。十歳出家、為廬山遠公弟子。性率素止、苦行標名。誦法華經、自為恒業、常於靜夜、隣者每聞師房前有兵仗羽衛之聲、豈無故而然哉（續靈瑞集）。	『法華経伝記』巻第四・諷誦勝利第八之二・宋京師道場寺釋法莊八 釋法莊、①姓申、淮南人也。十歳出家、為廬山慧遠弟子。少以苦節標名、②晩遊關中、從叡公稟學。③元嘉初、出都止道場寺、性率素止、一中而已。④誦大涅槃法華淨名、每後夜諷誦法華。比房常聞莊戶前有如兵杖羽衛之響、⑤實天神來聽誦經。⑥如斯感化非一。⑦宋大明初卒、七十有六。
第四七話 宋紹興末、奉化縣有姓趙人、其母**平日**重佛齋戒、誦法華經。房下有一女使每竊聽、久久忽記得四句、所謂青蓮華香、白蓮華香、華樹香、果樹香。自此動靜施為常吟詠不絕。人聞之、謂為咲語、殊不知此女亦有用心處。一日作事乖主意、**箠楚**至死、遂	信女・第一三話　明州趙氏使 紹興末、奉化縣有姓趙人、其母**安人**重佛齋戒、誦法華經。房下有一女使每竊聽、久久忽記得四句、所謂青蓮華香、白蓮華香、華樹香、果樹香、自此動靜施為常吟詠不絕。人聞之、謂為笑語、殊不知此女亦有用心處。一日作事乖主意、**陵遲**至死、遂以其	

以其屍潛瘞後園。異時忽於其上秀出青蓮華一朶、香色可愛。餘人不知其因、獨母默而識之、蓋所誦四句經感應之如是也。趙母復不匿其德、密說与虛堂法師本空。空每挙此以化人。	屍潛瘞後園。異時忽於其上秀出青蓮華一朶、香色可愛。餘人不知其因、獨安人默而識之、蓋所誦四句經感應之如是也。安人復不匿其德、密說與虛堂法師本空。空每舉似以化人。宗曉嘗親聞其說、聊記于此。	
第四九話 唐尼法潤、住丹陽三昧王寺。自少入道、精脩禪慧、通誦蓮經、日夕不替。至七十四而化、遺言令露屍施生、命弟子遵承。蟲獸噉盡、唯心舌俱存、舌猶赤色、心稍黑焉。衆即起塔緘奉。	高尼・第一〇話　潤州潤法師 尼法潤、住丹陽三昧王寺。自少入道、精修禪慧、通誦蓮經、日夕不替。至七十四而化、遺言令露屍施生、命弟子遵承。蟲獸噉盡、唯心舌俱存、舌猶赤色、心稍黑焉。衆即起塔緘奉（靈瑞集）。	恵詳撰『弘賛法華伝』巻第七・誦持第六之二・隋江都縣釋慧向（尼法潤附） 又比丘尼法潤、①姓陳、丹陽人也。住三昧寺、誦法華經甚有道行。死後屍陀林野、以施蟲獸。②經停百許日、蟲鳥噉食都盡、唯舌與心、宛然俱存。舌猶赤色、而心稍如黑耳。③其緣家子弟乃收葬起塔。

上表にみる三話は晋僧の法荘、宋紹興年間の趙家の侍女、そして唐の尼法潤という僧俗三人が各々『法華経』の読誦によって現れてきた不思議な験を記したものだが、見比べたところ、最も目立った違いは、『顕応録』には見えないが『誦経霊験』各話の冒頭に「晋僧法荘」「宋紹興末」「唐尼法潤」とあるように、説話に出る人物の年代を新たに書き加えたところにある。実は、例示の三話だけではなくて、第一〇話が印度の古代説話でつけ加えられない以外は、全四九話すべてがそれと同様に説話の主人公の生存時期の王朝名が添加されたのである。次に、第四七話では「平日」「筆楚」

「趙母」という三ケ所は、元々「安人」「陵遅」「安人」となっているところで、「安人」とは中国宋代での、婦人に対しての尊称であり、「陵遅」とは中国唐以後に実施された人間の肢体を切り落とす最も残忍な処刑方法の一つであるが、これら理解し難い語彙を避けて、それぞれに「趙母」「箠楚（鞭打つ）」「平日」と置き換えられたのではなかろうか。いわば『誦経霊験』の一般向きに説話を分かりやすくさせるために行われた改変策略の一つであろうかと思われる。本話は『顕応録』では撰者宗暁が自ら聞き書きした一話であって、話末に本話採録の経緯を書き添えているが、『誦経霊験』ではそれが不要のものとしてカットされたのである。

しかし、このように作為的な微差が見出されたにもかかわらず、両者の間には緊密な一致性を有することを認めざるを得ない。それは、第一五話と第四九話に類話をもつ『法華経伝記』と『弘賛法華伝』に見る文章を見比べてみてもすぐに分かる。傍線で示すように、『法華経伝記』では①から⑦まで七箇所ほど相違があり、『弘賛法華伝』でも全く異なった内容が三箇所見えているからである。勿論、第一七話「南岳十年誦経象普賢摩頂」と第一八話「陳僧智顗」などから見たように、『誦経霊験』と『顕応録』との間には段落の大幅な省略や語句の前後的調整を行なったりした説話の改変も出ているが、それにしても両者の緊密度の高さは他の文献の比するところではない。

以上見てきたように、四九話からなる本資料集は統一的な視点で冒頭部に王朝名を付け加えたり、一般向きに説話中の難解用語を分かりやすく改変したり、また第二九「宋僧慧紹」と第三〇「宋僧瑜」との二話が「焼身供養」というテーマからペアで抄出された、というような状況も窺われる。その上に、既述したように部分的に題目を付けたことも挙げられる。このような改変や抄出ぶりから、本資料集は、撰者のある程度の思考や意図が貫かれ、初歩的な編集も行なったことが認められる。だが、全体的には、信男、高僧、信女、高尼といった配列上の乱雑ぶりや、高僧説話群にも説話抄出と配列との基準が見い出せず、一個の作品として編纂しようとした意識がそこには持てないようである。こうした意味では、一作品であるというよりむしろ唱導などの目的で集められた一資料集に止まったものだと理解されよう。

不明な点もまだ多いが、第八話「周僧延寿」と類話関係をもつ多くの文献の中で明代の成立とされる『神僧伝』に最も近いことや、第三話「朋友見録報法花」にとって、宋王鞏撰『随手雑録』にみた「全州進士唐伯虎」という原典資料に比して、清の康熙三七年（一六九八）に成立とされる汪森編『粤西叢載』巻一三に転載された類話だけと一致した部分（「五代全州進士」）を有することなどからすると、この資料集の成立時間は一七世紀末期以後になるのではないかと推測されよう。また、伝承の面では一作品ではなくて単なる一資料集だという形態からみれば、日本において抄出されたものだ、という可能性も十分にありうるのではないかと思われる。いずれにせよ、『顕応録』から多数の説話を抄録した資料集であって、且つ訓点を付けて読まれたという事実は、ひとまず間違いないであろう。

7　結語

以上の考察を通してみたところ、『顕応録』は成立後六〇年前後には、既に日本に伝来している。宗性上人は弥勒信仰の深い志より、文暦二年（一二三五年）二月より寛元々年（一二四三）まで十回で笠置寺において抄出した『弥勒如来感応抄』四帖に続き、六〇歳に迫る正元元年（一二五九）四月一五日から文応元年（一二六〇）五月一一日まで一年の時間で第五帖の抄出を完成したが、その中には『顕応録』上下二巻から抄録した五話の弥勒関係説話が含まれている。その抄録状況から見ると、忠実に原文を抄出したことが確認できた。しかも抄録の当時に使用されたテキストも現存するものと一致していることも分かった。実際、この第五帖を抄出するための準備段階の正嘉三年（一二五九）二月に『顕応録』に対しての抄出はすでに完成し、『感応抄草』第三にはその詳細が見られる。『感応抄』第五帖に至れば、実質上『感応抄草』での抄出説話に対しての取捨と編纂のみであった。また、抄出に使用された『顕応録』テキストは元々東大寺知足院内の良遍の所持本だったのかもしれないと推測される。

『楽邦文類』を愛読した臨済宗の無住道暁は、『顕応録』にも興味を示し、彼の『聖財集』と『雑談集』において本書から取材された説話が見えている。また、南北朝初期になると、真言宗学匠・東寺観智院の杲宝が天台宗と真言宗との高僧謚号をめぐる『謚号雑記』を撰するが、その中には日本天台宗の元祖説話として、『顕応録』にみる天台智者大師の説話からその謚号に関しての文言を摘出して配列してある。

成立年代不明とされるが、一時期は日蓮本宗の本山・要法寺の保管に帰していた『誦経霊験』といった説話資料集が現存しており、四九話からなるものだが、少なくとも三八話ほど直接に『顕応録』から抄録されたものと見受けられる。抄録する際に説話の主人公の生存時代を統一的に書き付けたり難解の言葉を改変したりして初歩的な手掛けをした痕が見られるが、一作品に編纂されたものでないといった形態上から見れば日本で抄出された可能性もあるかと考えられる。

『顕応録』は天台宗僧侶である宗暁の手になるものだが、本書における文献引用の特徴としてまずは多種の浄土宗文献を使用していることが挙げられる。そして、禅宗関係文献からの採話数は浄土宗ほど多くはないが、種類の方では少なくない。言わば、天台宗が宋に入って浄土と禅を兼修した「禅浄双修」という傾向が明らかに反映されている。▼注[22]また、「古聖」「高僧」「高尼」「信男」「信女」という分類で編纂されたもので類書のように利用しやすい利点もある。こうした特徴をもってこそ、本書は唯識、華厳、真言、臨済、日蓮など各宗の僧侶から注目されて愛用されたりしたのではないかと見られる。

『法華経伝記』ほどではないが、鎌倉初期と中晩期、南北朝、そして慶長・元和年間（一五九六〜一六二四）刊本と慶安三年（一六五〇）刊本をもつ『法華霊験伝』を介しての近世前後、また東叡沙門亮典が「刻法華経顕応録序」を撰した享保一二年（一七二七）秋、このような幾つかの時間の点を繋げば、『顕応録』は長きにわたって様々の形で引用・

享受されてきた点描図がはっきりと現れてくる。その図の中でその成立が一七世紀末期以後ではないかと見られる『誦経霊験』が本書からの最大な受容資料として最も太い点となっているのである。

【注】


［1］原文は平岡定海著『東大寺宗性上人之研究并史料・下』（臨川書店、一九八八年）所収の「弥勒如来感応抄第五」による。三八三〜三八五頁。翻刻文に見た個別の誤字を、東京大学史料編纂所撮影の『東大寺宗性筆聖教並抄録本』の影印によって訂正した。句読点も私意に直した。以下の同書引用も同。

［2］注1平岡著作、四一五〜四一六頁。

［3］注1平岡著作所収『日本弥勒浄土思想展開史の研究』第三章第六節・六「弥勒如来感応抄の編纂」、七〇二〜七〇三頁。

［4］注3同。

［5］田中久夫「仏教者としての良遍」（『千葉大学教育学部研究紀要』第一部〈二七巻〉、一九七八年一二月）。

［6］小川貫弌「親鸞聖人にみる宋朝文化の種々相」（『龍谷大学論集』三六五・三六六合併号、龍谷学会、一九六〇年一一月）。

［7］郡嶋昭示「聖光『浄土宗要集』所引の『楽邦文類』について」（『印度学仏教学研究』五二巻二号、二〇〇四年三月）。

［8］小林直樹「無住と南宋代成立典籍」（『文学史研究』五三、大阪市立大学国語国文学研究室、二〇一三年三月）。

［9］国立国会図書館蔵宝永二年（一七〇五）井上実氏の刊本による。

［10］大正新修大蔵経諸宗部四第四七巻NO.1969A・NO1969B、大日本続蔵経第二編第一三巻、浄土宗全書第九巻、国訳一切経諸宗部七などに所収、早稲田大学図書館風陵文庫などに寛永七年（一六三〇）京都中野道伴刊和刻本『楽邦文類』が現蔵する。

［11］注8小林直樹論文参照。

［12］小林直樹「無住と持経者伝―『法華経顕応録』享受・補遺―」（『文学史研究』五五、大阪市立大学国語国文学研究室、二〇一五年三月）。

［13］『続群書類従』第二八輯下・釈家部所収。以下の本書についての引用文はこれによる。

［14］新纂大日本続蔵経第七八巻所収『顕応録』による。句読点は私意に直した。以下の同書引用も同。

［15］呉光爀「高麗了円撰『法華霊験伝』について」（『印度学仏教学研究』四四、一九七四年二月）、金昌奭「了円の生存年代について―『法

華霊験伝』の成立時期をめぐって―」（『印度学仏教学研究』五九、一九八一年一二月）など参照。

［16］四巻本は未見。現存本は皆上下二巻からなるものである。

［17］李銘敬「『法華霊験伝』の所引文献についての考察」（『アジア遊学』一一四・『東アジアの文学圏―比較から共有へ』所収、二〇〇八年九月）一〇九～一一九頁。

［18］慶長元和中刊行本については『国文学研究資料館報』第六〇号（二〇〇三年三月）による。慶安三年刊本に西教寺正教蔵文庫所蔵本がある。

［19］非売品、一九六四年一二月印刷発行。一九九五年一一月、臨川書店刊（復刻初版発行）による。

［20］「洛東要法寺文庫」に関して詳細なことは不明であり、後考を期したい。なお、龍谷大学大宮図書館所蔵の本純撰「十不二門指要鈔雑套二巻」（寛政辛亥臘月序を付す）に同様の印記が見られる。

［21］紙幅の関係で詳細な論考を展開させることは避け、結論のみを述べたのである。

［22］李銘敬「『法華経顕応録』をめぐって」（吉原浩人・王勇編『海を渡る天台文化』勉誠出版、二〇〇八年）一二六～一二七頁。

5　阿育王塔談から見た説話文学の時空

文　明載

1　はじめに

文学というものは時代と地域を越えて成り立つと言われるが、これは説話文学においてもっとも当てはまる。何故かというと、他のジャンルの文学に比べて説話文学は伝承性のもっとも強い性格を持っているからである。伝承するから説話であり、そこから説話文学の特徴を読み解く糸口が見つかるのである。

東アジア三国（中国、韓国、日本）の説話を比べてみると、その根深い伝承性に驚かされる場合があるが、とりわけ、あるモチーフの隠された意味が解けた時、我々は時空を越えて生きてきたことが実感される。

このような考えに基づき、本考察では韓国の『三国遺事』（一二八〇年頃成立、以下『遺事』と略称）と日本の『今昔物語集』（一一二〇〜五〇年頃成立、以下『今昔』と略称）を主たる資料とし、その中に潜んでいる阿育王塔の意味について考えてみることにしたい。

阿育王はアショカー王とも言い、インドのマガダ国マウリヤ王朝第三代王（在位紀元前二六八〜二三二年頃）で、インド最初の統一王朝を築いた人物である。即位の当初は残忍乱暴であったが、のち仏教を保護、宣伝し、千人の僧を集めて第三回仏典結集を行なったこともあり、理想的な王として多くの説話が生まれた。仏教の伝来とともに阿育王の話も伝わってくるが、まず中国においては『阿育王伝』（西晋安法欽訳、三〇六年成立）、『阿育王経』（梁僧伽婆羅訳、五一二年成立）といった経典によって阿育王談が流布した。当然古代韓国や日本にも流入されて説話上の人物になっていくが、その話が『遺事』や『今昔』にも載っている。以下、阿育王塔談に隠された意味を仏教伝来史の視角から解いてみよう。

2　『今昔物語集』の阿育王説話

阿育王についてのイメージを把握するためには彼にまつわる逸話を見ておくことが必要であろう。『今昔』の場合、阿育王の登場する説話は▼注[1]二14、四3、四4、四5、六1、十一29の六話であり、天竺（インド）部に四話、震旦（中国）部、本朝（日本）部に一話ずつとなっている。まず、天竺部の話から見ていくと、二14「阿育王女子語」は阿育王とその娘の前世因縁談である。前世で子供の時、釈迦に土で作った小麦粉を供養した善根によって、仏が涅槃に入って一百年後転輪聖王に生まれ変わったのが阿育王で、人間界に仏の舎利を分けて納めた八万四千の宝塔を建てたという話である。また、四4「拘拏羅太子、扶眼依法力得眼語」と四5「阿育王、造地獄堕罪人語」は、拘拏羅太子と地獄の話であって、阿育王塔の話は登場しない。

中でも四3「阿育王、殺后立八万四千塔語」は、阿育王が閻浮提の内に八万四千の舎利塔を建てることになったそのいわれを語った話で、代表的な阿育王塔由来談ともいえようが、その内容を紹介してみると次の通りである。

今は昔、天竺に、仏涅槃に入給ひて一百年の後、鉄輪聖王出で給へり。阿育王と申す。其の王、八萬四千の后を具せり。而るに王子無し。此の事を歎きて願ひ乞ふ程に、寵愛殊に勝れたる第二の后懐妊しぬ。然れば、大王限り無く喜びて、占師を召して「此の懐める所の皇子は男か女か」と問はるるに、占師申して云く、「金色の光を放つ男子生れ給ふ可し」と占ひ申す。然れば大王、弥よ喜びて后を伝き給ふ事限り無し。

かくて生れ給ふを待ち給ふ程に、第一の后此の事を聞きて思ふ様、「実に然る御子出で来なば、我は定めて第二の后に劣りなむとす。然れば、何にしてか彼の生れむ御子を失ふ可き」と謀る。思ひ得たる様、「爰に孕める猪有り。其れが生まれたらむ子に、其の生みたらむ金色の御子を取り替へて、御子をば埋み殺してむ。さて、かかる猪の子をなむ生み給へるとて取り出させむ」と謀りて、第二の后の身に親しき乳母を善々く語らひ取りて、生まるるを待つ程に、月満ちて后既に腹を病む時に、人に懸りて産するに、此の乳母の后に教ふる様、「産する時には物を見ぬ事也。衣を引き纏ひて有れば産は安き也」と教ふれば、后、教ふるに随ひて衣を引き纏ひて物を見ず。而る程に、御子平らかに生れ給へり。后見給へば、実に金色なる光を放つ男子生れ給へり。兼ねて儲たる事なれば、乳母、其の生れたる御子をば物に押し合はせて、取りて、猪の子に替へつ。大王には、「猪の子をなむ生み給へり」と申さすれば、大王聞き給ひて、「此、奇異の無慚なる事也」とて、后をば他国に流し遣はしつ。第一の后は謀り得たる事を喜ぶ事限り無し。

其の後、大王、月来を経て他の所に御行して逍遥し給ふ事有り。薗に遊び給ふに、林の中に女有り。故有る気色也。召し寄せて見るに、流してし第二の后也。忽に憐愍の心出で来て、猪の子生みたりし時の事を問ひ給ふに、后、我は露誤たぬ事を、何で此の事を聞かせて奉らむと思ふに、かく人伝ならず問ひ給ふに喜びて、有りし事共を申せば、大王、「我、誤たぬ后を罪してけり。亦、金色の御子生れたりけるを、他の后共の謀るに殺されたる也けり」と聞き直して、第二の后をば召し還して宮に還りき。本の如く立て給ひつ。いま残の八万四千の后をば、誤てるをも誤たざるをも、皆悉く瞋を起して殺されぬ。其の後、倩思ふに、何に此の罪重からむ。地獄の報をば何でか免る可きと思ひ歎きて、近議と云ふ羅漢の比丘有り、其の人に大王、此の事を問ひ給へば、羅漢申して云く、「実に此の罪重くして免れ難かりなむ。但し、后の一人に一の塔を宛てて、八万四千の塔を立て給へ。其のみぞ地獄の苦は免れ給はむ。塔を立つる功徳は、只戯れに石を重ね木を彫りたるそら、不可思議なる者也。何に況や法の如く其の員の塔を立て給へらむに、罪を免れ給はむ事疑ひ無からむ」と。

此に依りて、大王、国内に勅して閻浮提の内に八万四千の塔を一時に立て給ひつ。其に仏舎利を安置せざる事を歎き給ふ間、一人の大臣の申さく、「ほとけ、涅槃に入り給ひて後、舎利を分ちし時、大王の父の王の得給ふ可かりし舎利を、難陀竜王来りて奪ひ取りて竜宮に安置してき。速やかに其を尋ね取りて、此の塔に安置し給ふべし」と。其の時に大王の思ひ給はく、「我、諸の鬼神並に夜叉神等を召して、鉄の網を以て海の底の諸の竜を曳き取らば、定めて其の舎利を得てむ」と思ひ給ひて、鬼神夜叉等を召して此の事を定め給ひて、既に鬼神を以て鉄の網を造らせて、曳かせむと為る時に、竜王大きに恐ぢ怖れて、大王の寝給へる間に竜王来りて竜宮に将て行く。大王、竜王と共に船に乗りて、多くの鬼神等を具して竜宮へ行き給ふ。竜王、大王を迎へて云く、「舎利を分ちし時、八国の王集り来り、四衆議して罪を除かむが為に得たる所の舎利也。大王、若し我が如くに恭敬し給はずは、定めて罪得給ひなむ。我は水精の塔を立て、殊に恭敬する也」。大王、舎利を得て本の国に帰りて、八万四千の塔に皆安置して礼拝し給ふ時、舎利、光を放ち給ひけりとなむ語り伝へたるとや。▼注[2]

阿育王が八万四千人の后を殺した罪によって地獄の報いを受けるべきであったが、近議という羅漢の教えにしたがって、后一人に対して塔を一つずつ合わせて八万四千の塔を建てたことによって罪がゆるされたという大筋である。他にも四4「拘拏羅太子、扶眼依法力得眼語」と、四5「阿育王、造地獄堕罪人語」は、拘拏羅太子と地獄の話であって、阿育王塔の話は登場しない。

3　中国における阿育王塔談の意味

さて、問題は天竺で発生して伝わった阿育王塔の話が古代の中国、韓国、日本においては如何に展開されていったかというところであるが、『今昔』の震旦部から見よう。震旦部における阿育王塔の話は六1「震旦秦始皇時、天竺僧渡語」が唯一であり、しかも話の内容は阿育王とは関係のない、震旦の仏法伝来を語る説話である。あらすじは、秦の始皇の時、天竺より釈利房という僧が仏教伝来のために来て牢獄に監禁されるが、釈迦如来の助けによって救出された。故に仏法は伝来できずに終わってしまい、その後、後漢の明帝の時になって仏教が渡来したという内容の話である。

ところで、問題の阿育王塔の話は本話の最後に、「昔し周の世に正教此の土に渡る、亦、阿育王の造れる所の塔、此の土に有り」という一節に出てくる。これは話の本筋とは関係なく添えられたものではあるが、意味深い一節と思われる。六1は震旦仏法部の最初の話であって、秦の始皇による仏教排斥の話が語られている。秦といえば中国古代史上はじめて出現した統一王朝であり、『今昔』においては史的に国家としての中国をみる場合、秦をもってはじめとする考えがあったと思われるから、▼注[3]この一節の意味するところは、秦よりも前の周の時代に既に民間の次元では仏法が伝わっていて、その事実の証しとして阿育王の塔が用いられていることになる。この点は、『今昔』と母胎を同じくする話、いわゆる共通母胎からの話と思われる『打聞集』の第二話「釈迦如来験事」、『宇治拾遺物語』の第一九五話「秦始皇天竺より来僧きんごくの事」の話と照合してみるとおり明らかにされようが、該当部分だけを抜粋してみると次の通りである。

	打聞集	今昔	宇治拾遺物語
冒頭	昔、唐ニ晋ノ史弘之時、天竺ヨリ僧渡リ。	今昔、震旦の秦の始皇の時に、天竺より僧渡れり。ⓐ名を釈の利房と云ふ。十八人の賢者を具せり、亦、法文、聖教を持て来れり。	今は昔、もろこしの秦始皇の代に、天竺より僧渡れり。
話末	ⓑ其時ニ渡トシケル仏法絶テ不渡ナリヌ。サテ、クダリテ後漢ニハ渡也ケリ。	ⓑ其の時に、天竺より渡らむとしける仏法止て不渡ず成にけり。其の後、後漢の明帝の時に渡る也。ⓒ昔周の世に正教、此の土に渡る、亦、阿育王の造れる所の塔、此の土に有り。秦の始皇諸の書を焼くに、正教も皆被焼けり。此なむ語り伝へたるとや。	ⓑ其時に渡らんとしける仏法、世下りての漢には渡りけるなり。

冒頭と話末の間に記された話の展開部は、三書の話が母胎を同じくしているだけにほぼ同内容の記述になっている。『今昔』独自の付加、改変記述もあるが、それは『今昔』撰者の「創造」の範囲内に含まれると判断されるものであって、三書の話が母胎を同じくすることをうたがえるものではない。したがってここでは省略し、『今昔』の特徴がよくあらわれている冒頭と話末だけを挙げておいたが、『今昔』の下線部ⓐとⓒが注目される。作品全体の構成から見て、六1〜10は震旦部の仏法伝来と弘布を語る話群と言えるが、本話はその巻頭をかざる話で、下線部ⓐとⓒも震旦部の仏法伝来を語るにふさわしい内容の付加記述である。

ところで、下線部ⓐとⓒに記述された釈利房の話とか阿育王塔の話などは、話の内容から考えてもそのすべてを『今昔』撰者の「創造」によるものと判断するにはむりがあり、何かの出処を想定すべきであろうが、次に『破邪論』（唐法林撰、六二二年成立）巻下所収話の一部を上げた上で考えてみよう。

東天竺有阿育王。収仏舎利。役使鬼兵散起八万四千宝塔。遍閻浮提。我此漢地九州之内。並有宝塔。建塔之時。当此周敬王二十六年丁未歳也。塔興周世。経十二王。至秦始皇三十四年。焚焼典籍。育王諸塔由此隠亡。仏家経伝靡知所在。如釈道安朱士行等経録目云。始皇之時。有外国沙門釈利房等十八人賢者。齎持仏経来化始皇。始皇

弗従。遂囚禁房等。夜有金剛丈六人。来破獄出之。始皇驚怖。稽首謝焉。[注4]

これを見ると、阿育王塔のこと、周代にすでに仏教が伝わっていたこと、始皇と釈利房および十八人賢者のことなど、先ほどの『今昔』の下線部ⓐとⓒの内容に類似していることが分かる。この話は『破邪論』以外にも『歴代三宝紀』（隋費長房撰、五九七年成立）、『法苑珠林』（唐道世撰、六六八年成立）などに同類話が収録されており、これらの典籍のうちいずれかを『今昔』の撰者が目にした確証はないが（今日までの出典研究を勘案すると、むしろいずれも見てないといった方がいいかも知れない）、これほどの類似した話の存在は、冒頭と話末の付加記述においても何かの然るべき出処があったことの傍証になろう。

ここで、再び阿育王塔の話に注目してみると、『歴代三宝紀』『破邪論』『法苑珠林』のような漢文典籍所収話によると、中国には周代に仏教伝来とともに阿育王塔が伝わっていることを記し、阿育王塔は仏教伝来の象徴的な意味合いを帯びたものになっている。一方、『打聞集』や『宇治拾遺物語』の所収話には阿育王塔の話はまったく記されておらず、『打聞集』の場合は題名からも推察されるように、釈迦如来の霊験談としてとらえているのである。これらの事実にもとづいて考えると、『今昔』の撰者は阿育王塔の有する仏教伝来の証しとしての意味を知っていたと思われ、巻六第1話に阿育王塔の話を記すことによって、震旦の仏法伝来の歴史が甚深であることを語ろうとしたと推察される。

4　韓国における阿育王塔談の意味

『遺事』においては、四塔像[注5]2「遼東城育王塔」、5「皇竜寺丈六」の二話が阿育王関連話として注目に価するが、次に「遼東城育王塔」から関連部分を引いておく。

三寶感通錄載、高麗遼東城傍塔者、古老傳云昔高麗聖王按行國界次、至此城、見五色雲覆地、往尋雲中。有僧執錫而立。既至便滅、遠看還現、傍有土塔三重、上如覆釜。不知是何更王覓僧、唯有荒草、掘尋一丈、得杖幷履又堀得銘、上有梵書、侍臣識之云是佛塔。王委曲問詰。答曰、漢國有之、彼名蒲圖王〔本作休屠王　祭天金人〕因生信、起木塔七重。後佛法始至、具知始末、今更損高、本塔朽壞、育王所統一閻浮提洲、處處立塔、不足可怪。

冒頭の「三寶感通錄載」からこの記事の出典は明らかになっているが、「三寶感通錄」は唐の道宣が六六四年撰述した『集神州三宝感通録』のことである（以下『三宝感通録』の通称で記す）。『三宝感通録』は上中下の三巻からなっており、そのうち上巻は塔にまつわる二十話をもって構成されている。中には阿育王塔の話も多く、十九話までに中国の各地で散見する阿育王塔談を収録した道宣は、巻最後の第二十話を古代韓国と日本における阿育王塔談をもって構成した。広く阿育王塔談を蒐集していた彼の視線は、いよいよ燐国の韓国や日本にまで及んだわけであるが、韓国との関連部分のみを抜粋したのが右の引用文であり、『三宝感通録』の転載に等しいものである。

さて、本話の属する篇目名は「塔像」であり、したがって第一義的な主題は塔の霊験にあったと考えられる。これは話末の評語、「今処処有現瑞非一。蓋眞身舍利感応難思矣」からも確かめられることである。しかし、本話において塔の霊験というものは表にあらわれた主題に過ぎず、撰者一然の隠された意図をよむためにはより注意深い穿鑿が必要である。先の引用文の後半、「後仏法始至、具知始末」に注目してみると、この一節には『三宝感通録』の思惑と『遺事』の思惑が交錯しているように思われる。道宣はこの一節をもって、遼東城育王塔の発掘が古代韓国に仏法が伝わる以前のことであることを明記している。即ち、遼東城が高句麗の領土であった時期があってそこから阿育王塔があらわれたが、その育王塔は仏法伝来以前の韓国とはかかわりのないものであって、当然中国のものであるという底意がうかがえる。このような道宣の思惑とは裏腹に、韓国の仏国土であることを証明したかった一然にとってみれば、『三宝感通録』の話は自分の思惑と一致する最良の材料であった。次章で取り上げる話四塔像１「迦葉仏宴坐石」の次に、２「遼東城育王塔」を配列し、「塔像」篇の巻頭を飾らせたことからも、仏法伝来と弘布の証を提示することによって、仏国土としてのイメージを浮き彫りにしようとした撰者一然の意図がよみとれる。即ち、〈表の意識〉としての塔の霊験と〈裏の意識〉としての仏国土意識が指摘できよう。▼注[6]

5　日本における阿育王塔談の意味

今度は日本の場合を見ることにする。『今昔』の本朝部においての阿育王塔談は十一29の一話のみで、本筋と関係なしに添えられている点において震旦部の例と同様である。十一29「天智天皇、建志賀寺語」は志賀寺縁起というべき話で、志賀寺創建とその伝法創始の二要素から構成されているが、前半の志賀寺創建談の末尾に阿育王塔の話が見える。天皇が夢にあらわれた老翁の教えにしたがって、霊所に寺院を建立して弥勒菩薩を安置したという話の後に、

亦、此寺ヲ被造ル間、地ヲ引クニ、三尺許ノ少宝塔ヲ掘出タリケリ。物ノ體ヲ見ルニ、此ノ世ノ物ニ不似。昔ノ阿育王ノ、八万四千ノ塔ヲ起テケリ、其一也ケリト知セ給テ、彌ヨ、誓ヲ発シテ指ヲモ切テ埋マセ給フ也ケリ。

という一節を添え、寺院建立の場で発見された一基の塔が阿育王の八万四千宝塔の一つであるとした。

ところで、志賀寺建立の現場で一基の塔が発見されたのは事実であろうか。実は本話と関連するといわれる記事がいくつかの文献に記されており、照合してみると、事実無根の話ではなかったようである。『扶桑略記』巻五の天智天皇七年（六六八）正月十七日条に、「於近江国志賀郡。建崇福寺。始令平地。掘出奇異宝鐸一口。高五尺五寸。又掘出奇好白石。長五寸。夜放光明」▼注[7]と記されているが、崇福寺は『今昔』にも「崇福寺ト云フ、是（志賀寺のこと、筆者注）也トナム語リ伝ヘタルトヤ」とあるように志賀寺のことなので問題がないが、宝鐸と白石が発掘されたというところに注目しておきたい。他にも『三宝絵詞』には「土ヒキテ山ヲ平クルニ、宝鐸ヲ掘出タリ。又白キ石アリ、夜光ヲハ

ナツ」▼注[8]と、『和歌童蒙抄』には「つちを引き、山をほるに宝鐸をえたり。又白きいしあり、よる光を放ちつ」▼注[9]のように記されている。関連文献にはいずれも「宝鐸」と「白石」が発見されたとするところが、『今昔』では阿育王の宝塔に変わっていることが確認されるのである。

考えてみると、寺院建立の場で「宝鐸」や「白石」が発見されることは、「夜放光明」のところが多少誇張されたとはいえ、あり得ることであろうが、『今昔』にあるように、遥々遠く離れている天竺の王が建てた宝塔が日本の寺院建立の場であらわれることは、あり得ないことである。しかし、問われるべき問題は事実の真否にあるのではなく、本話に阿育王塔談を導入し、それに託した撰者の意図であり、このような点に注目してみると、本話の主題として浮かび上がってくるのは社寺縁起によく見られる霊験である。老翁の夢告と相俟って阿育王塔の発見は、志賀寺の建立地が霊験甚だしい霊所であることを物語るためにその役割を充分果たしている。

ところが、先の関連文献の記事に照らし合わせてみると、『今昔』の意図はまた他にもあったように思われる。即ち、先行文献の「奇異宝鐸」とか「奇好白石」とか「夜放光明」の表現どおりにしても霊験は充分あらわせるはずだったが、これを『今昔』は阿育王塔と記している。この改変からも震旦部六1のばあいと同様に、自国を仏法と縁の深い地とする、いわゆる仏国土意識の介入が読み取れるのである。『今昔』の話だけを考察の対象にしてみると、十一29の志賀寺建立談の主題が霊験であることは確かであろうが、これは『今昔』の〈表の意識〉であって、関連文献との照合によって明らかになったように、〈裏の意識〉として仏国土意識が併存していることを指摘しておきたい。

次に、当時の阿育王塔信仰を物語る実例を一つ上げておこう。近江蒲生郡に所在する石塔寺には、有名な三重石塔があり、古来に実物の阿育王塔として篤く信仰されていたといわれる。当寺の寺伝によると、

釈迦滅後印度の阿育王八万四千の仏舎利塔を作り、神通力を以て之を三千大千刹界に散らしたり、震旦十九ヶ所日本二箇所に存す、当塔は其一なりといふ、延暦寺の僧寂照法師長保五年入宋し、清涼山に到り文殊大士を拝

せしに、衆僧山中の蓮池に臨みて礼拝す、其所以を聞くに、日本近江蒲生郡石塔寺の塔八齋日に当りて池中に映ずと、寂照即ち之を我邦に報す、寛弘三年二月一條天皇、平恒昌を使として其塔を探らしむ、時に野矢光盛なる者あり、恒昌を導きて山中に狩猟す、率いる所の猟犬偶一塚を繞りて三度吠ふ、土を発けば三層の大塔を得たり、即ち阿育王塔是なりとて寺を営み、阿育王山石塔寺と称す。▼注[10]

とあるから、この記事が事実にもとづいたものであれば、寛弘三年（一〇〇六）頃にはすでに阿育王塔が信仰の対象となっていたことが分かる。また、平信範の日記である『兵範記』に、「嘉応二年（一一七〇）三月七日戊午、詣蒲生西郡石塔▼注[11]」とあるように、平安京の貴族らが参詣するほど広い信仰を集めていたと見られる。これらの記事に見られる阿育王塔信仰は、『今昔』の阿育王塔談の背後にも影の如く重層しているとみて大過はないだろう。

6　むすびに代えて

さて、ここまでの考察で明らかなように、『今昔』や『遺事』は阿育王塔に対して強い関心を寄せているが、その理由の一端を『三宝感通録』から見ることにする。『三宝感通録』上巻第二十話の後半は、先にも述べたように日本関係の記事である。『今昔』や『遺事』と直接的に関連する内容ではないが、阿育王塔をめぐっての意識の展開が注目される。

倭国在此洲外大海中。距會稽万余里。有会承者。隋時来此学。諸子史統及術芸無事不閑。武徳之末猶在京邑。貞観五年方還本国。会問。彼国昧谷東隅。仏法晩至。未知已前育王及不。会答云。文字不言無以承拠。験其事迹則是所帰。何者有人開発土地。往往得古塔露盤仏諸儀相。故知素有地。▼注[12]

それまでに長安に留学していた会承は、貞観五年（六三一）日本に帰ろうとした時、日本は東の辺鄙なところにあって仏法の伝来が遅かったが、育王塔は及んでいるのかどうかと問われた際に、文献上では確認できる徴証はないが、土地開発の時に往々仏の儀相を帯びた古塔露盤がみつかっており、故に日本にはもともと育王塔があったことを知ると答えている。中国側が会承に育王塔の有無を問うたところを、「彼国昧谷東隅。仏法晩至」と合わせて考えてみると、阿育王塔の有する意味がより鮮明に読み取れそうである。即ち、阿育王塔の存在には仏法伝来の証し、もしくは仏法伝来の歴史をはかる尺度としての意味が託されていたのであり、それ故に会承は、窮屈な答ではあるが「古塔露盤」をもって阿育王塔と答えたと思われる。会承の答にあらわれた意識、それは後代の『今昔』や『遺事』にまで受け継がれ、阿育王塔に対して関心以上の、執着さえ感じさせるようになったと言えよう。

【注】

［1］『今昔物語集』の巻と話番号の表記は、巻数は漢数字で、話番号は算用数字で略記した。例えば巻四の第5話の場合、四5と略して表記する。

［2］国東文麿『今昔物語集』（四）（講談社学術文庫、一九八一年）。

［3］宮田尚「震旦は秦にはじまる―『今昔物語集』巻十第一話にみる歴史意識―」（『日本文学研究』、一九八一年一一月。のちに『今昔物語集震旦部考』勉誠社、一九九二年）。

［4］『大正新修大蔵経』第五十二巻、史伝部四、四八四頁。

［5］『三国遺事』の篇目、話番号の表記は、篇目は漢数字と篇目名で、話番号は算用数字で略記した。例えば第四塔像篇第二話の場合、四塔像2と略して表記する。

［6］四塔像5「皇竜寺丈六」は阿育王とは関連するが阿育王塔の話ではないので、考察の中に取り上げることは省略した。ここで阿育王との関連部分だけを紹介しておくと、阿育王が丈六釈迦像の造像を試みたが完成できず、未完成の釈迦像が因縁の地に到着して完成されることを祈りながら海に流して、最後には新羅国に到って完成されたという内容であるが、全体的には仏像の霊験と仏国土意識の露呈が強く感じられる話である。なお、諸国を浮遊した仏像が因縁の国にたどり着くという要素では、『今昔』

の巻十一の第15話「聖武天皇始造元興寺語」と類似している。

［7］『扶桑略記』第五、天智天皇七年戊辰正月十七条（『新訂増補国史大系』十二巻、扶桑略記・帝王編年記）。

［8］東寺観智院本『三宝絵詞』下巻（僧宝）十、志賀伝法会（古典文庫、二一五冊所収）。

［9］『和歌童蒙抄』第三地部所収の記事で、引用は芳賀矢一纂訂の『攷訂今昔物語集』本朝部上（冨山房、一九一三年初版刊、一九七六年復刊）によった。ただし国文注釈全書本（国学院大学出版部、一九六八年）と日本歌学大系本（風間書房、一九五九年）には「宝鉢」や「白きはし」となっている。

［10］『近江蒲生郡志』巻七寺院志（滋賀県蒲生郡役所、一九二二年）所収の第十六節桜川村石塔寺。なお、本話の類話としては、『三国伝記』巻十一第24話「三河入道寂照事」の第二段をはじめ、『源平盛衰記』、謡曲『石塔寺』、『渓嵐拾葉集』九十、『播州増位山随願寺集記』、『江州石塔寺記』、『石塔寺物語』などがある（池上洵一校注『三国伝記（下）』三弥井書店、一九八二年の補注参照）。

［11］『兵範記』嘉応二年三月七日条（『史料大成』続編三七、兵範記五・三長記補遺）。

［12］『大正新修大蔵経』第五十二巻、史伝部四、四〇九頁。

【付記】本稿は『東亜歴史文化研究』五号（二〇一四年二月）に収録されたものによる。

6

ベトナムの海神四位聖娘信仰と流寓華人

大西和彦

1　はじめに

本稿の目的は、四位聖娘（Tứ vị Thánh Nương〈トゥーヴィタインヌウォン〉）と呼ばれる海神に対するベトナム人の信仰と流寓華人の関係を通じて、ベトナム人の中国文化の摂取について考察することである。本稿の「流寓華人」とは、「放浪して異郷に住む中国人」を意味する。流寓華人の媒介により中国文化がベトナムで摂取咀嚼されて同地の文化に変化する一方、その過程で中国固有概念が変化すること無く保持される事象がどのように存在するかを考えたい。

具体的には、四位聖娘の称号に含まれるベトナムと中国の数詞概念の変化と、その背景を構成すると思われる華人のベトナムへの流寓並びにその「ベトナム人化」と彼らがもたらした造船航海技術の継承を論じる。

四位聖娘とは四柱の女神で、主神は中国南宋（一二二七～一二七九）の皇女母子三柱である。残り一柱は諸説あって一定しない。その祭祀の中心地は、ベトナム中部北境ゲアン省クインリュー県クインフォン社フォンカン村のコーン神祠である。▼注[1] 神祠周辺地域の現クインリュー県に相当する地域は、かつて乾海（Càn Hải〈カーンハーイ〉）や芹海（Cần

Hải〈カンハーイ〉と呼ばれたが、本稿では史料の引用以外は便宜上概ね「乾海」と記す。

神祠は四位聖娘を祀る内宮と、南宋最後の皇帝帝昺（ていへい）（一二七一～一二七九、在位一二七八～一二七九）を祀る外宮がある。

この神祠の祭神四位聖娘は一地方だけではなく、全国的な信仰の広がりがある反面▼注[2]、神の出自が中国人であることは、ベトナム人に複雑な感情も抱かせている。そのため一九七九年の中越戦争の時には、「中国の神を信仰することは烈士（ベトナム軍戦没兵士）の心を痛める」とのスローガンの元、地元民により帝昺を祀る外宮が破壊されている▼注[3]。

コーン神祠内宮

ただこの事件でも、四位聖娘を祀る内宮が無事であったことは注目される。これこそ四位聖娘が既にベトナム化された、いわば「身内の神」であることを示している。反対に帝昺はベトナム化が進んではおらず、中国という概念が濃厚に存在したことによる扱いの違いが出たものと思われる。

このように四位聖娘信仰は、ベトナムで中国文化が現地文化に変容しながら、同時に平行して中国という概念も維持される状況を示している。そして、この事象は、四位聖娘に象徴された乾海流寓の華人がベトナム人化した状況を反映していると思われるので、以下述べていきたい。

2　先行研究から見た問題の所在

本テーマの先行研究として画期的なことは、二〇〇九年にコーン神祠があるクインフォン社で「コーン神祠祭礼、四位聖娘祭祀習俗とベトナム海洋文化」というテーマのシンポジュウムが開催されたことだ。翌年刊行の同紀要は二三編の論考を掲載している。▼注[4] 諸論考の内容は、コーン神祠の建築と祭礼、これらの観光再開発、ベトナム各地での四位聖娘信仰など多岐にわたる。現地の貴重な情報提供も多く、クインリュー県人民委員会副主席ホー・フィー・フーンは、かつてクインリュー県住民は、塩辛（mắm〈マム〉）や魚醤（nuớc mắm〈ニョクマム〉）を製造し、船で海を越えて南方や北方に売りに出来かけたが、現在は途絶えたことを報告している。▼注[5] これは同地で商用航海が行なわれていたことと、その伝統的航海技術には盛衰があったことも示され興味深い。

またチュー・スアン・ザーオは文献史料の研究不足を指摘し、こうした状況が続くなら「我々は日々問題の実情から乖離し、無意識に情報の混乱を招くことを恐れる」と、四位聖娘信仰研究の現状を述べている。▼注[6] そして、コーン神祠で黎朝（一四二八〜一七八九）の景治三年（一六六五）に立碑された『大乾殿皂隷古跡碑』▼注[7]の記載などを元に、四位聖娘の称号の出現を一七世紀なかばと考証している。▼注[8]

さらにチャン・ティ・アーンによる問題提起は検討すべき視点が多い。まず注目すべきは、コーン神祠を南宋の中国人のものとする説を、当時の移民は一時的なものであったので否定している。▼注[9] また四位聖娘を構成する神の数の変化について経緯を論じてはいる。▼注[10] しかし、その意味には言及していない。さらに同じ中国起源の海神ながら、四位聖娘は早期にベトナムの海神信仰に加わったが、華人の信仰する天后▼注[11]はそうならなかったという重要な問題を提起している。そして天后は商用航海をする華人が信仰し、四位聖娘はベトナム人の漁民が信仰したからと差異を説明している。▼注[12]

これら既存の問題点も考慮して、本稿では基礎史料の再検討を元に①神の数と数詞概念の変化とその意味、②四位聖娘と天后の信仰圏の差異の要因、並びに流寓華人の出身地とベトナムでの定住地の関係。③コーン神祠周辺住民と水軍との関係を主な課題としつつ、四位聖娘信仰発展の背景と思われる流寓華人のベトナム人化について考察する。

3　基礎史料に顕隠する数詞概念

本項では、四位聖娘信仰の基礎史料を再検討し、そこに顕隠する数詞概念から、中国文化がベトナム化する過程と、反対にそれが依然として変化することの無い事象を論ずる。

（1）『大越史記全書』の条文

ベトナムの代表的史書『大越史記全書』（以下『全書』）本紀巻六、興隆二〇年（一三一二）の条文は、同年六月にベトナム陳朝（一二二五～一四〇〇）第四代皇帝英宗（在位一二九三～一三一四）が占城（チャンパー）王国を遠征その首都闍槃（Vijaya〈ヴィジャヤ〉）▼注[13]を陥落させて王を捕らえて帰還した後、芹海門神祠を建立したことを次のように記している。

先帝と先后の徽号に尊（号）を加え、各処の名ある神に封を加えるに及び芹海門神祠を立つ。是より先に帝親征して芹海門 前に乾と曰い、諱を避けて改めて芹と為す。に至り駐營せしに、夜夢に神女の泣いて曰く、妾は趙宋の妃の子なり、賊の逼る所と為り、風と濤に困しみ此に至れり。上帝は勅して海神と為さしめられて久しかりき。今陛下の師行かんとするに、願わくば翼賛けて功を立てん、と。帝覚めて故老を召して事実を問い、祭りて然る後に発せしに、海は為に波無く、直ちに闍槃に至り、克く獲えて帰れり。是に至り有司に命じ祠を立て時に焉を祭らしむ。

この条文の中で、英宗がチャンパー遠征途上に乾海口▼注[14]で、海神となった趙宋こと中国宋朝（九六〇～一二七九）の妃の娘が、遠征の加護を申し出る夢を見た後に霊験があり、神祠を建立したとある。

この記事は『全書』に初めて記載された「海神」であり、ベトナム史上画期的な神霊である。なぜならベトナム人

は元来海に弱く、軍事政経について依頼できる海神を長く持たなかったからである。▼注[15]

そのような状況の中で、皇帝の遠征を加護したいと、突然夢に現れた海神自ら希望したということは、本稿4で詳述するように皇帝と遠征軍が、海神の背後に潜在する乾海口の地理的条件と、同地住民とその技能を頼ったと解釈すべきであろうと考える。

『全書』の記事では、神は一柱だけであり、四位聖娘の神の数とは大きく異なる。ただし、この記事でも神は「妃の子」と自己紹介しており、まだ具象化はしていないものの神が複数となる方向性をすでに含んでいる。この神の数が後に増加するのは、信仰の深まりと普及と共に、信者の数詞観念に従って神の数が定められるためであろう。

（2）『粤甸幽霊続集』乾海門尊神の条

一三世紀後半にモンゴル・元の侵攻と戦った陳朝朝廷が、戦勝を祈願した神霊二八柱の縁起について一三二九年に陳済川（?～?）が纏めたのが『粤甸幽霊集』である。これに一五世紀に国子監司業阮文質（一四二二～?）が増補して『粤甸幽霊続集』を著した。この時に加わった神霊に四位聖娘の原形になったと思われる複数神化を始めた乾海尊神がある。そのハノイ漢喃研究院所蔵A.47本には以下のよう記されている。

尊神は南宋の公主なり。時に南宋の帝昺が元人に困しめらる所と為り、其の臣の陸秀夫は帝を抱いて海に投じて没し、宗室も溺れる者多し。公主の母子は船板に援り得て岸に泊せ、仏寺を依るも甚だ饑え困しめり。寺僧憐ん之を養うこと二三月の間、身体は完全く容色も美麗たり。寺僧は悦んで通ぜんと求むるも、公主は之を拒むこと甚だ厳しかりけり。僧は愧じ悔いて海に投じて死せり。公主泣いて曰く、吾が母子は僧に頼りて生きしも、僧吾が為に死せり。於心何んぞ安んぜん、と。皆海に投じて死し、風に飄いて演州の乾海門に至りしも、身体は生きるが如く、神色も変わらざりき。土人は霊異なりと以為いて埋ずめり。此れより大いに英れし霊を顕し、土人

は祠を立て之を祀れり。凡海船の風に遇いしものは、之に祷らば自から安んず。今に至るも各海口は皆祠を立て
奉しく祀り、尊んで福神と為したり。

この内容でまず関心を引かれるのは、『全書』に現れた神は「妃の子」と単身であったのに、『粤甸幽霊続集』では「母子」という表現となり、登場人物が複数になっていることだ。ただし具体的な数はまだ現れていない。一五世紀はこの神への信仰が出現した初期の段階であり、神の数を思考に合わせて具体化するという信者の意向が、神話に十分反映していなかったと考えられる。しかし、「母子」との表現には、信者の意向が反映されようとする胎動が感じられる。

そして『全書』に比べ『粤甸幽霊続集』の記事には、公主母子が救助された後、僧との色情問題から再度投身自殺して乾海門へ漂着したというエピソードが加わっている。

これら人物数の増加傾向と、死に向かう詳細なディティールの付加は、この神への信仰の急速な深まりを示唆するものである。

さらに『粤甸幽霊続集』冒頭では、陸秀夫が帝昺を背負って自殺し、南宋（一一二七〜一二七九）の皇族も溺死したという歴史上の事実が加えられている。『宋史』巻四七、本紀第四七、瀛國公二王附の衛王（帝昺）の条文によれば、祥興二年（一二七九）二月六日（陽暦三月一九日）、現広東省広州湾の島崖山の戦いで元軍に敗れた南宋の皇族重臣等が投身溺死し、外洋に流出する者一〇万に及ぶ。

冬季広東沿海では東北季節風により南シナ海の潮流が、反時計周りにベトナムの海岸へ流れる。▼注[16] 従って多数の溺死者の中には、ベトナムの海岸が内向きに湾曲する地域であるゲアンのクインリュー付近に漂着した者も実際にいたかもしれない。ともあれ宋の滅亡の悲劇と、それを象徴する溺死者の漂着は、同地で大きな衝撃をもって受け止められ、溺死体が四位聖娘を形成する中核になったであろう。そして本稿4で述べるように、この時期の前後に発生した多数の生きた南宋人のベトナム流寓こそが、この神の霊験を裏打ちし、信仰が拡大する背景となったようである。

（3）莫朝期の文献資料と数詞概念

莫朝（一五二七～一五九二／一六七七）の文人官僚楊文安（一五一四～?）が、一五五五年に原文を著した中部ベトナムの地誌『烏州近録』巻六、寺祠門、神祠の条文には、四位聖娘祠の項目がある。ここには祭祀対象として既述の『粤甸幽霊続集』に記された中国人起源の縁起をまず記した後、続いて登場人物や背景を全く古代ベトナムに置き換えた以下の物語を記している。

一説に、雄王の一三世の孫に及び、初め后は二女を生むも、未だ皇子なし。日々臣は王の老いたるを見て、次子を立てて太子と為さんことを請う。王曰く、后孕む有り、姑く俟たん、と。庶妾は己の子が立つを得ざらしむを恐れ、杜婆に謀りて之を殺さんことを求めたり。婆曰く、人を生ましめるを以って業と為すに、寧んぞ人を殺す可けんや。陰陽具わざらしめ、嗣の立つを得ざらしめば可ならんか、と。庶妾は厚く之に賂し。皇后が子を生むに及びし辰、杜婆は潜かに其の勢を割く。已にして王は巡守より帰り、后が生みしは男なる耶女なる耶を問いたり。左右対えて曰く、男なるも而して陰陽具わらず、と。皇后之を聞いて曰く、吾本より男子を生み、已にして形体を具えたるも、今具わらざりしは、庶妾が之を為すのみなり、と。后は是に由り怨望有り。王は怒って后母子を海島に謫し、乾門に到りて死せしむ。

以下、漁民の夢に后が現れ、上帝が憫んで「南国の神」となったことを告げるという話が続く。次いで、漁民が夜に魚を多く捕らえられますようにと神に祈ると霊験があったので祠を立てて事えたことが記されている。

この内容を既述の神話と比較すると、まず大きな違いは、神の出自が中国の南宋帝室からベトナムの文郎国（前二八七九～前二五八）の雄王の家族に変ったことだ。変化を整理すると、

南宋の后と皇女　→　ベトナム雄王の后と皇女

南宋の幼帝帝昺　↓　ベトナム雄王の皇子
敗戦による漂流と死　↓　追放による流寓と死
皇帝の夢に現れる　↓　漁民の夢に現れる
皇帝の遠征を扶助　↓　漁民の漁獲を扶助

となる。母子の出自がベトナムの雄王の家族になっていること以外に、神が夢で語る対象が皇帝から漁民に、神が霊験を現すのも戦勝から豊漁に変化したのも重要な点である。

なお同様の神話は、後述のように黎朝前期（一四二八〜一五二七）末の洪順五年（一五一三）に現れている。従って上述の変化は、一六世紀早期の段階において中国神がベトナム化し、支配階級の祭祀対象が漁民の祭祀対象にまで発展したことを示すものだ。この事象にはベトナム人が、中国の神を「身内の神」として取り入れた際の操作を窺うことができる。つまり国籍という外形はベトナムに置き換え、神の性別や数、身分などの神話の原初の内容はほぼ原形を留めるというものである。

並びに注目すべき点は、『烏州近録』がその見出しに記す神の呼称が「四位聖娘」と四柱の女神であるのに、話の内容では后＋二女＋皇子という構成であることだ。つまり神話の骨子としては依然として女神を三柱とし、それに男神一柱が加えられていることにより神の数は「四位」となっている。明らかに第四番目の神は元皇子であるのにも係らず、「聖娘」と女神扱いをされているのは興味深い。これは皇子が去勢されたことで女性化し、やや強引に第四番目の神にされた感がある。

ともあれベトナム化した四位聖娘の神話にも「三」という数詞概念が包含されている。

『易経（えききょう）』の解説書繫辞下伝（けいじかでん）に、

易の書たるや、広大にして悉（ことごと）く備わる。天道有り、人道有り、地道有り。三才を兼ねて之を両（ふたつなが）にす。

とあるように中国の伝統的な数詞概念では、天地人の総称三才つまり「三」が基本だ。

このように、『烏州近録』の四位聖娘の神話は、三という中国の三才概念を包含しつつ、ベトナム人の望む数詞概念が影響して神が四となったことが示されているのである。

既述の最古版と見られる上記A.47本以外、『粤甸幽霊続集』を併載する一六～一八世紀に記された『粤甸幽霊集』のハノイ漢喃研究院所蔵本七種類の異本も、この神の数を「三」とする内容が多い。序文の表題のみ「四位聖娘」と著して内容の掲載が無いA.335本を除き、A.751、VHv.1285/1、VHv.1285/2、A.2879の各本は全て神の構成を「母子三人」、VHv1530本は「三位聖娘」と記している。洪順五年（一五一三）の付記があるA.1919本は、末尾付録に「乾海四位聖娘並序」の表題に次ぎ、既述の雄王関連の神話に近似する内容を掲載する。しかしその本文はやはり「母子三人」と記している。

ちなみに一九四五年まで挙行され、一九九九年から再開されたコーン神祠の祭礼で最も重要な儀式は、神輿(みこし)四基の巡行であり、そこにもそれぞれ女神母子三柱と南宋皇帝の帝昺一柱を乗せている。▼注[17]

従って現在、「四位」であるコーン神祠の祭神数の内実は長らく「三位」なのである。

こうして四位聖娘の構成を数詞概念から考察した場合、神々はベトナム化されて「四位」と呼ばれつつも、その構成内容には中国の数詞概念「三」が常に存在した。この事象は、「三」という数詞に象徴される中国文化の要素を内在しながら、「四」という数詞が象徴するベトナム文化のアイデンティティーをも包含した概念の表出である。▼注[18]

以上のように四位聖娘の神話が包含する数詞とその変化は、ベトナム人が中国人の「身内化」を志向する時の概念を象徴している。

この観点によれば、四位聖娘とは乾海に流寓した華人がベトナム人化した事象の反映と思われるので以下詳述する。

4　コーン神祠周辺地理と華人の流寓

本項では、四位聖娘信仰がコーン神祠周辺から現れ発展してきた背景を、同地の歴史地理的条件と長期におよぶ華人との係り、並びにその造船航海技術の継承から考える。

（1）コーン神祠周辺の地理条件

この地域の山地と海の間隔は広い所で約一〇km、狭い所では僅か三kmに過ぎないベトナム中部の最狭部である。この地形により現在でもこの山地と海を迂回出来ない主要交通路の国道一A号線と統一鉄道が通っている。正にベトナム中部北境の隘路というべきであり、陸路ベトナム北・中部を南北に縦断する際には必ず通過しなければならない地点である。こうした陸上交通の要衝であるクインリューの地には、海上交通上重要なスオック（Xước：綽）の港も存在する。▼注[19]

（2）長期間華人居留地であった乾海

このクインリューの地には、遅くとも一〇世紀から中国人が集住していた。

『全書』本紀巻八、光泰一一年・建新元年（一三九八）の条文末尾少帝の付記に、

（胡）季犛、字は理元、自ら推しはかるに其の先祖胡興逸は、元浙江の人なり。五季後漢の時、来りて演州を守り、其の家は本州の泡突郷に居り、因って寨の主と為れり。

とあり、ベトナム胡朝（一四〇〇〜一四〇七）の創立者で元は陳朝の外戚であった胡季犛（一三三六〜一四〇七）の祖先胡興逸は、五代後漢の時代（九四七〜九五〇）に、中国中部沿海地域の浙江から演州泡突郷に移住し、その地の砦の

主になったことが記されている。この地は、コーン神祠の南西約一〇㎞の現ゲアン省クインリュー県クインラム社およびゴックアーン社に比定される。[注20]

以上のように、一〇世紀半ばコーン神祠近くへ移住した華人は浙江出身であり、ベトナムへ渡来する華人の主な出身地で、海神天后の策源地でもある福建[注21]の人々ではなかった。さらにコーン神祠が位置する乾海は、その後も長期に亘って華人居住地として機能した。これらが、ベトナムで四位聖娘と天后との信仰圏の差異の要因となったと考えられる。

一五世紀、黎朝初期の代表的文人官僚である阮廌（一三八〇～一四四二）の『抑斎集』巻六、輿地誌によると、殆どが中国人と思われる外国人の居住許可地は、北部ベトナム東北境、中部北境、北部山地や紅河デルタ外縁地域に限られていた。[注22] その状況の中で、芹海は外国人居住許可地として認められている。

以後も外国人居住許可地は、制限を加えられており、『欽定越史通鑑綱目』巻四二、景興二五年（一七六四）七月の条文によれば、一五世紀に往来と居住を許可されていた北部の山岳地域と紅河デルタ外縁地域が除去されると共に、華人がベトナム人と混住することも厳禁されている。このように外国人の居住地域が更に制限される中、ベトナム東北沿海国境地域と並び芹海を含む中部北境のゲアン地域では華人の往来と居住が許可されている。従って、本稿2で述べたチャーン・ティ・アーンが一三世紀と想定したよりもはるかに長期の一〇世紀から一八世紀の間、コーン神祠周辺地域では移民とその居住が継続していたのである。ただし、その理由について諸史料は沈黙している。

しかし、国境地域に比べて近畿圏により近いゲアン地域、とりわけ水陸交通の要地乾海に、ベトナムの為政者が華人の居住往来を許可したのは、そこが「信用の置ける華人」、言い換えれば「ベトナム人化した華人」の集住地であったからであろう。既述のように陳朝の外戚胡季犛を生み出した胡氏の根拠地であることから考えても、乾海は「ベトナム人化した華人」の集住地だったのである。

（3）クインリュー県の造船技術

乾海における華人の痕跡は、コーン神祠の近傍に伝統造船技術として片鱗を残していると思われる。ゲアン省北隣タインホア省の優れた地誌を著したシャルル・ロブカンは、タインホアの海洋漁船について以下のように述べている。

「これらの船は常にゲアンの職人が特殊な木材を用いて造る。多くはクアロー側のチュンキエンで購われるが、時折順風に恵まれるとタインホアの漁民はフージエンに近いクインリュー県で船板を買い、現地の職人を雇って造船してもらう。タインホアでは例え粗末であっても船大工が船を造ることは極めて稀である。」[注23]

このようにタインホア省の漁民は自ら造船を行わず、殆どゲアン省のチュンキエン村とクインリュー県の船大工に依頼している。[注24]

ゲアンの地域文化の専論が多いニーン・ヴィェット・ザーオは、遠洋航海用船舶の造船技術を伝えるコーン神祠南方約一二㎞のフーギア村について、「いつ誰が（造船）技術をフーギアの職人に伝えたのかはまだわからない」[注25]と記している。

しかし本稿筆者は以下の状況からこの技術はやはり流遇華人が伝えたものと推測する。

まず一二、三世紀のベトナムでは、中国人の知識階層や技術者の流入が盛んであった。南宋の文人官僚范成大（はんせいだい）（一一二六〜一一九二）が淳熙（じゅんき）二年（一一七五）に著した中国南方地域の地誌『桂海虞衡志（けいかいぐこうし）』安南国の条文によると、当時の李朝期（リーちょう）ベトナム（一〇〇九〜一二二五）は人口が少なく、宋人を黄金で人身売買し、その数と価格を、「歳に数百千人を下らず、芸能有る者は金之（これ）を倍し、文書を知る者は又倍す」と記している。

反対に南宋人がベトナムへ亡命する場合も多く、『桂海虞衡志』の中で范成大は「又秀才、僧道、技術及び配隷（はいれい）の之に逃奔する者有って甚だ多し」と述べている。

これらの史料から、一二世紀に南宋の科挙受験資格保持者の秀才、仏僧と道士、流刑者を意味する配隷と共に多くの技術者がベトナムへ流入し、その技能は現地で珍重されていたことが窺える。

中国人のベトナム方面への移動は、一三世紀後半の南宋の滅亡時にも続いている。例えば、『全書』本紀巻五、紹宝七年(一二八五)三月から五月の条文の間に、元と戦う陳朝軍への宋兵の従軍記事があり、「初め宋亡び、其の人は我に帰れり」と記されている。加えて考慮すべきは、南宋の首都臨安は現在の浙江省杭州市にあったことである。そのため南宋滅亡時に、皇室をはじめ大量の浙江人が南方へ移住している。そして、既に一〇世紀には、拠点があった乾海には以前にもまして多くの浙江人が流寓したと考えられる。

こうして四位聖娘がベトナムに現れたと設定された一三世紀前後には、兵士や技術者を含む多数の浙江系中国人がベトナムに移入していたのである。さらにベトナムへの移住者を出した宋では、造船技術や羅針盤などの船具の発達があったことを注意すべきであろう。▼注[26] そして、本稿4―(2)で述べたように、クインリュー県をはじめゲアン地方は、以後も長く中国人の往来居留が可能な地域であった。

以上を考え合わせると、クインリュー県に継承された造船技術は浙江系流寓華人により伝えられた可能性が高い。

(4)一七世紀瓊瑠県香芹社兵民の技能

本稿2で触れた『大乾殿皂隷古跡碑』には、一七世紀に瓊瑠県香芹社が大乾殿こと現コーン神祠へ、清掃などを務める奉仕者である皂隷を出す替わりに、黎朝と後述の鄭氏へ納める諸税や義務労働を免除された慶徳元年(一六四九)、盛徳元年(一六五三)、盛徳三年(一六五五)、景治元年(一六六三)、景治二年(一六六四)の年次と、その免除内容が示されている。中でも景治元年七月二六日の条文は、地域住民に課された義務労働の具体的な内容を次のように記している。

令旨もて准給す。本村兵民の各項目が求めし各芸の税に奐え、分かれて皂隷と為り、大乾国家四位聖娘に奉事えるを准し、遁年係もたしむ港、橋梁の開き、堤と路の培築、官船、官廠、内庫、木板及び装載して各役に捜差せしは、並て准饒す。（下略）

碑文の冒頭に「令旨」と見える。これは黎朝皇帝の命令「勅旨」に対し、黎朝の実質上支配者である鄭氏の命令を示す用語である。▼注[27] 従って、碑文内容の処置は当時の鄭氏の当主西定王の鄭柞（在位一六五七～一六八二）が命じたものだ。この記事を考えると、当時のクインフォン社では、恐らくは住民が兵士も兼ねていたと推察される。そして、重要なことは彼らに課された税が「各芸」つまり技能供与であったことである。その内容は、港の浚渫や橋梁の修築あるいは架橋、朝廷の船舶、工場、朝廷の倉庫での作業とそれに使用する建材用木板の供与、それら資材運搬など多岐に及ぶ。

これらの「各芸」の内容から類推すれば、当時のクインフォン社の「兵民」は、浚渫、架橋、堤防や道路の整備のような土木工事と共に、建築用木材の供出、造船、資材の海上運搬で国家に奉仕していたことは明瞭である。こうした高度な技能が、長期の技術蓄積とその継承の反映であることは想像に難くない。

この一七世紀はベトナム北部の鄭氏と南部の阮氏が抗争を続け、特に一六二七年から一六七二年にかけて両兵力による激戦が続いていた。その間、鄭氏は水軍の運用に勝る阮氏に対して対応に苦慮している。▼注[28] また一六五五年から六〇年にはコーン神祠近くのゲアン南半地域を巡る争奪戦があり、一六六一、二年にも鄭氏の連続した大攻勢があった。▼注[29]

このような状況の中で、造船や航海などの技能保有者への鄭氏の期待とその動員が非常に強まったと思われる。正に一六六二年の大攻勢終了直後に「芸税」のような労役が免除されたのは、コーン神祠周辺居住兵民の技能を酷使した鄭氏からの報酬に違いない。

このコーン神祠周辺居住兵民の技能こそ、後代では起源不明となった造船・航海技術の淵源と考えられる。

5　結論

以上述べてきたように、四位聖娘の神話に包含される数詞は、「三」が象徴する中国の文化概念と、「四」が象徴するベトナムの文化概念を見定める基準数値と考えられる。

その数詞「三」から「四」への変化は、ベトナム人が中国人の「身内化」を志向すると共に、中国文化を摂取消化しようとする概念の動きを象徴するものである。このような四位聖娘の神位数変化に内在する流寓華人のベトナム人化と、中国の文化と技術の継承を裏付ける諸事象について、以下のように纏めたい。

コーン神祠が所在する乾海は、一〇世紀から中国浙江人のコロニーとして存在した。さらに南宋の滅亡時には多数の浙江人が同地へ流寓したと想定される。従って乾海は、福建人が多数を占めるベトナムの華人社会とは様相を異にしていたのである。そして、以後一八世紀まで長期に亘り華人とベトナム人の混住が許可された限られた地域でもあった。そこでは、中国起源と思われるベトナムでは稀な造船航海技術が継承されていたと推測される。長期間をかけて同地域の華人はベトナム人のアイデンティティーを持ちながら、華人なみの造船航海技術を保持するという特殊な条件を兼ね備えたと考えられる。このような乾海の住民は、純粋な華人を警戒しながらも、その技能を欲するベトナム歴代の為政者によって尊重されたのである。

こうした状況から、四位聖娘の信仰がクインリュー地域で揺籃され、ベトナムの為政者にも保護されたと思われる。このような背景により、一般に華人社会で信仰される福建起源の海神天后とは異なり、四位聖娘がベトナム人の間で広く信仰を集めたのであろう。

一三〇七年に、陳朝はチャンパー王国から現ベトナム中部クアンチ省とトゥアティエン-フエ省に当たる順州と化州を割譲された。[注30] このことは北部からの補給路が延伸することになり、中間の要地である乾海の港と、造船航海技術を継承する乾海地域の兵民の重要性は益々高まったに違いない。その情勢の延長上に、一三一二年のチャンパー遠征途上の英宗と、四位聖娘の原形である南宋の公主の会合があった。この会合こそ、乾海で蓄積醸成されたベトナム人のアイデンティーを持つ華人とその航海造船技術が、公式にベトナムの為政者に希求された瞬間と言える。

乾海の人々にとって水軍への動員時には、四位聖娘は軍神として、平時には航海守護神として信仰された。そして、水軍の末裔たる乾海の人々は、伝統技術を駆使して近隣地域でも信頼性の高い造船を行い、また航海をしてニョクマムなどの特産物を遠隔地まで販売するため航海をした。その過程で、確実な「中国渡りの技術」の信用に裏打ちされた四位聖娘信仰が各地に広まっていったものと考えられる。

【注】

［1］Đền Cờn, làng Phương Cần, xã Quỳnh Phương, huyện Quỳnh Lưu, tỉnh Nghệ An.

［2］チャン・ティ・アーン「四位聖娘伝説形成の考察（基礎諸文献、民間伝説および信仰習俗を通じて）」、クインリュー県人民委員会編『科学シンポジュウム紀要「コーン神祠祭礼、四位聖娘祭祀習俗とベトナム海洋文化」』ゲアン出版社、ヴィン、二〇一〇年、二四～五四頁）二四～二五頁（Trần Thị An, "Tìm hiểu sự hình thành truyền tuyết Tứ Vị Thánh Nương (qua các nguồn thư tịch, truyền thuyết dân gian và thờ cúng (Ủy ban nhân dân huyện Quỳnh Lưu (biên), *Kỷ yêu hội thảo khoa học lễ hội đền Cờn, tục thờ Tứ vị Thánh Nương với văn hóa Biển ở Việt Nam*, Nhà xuất bản Nghệ An, Vĩnh, 2010, tr. 24 - 54) tr. 24 - 25）。

［3］チュオン・ミーン・ハン「コーン神祠勝景」（前掲注2書一四五～一六〇頁）一五一頁（Trương Minh Hằng, "Thắng cảnh đền Cờn "(Sách đã trích dẫn trong chú thích số 2, tr. 145-160) tr.151）。

［4］前掲注2書。

［5］ホー・フィー・フーン「《コーン神祠祭礼と四位聖娘信仰習俗》からクインリュウの他の祭礼と海洋文化を考える」（前掲注2書八一～九〇頁）八九～九〇頁（Hồ Phi Hùng, " Từ " Lễ hội đền Cờn và tục thờ Tứ Vị Thánh Nương " ở Phương Cần, nghi đến các lễ hội khác và văn hóa biển ở Quỳnh Lưu ", (Sách đã trích dẫn trong chú thích số 2, tr. 81-90) tr. 89 - 90)。

［6］チュー・スアン・ザーオ「フエのホーンチエン神祠所蔵冊封状と諸基本資料との比較から見た海神の称号「聖娘」の出現」（前掲注2書、二四〇～二六九頁）二四三頁、（Chu Xuân Giao, " Sự xuất hiện của " Thánh Nương " :về xung hiệu thần biển qua tư liệu sắc phong cho điện Hòn Chén ở Huế trong đối sánh với các tư liệu khác " (Sách đã trích dẫn trong chú thích số 2, tr. 240 - 269) tr. 243)。

［7］『大乾殿皂隷古跡碑』の拓本はハノイ漢喃研究院所蔵（請求記号：02852-02853）。

［8］前掲注6論文二六二～二六六頁。

［9］前掲注2論文三七～三八頁。

［10］前掲注2論文二八～三五頁。

［11］天后に関しては、朱天順『媽祖と中国の民間信仰』（平河出版社、一九九六年）を参照。

［12］前掲注2論文四四～四五頁。

［13］闍槃（チャーバーン：Chà bàn）はベトナム中部南境現ビーンディン省クィーニョン市（Thành phố Quy Nhơn, tỉnh Bình Định）西北二六㎞（デイン・スアン・ヴィン『ベトナム地名手帳』（ハノイ国家大学出版社、ハノイ、二〇〇二年）一一一頁（Đinh Xuân Vịnh, *Sổ tay địa danh Việt Nam*, Nhà xuất bản Đại học Quôc gia Hà Nội, Hà Nội, 2003, tr. 111.)）。

［14］現在のクインリュー県ホアンマーイ河河口（Cửa Hoàng Mai, huyện Quỳnh Lưu）。

［15］ベトナムの海神信仰は、大西和彦「ベトナムの独脚神信仰における山神と海神の複合」（『ベトナムの社会と文化』三号、風響社、二〇〇一年）三～四八頁を参照されたい。

［16］陳正祥『広東地誌』（天地図書有限公司、香港、一九七八年）三〇五頁。

［17］グエン・ティ・イエン「コーン神祠今昔」（前掲注2書六五～八〇頁）七〇頁（Nguyễn Thị Yên, "Lễ hội đền Cờn xưa và nay" (Sách đã trích dẫn trong chú thích số 3, tr. 65-80) tr. 70.)。

［18］ベトナムの民間信仰に見える「三」と「四」の表象は、大西和彦「数の概念―微妙な奇数と安心の偶数―」（『ビナＢＯＯ』二〇〇九年一一月号、Vol.30、一四頁）、同「ベトナムにおける岳府信仰形成の一考察」（慶南大学校慶南文化研究院主編『二〇一一

年東亜細亜山岳文化研究会創立記念国際学術大会論文集』韓国慶南市、二〇一二年、二八一～三一二頁）三〇一～三一二頁を参照されたい。

[19] ホー・シー・ザーン（主編）『クインリュー、ゲアン地方境界に位置する県』（ゲ・ティン出版社、ヴィン、一九九〇年）一四頁（Hồ Sĩ Giàng（Chủ biên）, *Quỳnh Lưu, Huyện địa đầu xứ Nghệ*, Nhà xuất bản Nghệ Tĩnh, Vĩnh, 1990 tr.14.）。

[20] Xã Quỳnh Lâm và xã Ngọc Sơn , huyện Quỳnh Lưu, tỉnh Nghệ An（ニーン・ヴィェット・ザーオ『ゲアン、人材を発する地』青年出版社、ハノイ、二〇〇六年、一三〇頁（Ninh Việt Giáo, *Nghệ An, đất phát nhân tài*, Nhà xuất bản Trẻ, Hà Nội, 2006, tr. 130.）、同『クインリュー県文化地誌』ゲアン出版社、ヴィン、一九九八年、二二九頁（Ninh Việt Giáo, *Địa chí văn hóa huyện Quỳnh Lưu*, Nhà xuất bản Nghệ An, Vĩnh, 1998, tr, 229.)）。

[21] ベトナムと福建の関係は、大西和彦「道教正一教派のベトナム伝播について」（ハノイ国家大学、ベトナム社会科学院共編『第三回ベトナム学国際会議紀要』ハノイ国家大学出版社、ハノイ、二〇一〇年、第二集、三九六～四一五頁）三九七～四〇四頁（Onishi Kazuhiko, " Bàn về sự truyền bá của giáo phái Chính Nhất Đạo giáo sang Việt Nam ", (Đại học Quốc gia Hà Nội, Viện Khoa học Xã hội Việt Nam（biên chung）, *Kỷ yếu hội thảo Quốc tế Việt Nam học lần thứ ba*, Nhà xuất bản Đại học Quốc gia Hà Nội, Hà Nội, 2010, Tập II, tr. 396 - 415）tr. 397-404）を参照されたい。

[22] 藤原利一郎「ヴェトナム黎朝前期の明との関係」（同『東南アジア史の研究』法蔵館、一九八六年、第一部四、九九～一七三頁）一五四～一五五頁注一二九の考証参照。

[23] Charles Robequain, *Le Thanh Hoa, Étude géographique d'une province annamite*, l'École Française d' Exmetrê-Orient, Paris et Bruxelles, 1929, Tome seconde, pp.395 -396.

[24] 現ゲアン省ギーロック県ギーティエット社チュンキエン村（Làng Trung Kiên, xã Nghi Thiết, huyện Nghi Lộc, tỉnh Nghệ An）、（「チュンキエン造船村（ギーロック県）」『ゲアン電子交易商業埠頭』（"Làng nghề đóng thuyền Trung Kiên（Nghi Lộc）", *Sàn giao dịch thương mại điện tử Nghệ*, 37nghean.com/.../Lan -nghe-dong-thuyen-Trung-Kien-（Nghi...)）。

[25] 前掲注20書、一九九八年、一八九頁。

[26] 宋代中国の造船技術発達は、席龍飛『中国造船史』（河北教育出版社、武漢、二〇〇〇年）一三二～一八二頁を参照。

[27] 文書印章上の「令旨」と「勅旨」実例は、グエン・コーン・ヴィェット『ベトナムの印章　一五世紀から一九世紀まで』（社会

科学出版社、ハノイ、二〇〇五年）一八〇～二〇八頁（Nguyễn Công Việt, *Ấn chương Việt Nam từ thế kỷ XV đến cuối thế kỷ XIX*, Nhà xuất bản Khoa học Xã hội, Hà Nội, 2005, tr. 180-208）を参照。

[28] イエズス会宣教師アレクサンドル・ドゥ・ロード神父（一五九三～一六六〇）は著書『トンキン王国史』で、鄭氏の水軍は艦船数・装備で阮氏に勝るのに、一六四四年までに三度も敗戦したと記している（Alexandle De Rhodes, *Histoire de royaume de Tunquin*, Lyon, 1651, p.19、アレクサンドル・ドゥ・ロード、ホーン・ニュエ（訳）『トンキン王国史』カトリック団結委員会、ホーチミン、一九九四年、一二、二一三頁注（一七）（Alexandle De Rhodes, Hồng Nhuệ (dịch), *Lịch sử vương quốc Đàng Ngoài*, Ủy bản đoàn kết Công giáo, Hồ Chí Minh, 1994, tr.12, tr. 213 chú thích (17)）。

[29] ファン・コアン『ベトナム史：中南部地域一五五八年—一七七七年（ベトナム民族の南進）』（開智書店、サイゴン、一九七〇年）三三三～三七〇頁（Phan Khoang, *Việt sử : xứ Đàng Trong 1558-1777* (*Cuộc nam tiến của dân tộc Việt Nam*), Nhà sách Khai Trí, Sài Gòn, 1970, tr. 333 - 370)）。

[30] 順州と化州の割譲については、『全書』本紀、巻六、興隆一五年（一三〇七）春正月の条文、山本達郎編『ベトナム中国関係史　曲氏の抬頭から清仏戦争まで』（山川出版社、一九七五年）一七五、一九六頁参照。

第3部

多元的実践の叡知

1　平安朝の謡言・訛言・妖言・伝言と怪異説話の生成について

司　志武

1　言説から生まれた「小説」と「説話」

説話とは何か？「物語」から剥離して「説話」を日本古典文学の一つのジャンルとして取り上げ始めたのは、さほど遠い昔のことではない。南方熊楠、柳田国男、益田勝実を始め、民俗学・神話学・物語論の碩学たちは、神話・民話・昔話・物語にについての重要な知見を数多く発表している。二〇世紀八〇年代に入ると、今野達、小峯和明、森正人諸氏が、専ら「説話」を中心に、その概念・特色・分野・生成をめぐって、文学史的高度から深く探求し続けている。特に、説話の生成に関する最も重要な観点として、「口承の文学である説話と文字の文学との出会いの文学である」[注1]や「事実談である世間の話を昔話よりも伝説よりも求めている人々に出現があり、広くそれがしみ通っていくような説話の世界を基盤において、初めて考えられるもの」[注2]といったように、文字で事実談として記録する仏教説話・世間話・歴史説話は、「説話文学」そのものであろう。ここに、口承と書承の〈出会い〉がある。「説話」は口承の文学でありながら、文字で記録されて定着するとは言い切れず、その話は書承の世界でまた変形していくこともあるわけである。また、もともと「物語」に属す〈話〉や歴史記事に属す〈フルコト〉は、説話に取り入られて、新たな形になることもある。「説話」は古代の「言説」の世界で阻むものなく自由に走り回る。

また、「説話」の語り手は必ずしも僧侶・文人だけではない。「説話」の生成はある事件にかかわる人たちにより、僧侶・文人たちはそれを聞いて感心するところを文章に整理して記録するのである。無論、宣教・説教を賄う目的もあれば、知識教養及び雑談に利用する目的もある。この為、説話は単に〈教訓話〉とは限らない。生きてゆく知識・知恵として、説話は起源・縁起・由来を説く「因縁」「起こり」という面、例証・事例・たとえとしての「譬喩」「ためし」の面に分けられる。▼注[3]

「説話」はもともと中国から伝わった言葉で、中国文学研究によく使われる「志怪」に近い。▼注[4]「志怪」とは、「怪異」事象（天変地妖・禎祥休咎・精怪鬼神など）を「志」すという意味である。それは、国東文麿を始め、異常な出来事を語る発想形式を「説話文学」全体の本質と見なすのと同じで、「怪異」「奇異」「神奇」はよく「志怪」に登場する言説である。▼注[5]「志怪」は中国古典文学の「小説家」に属す。「小説」を初めて学問のジャンルとして「小説家」と称したのは、『漢書』芸文志であった。『芸文志』に、「小説家者流、蓋出於稗官。街談巷語、道聴塗説者之所造也」とある。ここでもっとも興味深いのは、「街談巷語」「道聴塗説」が「小説」の源泉とされ、口頭伝承の本質を指摘している点である。『漢書』以前も「小説」の用例が『荘子』外物に見られる。「飾小説以幹県令、其於大達亦遠矣」といって、「小説」は小さい道理（小道）であっても、必ず見るべき点があるものだが、到底「大達」（広く通用する道理）では無い。『荀子』正名にまた、「故知者論道而已矣、小家珍説之所願者皆衰矣」と、「小家珍説」は「小家異説」や「珍奇」な論説の意味合いであり、学問のジャンル――「小説家」と混同できない。「小説家」は、「稗官」によって為政者の参考に資するように、街でうわさ話や道で聴いた雑談を記録したものである。すなわち、「閭里小知者之所及、亦使綴而不忘。如或一言可采、此亦芻蕘狂夫之議也」のように、街村の小さな知恵をもつ者の見聞の及んだ範囲に属することは知識そのものであるため、それらを書きとめて、忘れられることがないようにさせる。巷談のほかに、「自孝武立樂府而采歌謡、於是有代趙之謳、秦楚之風、皆感於哀樂、縁事而發、亦可以観風俗、知薄厚云」とあり、漢武帝が楽府を立て歌謡を採録するようになり、民間の喜怒哀楽を観察したり、「風俗」（世情）を観たり、民衆が為政者に対する「薄厚」（賛否）を解るようにする為である。つまり、「小説家」の言説・巷談・街村の噂話・歌謡などは、為政者にとって、輿論にほかにならないのである。だから、『春秋左氏伝』によく登場する童謡（わざうた）は、動乱・戦禍などの予兆とされ、一種の「予言文学」である。▼注[6] 現在は「謡言」に属するが、当時は讖緯思想の天人相関説を踏まえて「妖言（およづれこと）」▼注[7]「詩妖」というように、怪しくて恐ろしい「兆し」として捉えている。▼注[8] 特に、『漢書』五行志は『洪範五行伝』を引用して、「言之不従、是謂不乂。厥咎僭、厥罰恒陽、厥极極。時則有詩妖」とある。具体的にいえば、「言の従わず」とは即ち政令が民心を得ないことを指す。その「咎」は僭（セン）があり、その「罰」は「恒陽」（旱魃）が続き、その「極」は憂があり、ある時には詩妖がおこる、と。班固は『五行伝』を踏まえ、「君、炕陽にして暴虐なれば、臣、刑を畏れて口を柑み、則ち怨謗の気、謌謡に發す。故に詩妖有り」と分析を加えた。即ち、「詩妖」は「臣」（民衆）の怨みや謗りの「気」によって生まれる妖怪的な歌謡だと分かる。周知のように、中国の史書五行志には童謡は時代変革や動乱等の予兆として記す記事が夥しくある。日本の歴史書に「五行志」はないが、「童謡」は流石に「五行志」と同じく当局や社会に大きな衝撃を与える危険な「詩妖」と認識される。その童謡はさらに『日本霊異記』などの説話集に取り入られて、仏教教団の儒教的讖緯思想（陰陽五行説と天人相関説）、所謂「外典」的知識を受容したことが明らかになる。▼注[9]

「説話文学」を研究する視点から見れば、古代の巷説・風説・雑談・噂話・童謡・妖言などが、どのように志怪や説話といった「文学」の素材として扱われるのかは、重要な課題に違いない。しかし、「説話文学」の研究史にもしばしば触れられるが、その専論はさして十分とは言えないのが現状である。本論文は口承の視点から、中国・日本の歴史書に登場する「謡言（ようげん）」「訛言（かげん）」「妖言（およづれこと）」「伝言（つてこと）」▼注[10]がどのように説話に関与したり、また説話に変成したりするのかを論じることにする。

2　史書五行志と志怪小説の「謡言」「妖言」「訛言」

『漢書』五行志には、「詩妖」について、「臣」（民衆）の怨みや謗りの「気」によって生まれた妖怪的な歌謡だと認識している。さらに、『論衡』巻二十二訂鬼篇は妖言や童謡についてこう論じている。

熒惑火星、火有毒熒。故当熒惑守宿、国有禍敗。火気恍惚、故妖象存亡。世謂童謡、熒惑使之、彼言有所見也。……『鴻範』五行二曰火、五事二曰言。言、火同気、故童謡、詩歌為妖言。言出文成、故世有文書之怪。世謂童子為陽、故妖言出於小童。童、巫含陽、故大雩之祭、舞童暴巫……▼注[11]

つまり太陽の「気」は、天地の「気」と同じく、「気」の変化によって、「妖」（異常や禍）になる。『史記』天官書を始め、熒惑星の異変が常に禍の予兆とするのは、漢代の知識人の共通認識らしい。王充はそれを踏まえて、熒惑星は火星であり、火の気（所謂「毒」）がある故、「妖」になると判断している。それに、『鴻範』（「洪範」が正しい）の「五行」と「五事」に関する説を根拠にして、「言」と「火」はそれぞれの「気」は同じなので、「気」が変化さえすれば、両方とも「妖」になりうると、王充は言う。簡単に言えば、童謡は「妖気」を発す熒惑星に駆使される「妖象」のことである。▼注[12]童謡だけではなく、詩歌・言説・文書なども「妖」や「怪」になりうる。これらの「妖」や「怪」や「妖言」などは、恐ろしい禍の予兆と看做されるが、殆ど「臣」（民衆）の怨みや謗りの「気」が溜まっている世相の反映に過ぎないと考えられる。

『後漢書』五行志において「詩妖」にあたるのは「訛言」「謡言」である。「安帝永初元年十一月、民訛言相驚、司隷、并、冀州民人流移」とあり、その原因は鄧太后が専政していることを「従わずして僭る也」とされるのである。▼注[13]民衆は鄧太后の専政による政権の不安定を心配して、つい怖ろしい訛言（デマ）が言いふらされるようになる。ここの訛言はある政治的な目的で作られた可能性が極めて高い。また、『五行志』謡妖の項に、「更始時、南陽有童謡曰、諧不諧、在赤眉。得不得、在河北。是時更始在長安、世祖為大司馬平定河北。更始大臣並僭専権。故謡妖作也」という、更始帝が即位してから僅か二年後、大司馬であった劉秀に討たれることを予言している。

この記事に類似するもう一つの例を見よう。「熹平二年六月、雒陽民訛言虎賁寺東壁中有黄人、形容鬚眉良是。観者万数、省内悉出、道路断絶」とあり、中平元年二月になると、張角兄弟が冀州に兵を起こし、自ら黄天を号するということで、前の訛言と後の兵乱との相応関係が明示される。建物の壁から現れた人面ではないが、翌年の熹平三年に「右校別作中有両樗樹、皆高四尺所。其一株宿夕暴長、長丈餘、大一囲、作胡人狀、頭目鬢鬚髪備具」という。木の幹が一晩で急に伸び、その表面に「胡人」の頭が生えて、「草妖」とされている。これは唯一のケースではなくて、同じ漢霊帝の時に「中平中、長安城西北六七里空樹中、有人面生鬢」と、類似する怪異事象がある。「両樗樹」の場合は『京房易伝』によれば、「王の徳が衰え、下人が将に起たんとするに、則ち木が人の状となって生えることが有る」と解釈している。応劭は注釈を加え、なぜ木から生えた人面が「胡人」なのかについて、董卓・李傕・郭汜が胡兵を率いて前代未聞の虐殺と反乱をもたらした予兆だろうと推測している。一方、空ろとなった樹の中に鬢が生え人面のようなものがあったことについて解釈を施さないが、前記の『京房易伝』によると、やはり大反乱の予兆に違いなかろう。

ここで注意したいのは、漢霊帝の時に類似の怪異を起こしたことである。虎賁寺の怪異は「訛言」に言及し、後記の二件は触れていないが、怪異事象の類似性が高い。予兆する事件はそれぞれだが、なぜ怪異事象としてこれほどに類似しているのであろうか。その原因は謡言の生成するメカニズムに関わると考える。漢霊帝の頃、統治階級である宦官・外戚・士大夫がそれぞれ対立して権力を奪いあい、民衆に重い賦役を課して民心は完全に離反した。「臣」（民衆）の怨みや謗りの「気」が溜まっていって、童謡などの詩妖が絶え間なく起こることは、『後漢書』を読めば分かる。その上に、漢の時代は讖緯思想のもっとも流行った時代であり、統治階層がそれを利用して政権の権威性を強調したり、謀反や王位の簒奪の口実に使われたりする。術士が瑞祥・怪異を報告・占うことによってしばしば朝廷に重用され、民衆も怪異事象への関心が益々高まっていくのであろう。社会が不安定になるにつれて、謡言が登場するわけである。その中に、同じパターンの謡言が各地で伝わる。その原因は複雑で一概に言い切れないが、フランスのジャン・ノエル カプフェレは、同じパターンの謡言が「永遠」に登場する現象について、うわさの反復的出現と回帰は「町の、社会集団の、国の、混乱動揺が常に永続していることの指標である」という。▼注[14] 壁や木から生えた人間の顔は、すべての当事者が自分の目で見たわけではない故、「訛言」がそのまま「事実」に、あるいは禍の予兆にされただけであろう。そしてまた、それぞれの謡言が予兆する「事実」は違うが、謡言の内容・構造がかなり類似するのは、『京房易伝』などの緯書と同じ発想で穿鑿された怪異占の報告に過ぎないと考えられる。

もう一例を挙げてみよう。『後漢書』五行志は「建安初、荊州童謡曰、八九年間始欲衰、至十三年無孑遺」という童謡を記している。▼注[15] この記事については『捜神記』にもっと詳しく記載されており、「荊州童謡」に続いて、「妖言」にも言及している。

> 是時、華容有女子忽啼呼云「荊州将有大喪」。言語過差、縣以為妖言、繫獄月餘、忽於獄中哭曰「劉荊州今日死」。華谷去州數百里、即遣馬吏驗視、而劉表果死、縣乃出之。續又歌吟曰「不意李立為貴人」。後無幾、曹公平荊州、以涿郡李立、字建賢為荊州刺史。

『捜神記』が『後漢書』を参考したかどうかに関しては諸説があり、ここで判断しかねるが、志怪小説の白眉とも言われる『捜神記』が歴史書の五行志に重視される童謡・妖言などをも採録していることに注意したい。「荊州童謡」は後漢末期の大乱世に突入する最中に戦乱のない荊州が八年以降動乱の渦中に巻き込まれることをきちんと予測していた。その上さらに、荊州から百里も離れた華容の女子が、荊州の動乱と執政者だった劉表の死を告げたり、劉表の後任者が李立だったと予言したりした。華容の女子は巫女のような存在で、最初は投獄されたが、ついには県の長官も彼女の言葉は事実無根の「妖言」ではないことが分かり、彼女を釈放した。

『捜神記』は、常に『漢書』などの史書五行志に注目・引用し、五行志の怪異記事を取り込む際、その文章を具体的に、時には独自の解釈を付け加えたりするのである。▼注[16]『捜神記』には、童謡のほかに「呉郡晋陵訛言」「京邑訛言」など「訛言」の記事も記録している。▼注[17]「呉郡民訛言」は、紵の中と欅樹の上に大虫が在って人を噛むと即死するという。また、晋陵の民は、ある乞食の老婦人が天帝の命令を受けたが、「水門」を間違って「虫門」から出たと呟いたことを言い囃した。すると、百姓たちは互いに恐れて動揺し、死者すでに十数人であった、と。また、京邑の民衆は急に「寧州人」が他人の子供を盗んで煮て食うという「訛言」を言い伝えるようになり、暫くして今度は子供を盗んだ犯人は捕まえて処刑するという役所の布告が出されたと言いはやし始めた。役所がそれを聞いて驚き、調べたら無根の「訛言」だったことがやっと判明したのである。

この二件について、干宝は「未之能論」と、判断不能であった。フランスのジャン・ノエル・カプフェレは、「うわさの永劫回帰は、贖罪のヤギの宿命である。あらゆる社会はその社会の大きな危機を罰として生きる。そうした場合、その集団の罪を無意識のうちに背負わせる贖罪のヤギを探さなければならない。他方、説明できない危機を前にして、罪ある者を指定することは、悪の原因を見出すことであり、従って危機の解消に一歩踏み出すことなのである」▼注[18]と、別のタイプとして噂の「回帰」を論じる。上記の「訛言」は、悪の張本人を「乞食の老婦人」の「寧州人」と決め付けて、少なくとも虚構された「事件」の責任者を見出すことで、「当事者」の民衆に危機は一先ず解消に進んでいると思わせるのである。また、「荊州童謡」に見られた華容の女子は巫女のような存在で、神に憑かれて予言をさせたりするが、「乞食の老婦人」は「天帝」の命令を受けて人間界に降る神だと、「呉郡訛言」の前提にされるのだ。

古代の謡言や噂には「鬼神」がいつも居るといえよう。『捜神記』の「神化篇」に、神仙・道化・卜筮の話が満載され、その中に物乞いをしている「陰生」の話を見よう。陰生はいつも街中を物乞いして歩いていたが、街の人には嫌って汚物をぶつける者もいた。すると汚物を浴びせていた人の家が壊れて、数十人が下敷きになり死んだ。そのため「ものごいを見かけたら、美味い酒をくれてやれ。そうしたら家が壊されずに済む」という「謡言」が長安で言い伝えられるようになった。▼注[19]

陰生に汚物を浴びせたりした人たちが、乞食を差別して苛める悪行をした挙句、「報復」を招いて命まで奪われたことは、家屋倒壊の「災異」に対する解釈として「当然」の事になるのであろう。そのため、後に出た謡言は、悪行を戒める意味をする上に、事件の〈けじめ〉になるのであろう。

妖言や訛言は神の祭祀にまで関与する。『捜神記』の「蒋子文」話を見よう。広陵の蒋子文というものが、素行不良で乱暴ものであった。常に死んだ後神になると自己宣伝していた。彼が秣陵の尉であったころ、盗賊を追いかけた時に斬りつけられて死んでしまった。呉の孫権が帝位についた初年、かつて部下であった者が、白馬に跨り白扇を持ち従者を連れている蒋子文を見かけた。蒋子文はその人に「地元の人がわしのために祠を立て祀ってくれなければ、災いを与えよう」と告げた。すると、その年の夏には疫病が大流行し、百姓たちは相恐れて動揺し、密かに蒋子文を祀る者もかなり出てきた。さらに蒋子文は巫女に乗り移ってこう言った。「わしはこれから孫氏のために力を貸してやろうと思っているから、わしのために祠を立てるがよい。さもないと、虫を耳の中に飛び込ませて禍を起こしてやるぞ」と。まもなく蒋子文が言った通りになって人々は恐れたが、孫権がまだ信じていなかったため、子文はさらに巫女に乗り移って「大火事を起こしてやるぞ」と予告した。その年に火事が連続して起こり、孫権の宮殿までに及び、とうとう孫権は蒋子文を中都侯に封じて廟を建てた。『芸文類聚』巻七九と『太平御覧』巻八八二に収録される当話の逸文に「呉主以為妖言、後果有虫入人耳、皆死、医不能治」とあり、▼注[20] 孫権から見れば、蒋子文の部下や巫女の話は信憑性がない「妖言」だと思い込んでいたことが明白である。何回も災いが予言通りに現れたことで、孫権はやっと信じるようになったのである。

『捜神記』の中にもう一つの童謡記事がある。前にも触れたが、『史記』天官書を含め、熒惑星の異変が禍の予兆と認識するのは、漢代で普及しているようである。しかし、『史記』では、熒惑星が童謡を立てることに言及していない。『論衡』の場合、熒惑星の「気」が児童たちの口を開かせ、歌謡を発せることは理解できるのである。『三国志』呉書に、

臣聞翼星為変、熒惑作妖、童謡之言、生於天心、乃以安居而比死、足明天意、知民所苦也。[注21]

と記されている。陸凱の上奏文から、熒惑星の異様な現象（妖）が現れ、童謡が天の心（天意）によって生まれるといって、孫皓に政権の危ういところを諫めている。この記録は熒惑星と童謡を関係づけているが、またしても、熒惑星は童謡を発せるとは判断していない。そして『捜神記』に至って、熒惑星は直接童謡を歌ったり、児童に歌を教えたりする説が見られる。『捜神記』のこの童謡記事は非常に有名で、たびたび正史に引用されている。たとえば、唐の初めに編纂された『晋書』五行志中における「詩妖」に関する内容は、『漢書』の内容を踏襲しているが、童謡の予兆性の例として、『捜神記』から孫休の記事を引用したのである。

中国の歴史書から見ると、「童謡」を始め、「訛言」「妖言」などは、「天」の「譴告」（天戒）[注22]や動乱の兆しのような存在で、「臣」（民衆）の怨みや謗りの「気」によって生まれる妖怪的な歌謡だと認識している。「（志怪）小説家」の立場で見れば、怪異事象が鬼神の仕業であり、それを鑑別・把握して災いを除去せねばならないことを重視する。つまり、歴史書の撰者は王権統治の参考に資するものとして、怪異事象を緯書や五行占によって分析・解釈し、前代の政策の是非を問い続ける。「小説家」は怪異事象を掻き集めて、それらを世の中をうまく渡る教訓・知恵・知識にするのである。

3　奈良・平安時代の「詩妖」——童謡・訛言・妖言など

五行志が「怨謗の気、謌謡に發す」と、「詩妖」の発生原理を解釈している。特に国政が乱れたり、戦争が起きたりする時、社会が緊張し、あらゆる情報が真実かどうか判断しにくくなったり、役に立つ情報が極めて少なくなったり、民衆は恐怖と怒りに差し迫られる。アメリカの心理学者ゴードン・W・オルポートは、「デマの二つの基本的条件」を示してくれた。それは、「第一に、その話のテーマは話し手にとっても聞き手にとっても何らかの重要さを持っていなければならないこと。第二に、その本当の事実が何らかの曖昧によって覆い隠されていなければならない」と、[注23]「デマは心を静めるような言葉の捌け口を設けることによって、しばしばむき出しの張り詰めた感情を和らげ、もしまともに面と向かうならば、決して受け入れがたいような感情の存在を弁護し、正当化し、さらにある場合には、周囲の複雑に入り組んだ姿を広く解釈して、周囲の世界を認識しようとする知的な欲求において重要な役割を果たすのである」[注24]と、謡言（うわさ・デマ）の心理を分析している。

五行志において、「詩妖」は民衆或いはある集団の意志を非正常的な形で伝えるものであろう。統治者がそれを「妖」と看做すのは、その危険性を始め、伝播性によって更なる混乱を招いて、王権統治の秩序を脅かすパワーになる可能性を恐れるからである。「詩妖」は怪異事象であり、「常」と異なり、「異常」である。社会の動乱も秩序・規則・倫理などの「常」と異なって、「異常」である。即ち、怪異は秩序などの「常」が乱れる時に発生するのである。この意味で、五行志も志怪小説もまた説話も、社会秩序・王権統治が混乱した「フルコト」を採録・分析して、「現（うつつ）」に向けて教訓と知識を提供してくれる、重大な価値がある。

日本の官修史書（正史）は殆ど編年体で編纂され、『史記』のような紀伝体で編纂された先例はなく、「五行志」や「符瑞志」にあたる篇目がないため、災異・怪異・天変地妖などの記録が入り雑じり、五行志のような専門的な解釈もない。

とは言うものの、『日本書紀』を始めとする六国史では「童謡（わざうた）」「訛言」「妖言」などを採録している。「童謡」は「謡」または「歌」と記され、童謡と事件との対応関係について、『日本書紀』のように直接に説明しない場合もあり、[注25]対応関係を説明するにしても、「識者以為、井則内親王之名、白壁為天皇之諱、蓋天皇登極之徴也」（『続日本紀』巻三一光仁天皇紀）とか、「有識者以為、天皇登祚之徴也」（『日本後紀』一三巻桓武天皇紀）というくらいである。もっとも熱心に童謡と事件の相応関係を解釈するのは、日本の現存最古の説話集『日本霊異記』下巻三八話である。[注26]撰者景戒は史書の予兆歌謡を集中的に記録し、「挙天下歌詠」や「挙国歌詠」を引用し、「表答」や「表相答」で、童謡を災いの「表相」（予兆）として、天皇に纏わる事件（「実災」）を「表相」の「答」、即ち結果として説明を加える。『日本霊異記』の童謡記事は『捜神記』の熒惑星の精が子供に化けて辺境を守る子らに歌を教えたという話に拠ったという、先達の指摘がある。[注27]それを踏まえて、私は『漢書』五行志に収録される一箇条の火災記事[注28]に見られる「天戒若曰」（天、戒めの若く曰く）と「（××之）応」・「（××之）象」・「（××之）効」といった表現[注29]を手がかりにして、『左伝』『漢書』などの怪異事象をめぐる解釈方法を分析し、景戒がその方法を学んだ可能性を論じてみた。さらに、景戒の「外典」知識—讖緯思想を受容した実態及びその知識が「説話」の編成において果たした役割について私見を述べた。[注30]

ここで奈良・平安時代の王権統治階級が童謡を始め、所謂「詩妖」を認識していることについて考察してみよう。前にも触れたが、山背大兄王が滅ぼされた時に童謡が囃し立てた上に、国内の巫覡等が「争陳神語入微之説。其巫甚多、不可具聴。老人等曰、移風之兆也」とあり、歴史が動く際に「神語」も沸騰する。「詩妖」のもう一つの形である「妖言（およづれこと）」を見てみると、『日本書紀』巻二九天武天皇四年一一月条に、「有人登宮東岳、妖言而自刎死之」とある。一体誰がなぜ宮の東の丘に登って、「妖言」を言って自らの首を刎ねて死んだかを知ることはできないが、その「妖言」はやはり人を惑わす呪いや「神語」であろう。

皇極天皇朝と天武天皇朝は「詩妖」に対してどんな態度を取ったのかは詳らかではない。しかし、『続日本紀』から、奈良朝の僧尼・巫覡などが蠱術（こじゅつ）に由る疑獄が頻りに起ったり、迷信騒ぎを起こしたりすることで、朝廷は益々重視するようになる。例えば、巻九養老六年（七二二）七月己卯「太政官奏言」の条に、「（近在京僧尼）動称仏法。輒離室家。無懲綱紀。不顧親夫。或負経捧鉢。乞食於街衢之間。或偽誦**邪説**。寄落於村邑之中。聚宿為常。**妖訛**成群。初似脩道、終挟姦乱」と、僧尼の呪術を行うことを禁じようとした。続いてまた、巻十天平元年（七二九）四月癸亥条の「勅」は、「内外文武百官及天下百姓。有学習異端、蓄積幻術。圧魅呪咀、害傷百物者……封印書符。合薬造毒。万方作怪。違犯勅禁者。罪亦如此。其妖訛書者……若有限内不首、後被糺告者」といった禁令を下し、「幻術」「圧魅（あつみ）」「呪咀」「書符」「妖訛書（ようか）」の弊害を掃蕩しようとした。しかし、その禁令では効果は収まらなかったようで、さらに巻一〇天平二年（七三〇）九月庚辰に「詔」を下した。その原因は、「又安芸・周防国人等妄説禍福。多集人衆。妖祠死魂。云有所祈。又近京左側山原。聚集多人、妖言惑衆。多則万人。少乃数千」とあり、中々猖獗を極めた様子が窺える。

そこで、王権は統治を維持するために法制度整備に取り組んだ。『政事要略』巻七〇寛弘六年（一〇〇九）二月二三日条に『賊盗律』を引用して、

凡造妖書及妖言遠流。伝用以惑衆者亦如之。其不満衆者減一等。言理無害者杖六十。即私有妖書。雖不行用杖八十。言理無害者笞四十。▼注[31]

とある。さらに、この条文の注釈は、

造妖書及妖言者、謂構成**怪異之書**、詐為**鬼神之語**……伝、謂伝言（妖書及び妖言を造ることは、怪異之書を構成し、詐わり鬼神之語を為すと謂う）。

とあって、「妖書及妖言」は、怪異書（讖緯書）をつくること、鬼神の言を弄して人をあざむいたり、妄りに他人に吉兆があると説いたりすること、天文や地理を占い、国家の吉凶を語ることであり、それをもって民衆を惑わした者に罰を科せられることが分かる。

また大同二年（八〇七）九月二八日条に奈良・京都の両京に向けて発令された「応禁断両京巫覡事」という禁止令がある。[注32]「巫覡（ふげき）の徒は好んで禍福をかこつける。愚かなる庶民この妖言を信仰す」ということで、「淫祀（いんし）」「厭呪（えんじゅ）」などの習俗が流行り、「淳風」（社会の安定）を損なうため、厳しく取り締まろうとする。ところが、代々の朝廷がこれらの一掃に努めるにも拘らず、「妖書」「妖言」「神託（しんたく）」は依然として濫出し、「淫祀」「厭呪」などの巫術は以前にも増して猖行されていたのである。つまり、「妖書」「妖言」はまた、「淫祀」「厭呪」などの巫術と共生して、奈良朝・平安朝の宗教事情が窺われるのである。さて、「妖言」はどんな言説であろうか。『本朝文粋』巻三に、藤原春海が著した「立神祠」という対策文があり、「妖言」について論破している。[注33]藤原春海は「立神祠」の重要性を強調したが、文末に「淫祀」に反対して、石の中から顕れた「妖言」と桑の木に憑れた「祟兆」などが「憑虚之説」や「非蹠實之談」だと指摘している。即ち、「妖言」は事実無根の「訛言」「虚言」と同じ意味の上に、民間信仰・宗教に利用され、怪異事象を妄りに「神託」「禍福」「兆し」と言い囃すという。『類聚三代格』巻一弘仁三年（八一二）九月二十六日条「応検察神託事」に「怪異」と「妖言」の関係を見てみよう。

右被大納言正三位藤原朝臣園人、宣、称、奉勅**怪異之事**、**聖人不語**、**妖言之罪**、法制非軽、而諸国民**信狂言**、申上寔繁、**或言及国家**、或妄陳禍福、敗法乱紀莫甚於斯、宜仰諸国令加検察、自今以後若有百姓輙称託宣者、不論男女随事科決、但有神宣灼然其験尤著者、国司検察定実言上。

「怪異之事」は聖が語らず、「妖言」の罪である。しかしながら、国民は「狂言（たわこと）」（「妖言」）を信じて、国家の禍福を妄りに議論する行為を厳しく検察し、禁止すべきという。取締の姿勢は大同二年の禁令と同じだが、「神宣灼然其験尤著者」があれば、報告せねばならぬというように、国司に義務づけている。結局、王権の統治者は「怪異之事」や「神宣」に対する態度が極めて曖昧でぐらついているといえよう。これは、後漢から南北朝にかけた時代にかなり似ていて、貴族階級（中国の場合は豪族・士族）が民衆を厳しく搾取・圧迫する為、民衆の蜂起と飢饉・悪疫は絶えないから、生活はおろか、生命までも脅され、民心は否が応でも迷信に奔らざるを得なかったのである。だからこそ「妖書」「妖言」「書符」など所謂「怪異書」（讖緯書）が広く伝わり、「妖言・巫覡（ふげき）を禁断する法令を雨下したところが、その根患が救済されぬ以上は、中々に払拭されるべき筈がない」のである。[注34] 王権統治の秩序が崩壊する寸前となった平安後期以降に至って、上下とも迷信に惑溺した為に、これを取締る力が全く失せてしまったばかりでなく、却ってこれを増長せしめるような態度さえ見えるくらいである。

4　魍魎が跋扈する奈良・平安時代と妖言・訛言・伝言

説話の世界での「主役」的存在である魑魅魍魎が奈良・平安朝の史書にも怪異としてしばしば登場する。これは、無論、前述通りの当時の宗教状況を抜きに語れない。

『日本書紀』巻二六斉明天皇六年一二月に童謡が起こってから、更に七年五月から冬まで、様々な怪異が顕れる。例えば、五月に「神忿壊殿」と「宮中鬼火」と「（近侍）病死者衆」の怪異ができて、そして八月になると鬼が居て天皇の葬儀を臨み視るという記録がある。『扶桑略記』巻五によると、同年冬に「天下大疫、夭亡之人稍過半。時人以為豊浦大臣霊矣」という、怨霊が登場してくるのである。

平安初期に入ると、最も著名な怨霊として、菅原道真が桓武天皇を始め代々の天皇を悩ませたことは、史官でさえも抹殺しようともしなかった。『扶桑略記』巻二三に醍醐天皇が延喜三年四月二〇日に詔書を下し、道真の官を元の右大臣に戻し、正二位を追贈した上で、左遷の詔まで燃やして廃棄したのである。そればかりか、道真に「火雷天神」の号を授けたという。[注35] 道真の怨霊が登場するたびに、「謡言」「伝言」などの「時人」の議論（＝風説・噂）が伴うこと

に注意したい。例えば、『扶桑略記』巻二四延喜廿三年（九二三）癸未三月条に、

二十一日、皇太子保明親王、無病而薨、年廿一歳。依皇太子穢、停賀茂祭。妖恠見宮闈、訛言満閭巷。主上恐懼、臣下驚動。敕請大僧都増命、参内奉護一人、有御修善。侍臣夢見法軍四面繞守王城、天兵數重警固禁闈。霊験著顕、天下無事。

とあり、「時人」は親王の死が道真の仕業と思ったであろう。親王死後の上に「妖怪」（怪異）が宮殿で起こる為、「訛言」は大いに伝えられ、天皇・臣下が極めて恐れて動揺する。幸いに増命僧都が天皇のために修法を行い、「霊験が著顕し、天下無事」になった。[注36]しかし、道真の祟りが収まる気配はない。延長五年一〇月になると、宮殿に怪異が頻りに現れ、「是月、訛言甚多」という。それらの一つの噂だが、「故大宰菅帥霊、夜到旧宅、語息大和守兼茂雑事（後略）」とあり、続いて「但他人不得聞之。彼朝臣秘不他語矣」と言う。なぜ誰も知らないはずだったことが『式部卿重明親王記』の撰者に知られてしまったのか、と思われる。[注37]要するに、この「訛言」には明らかな矛盾が看取できる。

因みに、『日本紀略』において、例の道真に正二位を追贈したりしたのは延長元年閏四月一一日とある。その後皇太子保明（やすあきら）親王が死んだら、「挙世云、菅帥霊魂宿忿所為也」というから、世の人々は道真が自分を追いやった藤原時平の縁者（えんじゃ）に祟っているのだと噂する「盛況」も推察できるだろう。

『日本紀略』昌泰四年以降の記事を見れば分かるが、醍醐天皇の皇子が相次いで亡くなり、最後に醍醐天皇自身も延長八年六月に起こった清涼殿落雷事件の二ヵ月後に崩御してしまった。このような凄まじい怪異事件の「責任」を道真の怨霊に背負わせたのである。怪異を鎮めようとするに、道真を「天満大自在天神」と「火雷天神」の号を授け、神社を立てて祭祀することが、平安末期の『北野天神縁起』において更に「神話」的に変貌させ、『捜神記』に記された蒋子文の影が髣髴できるのであろう。つまり、日中古代における「神様を造る」活動において、謡言（うわさ）の力を見せてくれるのである。

菅原道真のほかに早良（さわら）親王、豊浦大臣などの怨霊は奈良・平安時代を舞台として跳梁跋扈する一方、百鬼も彼方此方で遊蕩する。『日本三代実録』巻五〇光孝天皇仁和三年（八八七）八月一七日戊午の記事は、正史に記された「鬼一口」の怪異譚として著名である。

十七日戊午。今夜亥時、或人告。行人云。武徳殿東縁松原西、有美婦人三人、向東歩行。有男在松樹下、容色端麗、出來與一婦人、携手相語。婦人精感、共依樹下。數剋之間、音語不聞。驚恠見之、其婦人手足、折落在地、无其身首。右兵衞右衞門陣宿侍者、聞此語往見、无有其屍。所在之人、忽然消失。時人以爲、鬼物変形、行此屠殺。又明日可修転經之事。仍諸寺衆僧被請、來宿朝堂院東西廊。夜中不覚聞騒動之聲、僧侶競出房外。須臾事静、各問其由、不知因何出房。彼此相恠云。是自然而然也。」是月。宮中及京師、有如此不根之妖語、在人口卅六種、不能委載焉。

この鬼啖事件は『扶桑略記』巻二二にも転載され、さらに『今昔物語集』巻二七第八話と『古今著聞集』巻一七第五八九話などの説話に改編されたものがあげられる。「〈不根之妖語〉三六話の中から、偶然にも書き留められた鬼啖事件の記録は、鬼譚（鬼の説話）の成立を考える上で興味深い材料を我々に提供することになった」と、中村一基の指摘がある▼注[38]。この事を説話と歴史の接近、「説話を記述して行くことも、歴史書を作製する上で重要な方法であった」といった観点もあれば、「正史は〈此の如き不根の〉といっているのだから、〈説話と歴史とが著しく接近していた〉わけではない」という反論もあって、研究者の認識が二分している▼注[39]。しかし、歴史書の撰者は、街談巷説をストーリー（説話）として採録するのではなく、当時の世相を記録にする為だけで、巷説の具体的内容が事実かどうか、或いは話題性の高低について余り重視していないであろう。それより、世相の移り変わりが大事で、王権統治を危険にさらす可能性がある輿論・巷説を「妖語」と呼ぶのである。それが故に、『後漢書』『晋書』の五行志などに取り組まれた『捜神記』のような「（志怪）小説家言」も、世相の実録と看做されただけだと考える。鬼啖事件の前年、仁和二年七月二十九日夜「紫宸殿前、有長人往還徘徊。内豎殿点者見之、惶怖失神。右近衛陣前燃炬者、又復得見。其後左近衛陣辺、有如絞者之声。世謂之鬼絞也」と、『日本三代実録』がもうひとつの鬼譚を記している。「世謂之鬼絞也」ということから、鬼譚について輿論が沸騰する様子が垣間見える。更に、八月四日になると、「勅」を出して、「安房・上総・下総等国重警不虞」と命じた。これは怪異が頻りに起こして、陰陽寮の占いによって「鬼気御霊、忿怒成祟」というからである。そしてついに翌年の鬼啖事件が出て、世間の恐怖心はピークに達したのであろう。すると、「不根之妖語三十六種」の流布が、地震や洪水という天変地異とともに、光孝天皇の死に繋がるというふうに読みとれるのである。とは言うものの、歴史記録は説話と明らかに異なる。例えば『今昔物語集』の場合、『日本三代実録』の中にあった「或人曰」「行人曰」「不根之妖語」を削除して、「美婦人三人」の中の二人を事件の目撃者と報告者として、ずっと現場にいたというように、元の不条理的な歴史叙述を改変したことで、ストーリー（説話）の現実感と緊張感をより引き立てている。『古今著聞集』巻一七の五八九話は『扶桑略記』の同記事を書き直して、語り手と事件の報告者を同話の「行人」にした上で、翌日僧侶も怪しいことに遭った、とする。文末に「本月宮中京中多聞此類事」といって、[▼注40]元の記事とほぼ同じ評語が見られるが、文脈上の意味は八月にこのような鬼や妖怪を目撃事件が多発したことになるので、歴史者の態度と明らかに違うと考えたい。

5　「伝言」と「諺」も説話そのものである

「平将門の乱」は平安時代中期に起きた大動乱であり、政治的には律令制から摂関体制へ転換する時期に重大な位置づけられている。[▼注41]「平将門の乱」が鎮定後まもなく、天慶三年六月に成立したとされる『将門記』は、その事件の顛末を描いた初期の「軍記物語」である。この本は、将門が「暗中神鏑」で死ぬという話と将門が地獄に堕ちた後日譚とする「田舎人報云」という部分を記して、最も珍奇な話でもある。

瓜生茂秋が、「将門の後生譚の前にわざわざ『諺曰』二字を据え、すぐその下に更に『田舎人報云』五字を入れて、資料の出所をはっきり断ったのは『うわさ話』の資料としては、第二のもの（民間の言慣わし）と考え」と指摘し、更に「諺」の字は真福寺本の割注として二ヶ所出ていることを踏まえて、作者の執筆態度について「乱鎮定後僅か二ヶ月を出ずして成立したのを考えると、平将門についての『うわさ話』が意外に早く流布し伝播している様子も伺うことができる。そして正史に肖った純歴史記録を作ろうとした将門として第二のもの（民間の言慣わし）を思いつつも尚且つ『うわさ話』に耳を傾けなければならない」と論じている。▼注[42] 即ち、「うわさ話」と「民間の言い習わし」が「諺」である。更にいうと『色葉字類抄』下巻「人事」部に「コトワザ、里語」とあるから、「田舎人報云」とほぼ同じ意味である。瓜生茂秋は「諺」のほかに、『扶桑略記』に「又世相伝云…云…古老云…古老伝言」と説話の出所を挙げている例を見ても明らかであると注意を促したが、詳しい論考を公表していないままで残念に思う。

さて、一体どのように将門に纏わる「諺」（うわさ話）を視るべきであろうか。『日本紀略』天慶三年（九四〇）正月一日と七日条に「宴会。無音楽、依東国兵乱也」と二回も言及し、天慶元年から陰陽寮占に「東西有兵乱」という警報が続いて、天慶三年正月二五日条に「修仁王会、祈征夷賊事也」とあり、将門軍は破竹の勢いで兵を進めて、都へ攻めくることは朱雀天皇に大きな危機感をつのらせた。しかし、その日に「信濃国馳駅来奏云、凶賊平将門今月十三日」に下総国の合戦で藤原秀郷に討たれた、とある。将門の乱は鎮定されたが、瀬戸内海の藤原純友の乱がまだ続くため、同年八月二〇日から、「石清水以下十二社」と「伊勢以下諸社」に「奉幣」し、「依祈討南海凶賊」という。また、天台山や法琳寺などで密教の修法も行ったとある。翌年の七月七日にやっと藤原純友が警固使橘遠保に誅せられたとの報告がある、という。つまり、当時の朝廷は武力の討伐とともに、あちこちの神社で祈り・呪詛と密教の修法（呪法）も盛んに行ったことが分かる。だからこそ、『将門記』にも、朱雀天皇は名僧を招いて七大寺で「八大明神」に礼典を祭ったり、百官は千度の祈りを仁祠に請ったり、諸社の神祇官は頓死頓滅の式を祭ったりすると記録している。一七日に亘って焼かれた芥子は七石を越え、祭壇に備える五色の供物も測りきれない程であって、また、八大尊官は神鏑を叛逆者将門の棲む方角に射放ち調伏を試みた、とある。やがて将門が討たれた「時に現に天罰ありて、馬は風のごとく飛ぶ歩みを忘れ、人は梨老が術を失へり。新皇は暗に神鏑に中りて」と、調伏の験があったと書かれている。つまり、迷信に浸りきった王権の統治者たちの狼狽は、滑稽さを越えて悲惨的にも窺えるであろう。

兵乱に伴い、怪異事象も頻りに現れて、社会の不安と緊張が高まっていて、朝廷に主導される全国的呪詛活動を盛んに行なった為であろうか、平将門の死に関する様々な「神話」が大量に現れた。『扶桑略記』巻二五天慶三年正月十二日条に、三善清行の息子浄蔵法師が延暦寺で三七日の大威徳法を修して、平将門を調伏してその誅滅を予言したという記事がある。『将門記』における八大尊官は修法で神鏑を射放ったとあるが、一体誰の〈手柄〉なのかは不明なので、浄蔵法師に押し広げたのであろう。

これは孤例ではなく、『扶桑略記』は続いて、延暦寺の阿闍梨明達が「調伏四天王法」を修して、香を立てて臭味が発散し、結願の時、「賊主将門其首」が来たという。更に松尾明神の託宣によって明達の前身が「遣唐使阿倍仲丸」だったことが分かった、という。この説話は、浄蔵の話と同じで、延暦寺の霊験を宣伝する作り話だと考えねばならない。続いて、「又世相伝云」という東大寺で行われた「七大寺諸僧集會」で、将門調伏の祈願する際に現れた蜂の怪異と、「一云」で始まる東大寺等身執金剛神像の怪異が皆「将門誅害之瑞」だったと記している。更に又、「古老云」で始まって、東大寺の神像が二十日間くらい姿を消して将門を討ちに行ったという「神話」もある。また、法琳寺修法について、「古老伝言」に「壇中血出」とあり、調伏の霊験があったという意味であろう。これらの「世相伝」「古老伝言」「古老云」の話の締め括りとして、『扶桑略記』は「凡神社、佛寺祈請事等、不可勝計」と評し、撰者もこういった「伝言」にお手上げになっている。ここで、「世相伝」「古老伝言」「古老云」という「伝言」は、むしろ「うわさ話」或いは「神話」といった方がよかろう。

従って、『将門記』の「諺曰」と「田舎人報云」を振り返ってみれば、兵乱の最中に様々な謡言とうわさが言いはやされて、乱後になると、数多くの情報が前の謡言とうわさと絡められ、新たに増殖していったと考えられる。この増殖過程に威徳を宣揚するために、霊験譚を「事実」に変成して流布されていくのであろう。特に「古老」がフルコトに詳しくて、法会や唱導の場で昔の「伝言」「風説」「うわさ」を語り出して、最後に寺社の「歴史」（縁起）として書承され定着する、というのが、私の考えである。これこそ、寺社の霊験説話が誕生する一つのルートだといえよう。

6 結論

『漢書』は「小説」について、「街談巷語」「道聴塗説」といった口頭で伝わる言説だと言い切っている。また「街談巷語」「道聴塗説」は必ずしも重要な情報とは言えなく、冗雑な言談が殆どだが、偶々小さい道理（小道）を含み持っている。例えば、今まで知らなかった「フルコト」や「因縁」などの知識と、知ることで啓発される「例（ためし）」や「教え」などの知恵と、聞いて驚く「讖」や「神託」などの警告・讃告と、世渡りに役立つものもある。「説話」もまた「小説」と同じ存在なので、古典文学の一つのジャンルとして認められる。

「小説」と「説話」の生成もまた同様である。マスメディアの発達しなかった古代において、世の中の人々の注目を集める物事や怪異事象は、情報伝達が極めて限られるため、却って想像され、議論され、また言いはやされるのであろう。これらは謡言・風説・うわさ話に変成して、更に「詩妖」や「神託」までにもなる。とりわけ、世間を驚かせる「凶事」の噂が流布すると、いろんな推測・想像は「事実」に変わり、その責任は「鬼神」や「贖罪の羊」として特別な人に背負わせたりする。当時言いはやされたうわさ話は、童謡や詩歌や文章などで伝播したり、政権に危機・混乱をもたらす恐れから、「妖言」「妖書」或いは「訛言」と看做されるのである。しかし、一旦事情が「詩妖」の通りに「験（しるし）」（＝事実）になれば、やはり「天罰」の「兆し」と「神託」或いは「讖告」として認識される。このような事件は時間が経つと、〈フルコト〉として語られたり、書承されたりし、最後に「（古老）伝言」などと謂う「説話」の形で定着するのであろう。

【注】

［1］小峯和明『説話の言説』（森話社、二〇〇二年）、初出「説話の言説」（本田義憲・池上洵一等『説話の言説―口承・書承・媒体』勉誠社、一九九一年）一三頁。

［2］益田勝実『説話と絵巻』（三一書房、一九八六年）七七～七八頁。

［3］国東文麿『今昔物語集成立考』（早稲田大学出版部、一九六二年）二六五頁。

［4］宋代に「説話」を職業をする者を「説話人」という。『都城紀勝』が「説話有四家。一者小説、謂之銀字兒、如煙粉霊怪傳奇……」というように、「説話」の中に「小説」などがあって、更に「小説」の中に「煙粉」「霊怪」「傳奇」に細分される。「説話」は口承文芸として、漢の以前から早く民衆の間で流行ってきただろうと考える。書承（書誌学）の視点から見れば、「説話」は「街談巷説」であり、それを記す「雑伝」「志怪」は『新唐書』芸文志の「小説家」に取り入れられたのである。魯迅『中国小説史略』（上海古籍出版社、一九九八年、七一～七八頁）、渋谷誉一郎「南宋『説話四家』について」（『芸文研究』四九、一九八六年七月、四二一～五九頁）でも指摘されている。

［5］小峯和明・注2。

［6］小峯和明『中世日本の予言書―〈未来記〉を読む』（岩波書店、二〇〇七年）。

［7］天武紀四年「有人登宮東岳、妖言而自刎死之」とあり、「妖言」は「およづれこと」と訓読している。坂本太郎等『日本書紀　下』（岩波書店、一九六五年）四二一頁。

［8］串田久治「中国の「謡」の社会思想史的研究」（大阪大学博士論文、一九九八年）。

［9］拙論「平安朝怪異文学における歴史叙述と「童謡」―『日本霊異記』の外典的知識をめぐって」（王琢『他者認識と日本語教育・日本学研究』世界図書出版、二〇一五年）。

〔10〕ってこと。『万葉集』三〇六九番と四二一四番。
〔11〕黄暉『論衡校釈』（中華書局、一九九〇年）九四一〜九四三頁。
〔12〕『論衡校釈』第三冊九四一頁注釈「孫曰」によれば、「世謂童謡、熒惑使之、彼言有所見也」は「世謂童謡妖言、熒惑使人有所見也」の誤りだと指摘。筆者も同感で、文脈上から熒惑星が童子になるという意味合いが『論衡』に見えないと考えている。
〔13〕范曄『後漢書』（中華書局、一九六五年）三二七七頁。
〔14〕ジャン＝ノエル・カプフェレ著・古田幸男訳『うわさ：もっとも古いメディア』（法政大学出版局、一九九三年）一五三頁。
〔15〕『後漢書』三二八五頁。
〔16〕河野貴美子「『捜神記』の語る歴史―史書五行志との關係」（『二松　大学院紀要』一六、二〇〇二年三月）一九五〜二三五頁。
〔17〕干宝著・李剣国校『新輯捜神記・新輯捜神後記』（中華書局、二〇〇七年）二二三〜二二四頁。
〔18〕『うわさ：もっとも古いメディア』一六〇頁。
〔19〕『新輯捜神記・新輯捜神後記』三八頁。
〔20〕李剣国が『芸文類聚』と『太平御覧』などの類書を参考して、蒋子文説話を訂正した。『新輯捜神記・新輯捜神後記』一〇八頁。
〔21〕陳寿『三国志』（中華書局、一九六四年）一四〇一頁。
〔22〕董仲舒『春秋繁露』（中華書局、一九九二年）二八六頁。董仲舒が「国家之失乃始萌芽、而天出災害以譴告之。譴告之而不知変、乃見怪異以驚駭之…」と、著名な天人相関説を論じる。
〔23〕G.W. オルポート　L. ポストマン著・南博訳『デマの心理学』（岩波書店、一九五五年）四一頁。
〔24〕『デマの心理学』四七頁。
〔25〕説明を加える例として、『日本書紀』巻二四皇極天皇二年冬十月条に記した童謡について、十一月蘇我臣入鹿はこっそり策謀して、山背大兄王一家を滅ぼしたことを述べて、「時人説前謡之応」といって、童謡を解釈し続けた。また、三年夏六月乙巳の条に「囲於膽駒山之兆也」という説明も見える（坂本太郎等『日本書紀・下』岩波書店、一九六九年）二五三〜二五九頁。
〔26〕下巻三八縁の表題に「表」と「荅」で表現するのは、童謡と天皇に纏わる事件との相応関係があるという（永藤靖『古代仏教説話の方法―霊異記から験記へ』三弥井書店、二〇〇三年）四〜一一頁。
〔27〕河野貴美子「『日本霊異記』の予兆歌謡をめぐって」（『説話文学研究』三七、二〇〇二年六月）一頁。

［28］班固『漢書』（北京・中華書局、一九六四年）一三一五～一三四七頁。

［29］三例はそれぞれ『漢書』一三三七頁、一四一六頁、一四三八頁に拠る。

［30］拙論「平安朝怪異文学における歴史叙述と「童謡」――『日本霊異記』の外典的知識をめぐって」二五三～二五九頁。

［31］惟宗允亮著、黒板勝美編『政事要略』（吉川弘文館、一九六四年）六九六頁。

［32］藤原冬嗣等撰、黒板勝美編『類聚三代格』（吉川弘文館、一九六五年）五九〇頁。

［33］藤原明衡著、黒板勝美編『本朝文粋』（吉川弘文館、一九六五年）六〇頁。

［34］中山太郎『日本巫女史』（国書刊行会、二〇一二年）二二一頁。

［35］黒板勝美編『扶桑略記』（吉川弘文館、一九六六年）一七四頁。

［36］『扶桑略記』一九四～一九五頁。

［37］『扶桑略記』一九九頁。

［38］中村一基「鬼譚の成立」（『岩手大学教育学部附属教育実践研究指導センター研究紀要』五号、一九九五年三月）一一一～一一九頁。

［39］中村一基の同論文を参照。

［40］橘成季著、西尾光一等校『古今著聞集（下）』（新潮社、一九九二年）二七一～二七二頁。

［41］山岸徳平・家永三郎等校『古代政治社会思想』（岩波書店、一九九四年）三二三～三二五頁。

［42］瓜生茂秋「合戦噺之研究」（『広島大学　国文学攷』三号、一九三六年四月）七五～七七頁。


【付記】本論文は、中央高校基本科研業務費専項資金（暨南寧静致遠計劃15JNQN019）の成果の一部分である。

【コラム】

相人雑考

マティアス・ハイエク

1　予言文学としての「職人」逸話

近年、小峯和明が興味深い新概念、「予言文学」を提唱した。小峯の言葉を借りれば、予言文学とは「一般的にいわれる予言書や未来記、童謡にとどまらず、神仏の託宣書、夢想記、神仏に祈願し祈誓する起請文、あるいは子孫や後継に残す遺言書、遺訓、遺告、遺戒、置文の類もあわせた文字テクストの総称である」[注1]。そこから、小峯はさらに刺激的な見解を示して、このように定義された予言文学は「過去と未来と現在を連続させようとする言説群」であるとしている。

筆者はこれまで、中世・近世日本の占術、とりわけ暦占と易占の知識の変遷、流布と実践について論考を試みてきた。以前この「予言文学」を巻頭に飾った『アジア遊学』の特集に小考を寄せる機会があった。その時は、「予言」と「占術」を、「能力」と「技術・技能」と、性格上の区別を設けた上で、「予言獣」と「怪異」の関係を論じてみた[注2]。

上記のように区別をしたのは、「占い」の機能を「未来予知」のための装置に限定せずに、「問題の原因」を突き止めた上で、その問題の解決への道を指示するという、医術など、占いのもう一つの機能を浮かばせたかったからである。

ある人が現在体験している問題の原因を突き止めるための占いもあれば、これから起こる出来事を予測するための占いもあり、もしくは行為の可否を断定する占いもある。また、怪異など一定の秩序を揺るがすように見える異常現象の要因を明かし、その不祥な効果を未然に防ぐのも占いであり、さらに福を呼び災いをさける日にちや名前、方角の選定も占いの範疇に入る。

つまり、占いの場面を同時的に見た場合、「未来」のみを対象とした「予言」との違いが鮮明に見えてくるのである。

しかしながら、あるいは占いの場面を「語る」テクストには、小峯のいうような「未来のために現在を律し、規制したり呪縛する」という、一種の「予言性」を見ることができる[注3]。

それがもっとも顕著に現れるのは、「相人」と関係のある言説群である。そこで、今回与えられた紙幅において、古代・中世の説話などの中から、「相人」という「職能」と「職能者」

が登場するテクストを取り上げ、「占い」の「予言性」の一側面を考えてみたい。

「相人」といえば、誰もが真っ先に思い浮かぶのは、「人相」や「手相」という、人間の身体の一部を観察して、その人の性格や寿命、運命まで予測する技法を使う「人相見」の存在であろう。

しかし、中国の古い用例では、「相人」は「技能者」ではなく、「技能」そのものを指す。例えば、『漢書』芸文志術数略には「相人二十四巻」とあり、「相」は動詞で「人」はその目的語である。これに類似した日本の用例として、『令義解』の職員令において、陰陽寮の陰陽師六人の職務の一部を「占筮」と「相地」と定義したのち、「相者視也」と、「相」すると「視る」が同義であることを明記する。

ここで「相」とは、何かを観視する行為と、この行為の対象である、「可視」な「何か」の両方を指すことばであることが十分理解できるであろう。

いつからこの「相人」の意味の拡大があったか特定しがたいが、少なくとも『源氏物語』「桐壺」の著名な「そのころ、高麗人の参れる中に、かしこき相人ありけるを聞こし召して、宮の内に召さむことは、宇多の帝の御誡めあれば、いみじう忍びて、この御子を鴻臚館に遣はしたり」という下りからはじまる、「高麗人」（渤海人）の、光源氏に対する予言の場面において、すでに「人を相する人物」へと意味の転換を確認できる。

この「相人」と、近世後期から最盛期を迎える「人相見」を、直接結びつけることの妥当性に関していささか疑問が残るが、今回この問題はさておき、平安時代中期において、とりあえず「相人」が「占い師」の一種と認識されていたようである。

この状況を裏付ける格好の史料として、鎌倉初期に成立したとされる『二中歴』の芸能歴がある。そこには、医、算、陰陽の、いわゆる「諸道」のほかに、それらと同類の技能（芸能）や、大工などの職能の系譜と名人についての記述が見られ、陰陽師のほかに「宿曜」、「禄命」、「易筮」、そして「相人」に長けたという人物の名前が羅列されている。

相人
許負、康擧、蔡澤、京房、管輅、左慈、圭孟、董興、朱平、胡媼、樊英、李南、陶隠〈已上唐十三家〉
満洞、皐通、清河、觀睿、笠景、睿登、盧平〈廉平カ〉、洞昭〈一云調昭〉、睿聖、義舜、日暗、忠壽、教光、浄藏、磐上、重恒
説云、唐人張満洞、々々傳二周皐通一、皐通傳二清河大臣一、大臣傳二觀睿律師一、律師傳二睿公一睿公傳二義舜一、自餘隨二舜公并目暗一者、洞昭之後也、教光〈橘高明大臣〉

浄藏〈善相公第八男〉磐上別當

この記録を見渡すと、まずこれらの「名人」の内、最初の十三名は日本の人物ではなく、中国の古史書に登場する人たちであることに気づく。当然のようなことであるが、同じく中国にルーツを持ちながら、「吉備大臣」ではじまる陰陽道の「歴」とは対象的である。

許負と康擧そして管輅は、『史記』や『三国志』にその名が見え、宋の陳摶撰とされる、明の袁忠徹（一三六七〜一四五八）が校正した『神相全編』において「人相」（相人）の祖として紹介されている。明代以前の相法に関する資料はそれほど多くないが、敦煌の出土文献で許負の撰とされる『相書三十六巻』があり、許負は少なくとも唐代にはすでにその開祖の地位に置かれていた。なお、『二中歴』の十三名の内に京房（紀元前七十七年〜紀元前三十七年）のような漢代の著名な易学者やその弟子の樊英がまざっているが、ここで強調したいのはこれらの相人のほとんどは、歴史に名を残した誰かを「相」して、その将来や寿命を〈予言〉したという「逸話」で知られるのである。彼らは確かに何らかの技術を利用して、「占った」が、その占いの結果は〈予言の成功例〉として記録に残り、予言の対象者の名前とともに伝えられ、その実現の可能性と正当性を誇示するものである。そればかりか、四十三年の寿命を言い渡された蔡澤もまた、この予言の正当性を了承し、「それで十分だ」と答えたからこそ、予言された未来を「呪縛」し、自分自身に対する予言を自分から発する形で、「相法」の伝承者として『二中歴』にその名が挙げられたのではなかろうか。すなわち、技術の伝達がなくても、「相された」人もまた、「相人」としての「能力」を発揮できるということになる。

このように考えると、『二中歴』の系譜は、技術の伝達線を示すとともに、能力の継受をも暗示するもののように見える。

系譜の他の人物について、張滿洞や周皐通、未詳の「唐人」の次に、「清河大臣」の名が見える。これは安倍仲麻呂らとともに、遣唐使として渡唐した「藤原清河」であろう。ついに帰国できず中国に残ったはずの清河は、いつ、どこで相法を学び、後世に伝えたのかを物語る逸話は残念ながらまだ見当がつかないところであるが、平安・鎌倉時代にはこれを裏付ける言説があったに違いない。あるいはまた、「吉備」を陰陽道の「祖」とするように、その対となる「相法」の祖を同じ遣唐使から選定する必要が感じられていたのかもしれない。

2 「相人」の逸話の特徴

このように、「相人」は陰陽師などと並んで、一種の職能者と認識されていた。

清河以降の人名の多くが、残念ながら詳細が未だ分からない。しかし、少なくとも「洞昭」（洞照・登照とも）と「浄藏」、そして「別当」という名前は、別の資料からも彼らが「相人」として名の知られた人物であったことが確認できる。それはもちろん、「説話集」である。何らかの教訓、特に仏教の因果関係を軸にした世界観を伝えようとする説話もあれば、ただ単に、「諸道」の達人を讃え、間接的であっても、技術者を多用する貴族社会の風習を描写し、肯定する説話も少なくない。

『今昔物語集』、や『古事談』のような説話集において、相人や陰陽師、医師は森正人が言うように、「王朝的な技芸の担い手として、公の権威の周縁に」置かれてきたのであり、優れた技能者がまた、優れた為政者のために「止ん事無き」活動を見せる。▼注[4] 特に、『古事談』について「観相説話群」と呼ばれるほど相人関係の話数が多く、田中宗博による刺激的な先行研究がある。▼注[5]

ところが、『今昔物語集』へ目を転じると、それと対照的に、全巻を通して五話の「観相説話」しか確認できず、しかもその内三つは「仏法」に配当された。

それは、①巻十四第二十四話「比叡山東塔僧朝禅誦法花経知前世語」、②巻十五第二十二話「始雲林院菩提講聖人往生語」、③巻十七第十七話「東大寺蔵満依地蔵助得活語」、④巻二十四第二十一話「僧登照相倒朱雀門語」、そして⑤巻三十一第二十三話「多武峰成比叡山末寺語」である。

ここで、紙幅の関係でこの『今昔物語集』の相人説話の細かい分析を省かざるを得ないが、相人の行為に注目してそれぞれの内容をごく簡単に紹介しておこう。

①では、比叡山に相人がやってきて、僧侶たちを相しているうち、日夜法華経を読誦する朝禅に対して、「あなたは前世では白い馬だった。だから今も肌が白く、声が馬の走る音に似ている」という。朝禅はこの占いを否定するが、のちに夢告によってこれが事実であると諭される。

②では、七回も逮捕された盗人の足を、検非違使たちが切ろうとするところ、通りすがりの相人は盗人が「必ず往生すべき相を具したる者なり」と主張し、やがて切断を阻止させる。

③は東大寺の僧蔵満が相人に「命極て短し。四十を過ぐべからず」と告げられるが、死したのち地蔵菩薩によって蘇生・延命するという話である。

④では、朱雀門の前を通った登照が、そこに集う「男女の老少の人」を見て「皆只今死すべき相」であると判断し、門が何の前触れもなく倒れることを予言する。

最後に⑤では比叡山の尊睿律師が、後に二十七代天台座主になった慶命に「和君は殊に止事無き相の限り有る人かな。必ず此の山の仏法の棟梁と成すべき相顕なり」と、その出世を予告する。

数が少ないとはいえ、「観相説話」の特徴をよく捉えているといえる。まず、いわゆる予言性のある医師・陰陽師が登場する説話と比べると、未来を予言することがあっても、「相人」が「病気の原因」を確定する話がないことに気づく。言い換えれば、「相術」は現行問題を解決するために用いるものではなかったようである。

そして、この五話を簡単に分類してみると、「前世」（①）、現世での将来・寿命（③、④、⑤）、そして来世（②）に関する判断や予言に分けられる。つまりこの分類は「三世」という仏教的観念にあてはまるわけであるが、「三世観」もまたこの観相説話と無関係ではないことが確認できる。

それもそのはず、「相人」が登場する逸話には、中国の故事と並んでもう一つの重要な系統として、「仏伝」がある。釈迦誕生の後、その将来を「占相」しにやってきた「アシダ仙人」もまた、話材としての「相人」の一形態であり、東アジアにおける「誕生前後の王子の未来を相する」という出来事を含む物語の系統には、少なからぬ影響を及ぼしたと思われる。先に挙げた「桐壺」の光源氏や、平安前期に藤原兼輔が撰した『聖徳太子伝暦』における百済の僧、日羅による太子の占相、そしてまた、この話材を逆手にとった『熊野の本地』での、五衰殿の女御の子に対する偽りの占相といった、数々の場面の背景には、釈迦誕生時のアシダ仙人の占の場面が浮かび上がる。

この「占相」のシーンにはもちろん、主人子と上位関係にある人物の予言に対する反応によって物語を発端させるという機能があり、予言が実現するまでの過程、あるいは回避・阻止される過程こそこれらの物語の重大な部分となっている。

3 「観相説話」の技術的・信仰的背景

ところで、この物語的機能を持つ「占相」は、「仏伝」との関係で新たな側面を見せている。それは、相人が使う技術の詳細とその根拠である。上述の明書『神相全編』▼注[6]や石龍子（藤原相明）による概略書『神相全編正義』（文化二年〈一八〇五〉）を見てみると、「人相」は主として身体の部分の「相」、そして身体の色（気色）から吉凶を判断する技術であることがうかがえる。▼注[7] 特に、「顔面」は幾つかの部分に分けられ、そこに様々な領域が設けられ、一つの小宇宙のように見立てられる。

この顔と色に焦点を当てた相法の形成と伝授、もしくはその変遷についてはまだ十分研究の余地があるが、フランス国立図書館と大英図書館蔵の敦煌の出土文献には『許負相書』をはじめとして唐代の相書が数点あり、それらでは医術にも通じる顔や気色の観相が中心となるらしい。▼注[8]

それ以前の中国の相書は現存していないようであるが、観相の思想的背景の一側面を照らす有名な資料として、漢時代の学者、王充の『論衡』の十一「骨相編」が挙げられる。他の巻で五行と万事の相関関係に疑問を呈する王充が、むしろ骨相を肯定し、天からさずかった「命」が「体に表れる」として、「骨法」（人相）によって天命を容易に知ることが出来ると説く。すなわち、骨格や身体の特徴が天命そのものを反映しているので、その形を相すれば吉凶禍福・貴賤貧富を自ずと予測できるというのである。

ところが、先の『今昔物語集』の説話では、①と③において相人の術の概要が、

「形の有様を見、音を聞て、命の長短、身の貧富をこそ相す」（①）、

「諸の人の形を見、音を聞き翔を知て、命の長短を相し、身の貧富を教へ、官位の高下を知らしむ」（③）

と、ほとんど同じ言葉で表現されている。両者でも相人が見るべきものは「形」だけではなく、「声」や振る舞い（翔）も対象となっており、「見聞（知）」という三つの認識動作を経て初めて寿命の長さを判断し、さらに「官位が上がるかどうか」、つまり将来の貴賤貧富を予告できるというのである。上記の『許負相書』には確かに、声と歩き方を相する方法が見られるが、声の部は口、歯と舌の部門の間に配置され、いわゆる「発声機能」という身体能力の一部として扱われるようである。また、歩き方については、これはどの動物に似ているかという、形相を中心とする作法である。

要するに、説話の中の相人が駆使する技術は、身体と気色を中心とした中国の相法よりさらに広い観相の対象が想定されていたようである。そこで、①の相人についての言説をもう一度検討すると、興味深い事情が見える。この説話では、朝禅が上記の相術の定義ともいうべき話を説示するのは、「前世」のことを語る相人の予言を否定するためである。朝禅は「何でか前世の事をば知らむ。仏こそ前生の事をば知給はめ」と、前世のことは仏にしか知り得ないと一時断言するが、仏に願いを立てたのち夢告を得て相人の判断が事実であったと知る。そこで、説話の最後の教訓的な件には、「実の相人は前世の報をも皆相する也けり」と、相人が前世を観相することで宿業、定業までも知り得ると、明白に説かれている。

そこには、中国の骨相だけではなく、やはりインド由来の相術が輪郭を現しているのではないだろうか。古代インドの

占星術師、ヴァラーハミヒラが六世紀に現した『ブリハット・サンヒター』（占術大集成）の第六十七章、「男の相」には、「人相学に長けた人はまず、身長、体重、歩き方、固さ、［七つの］主要素、肌色、艶、声色、本来的気質、前世、身体、雰囲気を規定通りに観察して、過去や未来を語る」▼注[9]と、形、声、色、雰囲気と並んで「前世」が相人の見るべきものとして挙げられ、この思想は仏教にも含まれていたというのは想像に難くない。仏伝のアシダ仙人の占相の結果である「三十二相」もまた、このような流れを汲んでいたとも考えられる。▼注[10]

つまり仏教思想を背景にした『今昔物語集』の説話世界の相人は、身体や声、振る舞いからは「天命」と「宿業」という観念が入り混じった結果の運命を予言しているといえる。また、逆にいえば、「骨相」、すなわち体格に具現した「天命」と同様に、前世の報も現世の身体の特性に反映され、その特性から前世のことまで知り得るという発想に到達する。①の相人は予言の流れとは逆に、朝禅の声が馬の走る音に似ているからこそ、前世は馬であったと判断したのではなかろうか。

4 結び

このように相人の術は、身体の形、つまり「人相」以外にも多様な要素から前世の事情を知り、それによって定められた現世での寿命や位を明かし、そして来世までも予言できる、まさしく「過去・現在・未来」をつなげるようなものであった。このように考えると、近世の出版文化の興隆に伴って徐々に刊行された、暦占、易占、または人相術などを伝える「占術書」全般は、生年月日や顔立ちなどの個人の属性と関連付けられた占いの結果を含んでいる以上、一種の「予言文学」の媒体になり得たといえよう。中でも「三世観」を全面に投影している『三世相』という一般民衆向けの書は特に興味深いが、今度の課題にしたい。▼注[11]

【注】

［1］小峯和明「〈予言文学〉の射程：過去と未来をつなぐ」（特集〉「〈過去〉と〈未来〉を結ぶ中世」、『日本文学』五九巻七号、二〇一〇年七月）二～一二頁。

［2］ハイエク マティアス「日本人の怪異観の一側面―「予言獣」をめぐって」（『〈予言文学〉の世界―過去と未来を繋ぐ言説』アジア遊学一五九号、勉誠出版、二〇一二年）一四二～一五三頁。

［3］小峯前掲論文。

［4］『今昔物語集』第五巻・解説（新日本古典文学大系、岩波書店、一九九六年）五二六頁。

［5］田中宗博「観相説話の諸相：『古事談』巻第六「亭宅諸

道」篇説話を中心に」(『大阪府立大学言語文化研究』三号、二〇〇四年三月) I-XIV頁。
[6] KOHN Livia、「A textbook of physiognomy: the tradition of the Shenxiang quanbian」、『*Asian Folklore Studies*』、四五号、一九八六年、二二七〜二五八頁。
[7] 相田満・高野純子「観相から見る日本文学史の試み　序説—特設コーナー展示資料解説から—」(『国文学研究資料館紀要』四二号、二〇一六年三月) 二〇七〜三二五頁。
[8] DESPEUX Catherine、「Physionomie」、KALINOWSKI Marc 他編『*Divination et société dans la Chine médiévale : étude des manuscrits de Dunhuang de la Bibliothèque nationale de France et de la British Library*』、Paris、Bibliothèque Nationale de France、二〇〇三年。
[9] 矢野道雄訳『古術大集成2　古代インドの前兆占い』(東洋文庫五九〇、一九九五年) 二〇頁。
[10] この点について、竹村信治「「アシダ」雑考：中世説話伝承瞥見」(『学報』二六号、一九八二年三月) 一〜一二頁を参照。インド占相術については、ZYSK Kenneth G. 編、『*The Indian system of human marks*』、Leiden：Brill、二〇一五年が詳しい。
[11] 小池淳一がすでにこの「三世相」の研究に着手されており、今後の成果を大いに期待するものである。「「三世相」の受容と民俗化」(林雅彦編『絵解きと伝承そして文学—林雅彦教授古希・退職記念論文集—』方丈堂出版、二〇一六年) 四〇七〜四二八頁。

2

虎関師錬の十宗観

――彼の作品を中心に――

胡　照汀

1　はじめに

虎関師錬（弘安元年〈一二七八〉～正平元年・貞和二年〈一三四六〉）は、臨済宗聖一派に属し、東福寺開山の聖一国師円爾弁円の法嗣であった東山湛照の弟子である。正慶元年（一三三二）九月、東福寺に住し（十五代）、後塔頭の海蔵院で寂す。聖一派の徒らしく密教にも造詣が深かったが幅広い知的活動を行い、また五山文学の初期の担い手としても評される。著書は日本最初の仏教史である『元亨釈書』をはじめ、詩文集の『済北集』、文章規範の『禅儀外文集』、和文の法語を集めた『紙衣謄』、語録の『虎関和尚十禅文録』などから日本最初の韻書の『集分韻略』などに至るまで極めて多彩である。

中世禅僧の十宗観とは、当時の禅僧による中世仏教諸宗の位置づけである。従来、それに関する研究は、中世禅僧の法語、語録や仏教著述の解読によって、中世の代表的な禅僧、例えば、栄西、円爾弁円などの十宗観についての考察が行われた。その代表的な例として、和田有希子の「鎌倉中期の臨済禅─円爾と蘭渓の間─」[注1]、高木秀樹の「中世禅僧の十宗観」[注2]や大塚紀弘の「中世「禅律」仏教と「禅教律」十宗観」[注3]などが挙げられる。既に為された論考によれば、中世における仏教宗派は、その相承・伝法によって、南都六宗と言われる華厳宗・律宗・成実宗・倶舎宗・三論宗・法相宗、平安仏教（顕密仏教）の天台宗・真言宗及び鎌倉初期に新たに勃興した浄土宗・禅宗という十宗に分けられるのは一般であった。

拙稿では、中世禅僧の虎関師錬の諸作品の内容を考察することによって、彼の十宗観を検討してみたい。また、彼の出自と信仰、固有の宗教意識や当時の時代背景も考慮に入れて彼の十宗観の由来についても探ってみたい。

2　虎関の十宗観について

（1）虎関の禅宗重視

虎関の禅宗重視が端的に窺われるのは、『済北集』巻十四の「宗門十勝論」[注4]である。虎関は某修行者と、「教門」と「宗門」との違いについて論じる時に、次のような論理を展開した。

敢問曰、天台雑華建于支那寧非私乎。三論者題目自見。唯識雖稟補処、是無著天親之私建也。律出世尊而為小儀。唐宣会大亦陥私建。密立毘盧、不免感授。唯我禅門、婆伽直下受授嫡聯、故為一代公伝。宗門之号不亦宜乎。豈他氏之所得称哉。然我宗門。離言説相、非思議境。上根大機惟証即知。我且摘見行化迹他氏之所不及以語汝。汝其聴諸。一曰竺乾正続。二曰達磨位高。三曰祖名通呼。四曰派流広長。五曰讖記邈遠。六曰墳籍収蔵。七曰規矩厳整。八曰王臣大人。九曰応化幽賛。十曰他家推称。[注5]

つまり、虎関は天台・華厳・三論・律などの諸宗を「私建」と批判する一方で、密教の成立を「感授」と見なし、「我禅門」だけを「公伝」と認め、他の諸宗より一段上に位置づける。そして、禅宗のみが釈迦より直伝する正当な仏教であるとし、達磨大師の奇跡を述べ立てて禅宗の祖が他宗より優れているなどの十個の理由を述べて、禅宗の権威づけに終始している。

虎関の大著である『元亨釈書』にも彼の禅宗への偏重が見られる。『元亨釈書』巻一「伝智科」[注6]に立伝された人物を以下のように並べてみよう。

南天竺達磨	禅宗の祖
高麗慧灌	日本三論宗の祖
呉国智蔵	三論宗
道昭	日本法相宗の祖
北天竺善無畏	真言密教
慈訓	日本華厳宗の祖
唐国鑑真	日本律宗の祖
最澄	日本天台宗の祖
空海	日本真言宗の祖
栄西	日本臨済禅の祖

上に示したように、「伝智科」は、最初に日本に仏法を将来し、日本仏教諸宗の開祖たる人物が立伝され、日本仏教の「始原」を述べる機能を担うと思われる。僧たちの所属する宗派や伝法から見ると、奈良時代の慧灌・智蔵（三論）、道昭（法相）、慈訓（華厳）、鑑真（律）、平安時代の最澄（天台）、空海（真言）、また達磨・栄西（禅宗）、善無畏（密教）がすべ

て記述されたが、南都六宗の成実宗、倶舎宗、また鎌倉時代に新たに勃興した浄土宗の僧侶の伝記は見えない。そして、禅宗の祖とされる達磨が伝智の第一に取り上げられ、他宗に先立って『元亨釈書』の冒頭に配られること、更に、専ら禅宗一宗の僧の伝記を記す「浄禅科」[注7]を巻六から巻八までの三巻の分量で編纂し、後に日本臨済宗の祖とされる栄西の伝を最も長い篇幅で記し、栄西の法嗣である円爾弁円の伝のみを「浄禅科」巻七に充てることからも虎関の禅宗重視の意識が窺える。

(2) 虎関の密教観

さて、虎関の作品の中では、密教はどのように扱われているのかについては、同様に『元亨釈書』を取り上げて、検討してみたい。

各宗の開祖に当たる人物が立伝される『元亨釈書』の巻一「伝智科」に、達磨の伝を冒頭に載せた後、虎関は史実を顧みず善無畏を達磨と同じく立伝したのは、やはり虎関の密教重視によるのではないかと思われる。

周知のように、善無畏は達磨に密教を学び、金剛智と共に中国密教の基礎を確立した先駆的な人物である。史実として、彼は真言宗伝持八祖の第五祖であり、弟子に伝持八祖の第七祖である恵果がいる。更に日本真言宗についてはその開祖とされる空海が中国の恵果から真言の奥旨を受けて、日本の真言宗を開創したのである。

史実と対照しながら『元亨釈書』巻一善無畏伝の「論」[注8]を見てみよう。

ある人が善無畏の日本渡来説に疑問を抱くのに対して、虎関は次のように答える。

無畏者聖人也、豈以一化跡拘去来乎。世言、無畏齎毘盧舎那経入我国、時乏資稟、蔵和之久米寺而去、後七十年空海遭霊感得此経。若無畏不持来、此邦争有此経乎。[注9]

史実に合うかどうかを顧みず、日本真言宗の祖である空海が善無畏から密教直伝を得たと述べ、善無畏の日本渡来説を以て日本密教の正統性を根拠づけようとする態度が窺える。また、虎関は善無畏伝の「論」に、善無畏と達磨を「二師共大法之始祖也」[注10]と讃えたところにも、密教を禅宗と同じくらい高く評価したことが分かる。

続いて、『元亨釈書』「慧解科」[注11]では益信、聖宝、寛朝、仁海四僧の伝の後の「賛」に、「南山数伝而分信宝、又数伝而分為朝海、今之東密、称小野広沢者朝海也、信宝者、野沢之小祖也」[注12]とあるように、東密(真言密教)の小野流と広沢流の伝承が記される。また、百十一人が立伝され、『元亨釈書』全体の四分の一に近い「感進科」[注13]では、台密と東密を中心に展開する王公、后妃の看病と怪異の鎮めに関する密教僧の奇跡でほとんど占められている。就中、台密系による看病と東密による祈雨が頻出する。台密には「相応伝」、「増命伝」、「尊意伝」、「浄蔵伝」などがあるのに対し、東密には、「仁海伝」、「成尊伝」などがある。更に読んでいくと、天皇、后妃の病は「疱瘡」、「疾疫」、「産難」、「狂病」、「邪疾」、「妖病」、「鬼魅」などあり、修法は「理趣分」、「観自在軌」、「不動法」、「尊勝法」、「大威徳」の持誦・持念に約される。虎関における密教の位置づけが相当高いことは『元亨釈書』の構成と内容から見れば明らかである。

(3) 天台宗の位置づけ

『元亨釈書』は宗派史的な叙述を採用せず、日本仏教史を全体的に捉えようとしたところに大きな特徴があると評されるが、[注14]上述した巻一「伝智科」に天台宗の祖とされる最澄の伝を載せ、続く「慧解科」に円仁、円珍、安然がそれぞれ立伝される。その扱いは、安然を除くと、最も多い栄西伝、円爾伝に次ぐ分量で記述するのである。

しかし、『済北集』巻十四の「宗門十勝論」には、「天台は私に建てた宗派に過ぎない」[注15]、また、「天台は趙宋時代に盛行したが、それは教乗の中でのことで、『釈門正統』や『仏祖統紀』記載の台教系譜を見ても禅宗の五家七宗どころか、臨済宗の一派にも及ばない」[注16]などの記述が見られ、天台宗は非常に低く位置づけられる。「宗門十勝論」は虎関の晩年の作品であることと結び付けて考えると、虎関の作品の中で、天台宗の位置づけが低くなってきたように思われる。

（4）律宗の位置づけ

『元亨釈書』巻一「伝智科」に、唐から渡来して、初めて日本で戒壇を開き、聖武上皇、称徳天皇を初めとする人々に戒律を授けた鑑真が、日本律宗の祖として立伝される。そして、単独に巻十三を占め、日本律宗の発展史を述べる機能を担わせる「明戒科」には、十人の律僧の伝記が載せられている。十人の伝記は、鑑真を日本に招いた普照伝から始め、鑑真に従い、来日して日本律宗の発展に大いに役立った中国律僧の法進、如実の伝記が記され、道忠、豊安、明祐などの七人の日本僧の伝も次々立伝される。『元亨釈書』における僧伝の配列では、律宗は他宗の上、禅、密、天台の下に位置づけられると言えよう。

（5）他宗の位置づけ

『元亨釈書』巻二十七「諸宗志」[注17]で、虎関はまず、三論宗・唯識宗・律宗・華厳宗についてそれぞれの伝承発展史を簡略に概観したうえで、天台宗を「天下之至精至微」[注18]、密教を「天下之至上至高」[注19]、禅宗を「天下之至純至極」[注20]と評価し、他宗より一段と高く位置づけた後で、次のように論じる。

上之七、是此方之名宗者也。又有浄土焉、有成実焉、有倶舎焉。斯三為寓宗、譬国之付庸焉。[注21]

つまり、浄土宗・成実宗・倶舎宗は皆寓宗であるので、一つの独立しうる宗派としては認めず、他宗より更に下に位置づけられるのである。これは『釈書』「伝智科」における僧伝の配列に、上述した三宗の開祖の伝記が見えないことは虎関の同様な見方によるのである。

虎関の十宗観の由来については、彼の生きた時代、彼の諸師遍歴と東福寺聖一派の宗風という三つの面から検討してみたい。

3 虎関の十宗観の由来について

(1) 虎関の生きた時代

虎関の生きた時代は、鎌倉末期から南北朝の動乱を経て室町初期に至る、社会的には大きな変革を育む時代であった。一方宗教界では、鎌倉新仏教といわれる諸宗が種々の問題を含みながらも確かな歩みを始めたころであり、禅宗界でも、二十四流と呼ばれる諸伝はほぼそろった時代であった。それにもかかわらず、新興禅宗に対する旧仏教勢力の反発が依然として根強く、自門流の聖一派と禅宗他門流との間の競合的状況も益々厳しくなりつつある。無論、虎関はそのような宗教界の状況をよく知っていた。そこで、虎関は僧伝という仏教史的叙述方法によって、仏教界における禅宗の位置づけを明確に浮かび上がらせ、禅宗と聖一派の歴史的位置を確認しながら、日本仏教諸宗、更には同時代の日本仏教全体の中での禅宗の重要性を公的に主張したと思われる。

(2) 虎関の諸師遍歴

虎関の諸師遍歴を辿っておくと、彼の門弟の龍泉令淬が編んだ彼の伝記である『海蔵和尚紀年録』[注22]（以下『紀年録』）によれば、その大略を下のようにまとめられよう。

弘安元年（一二七八）、左衛門尉藤原某の子として京都に生まれる。

五　歳　東福寺二世東山湛照の弟子珍蔵主と遇う。

七　歳　僧本証より外学を学ぶ。
八　歳　東山湛照（円爾の法嗣）の弟子となり珍重される。
一〇歳　祝髪。比叡山に登って受戒。
一五歳　東山示寂のため、南禅寺規庵祖円（無学祖元の法嗣）に参学。
一六歳　鎌倉に下り、円覚寺桃渓徳悟（蘭渓道隆の法嗣、後に入宋し無学にも師事）に参学。
一七歳　京都に戻り、菅原在輔より『文選』を学ぶ。
　　［この間、京都・鎌倉を往復］
二〇歳　寿福寺に留錫中の道源より相部律を学ぶ。（道源は双峯宗源の初名。双峯は円爾の法嗣で、無学にも師事。）
同　建仁寺無隠円範（蘭渓の法嗣、入元僧）に参学。
同　源有房より易を学ぶ。
同　仁和寺にて「広沢之密旨」（東密の広沢流）を伝受。
二二歳　入元を志すが、母に止められる。
二七歳　東福寺六世蔵山順空（円爾の法嗣にして蘭渓にも師事、入宋僧）に参学。
同　醍醐寺にて「実賢師之密派」を探る（実賢〈一一七六～一二四九〉、東密の小野流、東寺六十三世、醍醐寺三十三世。）
二八歳　東福寺七世無為昭元（円爾の法嗣にして蘭渓・無学にも師事）に参学。
三〇歳　円覚寺一山一寧（元僧）に参学。
三四歳　駿河国の澄春僧都より悉曇を学ぶ。
同　駿河国の鈍翁了愚より灌頂を受ける。
三五歳　建長寺約翁徳倹（蘭渓の法嗣、入宋僧）

同　夢想にて伝教大師より「伝法印信一巻」を伝受、また慈覚大師に会って密学の疑点を質問す。
四五歳　夢想にて客僧と法相宗の事及び「台宗本迹義」について問答す。
同　『元亨釈書』三十巻成る。
五五歳　東福寺十五世となる。
六二歳　南禅寺十五世となる。
六九歳（貞和二年〈一三四六〉）示寂。

まず注目したいのは密教修学の記事である。虎関は二〇歳の時、仁和寺で東密の広沢流を、二七歳の時、醍醐寺で小野流の密教をそれぞれ修めていたことが看取できる。また、虎関は更に三四歳の時に、鈍翁了愚より灌頂を受けたことがある。

更に、天台との関係を探ると、『紀年録』三五歳の記事に注目される。それは実は夢中の出来事である。虎関は夢の中で、伝教大師から「伝法印信一巻」を授けられる。そして、その二日後の夜にも、夢の中で慈覚大師に見える。虎関は「密学の要旨」を得るために、転法輪印、比叡山の僧儀、悉曇などの事を質問し、年来の疑問が晴れたことに感激している。

前述のごとく、虎関は東密も台密もかなり精力的に研鑽したことが分かる。ところが、虎関は実践上も檀越のためにしばしば密教を修めていた。それは『紀年録』の記述を見れば明らかである。

凡師有異迹、多是密修之感現也、非其素矣。匿而弗出於口、故我譜録中、僅一二密事。▼注[23]

更に、『紀年録』二〇歳の条に、寿福寺で道源より相部律を学び、四五歳条には、再び夢を見て客僧と「相宗」の五性各別論及び「台宗本迹義」について問答した、とある。

如上の記述のように、虎関は禅僧としての基本的立場を保ちながらも、生涯を通して、密教、天台、律、法相宗及び儒学・漢詩文、易などの外学にも広く渉猟し、諸宗兼学的な性格を呈しているのである。これは彼自身の選択によるというより、むしろ彼の属する臨済宗聖一派の宗風と深くかかわると言えよう。

（3）東福寺聖一派の宗風

虎関は師資関係から言うと、栄西―栄朝―円爾弁円―東山湛照―虎関師錬と連なる系譜の上に位置している。この系譜の祖に当たる栄西は鎌倉寿福寺、京都建仁寺の開山で、日本禅宗の祖とされる。従来、諸氏が指摘されたように[注24]栄西が南宋に渡って禅を伝来した真意は、日本天台宗の四種相承のうちの禅法が当時廃れたのを復興するためであり、また、彼の主著である『興禅護国論』[注25]の中でも、伝教大師の『内証仏法相承血脈譜』や智証大師の『教相同異集』に禅宗が重んじられることを掲げて、禅の弘通を取り立てて主張することを正当化した。そして、彼が開いた建仁寺には諸宗兼学の道場として、止観・真言の二院を設けてその思想を具現化している。このような宗風は弟子にも引き継がれ、上野長楽寺栄朝を経て聖一派の祖である円爾に至ってもなお顕著である。『聖一国師年譜』[注26]によると、円爾は嘉禎元年（一二三五）に宋に渡って、まず明州の景福律院で戒律を、天童山景徳禅寺で禅宗を学んだ後、宋の杭州に上り上天竺教寺の柏庭善月から楞厳・楞伽・円覚・金剛の「四教疏抄」及び「台宗相承之図」を授けられた。その後、浄慈禅寺、霊隠禅寺を経たのち、径山の無準師範に参じて、禅の付法を受けて帰国したという。寛元元年（一二四三）に、九条道家の招請により、京都に東福寺を開き、その建立趣意書に[注27]、伝教大師の素願通りに顕・密・禅の三宗を兼備しているのは我が東福寺だけであると謳い、東福寺聖一派の禅・天台・真言・律という「兼修禅」的な宗風を開創した。次に、円爾の弟子で虎関の師である東山湛照については、数多くの弟子から円爾の遺命を受けて東福寺の第二世に抜擢された事実、また彼の『宝覚禅師語録』[注28]にしばしば開山円爾の跡を追慕しているところを見ると、やはり円爾の学風を受け継いだと思われる。最後に、虎関であるが、彼が東山の法を嗣ぎ、東山がなくなるや諸師の間に遍歴した後、東山以下の円爾直弟らの推称により、東福寺第十五世の法灯を継いだのであるから、彼もまた東福寺聖一派の宗風を継承していたものと目されるのである。

4 おわりに

拙稿では、中世禅僧の虎関師錬の『元亨釈書』、『済北集』などの作品を取り上げ、彼の十宗観及び彼の十宗観の由来について様々な視点から検討した。虎関の十宗観は、彼が青年期の諸師遍歴及び円爾が唱えた東福寺聖一派の「兼修禅」的な宗風と深くかかわると思われる。ところが、虎関の時代は、ちょうど蘭渓道隆や無学祖元らの中国渡来の禅僧が宋風の純粋禅を盛んに日本で宣揚した時代であり、日本僧の間でも、これらの渡来僧に参学することが流行った。虎関もその例外ではなく、先の遍歴年表（特に傍線部分）を今一度辿れば気づくように蘭渓や無学らの法を嗣いだり学んだりした規庵祖円、桃渓徳悟らを求めて修行を続けていたのである。虎関にとって、従来の禅・天台・真言・律という諸宗兼学に重きを置く所謂「兼修禅」と訣別し、「純粋禅」に展開しようとする傾向が次第に強くなっていったと考えられる。

『紀年録』によれば、虎関は弟子に、

吾自幼傍渉儒典、宗貫顕密。皆有以也。若等唯究心祖宗則庶焉。不則非吾徒也。▼注[29]

と述べ、禅宗に専念すべきことを訓戒したという。また、虎関が晩年に著した『宗門十勝論』▼注[30]に、他宗を「私建」と批判する一方で、禅宗だけを「公伝」と認め、他宗に対する禅宗の優位を際立たせる姿勢も上の推定を裏付けるものではないかと思われる。

この時代の禅宗は、一方では日本的風土に即した雑修的な様相を示しながらも、他方では、純粋禅へ次第に進化しつつある。純粋禅と兼修禅との関係、また、虎関の没後、東福寺聖一派がどのように変化するのかを今後の課題として引き続き研究していきたい。

【注】


［1］和田有希子「鎌倉中期の臨済禅─円爾と蘭渓の間─」（『日本宗教研究』七七号、日本宗教学会、二〇〇三年十二月）。

［2］高木秀樹「中世禅僧の十宗観」（『禅文化研究所紀要』二八号、禅文化研究所、二〇〇六年二月）。

［3］大塚紀弘「中世「禅律」仏教と「禅教律」十宗観」（『史学雑誌』一一二編九号、史学会、二〇〇三年九月）。

［4］暦応元年（一三三八）成立し、虎関晩年の作品である。

［5］上村観光『五山文学全集』第一巻（思文閣、一九七三年）二七〇頁。

［6］黒板勝美『日本高僧伝要文抄・元亨釈書』（国史大系第三一巻、吉川弘文館、一九四一年）二七頁。

［7］同上九九頁。

［8］同上三〇頁。

［9］同上三〇頁。

［10］同上三〇頁。

［11］同上四六頁。

［12］同上七三頁。

［13］同上一三三頁。

［14］大隅和雄「『元亨釈書』の仏法観」（『金沢文庫研究』二七一号、一九八三年九月）。

［15］上村観光『五山文学全集』第一巻（思文閣、一九七三年）二七〇頁。

［16］上村観光『五山文学全集』第一巻（思文閣、一九七三年）二七三頁。

［17］黒板勝美『日本高僧伝要文抄・元亨釈書』（国史大系第三一巻、吉川弘文館、一九四一年）四〇七頁。

［18］同上四〇八頁。

〔19〕同上四〇九頁。

〔20〕同上四一〇頁。

〔21〕同上四一一頁。

〔22〕塙保己一『続群書類従』伝部第九輯下（続群書類従完成会、一九五七年）四六五頁、句読点は私意で直したところがある。

〔23〕塙保己一『続群書類従』伝部第九輯下（続群書類従完成会、一九五七年）四九四頁下。

〔24〕山口興順「栄西入宋の意図について」（『天台学報』三五号、一九九三年十月）。

水上文義「中世台密と禅の密教思想―栄西を中心に」（『天台学報』五一号、二〇〇八年二月）。

〔25〕古田紹欽『日本の禅語録１・栄西』（講談社、一九八一年）一二一頁。

〔26〕円心『東福開山聖一国師年譜』大日本仏教全書第九十五巻（大法輪閣）。

〔27〕建長二年「九条道家家領処分状」（『大日本古文書』家わけ二〇、東福寺文書一）三三頁。

〔28〕高楠順次郎『大正新脩大蔵経』第八十巻続諸宗部第十一（大正新脩大蔵経刊行会、一九六一年）。

〔29〕塙保己一『続群書類従』伝部第九輯下（続群書類従完成会、一九五七年）四五八頁下。

〔30〕上村観光『五山文学全集』第一巻（思文閣、一九七三年）二七〇頁。

【参考文献】

・著作

上村観光『五山文学全集』第一巻（思文閣、一九七三年）。

黒板勝美『日本高僧伝要文抄・元亨釈書』（国史大系第三一巻、吉川弘文館、一九四一年）。

塙保己一『続群書類従』伝部第九輯下（続群書類従完成会、一九五七年）。

古田紹欽『日本の禅語録１・栄西』（講談社、一九八一年）。

円心『東福開山聖一国師年譜』（大日本仏教全書第九十五巻、大法輪閣）。

高楠順次郎『大正新脩大蔵経』第八十巻続諸宗部第十一（大正新脩大蔵経刊行会、一九六一年）。

・論文

和田有希子「鎌倉中期の臨済禅─円爾と蘭渓の間─」(『日本宗教研究』七七号、日本宗教学会、二〇〇三年十二月)。

高木秀樹「中世禅僧の十宗観」(『禅文化研究所紀要』二八号、禅文化研究所、二〇〇六年二月)。

大塚紀弘「中世「禅律」仏教と「禅教律」十宗観」(『史学雑誌』一一二編九号、史学会、二〇〇三年九月)。

山口興順「栄西入宋の意図について」(『天台学報』三五号、一九九二年十月)。

水上文義「中世台密と禅の密教思想─栄西を中心に」(『天台学報』五一号、二〇〇八年二月)。

大隅和雄「『元亨釈書』の仏法観」(『金沢文庫研究』二七一号、一九八三年九月)。

3 鎌倉時代における僧徒の参宮と仏教忌避

伊藤 聡

1 はじめに

『沙石集』巻一「大神宮御事」の冒頭に、「去弘長年中、太神宮ヘ詣テ侍シニ、或社官ノ語シハ、当社ニ三宝ノ御名ヲ忌、御殿近クハ僧ナドモ詣デヌ事ハ…」[注1]とあるように、伊勢神宮には僧尼の参詣を忌避するしきたりが存在した。かかる規定は平安初期の『皇太神宮儀式帳』の時代以前にまで遡るもので、神宮の伝統になっていた。[注2]

しかし平安末期に至るや、僧徒の伊勢参宮のブームが起こる。これは、平家の焼き討ちによって焼亡した東大寺再建祈願のために大勧進重源（一一二一～一二〇六）と東大寺衆徒等が始めた伊勢神宮参詣を契機とするもので、鎌倉時代を通じて隆盛を極めた。[注3]

では、僧徒は参詣において、神宮域内のどこまで参入することが許されたのだろうか。江戸時代には「僧尼拝所」が設置されていたことが知られる。寛政九年（一七九七）刊行の『伊勢参宮名所図会』によると、外宮は「僧尼拝所三の鳥居の前、流水の小橋をわたりて左にあり。正殿に向へり。僧尼・山伏・法体人、此において拝し奉る」[注4]（巻四）、内宮は「五十鈴川を隔てゝ本宮の向にあり」[注5]（巻五）とある。内宮の僧尼拝所について、同図会の挿絵（内宮宮中図）には、内宮正殿の南方、五十鈴川を隔てて小さい屋舎が描かれている。

遡って、鎌倉時代はどうであったのか。文保二年（一三一八）に撰述された度会章尚『文保記』「宮中禁制物事」には次のように見える。

弓箭兵杖太刀。男女念珠、本尊持経、不レ持二入一鳥居之内一。〔但僧尼念珠威儀之上、不レ入二第三鳥居中一之間、非二制限一矣〕[注6]

すなわち、持経者の類は二鳥居より中に入ることを禁ずるものの、正装した僧尼については三鳥居に入らない限りは参拝を妨げないというのである。

しかし、鎌倉末期に成った虎関師錬『元亨釈書』巻十八「伊勢皇大神宮」条には、虎関自身の内宮に参ったときの以下のような体験が記される。

論曰、予詣二勢州神祠一。高山環峙、清河繞流。杉林森矗(シク)ニシテ、大数十囲、高百余尺。一鳥不レ鳴幽邃闃(ケキ)爾タリ。殿製朴(ハク)古、蓋二茅茨一、無二雕刻一。行人屏レ息、蹐(ヌキアシ)シテレ足入レ中。心已粛如也。漸進二殿前一、一覡呵曰、此神不レ愛二沙門一、莫レ近也。遮二止一大樹下一。[注7]

すなわち、本殿前に進もうとした虎関の前に「一覡」（神官）が現れて、神は僧徒を愛さざるゆえそれ以上近づくなと咎め、「一大樹下」に止められたというのである。つまり、具体的に進入の限界を表示する樹木が存在したのである。以下で述べるように、このような規定は鎌倉中期以前には存在せず、僧徒の伊勢参宮の隆盛のなかで、あらたに設けられたものなのである。

本稿は僧徒の参詣という新しい事態が起こった伊勢神宮において、その仏教忌避の伝統のなかでどのように対応していたのかを見ようとするものである。この作業を通じて、伊勢神宮と仏教との関わりをあらためて考えてみたい。[注8]

2　外宮の五百枝杉と内宮の百枝松[注9]

朝廷や幕府に奉仕した医師であった坂十仏は、康永元年（一三四二）に伊勢神宮に参詣した。そのときの様子は『伊勢太神宮参詣記』として纏められており、鎌倉末期・南北朝期の伊勢参宮の実態に関する貴重な資料となっている。[注10]同記には、法体であった十仏の内外両宮の参詣の様子が記されている。まず外宮参詣の記事に、

宮中に祭礼をこなはるゝ殿あまたあり。偏に大内の構のごとし。出家の輩は五百枝杉と中霊木までまうでゝ、宮中にまいらず。是又禁裏の礼儀也。[注11]

とある。右によれば、「宮中」すなわち正殿の前に「出家の輩」の参詣の限界を示す指標として五百枝杉なる杉があったという。同時代の製作とされる、正暦寺蔵『伊勢両宮曼荼羅』というものがあるが、[注12]その外宮図に二鳥居を越えた御池の前に一本の杉と思しき樹木が描かれ、脇に「五百枝杉」と注記される。さらにこの杉の上方に雲に乗った僧侶が降臨する様子が描かれており、「弘法大師」と記されている。[注13]

いっぽう、十仏の内宮参詣の記事には、

二の鳥居のうちまで参て拝するに、山下松くらくして、百枝の梢はいづれともわきまへがたく、宮中杉いよやかにして千木のかたそぎも、さだかに拝まれ給はず。[注14]

と見える。「百枝の梢」とあるが、これは「百枝松」というものである。そこが僧徒参詣の限界を示したかは、右の記述からははっきりしない。しかし、先に引いた『元亨釈書』で、殿前に進もうとして引き戻された「一樹」が「百枝松」のことであるとすれば、「五百枝杉」と同じような標示となっていたのであろう。『伊勢両宮曼荼羅』の内宮図には、二鳥居と三鳥居の間に松と思しき木があり、[注15]特に明記されないが、おそらくこれが「百枝松」であろう。

五百枝杉は、後世の記事に「神書旧記ニ不見」（『神民須知』五百枝杉条）[注16]とあるように、由緒不確かであるのに対し、百枝松もその由緒は不明ながら、平安末期には存在していた。その最も早い記事は源俊房『水左記』承保三年（一〇七六）四月九日条で、以下のようにある。

或人語云、今日有軒廊御卜事云々。去三月八日申時、伊勢太神宮御前百枝松顛倒恠事云々。又陰陽寮占申云、恠所依神事、不浄所致之上、斎女王可慎給病事歟者。上卿皇后宮権大夫、宰相公房朝臣、左少弁通俊奉行之云々。[注17]

右記事は、内宮正殿の前に「百枝松」と称する樹木が、承保三年時点で確かにあったことを示す。

更に、南北朝期の勅撰和歌集である『風雅和歌集』には、

〔巻十九・神祇歌〕二一〇九番
藤波をみもすそ川にせき入れてもゝ枝の松にかけよとぞ思ふ　西行法師[注18]
〔巻二十・賀歌〕二一七七番
神路山百えの松もさらに又いく千世君にちぎりをくらん　土御門院小宰相[注19]

の二首が入集している。前者の西行詠は、『卅六番』という彼の自歌合のひとつ（現存せず）に収められた歌、後者は宝治二年（一二四八）に後嵯峨天皇の命で撰進された百首歌所収の歌で、「百枝松」が内宮と結びついた存在としてよく知られていたことを示す。ただ、これらの記録や歌には「百枝松」と仏教との関係を示唆している気配はなく、院政・鎌倉初期に『元亨釈書』や『伊勢太神宮参詣記』にあるような規定ができていたかは分からない。

さて、五百枝杉・百枝松が室町後期にも存在したことは、外宮高宮の祠官であった山田大路元長『参詣物語』（文明十三年（一四八一）成立）及び『詠　太神宮二所神祇百首』からも確認できる。[注20]

〔『参詣物語』巻二〕
客云、西行法師、山田原にて綾杉読哥、

太神宮ノ神木なとに坐哉。亭云、外宮神木ハ五百枝ノ杉なるへし。御鎮座本紀仁具也。内宮ハ百枝松ヲ御神木と侍り。

綾杉ハ平野宮仁読タリ。香椎宮ニ毛読シ古歌、

千早破香椎の宮の綾杉は神の禊立習けり。▼注[21]

〔『詠　太神宮二所神祇百首』〕

神風ヤ五百枝ノ雪ノ音ニキテ杉ノシルシノ少シミエツ、

五百枝ノ杉。豊受ノ宮ノ御神木也。千枝ノ椙ノコト、往古千枝ノ祭主ト申セシ人ノ植玉ヒケル杉ヲ、則千枝ノ椙ト申ナド被レ申人侍リ。五百枝ノ杉ノコト、豊受ノ宮ノ御降臨本紀ニ在レ之。（冬十五首・雪）

春ヲフル百枝ノ松ノイツヨリカ子日トテ引今日ノタメシヲ

百枝ノ松ハ、天照太神宮ノ御神木ノ由云人アリ。五百枝ノ杉ハ、豊受皇太神ノ御神木也。（春二十首・子日）▼注[22]

右において元長は、五百枝杉が「御鎮座本紀」あるいは「豊受ノ宮ノ御降臨本紀」に記載があると述べている。これは神道五部書のひとつ『豊受皇太神御鎮座本紀』を指すように見えるが、『御鎮座本紀』の現流伝本の本文には、該当する記載がない。この点について『斎居通続篇』にも指摘があり、「本紀ニ不レ見。其余古記ニ不レ載」▼注[23]と不審を示している。あるいは今は佚書となった別の書ということもありえようが、内容について具体的な言及がなく、実見した上での記述がどうか怪しく思われる。また、五百枝杉と「千枝ノ椙」とが同じという説にも言及している。いずれにせよ、元長は外宮祠官のひとりとして五百枝杉に強い関心を示すものの、確たる由緒を見出していないようである。

このような五百枝杉・百枝松であるが、江戸時代以降、失われてしまった。与村弘正が明暦元年（一六五五）から万治二年（一六五九）のころに撰述した『勢州古今名所集』巻第三・五百枝杉条には、「宮中の古松老杉年久しければ、疾風甚雨に枯木根を抜し事おほけれ共、今に五百枝の杉は残りて侍り。……今猶僧尼の拝所とてかしこにあり。其所

に此杉は有」[注24]とあるから、少なくとも「五百枝杉」に関しては、この時点ではまだ存在したらしい。しかし、寛保三年（一七三二）撰の『斎居通続篇』五百枝杉百枝松条には、「五百枝杉ハ外宮ノ神木、百枝松ハ内宮ノ神木也ト古来言ヒ伝ヘタリ。然レドモ何処ニ在テ、何ノ木コソ其神也トモ知ル人ナク、唯和歌ヲ弄ブ家々ノ枕詞トスルノミニテ、実ニ神木也ト書載タル往代ノ記録モナシ」[注25]とあって、双方ともにこの頃には既になかった。だから寛政九年に版行された『伊勢参宮名所図会』には、「（五百枝杉）昔は僧尼の拝所の辺にありしなり。今はなし」[注26]（巻四）、「（百枝松）内宮御神木にて、神路山に立てりと伝ふれども、其地詳ならず」[注27]（巻五）と記されることになるのである。

3　鎌倉時代の五百枝杉・百枝松

では、いつのころから五百枝杉・百枝松が僧徒の参詣の限界の指標だというしきたりが生じたのであろうか。そのことについて参考になるのが、弘安年中の成立である通海の『大神宮参詣記』（通称『通海参詣記』）である。その上巻一段に、

内宮ニマイリ侍レバ…二鳥居ノ辺ニシテ甚深ノ法施ヲタテマツル。鳥居ノウチニ大ナル木ノモトニモトヨリ僧一人アリテ、布衣ノ俗ト対面シテ、当宮ノ御事ヲ問答スル事カラ也。[注28]

また、同巻一三段に、

同十五日ノ朝、通夜ノ法施ヲハリテ、下向サマニ又豊受宮ニ参リタレハ、昨日ノ僧、モトヨリ御池ノ辺ニ霊木ノ下ニ念誦シテ侍、…[注29]

とある。すなわち対話者のいっぽうである僧は、内宮にては二鳥居の内にある「大ナル木ノモト」に、外宮でも「御池」（外宮正殿前にある池）付近の「霊木ノ下」に止まっていたのである。これらが五百枝杉・百枝松を指すとすれば、少な

くとも同書が成った弘安年中には存在したと認められる。

このことは、後深草院や西園寺実氏に愛された後深草院二条の日記である『とはずがたり』の記述からも窺われる。彼女は正応四年（一二九一）四月、諸国行脚の途中で伊勢神宮を参詣した。▼注[30] 外宮に参るくだりは以下のようである。

> 大神宮に参りぬ。…まづ新宮に参りたれば、山田の原の杉の群立ち、時鳥の初音を待たんたよりも、ここを瀬にせんと語らひまほしげなり。神館といふ所に、一二禰宜より宮人ども伺候したる。墨染の袂は憚りあることと聞けば、いづくにていかにと参るべきこととも知らねば、「二の御鳥居、みには所といふ辺までは苦しからじ」といふ。所のさまいと神々しげなり。館の辺にたたずみたるに、男二三人、宮人とおぼしくて、出で来て、「いづくよりぞ」と尋ぬ。「都の方より、結縁しに参りたる」といへば、「うちまかせては、その御姿は憚り申せども、くたびれ給ひたる気色も、神も許し給ふらん」とて、内へ入れてやうやうにもてなして、「しるべし奉るべし。宮の内へは叶ふまじければ、よそより」など言ふ。千枝の杉の下、御池のはたまで参りて、宮人、祓神々しくして、幣をさして出づるにも、心のうちの濁り深さは、かかる祓にも清くはいかがとあさまし。帰さには、そのわたり近き小家を借りて宿るに、さても情ありて、しるべさへしつる人、誰ならんと聞けば、「二の禰宜、行忠といふものなり。これは館のあるじなり。しるべしつるは、当時の一の禰宜が二郎、七郎大夫常良といふ」など語り申せば…▼注[31]

二条は、法体ということで、まず二鳥居まで参ることが許され、さらに出てきた「宮人」の便宜で御池のそばの「千枝の杉の下」で礼拝することが許されたという。この「宮人」が度会行忠であり、また案内してくれたのが度会常良だった点からも極めて興味深い記事なのだが、それはともかく、「五百枝杉」ではなく「千枝の杉」とある点は問題であるものの、特定の杉の下が外宮に参詣する僧徒の礼拝場となっていた確かな証拠となるくだりである。

続いて、内宮参詣については以下のようにある。

> 待たれて出づる短か夜の、月なきほどに宮中へ参るに、これも憚る姿なれば、御裳濯川の川上より御殿を拝み奉

れば、八重榊もことしげくたち重ね、瑞垣・玉垣遠く隔たりたる心地するに、この御社の千木は、上一人をまぼらんとて内へ削がれたると聞けば、何となく玉体安穏と申されぬるぞ、われながらいとあはれなる。▼注[32]

こちらも、外宮と同様に正殿前までは至れないのだが、ただ百枝松の下ではなく、御裳裾川（五十鈴川）の対岸で礼拝している。このあたりは、後に内宮の僧尼礼拝所が置かれるところである。これをどのように考えればよいであろうか。

実は同時代の同様の例はほかにもある。それが『三輪大明神縁起』である。本書は文保二年（一三一八）に成立した西大寺流の伝書で、撰者は西大寺第三世宣瑜と考えられる。▼注[33] 冒頭「天照太神本迹二位事」に以下のようにある。

予以某年某月日、全七ケ日之詣、天照皇太神御名義奉知祈申。当七日結願之日、早旦詣御殿之間〔隔河処〕叢中処、致懇篤信祈申之処、御殿ト覚河上当、於空中有音、唱唱、……▼注[34]

右は「予」（宣瑜）が、「天照皇太神」の名の意味を知るべく、七日を期して参詣したときの記事である。籠堂などがあるところでは、結願まで参籠するのが普通だが、神宮ではそのような建造物を持たないため、毎日早朝に通っていたようである。参詣したのは「御殿の間（河を隔てたる処）の叢中の処」とあり（傍線部）、この記述よりすると、彼が拝礼を行ったのは、やはり二条と同様、五十鈴川の対岸だったと思しい。以上よりみて、のちに「僧尼拝所」となるあたりが、この頃から僧尼の礼拝するための特別な場所と見なされていたことは確実である。ただ特別の建造物はなかったようである。

江戸時代における「僧尼拝所」へのルートは、『神都名勝誌』巻四「僧尼拝所跡」条に「古は、僧尼の拝所にとて、風宮橋の南端より、枝橋を掛け、川の南の岸をつたひ、遥に、正殿に対して一宇を設けありき。……▼注[35]」とあるように、風宮（風日折宮）の前を横切って行くのであった。このことで想起されるのが、叡尊の弘安三年（一二八〇）の伊勢参宮である。西大寺蔵『伊勢御正体厨子』納入文書の弟子性海による記録によると、叡尊一行は三月十七日内宮に参詣し、風宮の鳥居の前で一禰宜延季等と面談に及んでいる。[注36]この文書ではそのとき現れた巫女の託宣について詳しく記されるのみで、正殿に向かったかどうか記されないが、恐らく彼等も風宮参拝の後に正殿の対岸にまで行ったのではないだろうか。

以上からすると、外宮については、鎌倉後期には五百枝杉を僧尼拝礼の限界とし、そこで遥拝する慣習が確立していたことが分かるが、いっぽうの内宮は、二鳥居内の百枝松と思しき木を僧尼参拝の境界としつつも、遥拝の場所として五十鈴川の対岸が指定されていたと考えられるのである。

前述の『文保記』「宮中禁制物事」によれば、持経者の類は二鳥居の内にも入れないが、威儀を正した僧尼については三鳥居に入らなければ制限を加えないとあったものの、法文上ではともかく、実際にはこれらの杉が指標とされるようになっていたのではあるまいか。

4　文治二年の東大寺衆徒参宮

では、このような規定がいつから始まったのだろうか。ここでは、僧徒の参宮が盛んに行われるようになった鎌倉初期の状況を見ていくことから探っていこう。その素材となるのが、文治二年の重源及び東大寺衆徒による参宮の記録『東大寺衆徒参詣伊勢大神宮記』である。本書は参宮直後に参宮に同行した慶俊の手に成ったもので、その史実性は極めて高い。

文治二年〔歳次丙午〕仲春二月中旬之比、当寺勧進聖人重源〔俊乗房〕、為祈申造大仏殿事、参詣大神宮。偸於瑞垣之辺、通夜之間、同廿三日〔辛未〕夜、大神示現云、吾近年身疲力衰、難成大事。若欲遂此願、汝早可令肥我身云々。[注37]〔文治二年〔歳次丙午〕仲春二月中旬の比ひ、当寺勧進聖人重源〔俊乗房〕、大仏殿を造る事を祈り申

さんが為に、大神宮に参詣す。偸かに瑞垣の辺にて、通夜の間、同廿三日〔辛未〕夜、大神示現して云く、「吾れ近年身疲れ力衰へ、大事を成し難し。若し此の願を遂げんと欲さば、汝早く我が身を肥やしむべし」と云々。）

これを見ると、重源は二月の中旬に内宮の瑞垣のそばで通夜したとある。示現を得たのが二十三日であるから、少なくとも七日七夜滞在したことになろう。つまり、僧尼を忌む伝統を破って、正殿のすぐ近くにまで入り込んでいるのである。

それにしても、籠る空間を持たない神宮正殿において、実際にどのように通夜したのだろうか。また、僧尼が社殿に近づくことを忌むなかで、「瑞垣の辺にて通夜」すとは、どういうことなのだろうか。神宮の社殿は、何重かの垣で囲まれているが、「瑞垣」とは一番内側の垣である。これを文字通りに取れば、重源は密かに正殿などがある内部に入り込んだことになる。

重源に先んじて伊勢神宮に通夜した者がいる。重源と同じ高野山の勧進聖で、彼と共に狭山池の修復に関与した法華房鑁阿である。[注38]『玉葉』文治元年三月十七日条に「此日、盲聖人〔法華房〕来。参籠大神宮之間、天下可直之由有夢想旨所語也」[注39]とあって、ここではっきり「参籠」して「夢想」〔示現〕を得たと記されている。重源と鑁阿の行為は同種のものと見なされ、従って、重源の通夜もまた「参籠」とよぶべきであろう。しかしながら、鑁阿の「参籠」の具体的様子は『玉葉』の記載からだと分からない。

伊勢神宮〔内宮〕での参籠について、ある程度具体的に分かるのが、『古事談』に収められる神宮祭主大中臣永頼〔？〜一〇〇〇〕をめぐる次の説話である〔巻五―五一〕。

伊勢国蓮台寺者、祭主永頼建立也。永頼従神事之間、依憚仏事、思而送年月。為祈請此事、限三ケ日参籠内宮。夢中被開御殿、乍驚奉見之処、三尺皆金色観音像也。仍其後所立之堂也。[注40]

右の話において、永頼は夢の中ながら正殿の扉が開かれるのを見ている。とすれば、永頼は正殿の前あるいは瑞垣を隔てたところに額づいていたことになる。ただ、彼は祭主であるから特別なのであろう。

このほか『長谷寺密奏記』に載せる徳道（長谷寺開山、六五六〜？）の参籠譚がある。もちろんこれは史実ではないのだが、本書はその成立が十二世紀前半〜十三世紀前半と考えられている。[注41]重源の同時代の述作物であり、その記事は当時の神宮参籠の実態を考える上で参考になる。

爰に聖人、弥よ発願して、伽藍を此の地に建てんと欲す。敢へて未だ本尊を擬さず。只だ神此の本地を顕し奉さんと欲す。然ども天照大神尊の御本地輙（たやすか）らずして、習ひ頗る多し。聖人彼の御本地を祈請せんが為に、伊勢国五十鈴河上磯宮に参籠す。終に百日を満する。天武天皇即位十年〔丙午〕九月十五日戌尅に、神宮荒御垣御門外にて、法楽を資け奉る。時蒼天に雲無く、月光殊に朗なり。而に御宝殿前、一日輪現ず。其の中に立像十一面観自在菩薩影向して、光を放ち明を成す。[注42]（原文宣命書き）

ここでは徳道がいたのは、「荒（御）垣」すなわち、今の外玉垣の外に居たことになっている。瑞垣と荒垣の違いはあるが、参籠の様子は重源の場合にほぼ近い。これらで気づくのは、僧尼参入の限界を示す樹木の存在が示唆されていないことである。もちろん、そのような禁制を破って侵入したとも取れるが、留意すべきことである。[注43]

さて、重源の勧めにより東大寺衆徒等は、文治二年四月、『大般若経』を奉じて伊勢神宮に向かい、内外両宮の神官ゆかりの寺院で大般若経供養と番論義を行ったが、その合間に両宮の宝前に参拝した。『東大寺衆徒参詣伊勢大神宮記』から、そのときの様子を引こう。まず外宮で、彼等は二十六日に参拝している。

……又、臨夜陰、僧徒少々参拝瑞垣之辺。白昼有憚之由、禰宜諫申之故也。暗々之間、不及子細、謹以退帰了。[注44]

次いで内宮の参宮は翌二十七日である。

……当宮一禰宜成長、従未刻参宮。待諸僧。申刻、僧都以下人々、参着一鳥居之辺。僧都群参依有其憚、成長、先誘引両三、令参詣宝前。礼拝退帰之後、残人々漸又参向。凡厥神殿製作、不似余社、地形勝絶、如入異域。竭（ママ）

仰徹骨、恐懼余身。我等、依何宿福、今詣此砌乎。随喜溺涙、各以退出。[注45]

外宮においては、神官たちの諫めにより、夜陰に乗じて瑞垣辺まで参籠、内宮では一禰宜の案内で夕刻に宝前まで参っている。ただし群参を憚って、まず一禰宜成長が二・三人を誘って参拝させ、彼等が帰って来た後も、残りの者どもを少しずつ向かわせている。僧尼参拝の禁は存在したものの、外宮の場合は夜参を黙認、内宮に至っては、内宮長官自らが先導して行わせたのである（ただし、目立たないように少人数ずつ）。

文治の東大寺衆徒の参詣は、後白河院のバックアップの下で行われたものである故、このようなことになったのであろうが、ここには後世のような僧尼参拝の限界点のようなものについて言及がない。つまり、文治の参詣当時には五百枝杉・百枝松あるいは、五十鈴川の対岸といった僧尼参宮の限界地点について規定が確立しておらず、その後に決められたことを推測させるのである。

5　おわりに——行基参宮譚をめぐって

では、かかる規定はいつ成立したのであろうか。正確な時期を確定することは現時点においてまだできていない。しかしながら、その起源を示唆するものと考えられるのが行基参宮説話である。[注46] これは東大寺建立をめぐって聖武天皇の命を受けた行基が内宮に参籠して天照大神の示現を受けるという内容で、僧尼の伊勢参詣の起源譚となっていくものである。建久年間に成立した『中臣祓訓解』に示現の一節が引かれることから、重源の在世中には存在していたことは確実である。ただ、参籠の様子も含め、細部について詳しい記述が見えるのは、鎌倉中期に成った『両宮形文深釈』や『通海参詣記』である。ここでは『通海参詣記』から引いておく。

速ニ大伽藍ヲ建立スベシトテ、コ、ロミニ行基菩薩ヲ勅使ニトテ、一粒ノ仏舎利ヲ奉リ給フ。菩薩勅ヲ承テ、内宮南ノ御門大杉ノ本ニ、七日七夜参籠シテ、此事ヲ祈念ノ所ニ、太神宮御殿ヲヒラキテ、告テノ給ハク、「実相真如ノ日輪ハ生死長夜ノ暗ヲアキラメ、本有常住ノ月輪ハ無明煩悩ノ雲ヲハラウ。我難遇ノ大願ニアヒテ、暗夜ニ得タルカ燈ノ如シ。又遇受宝珠ヲウケテ、渡海ニ船ヲ得タルガ如シ。其名福セルニヨリテ、飯高郡ニ埋ベシ」ト告給。▼注[47]

行基が参籠したのが「内宮南の御門大杉の本」となっているのである。▼注[48]大杉とある以上、「百枝松」とは結びついていないが、樹木が指標になっていることに、ここでは注目しておきたい。

僧徒の参宮が始まった平安末から鎌倉の初頭、重源のように密かに瑞垣に忍び込む聖や、参拝を熱望する僧徒に対して、神宮の側では十分に対処する術を持たなかったのであろう。『東大寺衆徒参詣伊勢大神宮記』の記述はその様子を明確に示している。仏教忌避の伝統を廃することもできないいっぽう、そのことを盾に排除するような態度も、完全には取り得なかったのである。

そこで案出されたのが、樹木を僧尼参拝の限界点とする発想なのであろう。その先例ともいうべき記載が、ほかならぬ行基参宮譚において現れたのは偶然ではない。行基参宮譚は、僧尼参宮を拒んでいる筈の天照大神の真意を明かすものであり、且つ僧徒の参宮を正当化する「神話」である。その参拝の限界点を特定の霊木を以て示すというしきたりの起源を語るに、これほど相応しいものもなかろう。

ただ、現流する行基参宮譚の記述を見るに必ずしも明示的に記されてはいない。なぜなら内宮の場合、五十鈴川の対岸が僧尼の遥拝所になっていくという、行基譚の内容とは異質のしきたりができていってしまったからである。また、外宮の場合は、行基参宮はもとより直接の由緒になり得ない。このような理由によって、行基譚は霊木の存在を示唆するに止まり、それ以上の展開を見せず、そのためこれらの霊木の由緒が後世に不分明なものとなってしまうのである。

【注】

[1] 日本古典文学大系本（底本梵舜本）、六〇頁。

[2] 梅田義彦「忌詞と禁忌」（梅田義彦『伊勢神宮の史的研究』雄山閣、一九七三年、初出一九三三年）。

[3] 重源及び東大寺衆徒の伊勢参宮については、拙稿「文治二年東大寺衆徒伊勢参宮と尊勝院主弁暁」（拙著『中世天照大神信仰の研究』法蔵館、二〇一一年、初出二〇〇一年）、阿部泰郎「『東大寺衆徒参詣伊勢大神宮記』解題」（真福寺善本叢刊八『古文書集　一』臨川書店、二〇〇〇年）、同「伊勢に参る聖と王―『東大寺衆徒参詣伊勢大神宮記』をめぐって」（今谷明編『王権と神祇』思文閣出版、二〇〇二年）、近本謙介「文治から建久へ―東大寺衆徒伊勢参宮と西行」（『巡礼記研究』三、二〇〇六年九月）等参照。

[4] 大日本名所図会刊行会本、三一五～六頁。

[5] 同、四二三頁。

[6] 『群書類従』二九、五一〇頁。

[7] 新訂増補国史大系本、二六八頁。

[8] 本稿の主題に直接関わる先行研究として、梅田義彦「僧徒の大神宮崇拝史」（『神道思想の研究』会通社、一九四二年）、萩原龍夫「鎌倉時代の神宮参詣記」（萩原龍夫『神々と村落』弘文堂、一九七八年）、松岡心平「室町将軍と傾城高橋殿」（松岡心平編『看聞日記と中世文化』森話社、二〇〇九年）、古谷易士「僧尼拝所からみる中世伊勢神宮の神仏関係」（『國學院大學大学院紀要・文学研究科』四四、二〇一三年三月）がある。

[9] 「五百枝杉」及び「百枝松」については、既に江戸時代の外宮祠官等の著作（久志本常彰『斎居通続篇』〈寛保三年〉、同『神民須知』〈寛延四年〉、薗田守良『神宮典略』）において、諸書を引いて考証が行われており、本稿も資料探索において、多くをこれらに依拠している。また近代以後の研究としては、山本ひろ子「心の御柱と中世的世界⑰～⑲・後深草院二条と度会常良―『とはずがたり』にみる中世の伊勢参宮（上～下）」（『春秋』三二七～三二九、一九九一年三月～五月）が詳しい。

[10] 坂十仏の参宮については、加藤玄智「坂翁大神宮参詣記の特色」（『神道学雑誌』二四、一九三八年十一月）、古谷易士「坂十仏『伊勢太神宮参詣記』と内外清浄の思想について」（『神道宗教』二二二・二二三、二〇一一年七月）等参照。

[11] 大神宮叢書『神宮参拝記大成』八三～八四頁。

[12] 『神仏習合―かみとほとけが織りなす信仰と美』展図録（奈良国立博物館、二〇〇七年）一九五頁。同曼荼羅については、西山克「参

詣曼荼羅の実相」（上山春平編『シンポジウム伊勢神宮』人文書院、一九九三年）、同「鶴と甕―正暦寺本『伊勢曼荼羅と縁起』（『日本文学』四一―七、一九九二年七月）参照。

[13] 背景にあるであろう五百枝杉と空海をめぐる逸事は、今のところ見出していないが、空海参宮説及び天照大神・空海同体説のひとつと思われる。これらの説の詳細については拙著『中世天照大神信仰の研究』（前掲）第二部第三・四章、門屋温・伊藤聡「空海高宮入定説話関係資料について―その翻刻と紹介」（『論叢アジアの文化と思想』二、一九九三年十一月）、拙稿「中世神道―空海入定後の両部神道」（『今こそ知りたい！空海と高野山の謎』新人物文庫〈KADOKAWA〉、二〇一五年）等参照。

[14] 大神宮叢書『神宮参拝記大成』八八頁。

[15]『神仏習合―かみとほとけが織りなす信仰と美』展図録（前掲）、一九四頁。

[16] 大神宮叢書『神宮随筆大成』前篇、六二二頁。

[17] 史料通覧『水左記』二九頁。この記事については『神民須知』百枝松条に載せる。

[18] 中世の文学『風雅和歌集』三九七頁。

[19] 同、四〇九頁。

[20] 山田大路元長については、西田長男「詠太神宮二所神祇百首」（『群書解題　神祇部』続群書類従完成会、一九六二年）、中田徹「島原市立図書館松平文庫蔵「内宮御鎮座記」翻刻並びに解題」（『古典遺産』四三、一九九三年三月）、原克昭「『元長参詣記』略解―現場で披かれる〈中世日本紀〉」（伊藤聡編『中世神話と神祇・神道世界〈中世文学と隣接諸学3〉』竹林舎、二〇一一年）参照。

[21]『度会神道大成』前篇、八三五頁。

[22] 同、七八四頁、八〇四～五頁。

[23]『神宮随筆大成』前篇、五九八頁。

[24] 同、後編、一四三頁。

[25] 同、前篇、五九八頁。ただ、五百枝杉については注記して「今外宮三鳥居ノ東伊弉諾尊拝所ノ向道ノ南不㆓文明㆒」とある。

[26] 大日本名所図会刊行会本、三一六頁。

[27] 同、四〇九頁。

[28] 神宮資料叢刊二『太神宮参詣記』七～八頁。虫損部分は『神宮参拝記大成』所収本にて補った。

〔29〕同、三五頁。
〔30〕二条の伊勢参宮の背景については、山本ひろ子「心の御柱と中世的世界⑰〜⑲・後深草院二条と度会常良―『とはずかたり』にみる中世の伊勢参宮（上）（中）（下）」（前掲）に詳しい。
〔31〕講談社学術文庫本（次田香澄注『とはずがたり（下）全訳注』）、二九一頁、二九五〜九六頁。一部、他本に基づき、字句を改めた。
〔32〕同、三〇二頁。
〔33〕本書の撰者については、拙著『中世天照大神信仰の研究』（前掲）、拙稿「三輪流神道と天照大神」（『大美和』一三一、二〇一六年七月）で詳述した。
〔34〕『三輪叢書』一二頁。
〔35〕六七丁ウ。
〔36〕『西大寺叡尊伝記集成』三三三頁。
〔37〕真福寺善本叢刊八『古文書集一』三五八頁。
〔38〕鑁阿については、和多秀乗「法華房鑁阿について」（高野山大学創立百十周年記念『高野山大学論文集』高野山大学、一九九六年）、井上薫「狭山池修復記と重源狭山池改修記念碑」（井上薫編『行基事典』国書刊行会、一九九七年）参照。
〔39〕図書寮叢刊『玉葉　九』一三四頁。
〔40〕新日本古典文学大系本、五〇一〜二頁。この説話については、拙著『中世天照大神信仰の研究』（前掲）、一九四〜九六頁参照。
〔41〕本書の成立時期については、永井義憲、藤巻和宏、上島享の諸氏によって論じられている。詳細は、永井義憲「長谷信仰」（『岩波講座日本文学と仏教　第七巻　霊地』岩波書店、一九九五年）、藤巻和宏「『長谷寺縁起文』天照大神・春日明神誓約譚をめぐって―第六天魔王の登場と『長谷寺密奏記』との照応」（『国文学研究』一二七、一九九九年三月）、上島享『日本中世社会の形成と王権』（名古屋大学出版部、二〇一〇年）第二部第五章参照。
〔42〕『北野誌　北野文叢上』一五〇頁。
〔43〕このほか『撰集抄』巻一には僧賀の参宮・示現譚を載す。ただ「或る時、たゞ一人伊勢大神宮に詣て祈請し給けるに、夢に見給ふやう「道心を発さんと思はゞ、此身を身とな思そ」と示現を蒙給けり」（『撰集抄全注釈　上巻』六頁）とあるのみで、細部については分からない。

［44］真福寺善本叢刊八『古文書集二』三七六頁。

［45］同、三七七頁
［46］行基参宮譚については、拙著『中世天照大神信仰の研究』（前掲）四九～六八頁で詳述した。そのほか、久保田収「重源の伊勢神宮参詣」「伊勢神宮の本地」（『神道史の研究』皇學館大学出版部、一九七三年）、木下資一「『行基菩薩遺戒』考・補遺—行基参宮伝承の周辺」（『神戸大学教養学部紀要論集』四一、一九八八年三月）、小峯和明「伊勢をめざした僧—行基の伊勢参宮をめぐる」（『語文（日本大学）』九五、一九九六年六月）、米山孝子「行基説話と縁起絵巻—『東大寺縁起』と行基参宮譚」（仏教文化学会十周年・北條賢三博士古稀『インド学諸思想とその周延』山喜房仏書林、二〇〇四年）がある。

［47］神宮資料叢刊二『太神宮参詣記』七七～七八頁。

［48］『両宮形文深釈』には「行基蒙二勅宣一、参二詣大神宮一、而衣鈴之原御社之辺南面木本卜、隠二居七日七夜一」（真福寺善本叢刊六『両部神道集』四三一頁）とある。

4　『倭姫命世記』と仏法
──諄辞・清浄偈を中心に──

平沢卓也

1　はじめに

中世の神宮祠官によって編まれた書物は、神と仏の緊張関係の中で紡ぎ出されたという点に最大の特徴があるといっていい。例えば、のちに「五部書」として重視された神道書をみると、神宮における神仏隔離の原則に則り、仏語（仏教語）を排して記述するという意識が看取される一方で、両部神道の刺激によって発展したこともあり、その世界観には仏教思想の影響が少なからず認められるのである。

「五部書」中、最も広く読まれたのは、『倭姫命世記』（以下『世記』と略称）であろう。成立については諸説あるが、鎌倉時代前期とする説が有力である。[注1] この書は、『皇太神宮儀式帳』や『延喜式』といった先行文献を引用しつつ、古伝承を加えた縁起としての体裁を整え、また神宮の伝統遵守を主張していることなどから、近世の祠官や儒家神道家らに重んじられた。

本稿では、この『世記』の中の偈文に基づく詞章を取り上げ、それがどのような意図をもって記され、どのように解釈されてきたのかという視点から、中世の神道書に使われた仏語の意味について検討したい。

2 『倭姫命世記』の〝瑕疵〟

寛文十一年（一六七一）十一月十二日、外宮権禰宜度会（出口）延佳は、御祓銘をめぐる争論の審理に出廷する為、江戸に滞在していた。外宮側の御師が「天照両皇太神宮」と書いた御祓札を配っていた事に対して、内宮側の御師が反発し、やがて両宮を巻き込んだ争論に拡大、評定所で審理が行われることになったのである。▼注[2]

延佳は、若くして神宮の教義を平易に説いた『陽復記』を板行するなど、その学識をもって世に知られた人物であった。この時外宮側は、自らの主張の正統性を証すべく多くの〈神書〉を持参しており、延佳は「神書旧記校勘之役」として参加していた。

評定所で〈神書〉を披露した際、老中稲葉正則は学者として著名な延佳に、『世記』を読むよう求めている。この時延佳は少し読み進めたが、「諸法如影像」の箇所に差し掛かると、突然「是ハ金剛界之礼懺ニて御座候と申上候」と述べたと外宮側の記録にはある（『依両宮師職御祓銘論江戸下向日記』三六四頁）。延佳が指摘したのは、『世記』の初めに、

即天津彦火瓊々杵尊登伴神天児屋命掌二解除一宣久、謹請再拝、諸神等各念倍、此時天地清浄止、諸法如二影像一利奈、清浄無二仮穢一志、取レ説不レ可レ得須、皆従レ因生レ業止勢利、諄辞利勢（七二～七三頁）

と載せる、皇孫瓊々杵尊と共に天降る天児屋命が、解除（祓）を行う場面で唱えた諄辞（祝詞）の部分である（以下、単に諄辞と表記する場合は、この『世紀』の諄辞を指す）。

この諄辞は、通常清浄偈と呼ばれる偈文に基づいている。清浄偈は不空訳『金剛頂経金剛界大道場毘盧遮那如来自受用身内証智眷属法身異名仏最上乗秘密三摩地礼懺文』に、「白衆等各念　此時清浄偈　諸法如影像　清浄無瑕穢　取説不可得　皆従因業生」（大正一八・三三七上）とみえる偈である。この礼懺文を基に作られた『金剛界礼懺』は、真言宗の常用経典として広く用いられ、偈文も後夜偈として人口に膾炙した。▼注[3] 一切諸法は悉く因縁より生じるので、鏡に映った影像のように無自性であり、本来清浄にして瑕や穢がない、という清浄を強調するこの一文は、やがて日本の神祇祭祀で重視された清浄観と結びつき、神道書や祓に取り込まれていった。▼注[4]

『世記』の諄辞は、万葉仮名の小字で送り仮名を付すいわゆる宣命書になっており、訓読を前提としていたことがわかる。▼注[5] また、現在遺されている写本には、この部分に訓点を施しているものが少なくない。例えば、岡本家重代本とよばれる古写本には、「諸神等各念倍、此時天地清浄止、諸法如二影像一利奈、清浄無二仮穢一志、取レ説不レ可レ得須、皆従レ因生レ業止勢利、諄解利勢」とある。▼注[6] 振り仮名が当初から存在したのかどうかは詳らかでないが、この訓はおそらく後世付けられたものではないかと思われる。▼注[7] 南北朝期に神宮の祭主を務めた大中臣氏の岩出流と粥見流は、各々異なった清浄偈の訓みを伝承していたことが知られているが、ここにはそうした中世半ばから後半の訓が反映されているのではないだろうか。▼注[8]

諄辞を清浄偈と比較すると、偈文に当たる部分の前に「諸神等各念倍　此時天地清浄止」という文言が付されていることに気がつく。これはもとの「白衆等各念　此時清浄偈」を言い換えたものと思われるが、呼びかける相手が修行者ではなく神々に、清浄の対象が衆生から天地に変わっている点は注意すべきである（これについては後で触れる）。

また、清浄偈で「清浄無瑕穢」とある箇所が諄辞では「清浄無仮穢」となっており、これは後世の祓集などに収められた偈文にもしばしばみられる。「清浄無瑕穢」は諸経典に頻出する表現で、清浄を澄んだ明鏡や明珠に擬えることに基づく譬喩である。これに対して、「仮穢」という言葉は仏典中に用例がない。おそらく、「瑕」を「假」と写し間違ったことに由来すると推測されるが、『世記』や祓集などではこれを「カリソメニモ（カリニモ）ケガル、コトナシ」と訓むことで新たな意味を付与している。こうして神道書や祓に取り込まれた清浄偈は、神宮祠官や祭主家、あるいは卜部吉田家などによって受容され、独自の訓みが秘伝として継承されていったのである。延佳も、こうした訓にしたがって読み上げたと思われる。

ところで江戸時代前期には、儒者の影響などにより、幕府上層部は神と仏は本来別のものであるという認識を持つようになっていた。そのような状況の中、敢えて延佳がこのように言上したのは、おそらく神宮の最も重要な〈神書〉にも仏語が交じっている事を示すことで、外宮の文書に同じく仏語が見えたとしても、それによって価値が減ずるものではないと述べたかったのではないかと思われる。しかしその一方で、神仏隔離という神宮の伝統遵守を主張する『世記』の中に仏教の偈文が入っていることは、やはりこの書のもつ大きな〝瑕〟として延佳には意識されていたのではなかったか。その思いが、神書旧記校勘の役という重責を担って臨んだ審理の場で、思わず口に出てしまったと見ることも可能だろう。

3　天児屋命の諄辞

清浄偈と神祇信仰が結びついた早い例としては、『中臣祓訓解』（以下『訓解』と略称）が挙げられる。もともと六月と十二月の晦に唱えられていた大祓詞を、参集者に読み聞かせる宣読体から神前で奏上する形式に改めたのが中臣祓であり、それを仏教的視点によって解釈したのが『訓解』である。▼注[9] 現行本は、建久二年（一一九一）以前に成立し、後人の手により増補されたとみられている。

『訓解』における清浄偈は、大祓詞や中臣祓の詞章にみえる「天津宮事」の註として引かれているので、以下、詞章・

註の順で該当する部分を掲げ、検討を加えてみたい。詞章は、天津罪・国津罪を列挙した後の、

　如此出波、天津宮事以弖、大中臣、天津金木乎本打切末打断弖、千座置座尓置足波志弖、天津菅曽乎本苅断末苅切弖、八針尓取辟弖、天津祝詞乃太祝詞事乎宣礼。▼注[10]（八九頁）

と、「天津宮事」をもって、大中臣が「天津金木」や「天津菅曽」などの祓具を調え、「天津祝詞乃太祝詞事」を宣れ、という祓の核となる一節である。『訓解』はこの「天津宮事」に、

　天津宮事〔諸法如二影像一、清浄無二瑕穢一、取説不レ可レ得、皆従二因業一生〕
　神宣命也、祝詞也。謂宣レ之即一心清浄、常住円明義益也。是修二浄戒波羅蜜多一、観レ之不可得妙理也。（九—一〇頁）

という註を施している。「天津宮事」は、今日では「天上の宮殿で行われた行事、高天原で行われた儀式」▼注[11]と解釈されるが、『訓解』ではすぐ後に「神宣命也、祝詞也」と説明しており、祝詞と認識していたことがわかる。「事」は「言」に通じるので、「天津宮言」の意となるようだ。▼注[12]

　ところで、詞章の方は、「天津祝詞の太祝詞事を宣れ」と続くのだが、こちらには註が付されていない。「天津宮事」が祝詞であれば、この「太祝詞事」と同じなのか別なのか、両者の関係がはっきりしないという問題が残る。そもそもこの「太祝詞事」は、その意味をめぐって古来より様々な議論がなされてきた箇所である。近世では、中臣祓の事を指しているとする見解が広く支持されていたが、中世では中臣祓とは別の祝詞（呪文）で、それをこの時唱えていたとする見方が存した。その候補の一つが清浄偈であり、実際に祓の合間にこの偈文を誦していた例も知られている。▼注[13]『訓解』の記述はあいまいで、「太祝詞」をどう規定していたのか明確に理解するのは難しいが、註の付け方からすると、「天津宮事」（清浄偈）の説明が「太祝詞事」にまでかかっていると解釈することも可能であろう。中世に「太祝詞事」＝清浄偈説が広まった要因はいくつかあるが、こうした『訓解』の多義的な表現も与って力があったのではないだろうか。

『世記』は、『訓解』の影響を受けて成立したとみられるので、▼注[14]諄辞も『訓解』の清浄偈がもとになっていると考えられる。但し、諄辞は宣命書にするなど独自の改変を加えており、単純に借用したとはいえない。とりわけ、偈文の前に「此時天地清浄止」という文言を付していることは看過できない。

『訓解』では、解除（祓）を「以二神秘祭文一、諸罪咎祓清、即帰二阿字本不生之妙理一、顕二自性精明之実智一。（略）修二禅定一、其心漸成二清浄一」（五頁）と、罪咎を祓い清めることによって万法の根本は不生であるという妙理に達することを指す、と説明している。これに対して『世記』では、偈文の前に「此時天地清浄止」と述べるのであるから、偈文部分で明かされる清浄は外的、空間的な清浄を指すと受け取れる（もちろん『訓解』の清浄の概念にも浄仏国土という側面が含まれていることは言うまでもないが、主眼はあくまで己心清浄にあるといっていい）。もともと大祓（中臣祓）は、国土全体を祓い清め、社会秩序を維持し王権を安定させるという役割を担っていた。『訓解』は、そうした外的な儀礼から、諸法の根本は自性清浄であるという真理に至ることを目的とする、内的、心的方向に重心を移したが、『世記』は——清浄に対する理解をより深めつつも——大祓本来の国土の清浄という方向に再度視点を戻したといえよう。

また、『訓解』の「天津宮事」は、それが「神の宣命」とはいっても、あくまで地上で大中臣が宣る祝詞だが、『世記』の諄辞は、神代の皇孫尊降臨に際し、天児屋命が唱えたものという違いがある。天児屋命は、『日本書紀』神代上・第七段のいわゆる天石窟段において、天照大神を石窟の外に誘い出す役割を担った神として登場する。一書第二には「神祝祝之」と祝いの詞を述べたとし、一書第三では諸神がこの神を遣わして祈らしめたとみえる。そしてその後の素戔嗚尊追放に際しては、「掌二其解除之太諄辞一而宣之焉」（八四頁）と、解除の太諄辞（ふとのりと）（『先代旧事本紀』神祇本紀では「諄辞」）を掌っている。このように祓との結びつきが強い神だが、そこには大祓を行う中臣（大中臣）の遠祖という事情が反映しているとみていいだろう。

『訓解』は、天児屋命について、「中臣祓、天津祝太祝詞、伊弉諾尊之宣命也。天児屋根命之諄解也」（異本の『中臣祓記解』

〈以下『記解』と略称〉では「諄辞」▼注[15]と記している。これは、大中臣の唱える中臣祓の「太祝詞」と、『日本書紀』に載せる天児屋命の「太諄辞」が同じ「ふとのりと」であるという認識に基づいていると思われるが、▼注[16]『世記』はこうした見方を受け入れた上で、天児屋命が諄辞―天津宮事（清浄偈）を唱えたと判断したのかもしれない。もっとも、『日本書紀』神代下・第九段のいわゆる天孫降臨段には、この神が瓊々杵尊に随伴して地上に降ることは見えるものの（一書第二）、その時何か称したという記述はなく、降臨時に諄辞を唱えたとする『世記』の典拠は不明というほかはない。

なお、これについては、『訓解』の皇孫尊降臨の記事が注目される。そこでは、皇孫尊の天降りに際して行われた御供の饗応の最中、盃の中から霧が起こって途を塞いでしまうが、天押雲命（天児屋命の子）が中臣祓で祓い清め、無事に降ることができたと説明している（七頁）。大中臣が大嘗祭（大嘗会）の時に奏上する「中臣寿詞」に拠った記事だが、『世記』では、この天押雲命を天児屋命に差し替えて記述したと見做すこともできよう。▼注[17]

いずれにしても、天児屋命の唱えた詞について記紀などには具体的に説かれておらず、多様な解釈が可能であった。『世記』はそれを諄辞（清浄偈）と捉え、天降る時の解除の祝詞と理解したのである。またそのことによって、後世、素戔嗚尊の解除や天岩戸開きの祝詞も、同じく諄辞であるとされていったようだ。

度会（西河原）行忠の『神名秘書』（一二八五）では、天岩戸開きについて述べる件りで、天児屋命の広厚称詞として『世記』の諄辞を挙げ（二〇六頁）、度会（村松）家行『類聚神祇本源』（一三二〇）の「神道玄義篇」でも、天岩戸を開く呪文はあるかという問答において、その一としてこの諄辞を載せている（五六五頁）。ここでは明らかに、諄辞を天岩戸開きの祝詞として認識しているのである。更に、家行は『瑚璉集』巻下で「天孫御降臨之時天児屋命雲駅呪文」として同じ諄辞を挙げているので（五九五頁）、天孫降臨時の祝詞でもあると認識していたことがわかる。行忠も、『神名秘書』の天孫降臨について記す箇所で、詞章自体は提示していないが、天児屋命に関して「以二天津諄辞之太祝詞一令レ掌二解除一」（二〇八頁）と記述しているので、同様に理解していたことは間違いない。

ところで、『世紀』の諄辞と清浄偈は、中世では併用あるいは混用されていたらしい。例えば、十五世紀初頭に写された『神祇口決抄』には、「大祝詞」（太祝詞）に関して「彼ノ書ノ不審ノ条々、諸神以下ハ神祇本記ノ意也。或説ノ下ハ後白河ノ院ノ相伝ノ句也」と、この祝詞に二種あることの不審を述べている。一つは「諸神」で始まる諄辞であり、もう一つは「或説」から始まる後白河院相伝の句であるという。この「或説」とは、祭主家の岩出・粥見両流の訓みが付された清浄偈を指していると考えられる。ここから、諄辞と清浄偈が共に「大祝詞」（太祝詞）として流布しており、当時既にその関係が不明になっていた様子が窺われるのである。▼注[18]

『元長修祓記』（一四八四）では、「太神宮神祇本紀ニ是在リ」とし、「右此御禊和天照皇太神、自ニ天上一御降臨時、御祓一人外、不レ可レ伝トアリ、可レ秘々々」と述べた上で、「白衆等各諦聴、諸神等各念賜、此時天地清浄、諸法如影像、清浄仮穢事、取説不可得事、皆従因生業」（一二一〜一二二頁）と偈文を挙げている。「太神宮神祇本紀」とは『世紀』の別称だが、詞章をみると清浄偈と諄辞を合したものになっている。

またこのような習合は、訓みのレベルでも起こっている。通常清浄偈の「白衆等」は「アキラケキヒトタチ」と訓まれるが、『大中臣祓』（一四五四）は、ここに「アキラケキカミタチ」と振り仮名を振っている（三一〇頁）。これは、「白衆等」の文字に、諄辞にみえる「諸神達」の訓みが重ね合わされている例といえよう。こうしたことから、両者が複雑に関連しつつ展開したことが見て取れるのである。

既述のように、『訓解』（『記解』）は中臣祓を天児屋命の諄解（諄辞）と規定したが、これを受けて『神名秘書』では、「解除云、上起ニ于伊弉諾尊一、下施ニ于天児屋命一」（二〇六頁）と記しており、天児屋命は祓の神としての相貌をより露わにしていく。▼注[19] なお、時代は降るが、吉田兼倶の『中臣祓抄』では、「祓三義之起源」として、「汚穢不浄之祓」、「三災・七難・怨敵・呪詛・悪魔降伏・疾病消除之祓」、「神宝日出・五穀能成・如意福田之祓」（四〇四〜四〇六頁）の三つを挙げている。これは各々伊弉諾尊の禊除、素戔嗚尊の逐降、天照大神の岩戸開きを指すが、天児屋命による天岩戸開き

の祈禱を、豊作・招福の祓と認識していたことは興味深い。[注20]

天岩戸開きや天孫降臨は、神宮の神体である神鏡を語る上で必要不可欠な伝承である。それ故、双方に深い関わりをもつ天児屋命は、『世記』を制作した中世の神宮祠官にとって重要な存在であったと思われるが、そのことは、諄辞だけでなく、『世紀』における神宮の相殿神の記載にも看取される。延暦の『儀式帳』には、内宮相殿神は天手力男神と万幡豊秋津姫命とあり、外宮は明記されていない。それが『世記』では、内宮は天児屋命と太玉命（手力男と豊秋津姫は異説として併記）、外宮は瓊々杵尊と天児屋命・太玉命とされているのである。これは天児屋命を相殿神とする最も早い記述であり、[注21]『世記』が成立した時期にこの神が重視されていたことの証左といえよう。[注22]

『世記』の成立が鎌倉前期であるならば、それは神宮経済の大きな転換の中で、権禰宜らが口入神主として各地の領主と師檀関係を結び、祈禱を行った時期と重なる。そのような状況下、伊勢流祓とともに神道思想も大いに発展した。[注23]『世記』は『訓解』から決定的な影響を受けつつ、一方で神宮の伝統に則り、独自の方向性を見いだしていったといえるだろう。『世記』における諄辞とは、新たな神話的規範を構築する為に、天児屋命を媒介として、仏教思想から取り込んだ強力な清浄観だったのである。但しその事が、逆に近世の『世記』受容においては障害となってしまった。

4　諄辞の削除

神宮に伝来した〈神書〉は、戦国期の混乱の中で散佚したものが少なくない。したがって、近世の祠官達は改めてそうした書物を蒐集する必要に迫られていた。とりわけ外宮においては、十七世紀の後半、正保から寛文・延宝頃まで、出口延佳をはじめとして龍熙近、中西信慶、黒瀬益弘ら祠官によって多くの本が集められている。[注24]またこの時期は、武士や町人の間でも〈神書〉に対する関心が高まり、盛んに書物の貸し借りや書写が行われた。『唯一神道名法要集』や、『天地麗気記』といった中世神道書も、このころ板行されている。他方、中世では秘書とされた〈神書〉が人々の眼に触れることで、次第に内容上の問題点などが意識されるようになっていったと思われる。

延佳が『世記』を手に入れたのは「五部書」中では最も遅く、第2節でふれた御祓銘争論の二年前、寛文九年（一六六九）のことであった。▼注[25] この時、諄辞の箇所に長い頭註を付している。そこでは、『金剛界礼懺』と『大日経』の偈文を引いた後、「宣久以下四十八字文言不類、両部習合者之加筆歟」と、この部分は両部習合論者の加筆かと疑義を呈している。▼注[26] 実は、延佳は清浄偈に対する疑問をそれ以前からもっていた。寛文六年（一六六六）刊行の『中臣祓瑞穂鈔』では、中臣祓の「天津祝詞乃太諄辞」の箇所に対して「卜部家ニ唯授一人之秘文也ト云フテ、宣礼ト云下ニ秘文ヲ入レテ、如此宣波ト後段ニウツルハ、サモアルベケレド、但シ此中臣祓ノ外ニ、太諄辞ハアルマジキナリ」と、卜部吉田家ではこの後に秘文を入れるが、「太諄辞」とは中臣祓そのものであると難じ、その後に清浄偈を引用、「然ドモ、是モ仏家ノ偈ヲ似セテ、和訓ヲ付タリ。後人ノ所為ナルベシ。但シ六七百年以前ノ書ニ、此偈ヲ載タリ。知者ノ見解ニヨルベキ事也」（一六六頁）と指摘していたのである。

このような延佳の認識は、当時たかまりつつあった中臣祓に対する世間の関心が背景にあると考えられる。例えば、寛文元年には和田宗允『中臣祓考索』、翌年には橘三喜『中臣祓集説』が刊行されている。また寛文五年、幕府によって「諸社禰宜神主法度」が発せられたが、そこには無位の社人が白張以外の装束を着ける際、吉田家の許状を受ける事が盛り込まれていた。こうして、全国諸社の神職達と吉田家の間に関係が生じ、同家が重視していた中臣祓や六根清浄大祓などに注目が集まったのである。▼注[27]

六根清浄大祓とは、吉田兼倶が始めたとみられる吉田家独自の祓であり、そこには清浄偈が取り込まれていた。▼注[28] 林羅山は、『神道要語』「六根清浄大祓」において、「此六根清浄のはらひは両部習合の説よりいづると見へたり。六根浄の事は仏書にあり」（四一二頁）と記しているが、清浄偈の部分だけでなく、六根清浄大祓そのものが両部習合説によると見做していたようだ。これに対し、吉田家で神道を学んだ後、羅山の学問に傾倒した宮城春意は、寛文八年刊行の『六根清浄大祓浅説』において、▼注[29]

諸法ト云ヨリ此句マデハ、仏家ノ偈ニ似セテ書ケリ。後人ノ所為ナルベシ。諸家ノ説ニ、諸法ト云ヨリ此句マデハ神語ニシテ、深秘ノ説アリト云フコソ笑フベキ事トゾ覚ユ。カヽル神語ハ何レノ神ノ辞ゾヤ。聞カマホシキコトナリ。（四六二頁）

と評している。春意は全体を偽作とはしていないが、清浄偈の部分は「仏家ノ偈ニ似セテ書」いたものであると断じているのである。またこれに関連して中臣祓にも言及し、「天津祝詞乃太諄詞」を清浄偈とする説があるが、「箇様ノ事モ両部習合ノ邪説ニヨリナラフモノナリト知ルベシ」（四六三頁）と述べている。

このように、吉田家の地位が向上し、同家の神道説や作法が広まるのと軌を一にして、その内容に関する批判も増加していったが、こうした厳しい眼差しは、やがて神宮に対しても向けられていくことになる。延佳自身、『中臣祓瑞穂抄』での清浄偈批判が、そのまま『世記』にも当てはまるという問題に直面したことは既に触れた通りである。御祓銘争論は外宮の敗訴に終わったが、その過程で外宮祠官等は自らの神道が両部習合ではないということを強く主張する必要に迫られることになった。この後に次々と現れる祠官による「五部書」の註釈書は、それに対する一種の回答であったといっていいだろう。その中で、〈神書〉にみえる仏語は後人の竄入として理解する、という延佳の認識は、祠官らに共有されていったようだ。

中西信慶『倭姫命世記鈔』巻上（一六八七頃成立か）では、「私考ニ、掌解除諄辞利勢ト続ケテ宣久以下四十六字ヲ脱シテ可見也」として『金剛界礼懺』と『大日経』の偈文を引いている。▼注[30] これは明らかに延佳の註を踏まえていると思われるが、延佳が「両部習合者之加筆歟」と指摘したのに止まったのに対して、「脱シテ可見」とするのはより強い主張といえる（但し諄辞部分はそのまま掲出し、解説を加えている）。

また、喜早清在の『倭姫命世記講述鈔』巻之上（一七二二）は、先に『世記』の本文を掲げ、続けて註を載せる形式をとるのだが、諄辞の箇所はそっくり本文から削除されている。これは「後人ノ加筆炳然ナリト云テ、度会延佳之ヲ删訂セリ」と、延佳によって行われたことが注記されている。[注31]

こうした削除は、外宮祠官以外の書写・註釈でも行われていた。垂加流の跡部良顕らが作成した校定本『倭姫命世記』（一七一一頃か）は、やはり諄辞部分が削られている。[注32]これ以降、例えば良顕の門人で、先の本文校訂作業にも参加した伴部安崇が著した『倭姫命世記五十鈴草』（一七三七）[注33]や、考証学者として名高い伴信友の『倭姫命世記考』（一八一〇）も、解釈の前に『世紀』本文を載せるが、同様に諄辞部分は削除されている（信友が使っている本文は、清在の『倭姫命世記講述鈔』に拠っていると思われる）。

『世記』伝本の中で、延佳校訂本系統の諸本を見ると、いずれも偈文は存在しており、清在がいうような、延佳がその部分を削ったという事実は確認できない。ただ、近世において『世記』を重視しようとする人々にとっては、削除してみるべき後世の竄入として認識されていたことは間違いない。一方で、吉見幸和のように、この書を偽書として断罪する側は、仏語が交じっていることが偽作のなによりの証拠であり、これを除くことは恣意的な作業であるとして強く批判している。

前節でみたように、諄辞は『世紀』において重要な役割を担っており、単に仏語を借用したというような安易なものではなかった。したがって、この一文を削除することは、『世紀』が新たに獲得した強力な清浄力を失うことを意味しよう。しかし、近世の人々は、いずれの立場によるにしても、そのことを理解できなかったのである。

5　おわりに

『世記』にとっての諄辞とは、神宮の縁起を語る上で欠かせない天児屋命の唱えた祝詞であり、また中世という新たな時代における国土や神宮の清浄さを保証するものとして、新たに取り入れられた思想であった。しかし、神仏を区別することが重要な課題となった近世には、諄辞は仏語であり、後世の竄入として削除すべき対象と認定され、あるいはその部分が丸ごと削除された本文が流通するようになったのである。

十七世紀末から十八世紀初頭は、神宮祠官による〈神書〉の書写・蒐集活動が一段落し、中西信慶や喜早清在らによる本格的な註釈が出現した、中世的思考と近世的思考が複雑に交錯する時期といっていいだろう。こうした時代の変化の中で、仏語を包含する『世記』の評価は揺れ動いていたのである。

【注】

［1］『世記』の成立については、平安時代末説から鎌倉時代中期説まで諸説あるが、本稿では平泉隆房『中世伊勢神宮史の研究』（吉川弘文館、二〇〇六年）、高橋美由紀『伊勢神道の成立と展開 増補版』（ぺりかん社、二〇一〇年）等の研究にしたがって、鎌倉時代前期説が妥当であると考える。

［2］御祓銘争論については、拙稿「変容する神仏関係―寛文・延宝期の伊勢神宮―」（『説話文学研究』四九、二〇一四年一〇月）参照。

［3］礼懺文については、栂尾祥雲述『常用諸経典和解』（六大新報社、一九一四年）、坂田光全『真言宗常用経典解説』（高野山出版社、一九四八年）、『智山教化資料』一一（真言宗智山派宗務庁、一九八三年）の解説、および真保龍敞「策子所見の『金剛界礼懺』について」（『『三十帖策子』と真言密教教化の基礎的研究』大毘盧遮那殿影光山善養寺、二〇一四年）等参照。

［4］中世神道書や祓に取り込まれた清浄偈については、伊藤聡a「神祇口決抄 解題」（『豊田史料叢書 猿投神社聖教典籍目録』豊田市教育委員会、二〇〇五年）、同b「中世における祝詞と和歌の習合」（『神道の形成と中世神話』吉川弘文館、二〇一六年）、岡

田荘司a「解題」（『神道大系 中臣祓註釈』神道大系編纂会、一九八五年）、同b「中世の大中臣祭主家」（藤波家文書研究会編『大中臣祭主藤波家の歴史』続群書類従完成会、一九九三年）、門屋温「『両宮本誓理趣摩訶衍』考―中世神道論書研究（一）―」（『東洋哲学論叢』創刊号、一九九二年六月）、鈴木英之「伊勢流祓考―中世における祓の特色―」（『早稲田大学大学院文学研究科紀要』四八―一、二〇〇三年二月）、平泉隆房「伊勢神道への真言教義の影響」（注1平泉前掲書）、牟禮仁「度会行忠と仏法」（『中世神道説形成論考』皇學館大學出版部、二〇〇〇年）等参照。

［5］鎌倉中期の『神名秘書』や後期の『類聚神祇本源』「神道玄義篇」、『瑚璉集』巻下などに引かれる『世記』の諄辞には、万葉仮名の送り仮名は付されていない。しかし、『類聚神祇本源』「内宮御遷座篇」における引用には付されており、また通常「五部書」では、宣命や祝詞は宣命書になっていることから、本稿では、諄辞には当初より送り仮名があり、訓読されていた可能性が高いと考える。

［6］『神道五部書』神宮古典籍影印叢刊8（皇學館大學、一九八四年）による。これは、岡本家重代本の御巫清直による影写本である。岡本家重代本については、伊藤徳太郎「岡本家重代本「倭姫命世記」について」（『瑞垣』一八〇、一九九八年五月）参照。なお、この本では「諄辞」ではなく「諄解」となっているが、詳しくは注15参照。

［7］『神名秘書』には諄辞が引かれているが、諸本のうち鎌倉末期に写されたとみられる真福寺本には、「諸神等（モロカミタチ）各念（ヘ）、此時（キ）天地清浄（アメツチキヨクアキラカナリ）、諸法（モロ〳〵ノノリコトハ）如影像（シカケカタチノ）、清浄（イサキヨキモノハ）無仮穢（カリソメニモケカル、コト）、取説（ヒトノコトハヲトリテウヘ）不可得（キコトナシ）、皆従（シカシナカラ）因生業」（五六二～五六三頁）という訓みが付されている。これは、岡本家重代本の訓み方と近いことから、岡本家重代本の訓が古い姿を伝えている可能性も考えられる。

［8］両流の訓みについては、注4伊藤前掲論文、岡田前掲論文、平泉前掲論文参照。なお、岡本家重代本の左右の訓の振り分けは、両流の訓みと一致しないが、祓集などをみるとこれ以外にも様々な訓があり、組み合わせがあったようだ。

［9］『訓解』については、注4岡田a前掲論文、鎌田純一「中臣祓訓解の成立」（『中世伊勢神道の研究』続群書類従完成会、一九九八年）、桜井好朗「『中臣祓訓解』の世界」（『祭儀と注釈』吉川弘文館、一九九三年）、吉川竜実「中臣祓訓解と法華経」（『皇學館論叢』二一―一、一九八八年二月）等参照。

［10］『訓解』に引く詞章は、現在遺されている中世前期の中臣祓諸本より『延喜式』所載の大祓詞に近いので、本稿では後者を用いる。詞章は、青木紀元『祝詞全評釈 延喜式祝詞 中臣寿詞』（右文書院、二〇〇〇年）によった。

［11］青木紀元「六月晦大祓（語釈）」（注10青木前掲書）二五二頁。

［12］白江恒夫「祝詞語注―六月晦大祓―」（『甲南大学古代文学研究』二、一九九五年四月）六二頁。

［13］例えば、『諸祓集（尚重解除鈔）』（一四三頁）や『中臣祓』（春日社家大東家本）（六五頁）など。この問題については、青木紀元「大祓の詞の「天津祝詞の太祝詞事」」（『祝詞古伝承の研究』国書刊行会、一九八五年）参照。

［14］久保田収「伊勢神道書の成立」（『中世神道の研究』神道史学会、一九五九年）、注９鎌田前掲論文参照。

［15］「諄辞」という用語は『日本書紀』の記述に基づくと考えられるので、現行の『訓解』が「諄解」と表記するのは――異本である『記解』が「諄辞」とする事とあわせて――書写段階での誤写の可能性がある。但し『世記』をみると、岡本家重代本などいくつかの写本では、やはり「諄解」となっており、現行の『訓解』の表記に基づいている事を推測せしめる。大神宮叢書や神道大系に翻刻されている『世記』本文は、対校本によって「諄辞」に直されており、本稿での記述もそれに倣って「諄辞」で統一しているが、どちらがより古い形かは即断できない（訓みは両者とも同じく「のりと」「のっと」ないし「のりとごと」「のっとごと」であろう）。「諄解」は、中世の祓集に収める祝詞・呪文などでもしばしば使われており、その受容について改めて検討する必要がある。

［16］舟木勇治「ふとのりと〔太祝詞〕」（『万葉集神事語辞典』國學院大學研究開発推進機構日本文化研究所、二〇〇八年）では、記紀や『万葉集』、『延喜式』祝詞の例を挙げ、「太祝詞」は固有の詞章の名称ではなく、また単に「祝詞」という場合と比べて中臣氏との関連が強く意識された語である事を指摘している。

［17］また、瓊々杵命が天降る前に行われる荒振神の平定に関して、春日社の記録をまとめた「古社記」では、天児屋命自身がこれら荒振神を調伏する役割を担ったとする（六頁）。おそらく、このような中世神話的世界観を背景に、素戔嗚尊の解除に用いた（太）諄辞を、皇孫尊降臨時にも唱えたとする説が現れたのではないだろうか。

［18］『神祇口決抄』は、伊藤聡翻刻「神祇口決抄」（『豊田史料叢書　猿投神社聖教典籍目録』豊田市教育委員会、二〇〇五年）を使用した。また、注４伊藤ａ前掲論文参照。

［19］『阿娑縛抄』「六字河臨法」にも、天文博士弘賢云として「中臣祓、為レ禦二異国敵一、春日大明神作給也云々」（一二八三頁）とある。春日大明神は天児屋命のこと。祓の神としての天児屋命については、大東敬明「天児屋命」（『中世神道入門（仮）』勉誠出版、近刊）参照。

［20］「神宝日出」とは、『訓解』（『記解』）の「天地開闢之初、神宝日出之時」という一文に由来すると思われる。この部分は、『世

記』の冒頭にも取り入れられている。『中臣祓抄』ではこれを天岩戸開きとするが、そうであれば天児屋命と関わる重要なモチーフということになる。但し、『訓解』の本文からそう読み取れるかは疑問である。また『世記』では、すぐ後に「光華明彩照徹於六合之内」という『日本書紀』神代上・第五段・本書における天照大神誕生の場面の表現が引かれており、行忠の『神名秘書』でもその場面について言及する中で「当二神宝日出是時一也」と註しているように、天岩戸開きと理解するのは難しいだろう。但し、中西信慶『倭姫命世記鈔』巻上では、やはりこれを岩戸開きと解釈しており、後世そうした認識があったことは注意される。

〔21〕なお『外宮遷御奉仕来歴』（一五四頁）にも、外宮の西相殿として天児屋命が記載されているが、この書について、平泉隆房「伊勢神道の成立」（注1平泉前掲書、二四三頁）では、成立は鎌倉後期と考えられるが、内容からその原本は鎌倉初期とするのが穏当であろう、とする。

〔22〕天児屋命の重視は、神宮の経済基盤の変化による大中臣氏との関係強化、あるいは院政期から発展してきたいわゆる二神約諾神話の影響などが考えられる。後者については、藤森馨「二神約諾神話の展開」（阿部泰郎編『日本における宗教テクストの諸位相と統辞法』名古屋大学大学院文学研究科、二〇〇八年）に指摘がある。

〔23〕伊勢流祓については、小野善一郎「伊勢流中臣祓の研究」（『神道史研究』四三―一、一九九五年一月）、鈴木英之「中世伊勢神宮における祓本の伝授」（『論叢アジアの文化と思想』一一、二〇〇二年一二月）、注4鈴木前掲論文等参照。

〔24〕外宮祠官の書写活動については、佐古一冽「度会延佳と豊宮崎文庫―延佳の学問形成の淵源について―」（『神道大系月報』二七、一九八二年一一月）、矢崎浩之「出口延佳の神道説と林家」（『東洋の思想と宗教』七、一九九〇年六月）等参照。

〔25〕『倭姫命世記』の写本については、田中卓「神道五部書の解題」（『田中卓著作集11―I 神社と祭祀』国書刊行会、一九九四年）に詳しい。なお、延佳自筆写本は寛文十年の山田大火で焼けてしまったらしく現存しない。

〔26〕『倭姫命世紀』（内閣文庫蔵・一四二―二一三号）。延佳が頭註に出典を書き込んだのは、寛文九年（一六六九）二月に板行された亮汰の『金剛界礼懺文鈔』を参考にした可能性がある。注2拙稿参照。

〔27〕当時の時代背景については、矢崎浩之「宮城春意の神道思想」（『国際関係研究』二八―一、二〇〇七年七月）等参照。

〔28〕六根清浄大祓中の清浄偈については、西田長男「吉田兼倶自筆本 祓品々秘書 解題」（『中臣祓・中臣祓抄』吉田叢書四、叢文社、一九七七年）、出村勝明「六根清浄大祓の成立」（『吉田神道の基礎的研究』神道史学会、一九九七年）参照。

〔29〕『六根清浄大祓浅説』は、高橋美由紀「宮城春意の学問と著述」（『神道思想史研究』ぺりかん社、二〇一三年）の翻刻を使用した。

［30］『倭姫命世記鈔』巻上（内閣文庫蔵・一四二―二二四号）。

［31］『倭姫命世記講述鈔』巻之上（内閣文庫蔵・一四二―二一七号）。

［32］例えば國學院大學図書館蔵『倭姫命世記』（河野文庫二七三号）。これは、遠藤和夫編『『倭姫命世記』の本文・付訓に関する国語学的基礎研究』（科研報告書、二〇〇六）に翻刻がある。

［33］『倭姫命世記五十鈴草』（国立国会図書館蔵・一三二―一〇三号）。


【引用文献】倭姫命世記・神名秘書・類聚神祇本源・瑚璉集・中臣祓訓解・中臣祓記解・元長修祓記・中臣祓瑞穂鈔・神道要語・古社記（神道大系）、延喜式（訳注日本史料）、日本書紀（新編日本古典文学全集）、神名秘書（真福寺善本叢刊）、大中臣祓（神宮古典籍影印叢刊）、諸祓集・中臣祓〔春日社家大東家本〕（大祓詞註釈大成）、中臣祓抄（吉田叢書）、倭姫命世記考（伴信友全集）、依両宮師職御祓銘論江戸下向日記（増補大神宮叢書）、阿娑縛抄（大日本仏教全書）、外宮遷御奉仕来歴（続群書類従）。なお、私に句読点、訓点を施した箇所がある。


【付記1】原文の引用に際して、私に句読点や濁点などを付した箇所がある。

【付記2】貴重な史料を閲覧させて頂きました、国立公文書館（内閣文庫）、国立国会図書館には記して感謝申し上げます。

5　神龍院梵舜・小伝

——もうひとりの『日本書紀』侍読——

原　克昭

1　はじめに——研究史瞥見

吉田神道の創唱者・兼倶の曾孫にあたり、多数の古典書写で知られる吉田社神宮寺別当・神龍院梵舜（号は龍玄、一五五三〜一六三二、歿年八〇歳）。その存在は「梵舜本」の名で古典研究の世界によく知られている。しかしながら、梵舜自身は「日本紀の家」たる吉田家の傍系にあり家督者でないこと、神仏論として際だった発展が認められないことなどから、その思想史的・学問史的評価は低い。梵舜の日記『舜旧記』の校訂を手懸けた鎌田純一は、吉田家督を嗣いだ兄・兼見（一五三五〜一六一〇）と比較し以下の評価をくだす。▼注[1]

兄兼見に対して社会的地位だけでなく、才智でも梵舜は平凡であつたと、まづみなければならないのである。

……梵舜は、所謂名僧知識とは程遠く、地位もなく平凡である。時の権力者に接することはしてゐるが、その発

> 言が天下に影響するやうなこともない。

梵舜の社会的地位ならびに学識の低さを強調した上で、皮肉まじりに記録としての『舜旧記』の資料的価値を提示する。そうした梵舜評価は古典書写の事跡にも仕向けられる。

> 兼右、兼従、兼起と、その梵舜に比較的近い関係の人々のそれに、かくそれなりの識見をもった書写態度がみられることは、またその古典読解、理解がその根底にあったこととみられるのであるが、それに比べて梵舜は祖本に極めて忠実で、それ以上に出ていないように概してみられるところ、如何みればよいのであろうか。或いは十分な読解力はもっていなかったとみるべきであろうか。

神祇大副として正統的な地位にあって御前での『日本書紀』侍読を務め、神道長上として各種伝授を執行した吉田家の家督たちと対置すれば、たしかに神宮寺別当に従事した無位無官たる梵舜との身分差は歴然である。梵舜の活動時期が「日本紀の家」を標榜した中世吉田家の零落期と重なることも相俟ってか、その学問的評価や古典書写活動の意義までも「平凡」と一蹴されるのはなぜか。

　このような梵舜に対する偏見を生みだした温床には、林羅山による『徒然草』註釈『野槌』に載せる次の逸話が少なからず影響を及ぼしていると考えられる。▼注[2]

> 吉田神龍院(ヨシタノシンレウヰン)、駿府(スンフ)へまかりて、御前にて、日本紀舒明皇極(ジョメイクワウキョク)のところを、よめと仰られしに、えよまざりければ、道春を召てよめとのたまふ。すなはちよみてげり。後に太相国、彼(カノ)家の書を、何とてえよまざるやと、余(ヨ)におほせられたりしに、神代の処をば、かなを付てよみ候が、人皇(ワウキ)紀には、かな点すくなく侍るゆへなるべしと、申上侍りき。

「吉田神龍院」こと梵舜が徳川家康の日本紀侍読に召されたが、舒明紀・皇極紀を読むことができず羅山に交替した。後日、神代紀には仮名が加点してあるが人皇紀にはそれが少なかったため読めなかったと弁解したという。羅山による自己顕彰の目論見に加えて、豊国社破却から家康の神葬をめぐる天海・崇伝との東照宮論争における敗北者としての梵舜像が色濃く投影され、それが先入観の誘因となっているようである。▼注[3] げんに、中世末期にあって吉田家が存亡の機にあったことは事実である。だが、その過程にあって家学を保守すべく陰に陽に活動しつづけた梵舜の学問的動向は、近世初頭（元和・寛永期）におよぶ中世家学の継承者として再評価されてしかるべきものがある。

そこで、改めて『舜旧記』の記録を紐解きながら梵舜自身の学問的動態をあぶりだし、従前の偏見解消と再評価をめざすとともに、中世末期から近世初頭をつなぐ吉田家学の過渡的環境を捉えなおす契機としたい。▼注[4]

【関係略系図】（※—実嗣関係／＝養嗣関係）

［卜部平野家］兼緒＝兼永—兼隆

［卜部吉田家］兼倶—兼致—兼満＝兼右—兼見—兼治—兼従
　兼倶—兼永（→平野家 兼永）
　兼倶—宣賢（→清原舟橋家 宣賢）
　兼右—梵舜
　兼治—兼英—兼起—兼敬—兼章—兼雄
　兼従（→萩原家 兼従）
　兼従↓吉川惟足へ伝授
　←返伝授（兼敬）

［萩原家］兼従—員従

［清原舟橋家］宗賢＝宣賢—業賢—枝賢—国賢—秀賢
　宣賢—兼右（→吉田家 兼右）

2 文庫守・梵舜——「神龍院文庫」の隻影

梵舜の学問的動向を論ずる上で、一連の「梵舜本」の存在は欠かせない。『古事記』『日本書紀』など神典はもとより、著名な手沢本として、覚一本系『平家物語』（天正十八年）、古態本乙類系『太平記』（天正二十年・文禄三年）、広本系十帖本『沙石集』（慶長二年）、『続日本紀』（慶長十八年）、『新撰亀相記』『諏訪大明神絵詞』（年次未詳）などが挙げられる。[注5] ときに「祖本に極めて忠実」であるがゆえに消極的とさえ評される古典書写の態度が、現代では校本としての意義に見出される。同様の傾向は、夙に『拾芥抄』（天正十六〜十七年）、『尊卑分脈』『本朝皇胤紹運録』（天正十九年）、『豊後国風土記』（文禄四年）など梵舜校訂本が、さながら流布・版行された経緯ともつらなる。とはいえ、諸本論として「梵舜本」の価値が認知される一方で、とうの梵舜に対するまなざしは希薄であり、いわば〝「梵舜本」の一人歩き現象〟と古典化にともなう〝本人不在現象〟の感は依然として否めない。また、それらが比較的初期段階、つまり家督である兼見が健在であった時期に書写された諸本という点にも留意される。天正〜慶長期にみる「梵舜本」の点描にとどまらず、その後の元和〜寛永期にみる活動状況と併せて、改めて梵舜の学問的動態を立体的に復原・結像させたいところである。

ところで、あまたの典籍書写を手懸けた梵舜の活動を考えるとき、どのような状況下で学問的営為を為しえたのか、まずはその環境基盤が問われるであろう。そこで注目されるのは、吉田社神宮寺である神龍院の敷地内にあった「文庫」の存在である。

文庫之瓦葺申付。（慶長十一年三月十四日条）

神龍院倉瓦屋根葺申付。去年依瓦ワルキ、当年重而葺直。新瓦三百枚入也。（慶長十二年三月二十七日条）

神龍院文庫蔵依破損、瓦之修理申付畢。（慶長十九年十一月七日条）

梵舜手づから管理に携わっていたようで、折にふれ修理を普請している。「新瓦三百枚」とあることより相応の「文庫」規模であった様相が想像される。また、

寺ノ内、西ノ槀屋、文庫之倉、此方ヘ相知らせ申渡也。（元和六年十一月十三日条）

との一節から、神宮寺の西方に槀葺屋と並び立つ瓦葺の「神龍院文庫」という立地状況も推察できる。この現場で、

梵舜は累代の家本の書写・修補に勤しんだのである。

ただし、「神龍院文庫」が家本・家学の管理継承の場に限定されていたわけでなく、たえず世情と連鎖する形で機能していた点も看過できない。先掲「梵舜本」が出来した初期段階は、兼見の指揮下で書写・進上・貸借に従事した時期にあたる。そして、豊臣秀吉の歿後まもなき慶長四年（一五九九）には後陽成による慶長勅版『日本書紀』開版事業に際して校合・校正刷に従事、関ヶ原合戦以後には徳川家康への度重なる諮問答申ならびに金地院崇伝との典籍貸借など、文庫守として如実な対応をみせる。大坂冬の陣を前に風雲急を告げる慶長十九年（一六一四）十月には、かねてより懇意であった西洞院時慶の許へ双紙棚二合とともに箱入『源氏物語』の疎開を依頼、また逆に吉田盛方（浄勝院）が豊前下向につき留守の間には『二十一代集』を預かるなど、▼注[6] 時勢に応じた「文庫」機能と文庫守としての梵舜の動態が垣間見えてくる。

さらには、「梵舜本」との関連性も興味がひかれるところだが、はたして梵舜の動向と「梵舜本」がたしかに連動する場面も見受けられる。北畠親房の著した伊勢神道書『元元集』諸本のうち、天理図書館吉田文庫本（吉三三—八五）は以下の識語を有する伝本である。

［A］右本一四之巻不足。一二三五六七巻五冊之分書之。和州春日社之禰宜藤屋民部少輔延春本也。一覧之次而交他筆遂書功。字誤已下追而可改之者也。〈此内予三冊書之。次重而一四巻来一巻四巻半分予書。端瑛蔵主書之。〉

元和八年林鐘初十日　最庵梵舜（花押）

［B］右元元集七冊之内一四巻不足之処、今度重而南部神□秀能井民部少輔時守従方来一四両冊、令書写遂全部之功。勿外見許而已。

寛永四〈丁卯〉歳八月十五日　竜玄（花押）

［C］或説云、北畠准后親房之家本八冊全部之由也。不審難決也。次承兌和尚所持本両冊不足也。祇園社神書与
　在之説承也。是全部七冊在之也。

元和八年（一六二二）、春日社禰宜より披覧しえた『元元集』端本を転写（［A］）した梵舜は、さらに寛永四年（一六二七）に伝手を講じて欠巻分を補写し全八巻を完備（［B］）させた経緯が窺える。附記［C］の意味するところが判然としないが、これにまつわる梵舜の動向を年時順にたどり起こすと自ずと明らかとなってくる。

［A］次予留主ニ、南都野田村之禰宜藤屋主膳（市守）上洛。……去々年上洛之時、約束神書之内、元々抄五冊持上也。連々
　及聞一覧申度由申入。依テ如此也。依留主懇ニ申置候也。（元和八年正月二十八日条）

［C］次祇園執行ヘ神抄・元々集五冊、寿等方十疋持遣也。（同二月二日条）
　次祇園ヘ元々抄二冊、寿等方ヘ取遣也。（同五月二十八日条）

［B］次南都ヨリ藤屋民部少輔（時守）、元々集両冊、態差上来也。（寛永四年七月二十八日条）
　次元々集一巻、予書写出来也。（同八月三日条）
次南都秀能井主膳正（藤屋市守）并民部少輔（藤屋時守）令返事、元々集両冊返進也。中臣祓二巻依所望、予令書写遣也。（同九月十五日条）

この『舜旧記』の記録とつきあわせると、すでに梵舜は二年前より春日社禰宜・藤屋市守に『元元集』貸与を所望していたこと（［A］）、祇園社務と貸借する過程で二巻分の欠巻が発覚したこと（［C］）、そこで改めて欠巻分二冊を借り受けて補完し、返礼に『中臣祓』二巻を進上したこと（［B］）が知られる。先掲「梵舜本」諸本の場合は比較的初期段階のことであり、ここまで詳細な軌跡をたどることは叶わないが、少なからず「梵舜本」にみる奥書・識語の背景に、こうした文庫守・梵舜の隻影が見え隠れする点は興味ぶかい。その点、梵舜の学問的評価もまた、忠実な書写に専念した消極的姿勢などではなく、むしろ積極的な「文庫」管理活動のうちに見出されるのである。▼注［7］

後陽成から後水尾への譲位期と相前後して、吉田家周縁では慶長十五年（一六一〇）兼見の急逝以降、にわかに事態の後転がつづく。縁戚にある博士家・清原国賢（一五四四～一六一四）、および吉田家督の継嗣・兼治（一五六五～一六一六）が相継いで歿する。そのとき、とうに還暦を過ぎた梵舜の身辺には、豊国社務として萩原家に分家した兼治の長子・兼従（一五九〇～一六六〇）、次子・兼英（一五九五～一六七一）、そして生後間もなき兼起（一六一八～）が遺される状況であった。この吉田家の存続危機に直面し、なおかつ東照宮論争・豊国社破却の渦中にあって、「日本紀の家」たる吉田家学の継承者として沽券を保持しつづけたのは、ほかならぬ梵舜であった。ひとたび覇権者たちに仕向けられていた学問的営為の射程が、ふたたび吉田家内部へと仕向けられてゆく。

次藤井（兼英）へ延喜式一部、棚子入相渡也。兼見卿之時、書写之本也。予一部之通写了。遂全部功也。（元和二年十二月六日条）
於本所（兼英）、神道之守已下調了。次日本紀上下巻予一筆、奥書之朱印・家之正印為後証印了。（同九日条）
次萩原兼従書籍、両日於当院虫払。（元和四年六月二十日条）
次盛衰記・元亨釈書十冊、従萩原帰来也。（同六月十六日条）
次萩原へ当家本之内、拾芥抄・延喜式・禁秘抄・諸神根源抄写之本、服忌令小本用之由被申間、予方ヨリ持遣也。（元和六年七月十九日条）
次萩原兼従へ神道名目之抄・日本書籍抄両冊、弥兵衛ニ持進也。（元和八年正月十一日条）
次唯神院（兼右）旧記天文十一、一冊、萩原へ遣也。（寛永三年二月二十五日条）
今朝、萩原へ兼見・兼治二代之伝を書遣也。元服之事義也。（同四月十三日）
本所嫡男満徳丸（兼起）、自去年名法要集読書、予教了。一冊之通遂相也。拙僧一身満足也。（同六月二十一日条）

次満徳丸殿来、大学之文読也。（寛永五年五月二十七日条）

「文庫」機能を存分に活用しつつ、兼英・兼従・兼起の三代に対する家学継承者としての家督教育に奔走する様相が窺い知れる。神典・和書・漢籍の講読・譲与をはじめ、累代の日記貸与から書籍管理にいたるまでの徹底ぶりである。

こうした後見人としての梵舜の家学継承意識は書籍面にとどまらない。次の記事は、元服を控えた兼英を連れだって関白・九条忠栄邸へ挨拶に赴いた場面である。

九条関白ヘ兼英祗候。……次当家元服之事、御念入被仰出也。則当家数代之御書物并兼倶卿謹上啓状懸御目、兼致自筆巻物也。次綸旨已下御目懸也。尤御感也。（元和五年九月二十七日条）

ときに妙法院による第二次豊国社破却が執行されはじめた直後であるだけに、吉田家累代の典籍や兼倶・兼致の手跡を披露するかたわら、兼英への家督としての自覚を促した所為と看做すこともできる。前掲記事にみる兼従への先代の日記・記録貸与もその一環としてある。

かくして、元和八年（一六二二）、後水尾への『日本書紀』進講の勅命が中納言・阿野実顕より届けられる。▼注[8]

禁中ヨリ被仰出日本神代上下読書之事、阿野中納言ヨリ申来之由、念比申遣也。（元和八年正月十一日条）

折しも智福院において『日本書紀』神代上巻を読み始めた梵舜だったが、御前での進講となると家督者たる兼英の役目となる。ところが、梵舜の思いとは裏腹に逡巡する兼英の迷惑ぶり、兄の兼従とて不甲斐なき為体であった。

白川伯殿（源雅朝）ヨリ以内証之義申来也。禁裏ヨリ日本書紀侍読之事被仰出、兼英中〳〵不及勅答、迷惑体也。萩原申遣也。（元和九年三月二十九日条）

萩原兼従来、令内談也。兼従モ一円ニ文読無体也。予読点令指南之義也。無念也。（同三月三十日条）

次萩原来、日本書紀上巻文読也。（同四月一日条）

次萩原来、侍読日本書紀下読之。不審已下雑談也。（同四月二十三日条）

一向に埒が明かない中、寛永元年（一六二四）、満を持して古稀を迎えた梵舜自身が推参し侍読の大役を務める運びとなった。とはいえ、無位無官たる梵舜の立場に鑑みて、御前における進講は適わなかったのであろう。神龍院および先方において、伝奏役の姉小路公景および阿野実顕を仲介した講釈・伝授の代替措置を執行している。

次姉小路殿ヨリ書状来、神代巻読書之事、為叡慮被仰出〔候〕之由申来也。畏候由之〔御〕返事申入候処ニ、萩原方ヨリ色々存分申来也。何レ〳〵不聞申分也。去トモ予七旬ニ余、別相違〔構〕之義候間、奉推参候也。（九月二十四日条）

次日本書紀読書之事、先度被仰出候如勅定。姉小路神龍院ニ可読書之由仰之由也。（同二十七日条）

姉小路殿来、於当庵、神代上之巻読始也。予面目之義、忝也。（同二十八日条）

予令出京、神代読申也。亥刻、阿野中納言殿来ニテ聴聞也。（同二十九日条）

以下、全五度の講述により神代上巻の読了にいたる（同十月八日条）。なお、本件には後日談がつづく。二年後の寛永三年（一六二六）、侍読を聴聞した姉小路公景より進講に代わる伝授の証左とすべき証本『日本書紀』書写進上の綸命を承けたのである。一旦は辞退した梵舜だが、ついには以下の奥書をしたためて献上したもようである。

神代上下巻、依ニ綸命一、不レ顧ニ愚蒙一、姉小路公景読書家伝中畢。取〔イ敢〕他言御憚、殊神慮恐奉専用存〔イ故〕而已。

寛永元甲子年十一月七日　神龍院梵舜（花押）

右如レ此年号、前廉ニ所望之間、其分進候了。則今日持進也。（十一月二十八日条）

御前での進講には及ばないが、若輩者の家督たちに成り代わって侍読の大役を果たした梵舜の面目躍如たるものがある。なおかつ進講の代替措置として、あえて加証奥書を偽装（寛永元年に遡及）させた証本を書写進上した経緯から、中世に屹立した「日本紀の家」の家学の権威がなお存続されていた様相がみてとれる。▼注[9] 爾後、後水尾への『二十二社鎮座記』『不求人双紙』▼注[10]献上、上洛した金地院崇伝との諸系図の貸借、▼注[11]細川幽斎の子女・浄勝院（吉田兼治に再嫁、兼英の母）への『源氏物語』▼注[12]進上ほか、神社研究や諸系図・蔵書など得意分野を以て、公武双方と吉田家の絡網復権に功を奏するところとなる。

4　むすびに——公武間に屹立する「日本紀の家」

如上、『舜旧記』を読みなおしながら、梵舜の文化動態を点描することで再評価をはかってみた。ここでは、あくまで梵舜の学問的営為に焦点化して検証したが、その動向が世相と連動して展開されている点を改めて確認しておきたい。天正・文禄期から慶長前期の梵舜は、もっぱら家督である兼見の指揮下で「梵舜本」のイメージさながら右筆業に従事していた。そんな梵舜の活動範囲に変化をもたらした画期は秀吉歿後であろう。その神格化をはかり豊国社奉祀に携わる環境にありながら、後陽成による慶長勅版下請事業へ関与する一方で、江戸開府前後は家康の諮問機関として積極的に渉外活動する。そして、慶長後期から元和・寛永期には、大坂の陣から豊国社破却に対処しつつ、存続が危ぶまれた吉田家学の継承と復権に尽力し、やがて進講の代役を務めるにいたる。まさしく「文」と「武」がきりむすばれ、拮抗・均衡しあう時勢と磁場のうちに、梵舜の本領は見出されるわけで、こうした動向がひいては近世黎明期にみる大名文庫形成の萌芽とも連鎖する。[注13] 吉田家内における身分差や思想史的発展性にこだわらず、ひろく中世末期から近世への過渡的動乱期の中に梵舜の位相を見据えなおしたとき、「平凡」という評価には収斂しえない、新たな〝梵舜像〟が立ち現れてくる。本稿は、「梵舜本」から「梵舜伝」への転換をはかる基礎的序章である。

【注】

［1］鎌田純一「神竜院梵舜のこと」（『神道大系月報』一〇五、一九九一年十二月）、同「解説・梵舜と『舜旧記』」（史料纂集『舜旧記 八』、一九九九年）。なお、梵舜にはキリシタン受洗説・『心学五倫書』撰者説もあるが、もっか仮説の域を出ていない。

［2］吉澤貞人『徒然草古注釈集成』（勉誠社、一九九六年）に拠る。西田長男もまた「わたくしは、林道春が「日本紀の家」としてのト部氏の家学ともいうべき『日本書紀』についての梵舜の学力の不足を指摘しているのと同様の事情にもとづいているのではないかとおもうのである」（『日本神道史研究 第五巻・中世編（下）』講談社、一九七九年）と、梵舜の書写能力と当該逸話を結びつけた見解を示す。

［3］一連の歴史的経緯については、高藤晴俊「東照宮創建と神竜院梵舜の役割」（『地方史研究』四四―四、一九九四年八月）、野村玄「豊国大明神号の創出過程に関する一考察」（『史学雑誌』一一一―一一、二〇〇二年十一月）を参照。また、社務職としての活動は、菊田隆太郎「近世前期における地方神職層の活動と吉田家」（『神道古典研究所紀要』一一、二〇〇五年三月）に詳しい。

［4］以下、『舜旧記』の引用は史料纂集に拠る。なお、吉田家学の展開相と講釈・進講の諸相については、原克昭『中世日本紀論考―註釈の思想史』（法蔵館、二〇一二年）、同「「日本紀の家」盛衰記・再索―吉田兼見・梵舜の家学と文芸」（『中世文学』六一、二〇一六年六月）で論及した。本稿は、梵舜を焦点化し近世初期までを射程に据えた続編にあたる。

［5］それぞれの「梵舜本」については、小秋元段『太平記と古活字版の時代』（新典社、二〇〇六年）、土屋有里子『『沙石集』諸本の成立と展開』（笠間書院、二〇一一年）、加美甲多「梵舜本『沙石集』の本文表現と編者」（『同志社国文学』六七、二〇〇七年十二月）ほか一連の論考、工藤浩『新撰亀相記の基礎的研究―古事記に依拠した最古の亀卜書』（日本エディタースクール出版部、二〇〇五年）、鈴木国弘「中世東国国家の形成と武家「王権」の展開―梵舜本「諏訪大明神絵詞」の分析を中心として」（『研究紀要〈日本大学文理学部人文科学研究所〉』四七、一九九四年三月）などの研究がある。ちなみに、『日本書紀』（慶長十五年、兼右本転写、『一誠堂Booth』№.20所掲）、『幸若舞曲・歌謡集』（慶長八～十八年、『思文閣古書資料目録』二四九・二五〇所掲、鈴木彰氏の御教示に拠る）など、諸機関に所蔵されていない「梵舜本」も多く散在する。

［6］「次西洞院ヘ双紙棚二合・源氏物語箱入、已上預申了。」（慶長十九年十月十日条）、「次廿一代集、浄勝院ヨリ御預ヶ也。豊前へ下向ニ付如此也。」（元和九年十月三日条）。なお、梵舜をとりまく文物交流の諸相については、前田雅之編『室町期における下賜・献上・進上本の基礎的研究』（科研報告書、二〇〇九年）に提供してある。

［7］こうした梵舜の文庫守としての営為は、兼英より四代後、近世吉田家中興の祖と称される兼雄（のち良延と改名、一七〇五～一七八七）へと発展継承される。また、梵舜の神社研究も同様に、先代諸説の類聚・書写に収束しない中世と近世をつなぐ積極的営為として捉えられる。新井大祐「中世後期における吉田家の神社研究と『延喜式』「神名帳」―梵舜自筆『諸神記』を通路と

して」（伊藤聡編『中世神話と神祇・神道世界』、竹林舎、二〇一一年）参照。

[8] この先蹤として、元和元年（一六一五）における先帝・後陽成への『八雲神詠伝』伝授が位置づけられる。当該伝授については、海野圭介「吉田神道と古今伝授―『八雲神詠伝』の相伝を中心に」（伊藤聡編『中世神話と神祇・神道世界』竹林舎、二〇一一年）に詳しい。伝授の場面で伝授者・萩原兼従に陪席した梵舜は、『舜旧記』に「元和元年十二月廿七日／神祇卜部朝臣兼従」と銘打つ伝授識語に続けて、「右如此予令書写進上了。以上六ヶ条也。但実家証状案已下迄七ヶ条也。予六十余老年之面目何事如之哉。」と感慨をしたためている（同十二月二十七日条）。記録と伝存切紙の関係性から「厳密には兼従からの伝授」と看做されているが、実情としては梵舜主導で伝授された蓋然性が高い。

[9]「日本紀の家」累代の進講史を集成した「日本紀侍読伝」（天理図書館吉田文庫蔵『集筆』十二所収）は梵舜の手にかかる。家譜上に「梵舜」の名はみえないが、「日本紀侍読伝」を手懸けた〝もうひとりの『日本書紀』侍読〟たる梵舜の意識は忖度される。

[10]「禁中ヨリ廿二社之其国其郡鎮座記可進上之由、中御門殿承ニテ被仰候間、則撰記令進上了。」（寛永五年八月二十日条）、「次姉小路中将ヘ禁裏様進上不求人双紙十二冊持出、中将殿渡申了。」（同九月十九日条）、「次禁裏ヘ不求人本十三冊進上、姉小路中将伝奏也。」（同二十一日条）。

[11]「次南禅寺金地院国師、江戸ヨリ上洛。……次藤氏大系図七冊恩借仕度候由候間、領掌申入也。」（寛永五年六月二十一日条）、「今日、藤氏七冊箱入、以瑛蔵主金地院国師ヘ持進了。」（同二十二日条）、「次国師ヘ源氏系図上下二冊・平橋系図一冊、瑛蔵主持進之了。」（同二十三日条）。返却記事には「金地院ヨリ藤氏系図七冊・源氏上下二冊・平橋（ママ）氏一冊、以上十冊之分返進也。慥請取之返事申了。」（同十一月二十二日条）とあり、崇伝は翌日に江戸下向。その他、晩年の梵舜は、前関白・九条忠栄、関白・近衛信尋、花山院定熙、烏丸光広ら公家に加えて徳川義直・堀正意・細川忠利など、公武双方と文物交流を重ねていく。

[12]「次浄勝院殿ヘ、予先年製之源氏物語五十四全部、外題龍山（近衛前久）御自筆也。拙僧遺物ニ進之了。秘蔵不及是非義也。一廉ニ予持参申也。一段悦喜、満足申了。」（寛永四年六月二十一日条）。

[13] 家康進上本はのち駿河御譲本となり、義直進上本ともども蓬左文庫に襲蔵される（『続日本紀』『豊後国風土記』『唯一神道名法要集』など）。初期段階における戦国大名たち（石田三成・前田玄以・島津義久）、さらに家康・義直（および板倉勝重・片桐且元・本多正純・大久保長安）への進上など、いずれの場合も梵舜との交渉が一回性ではない点にも留意される。大名文庫とのつながりは「梵舜本」の存否にとどまらず、梵舜の営為そのものにも注視すべきものがある。

【付表】神龍院梵舜――主要文芸関係・略年譜

＊諸本の奥書・識語および『舜旧記』に拠り作成。

元亀2（一五七一）『論語集解』書写。

天正8（一五八〇）『神道大意』書写。

天正12（一五八四）平野家襲蔵『日本書紀』『先代旧事本紀』『古事記』『釈日本紀』『日本書紀纂疏』ほか神書一式を吉田家へ移譲。

天正16～17（一五八八～八九）『拾芥抄』書写。

天正18（一五九〇）『平家物語』書写。

天正19（一五九一）『尊卑分脈』『本朝皇胤紹運録』書写。

天正20（一五九二）『太平記』書写。

文禄3（一五九四）『太平記』校合。

文禄4（一五九五）『仮名貞観政要』『豊後国風土記』書写。

文禄5（一五九六）近衛前久へ『日本書紀』貸与。

慶長1（一五九六）『日本書紀纂疏』書写。

慶長2（一五九七）『沙石集』書写。石田三成へ進上のため『源平盛衰記』書写、底本を近衛信尹へ返却。慶長勅版に向けて『日本書紀』神代巻の校正刷。

慶長3（一五九八）近衛前久へ『拾芥抄』進上。

慶長4（一五九九）慶長勅版開版。後陽成へ『日本書紀』神代巻を献上（後日、褒美拝領）。

慶長5（一六〇〇）細川幽斎より『太平記』借覧。『古語類要集』書写。

慶長7（一六〇二）北政所へ『長恨歌仮名書』進上。

慶長8（一六〇三）徳川家康へ「種々神道事・日本紀事」を諮問答申。板倉勝重へ『建武記』貸与。近衛前久へ『謡本外題廿三番』貸与（後年、家康へ『謡抄』進上）。

慶長9（一六〇四）島津義久へ『仮名服忌令』、近衛前久へ『公武大体記』進上。板倉勝重へ『太子憲法』貸与。

慶長10（一六〇五）徳川家康へ『神祇道服忌令』進上。後陽成へ『古事記』『先代旧事本紀』献上。

慶長11（一六〇六）徳川家康へ『玉篇』『論語抄（清原宣賢抄）』進上。豊臣秀頼へ『尊円親王巻物』『中臣祓』進上。

慶長12（一六〇七）『史記』五十冊を銀子百目で購入。『中臣祓記解・中臣祓義解』書写。

慶長13（一六〇八）徳川家康へ『日本書紀』神代巻・『論語抄』（極星硯箱入）進上、「多武峯破裂事」を諮問答申。大久保忠隣へ『拾芥抄』進上。豊臣秀頼のため『大般若経』転読。『亀卜次第』書写。

慶長14（一六〇九）『源氏物語系図』披覧・加点。

慶長15（一六一〇）豊臣秀頼へ『藤氏大系図』貸与。

慶長17（一六一二）友竹紹益へ『元亨釈書』返却。

慶長18（一六一三）徳川家康へ『続日本紀』（桐箱入）、徳川秀忠へ『紹運系図』、本多正純へ『職原抄』進上。金地院崇伝へ『服忌令』『中臣祓』譲与。

慶長19（一六一四）後陽成より『日本書紀抄』校訂の下命。徳川家康より『古事記』『旧事本紀』進上の下命、『藤氏系図』（桐箱入）『三光双覧抄』進上。西洞院時慶方へ『源氏物語』（箱入）疎開。当年、神龍院文庫破損。

慶長20（一六一五）徳川家康へ「鴨長明之事」を諮問答申、『増鏡』進上。後陽成へ『八雲神詠口決』伝授。『唯一神道名法要集』『日本書紀』神代巻（掌本）書写。

元和2（一六一六）『古今序抄』『八雲口決抄』書写

元和4（一六一八）『中庸章句』書写。

元和5（一六一九）島津義久へ『軍陣祓』伝授。細川忠利へ『神道大意』進上。

元和8（一六二二）後水尾より『日本書紀』進講の下命、豊国社へ『新判皇朝類苑』下賜。徳川義直より『藤氏系図』進上の下命（翌年に進上）。『伊勢物語闕疑抄』書写。『元元集』借覧・書写。

元和9（一六二三）後水尾より再度『日本書紀』進講の下命。吉田盛方より『二十一代集』預置。

寛永1（一六二四）姉小路公景・阿野実顕を介して『日本書紀』侍読（進講の代替）。

寛永3（一六二六）証本『日本書紀』神代巻に奥書・外題を附し献上。九条忠栄へ『続詞花集』披覧、『新長谷寺縁起』進上。松永勝遊へ『長恨歌抄』返却。西洞院時慶より一条兼良自筆本『日本書紀』披覧。徳川義直へ『唯一神道名法要集』進上。堀正意より『拾芥抄』『水鏡』返却。

寛永4（一六二七）浄勝院（幽斎女・兼治室・兼英母）へ『源氏物語』全五十四帖を進上。『元元集』補写・再治。

寛永5（一六二八）西洞院時慶へ『八雲神詠』披覧、『日本書紀』神代巻上講釈。吉田兼起へ『大学』読書。金地院崇伝へ『藤氏大系図』（箱入）『源氏系図』など貸与。後水尾へ『二十二社鎮座記』『不求人双紙』献上。烏丸光広へ『最要中臣祓』進上。

寛永6（一六二九）祇園竹坊より『篁篋抄』借覧。近衛信尋へ『旧事本紀』貸与、外題進上。

寛永7（一六三〇）唯神院神前へ『日本書紀』奉納。西洞院時慶へ『釈日本紀』貸借。浄勝院へ『天神御縁起』講釈。伝翁本屋より懸物『孔子文宣王系図』購入、九条忠栄へ『四書新注』とともに進上。花山院定熙へ『最要中臣祓』進上。

寛永8（一六三一）大阪天満宮へ『天神御縁起』譲与。祇園竹坊より『麗気記』借覧・書写、西洞院時慶へ貸借。町本屋より『三重韻本書』を銀八分で購入。

寛永9（一六三二）嵯峨鹿王院より『元亨釈書』『三体詩抄』返却。当年、痰咳により老衰死去。

第4部

聖地霊場の磁場

1　伊勢にいざなう西行

門屋　温

1　西行に興味はないものの

伊勢神宮の式年遷宮の前年、早稲田大学エクステンションセンターで「伊勢を読む」というタイトルの講座を開講した。その中で鎌倉時代から幕末まで十数本の伊勢神宮参詣記を読み較べて、時代の移り変わりとともに伊勢神宮がどのように変容していったかを、神宮の側からではなく参詣者の視点に立って見てみようという試みをした。講座終了後には、エクスカーションとして聴講生の皆さんと実際に伊勢に出かけ、私が御師となって〈早稲田講〉を引率、宿や食事等すべての手配をして、現地案内をしながら江戸時代のお伊勢参りを追体験するツアーも行った。さすがに一年間伊勢についてさまざま勉強してきただけあって、参加者から「子良館はどのあたりにあったのですか」などという質問が飛び出すなど、なかなか実りの多い講座となった。中世と近世、貴顕から庶民まで、僧侶に神官、男性と女性、様々な参詣記を読み較べてみると改めて見えてくることもあって、それはいずれ『伊勢神宮参詣記を読む』とでも題してまとめたいとは思っているが、ここではその中からひとつ、西行を取り上げて論じてみたいと思う。

「西行と伊勢」については言うまでもなくすでに数多くの研究がある。▼注[1] しかし、当然のことながらそれらのほとんどは西行その人に関するものである。西行はなぜ伊勢に向かったのか、西行は伊勢のどこに住んでいたのか、西行の歌には伊勢に対するどのような思いが込められているのか等々。とにかくみんな西行が大好きなんだなという思いが伝わってくる。しかし、正直に告白するが、私は西行には全く興味がない。私が西行と聞いて思い浮かべるのはＮＨＫの大河ドラマ「新・平家物語」で若き日の蜷川幸雄が演じていた佐藤義清ぐらいのものである。後に灰皿を投げる演出家として華々しく登場した世界のニナガワを見て、「おー、あの時の西行だ」と思ったほど、その印象は焼き付いている。ただ、ニナガワ西行はそれほど重要な役ではなかったらしく、当時ドラマを見たはずの友人に聞いても誰も覚えていなかった。ことほどさように私は西行には興味がない。ところが、伊勢神宮参詣記を読んでいると、そこここに西行が顔を出すのである。伊勢に参る人たちにとって西行は何か特別な存在であるらしい。これはいったいどういうことなのか。つまり、伊勢参詣者にとっての西行とは何であったのか、というのが本稿のテーマである。

2　西行の旧跡

まず『参詣記』（以下、伊勢神宮参詣記をまとめて呼ぶ時は『参詣記』と表記することにする）における西行を見る前に、実際の西行の事跡について簡単に確認しておこう。目崎徳衛らの研究に拠れば、▼注[2] 西行は治承四年（一一八〇）から文治二年（一一八六）まで伊勢に滞在していたと考えられる。西行の伊勢滞在を支えたのは内宮祠官荒木田氏であり、二見浦に草庵を結んだとされる。草庵の場所については古来いくつかの説があったが、現在は二見町の安養寺跡がそれにあたるとする説が有力である。▼注[3]

西行が文治二年の夏前に伊勢の地を発って東国へ向かったことは『吾妻鏡』等の記述によりあきらかであるが、その前に勧進のために定家や慈円など有縁の歌人たちに声をかけて、いわゆる『二見浦百首』のプロデュースをしたことが、天福元年（一二三三）成立の『御裳濯和歌集』に「西行法師伊勢国二見浦にすみ侍りける時、二見百首歌とて人々に詠ませ侍りけるに」と見えることなどからわかる。▼注[4] この『二見浦百首』には、定家をはじめとする在京の歌人たちの他に、伊勢内外両宮の祠官たちも参加していたとされる。当然のようにこの『二見浦百首』は定家や慈円を中心とした和歌研究の対象として取り上げられることが多いが、▼注[5] もちろん本稿の関心はそこではない。

さて、ここから『参詣記』に現れた西行を見てゆくのであるが、その前に西行について言及されていないにもかかわらず、西行との関連がうかがわれる『参詣記』について触れておきたい。伊勢参詣の詳しい記録として最も古いのが『東大寺衆徒参詣伊勢大神宮記』▼注[6] である。よく知られるとおり、文治二年春に俊乗坊重源が大仏殿の造営を祈願して神宮に参詣し通夜した折り、太神が示現して「吾、近年身疲れ力衰へ大事を成し難し、若しこの願を遂げんと欲さば汝早く我が身を肥えしむべし」との告があった。東大寺へ還って衆徒と協議の末、「神明の威光を増益せんには般若の威力に過ぐるはなし、早く大般若経二部を新写して、僧綱以下六十口の僧徒これを頂戴して、彼の宮に参詣し、内外二宮において各一部供養転読す」べしということになった。こうして東大寺衆徒の一団が伊勢にやって来たのが文治二年四月下旬、まさに西行が伊勢を離れる直前のことであった。目崎徳衛や近本謙介らの研究によれば、この東大寺衆徒の参宮自体に西行が関与していた可能性があるという。▼注[7]

西行が庵を構える二見浦には、内宮一の禰宜荒木田成長が建立した天覚寺という寺があったが、成長は衆徒を迎えるためにその伽藍の側に新たに僧房を建て、そのうち三間四面の一宇は導師の宿所に宛て、五間の屋三宇には六十人の衆僧を二十人ずつ泊めた。豪華な建物に珍菓美酒を用意し、食事は毎食贅を凝らし、須達長者が釈迦のために建てた祇園精舎も、この成長が建てた舎屋には及ぶまいとまで記されている。注目されるのはその翌日、朝からの大雨のために予定されていた御経供養は延期となり、一日暇を持て余した僧徒たちは稚児たちを伴って船遊びに出かけ、二見浦を遊覧してその景趣を歌に詠んだとされていることだ。大雨とは書かれているが、物見遊山に出かけているところを見ると、午後には上がったのであろうか。あるいは成長が雨を口実にして、賓客である僧侶たちに一日接待娯楽の日を設けたのかもしれない。「六義の諷吟を凝らし、二見の景趣を詠む」とあり、僧侶たちは思い思いに歌を詠んで楽しんだようである。このくだりを読んだとき、大神宮に大般若経転読供養を奉納するためにわざわざ東大寺からやって来た六十人もの僧侶たちが、船遊びを楽しんだり、歌合わせに興じたりしている様子にちょっと驚いた。たとえは悪いが、甲子園の全国大会に出場するためにやってきた高校球児たちが、雨で試合が中止になった日にゲームセンターやカラオケに興じている姿と重なって見えたのである。羽根を伸ばしている僧侶たちの姿を思い浮かべて微笑ましくもあると同時に、僧侶と二見浦と歌という組み合わせに西行との繋がりを感じないわけにはいかない。指摘されるように東大寺衆徒と成長を結びつけたのが西行であったとしたら、この場に西行がいた可能性はあるだろう。

ついでこれは『参詣記』ではないが伊勢時代の西行を知る蓮阿（荒木田満良）が著した歌書に、嘉禄・安貞（一二二五～一二二九）頃成立の『西行上人談抄』▼注[8]がある。その冒頭、

西行上人二見浦に草庵をむすびて浜荻を折しきたる様にてあはれなるすまゐ、見るもいと心すむさまなり、大精進菩薩の庵の草を座としたまへりけるもかくやとおぼしき、▼注[9]硯は石のわざとにはあらで、もとより水いるる所くぼみて硯のやうなるか筆をくところなともあるをかれたり。和歌の会の文台は或時は花がたみ或時は扇がやうの物を用ゐき。

などとあって、当時早くも草庵が無住となっていたのではないかと想像されるが、西行が伊勢を離れて四十年、すでにこの地が「西行の旧跡」として認識され始めていたことがわかる。

3 『参詣記』の西行

　さて、ここから本稿の主題である『参詣記』を見て行くことにしよう。最初は弘安十年（一二八七）成立の醍醐寺僧通海『太神宮参詣記』[注10]（以下『通海参詣記』とする）である。通海は弘安九年八月、外宮の式年遷宮の棟上げに参ったところ、肝心の上棟式の延期によって滞在を余儀なくされる。外宮での法施の後、

つぎに内宮に参侍れば、神地山の風の声、有為の妄雲も晴れ、御裳濯河の浪の音、無始の罪障も早くすすかれぬる心地して、承及しにも過ぎて、身の毛もよだち、かたじけなく覚えて、彼の円位上人の、又上もなきと詠し侍りける思出されて、二の鳥居の辺にして、甚深の法施奉る。

と記す。これが『千載和歌集』の「西行　高野の山を住みうかれてのち、伊勢の国二見浦の山寺に侍けるに大神宮の御山をば神路山と申、大日如来の御垂迹を思てよみ侍りける。深く入りて神路のをくを尋ぬればまた上もなき峯の松風」[注11]を踏まえていることは言うまでもない。この詞書が伊勢神宮の祭神である天照大神を大日如来の垂迹と述べていることは本地垂迹説の例としてしばしば取り上げられるところであるが、これも本稿の主題ではないのでひとまず措いておく。

　通海の出自は周知のように大神宮祭主大中臣氏であり、都では最も神宮に精通した人間の一人であったろう。しかもこの後、『通海参詣記』の中で神宮祠官と様々に論争を繰り広げているのだから、その祭神や本地をめぐる教説についても論拠となるような資料に目を通していたに違いない。にもかかわらず、神宮を訪れた通海が初めて眼にした内宮の光景に打たれてまず思い浮かべたのは他ならぬ西行の歌であった。このことはもっと注意してよいように思う。神宮についての豊富な知見を持つにもかかわらず、通海が内宮で真っ先に想起したのは西行の歌を通して見た神

宮だったのである。
通海より四半世紀ほど後れて正和二年（一三一三）、『とはずがたり』[注12]の筆者後深草院二条は熱田社参籠を同社の炎上事件によって切り上げ、伊勢に参詣している。[注13]

卯月の初めつ方のことなれば、何となく青みわたりたる梢も、やう変りておもしろし。まづ新宮（筆者注・外宮のこと）に参りたれば、山田の原の杉の群立ち、ほととぎすの初音を待たむ便りも、ここを瀬にせむと語らはまほしげなり。

この部分が『新古今集』の「聞かずともここをせにせん郭公山田の原の杉の群立ち」[注14]を踏まえているのはよく知られるとおりである。当時外宮に至る山田の原には杉の古木が鬱蒼と林立していたらしく、外宮に参る人々の目に最初に飛び込んでくるのがこの「杉の群れ立ち」であった。そして見事な杉木立を眼にした二条が真っ先に想起したのもまた西行であった。二条が「卯月の初めつ方」と言っているように五月のホトトギスの初音にはまだ早い。同じように「ここを瀬にせむ」と言って初音を待った西行と同じ場所に立って、自分もまた西行と同じものを見ているという思いが二条の心を突き動かしたのであろう。

外宮での二条は、

これにまづ七日籠りて生死の一大事をも祈誓申さむと思ひてはべるほど、面々に宮人ども歌詠みておこせ、連歌いしいしにて明かし暮すも情けある心地するに、うちまかせての社などのやうに経を読むことは宮の中にはなくて、法楽舎といひて宮の中より四、五町退きたる所なれば、日暮し念誦などして暮るる。

とあって、参籠中にも外宮の祠官たちがさかんに歌を詠んで寄せてきたことがわかる。そうこうするうちに、

それ近く観音堂と申して尼の行ひたる所へまかりて、宿を借れば「かなはじ」とかたく申して、情けなく追ひ出ではべりしかば、〈世を厭ふ同じ袂の墨染をいかなる色と思ひ捨つらむ〉前なる南天竺の枝を折りて、四手に書

きて遣はしはべりしかば、返しなどはせで、宿を貸して、それより知る人になりてはべりき。

とあって、これは『新古今集』に見える、天王寺へ詣でた西行がにわか雨に遭って遊女に宿を借りようとして断られた時に詠んだとされる歌「世の中をいとふまでこそ難からめ仮の宿をも惜しむ君かな」▼注[15]を踏まえていると思われる。そう考えると、果たして観音堂の尼に宿を借りようとして断られたという話も事実かどうか少々疑わしい。

一方、内宮では歌人として有名な二条が外宮に参籠していると伝え聞いた祠官たちが、

内宮にはことさら数寄者どももありて、「かかる人の外宮に参籠している」と聞きて、「いつか内宮の神拝に参るべき」など待たると聞くもそぞろはしけれど、さてあるべきならねば、参りぬ。

と、二条の訪問を今か今かと待ちかねていたことがわかる。内宮を訪れた二条は、

神風すごく音ずれて、御裳濯川の流れものどかなるに、神路の山を分け出づる月影、ここに光を増すらむとおぼえて、わが国のほかまで思ひやらるる心地してはべり。

と記すが、これもまた『新古今集』の「神路山つきさやかなる誓ひありて天の下をば照らすなりけり」▼注[16]を踏まえていることはあきらかである。かつて帝の寵愛をも受けたスター歌人の来訪に、歌を嗜む神宮祠官たちが色めき立ち、歌のやりとりをしようとする様は微笑ましい。二条の方も、そのもてぶりに悪い気はしていないように見える。

内宮にも同じく七日間参籠の後、

これにも七日籠りて出ではべるに、「さても、二見の浦はいづくのほどにか。御神心を留めたまひけるもなつかしく」など申すに、しるべたまふべきより申して、宗信神主といふ者を付けたり。具して行くに、清き渚、蒔絵の松、雷の蹴裂きたまひける石など見るより、佐美の明神と申す社は渚におはします。それより船に乗りて、立石の島、御饌の島、通島など見に行く。

とあって、わざわざ祠官側にリクエストを出して二見浦を観光している。ここでは特に西行に言及はしていないが、

もちろん西行が止住していたことを知らないはずはなく、「二見の浦はいづくのほどにか」という質問には西行ゆかりの地を訪れてみたいという願望が込められていると思ってよいだろう。

4　廃墟の西行

二条よりさらに後れること三十年の康永元年（一三四二）、伊勢を訪れたのが坂十仏である。坂十仏はよく知られるように天皇や将軍の侍医であり、また連歌師としても有名な人物であって、『伊勢大神宮参詣記』▼注[17]は彼が神宮法楽連歌に参加するために参宮した折りの記録である。この書が早くから注目されたのは、坂十仏が当時米寿にならんとする外宮長官度会家行と面談し、家行の語る神道説を書き留めていることによる。前出の『通海参詣記』が当然のことながら神仏習合色が強いのに比して、こちらは伊勢神道説の聞き書きであって神仏習合の色合いは薄い。そのため戦前は神宮への敬神の情を語る書として賞揚され、『太神宮参詣記』と言えば通海のそれではなく坂十仏のものをさした。▼注[18]その反動であろうか、戦後坂十仏の『伊勢大神宮参詣記』の方はあまり取り上げられることがなくなってしまった。▼注[19]

坂十仏も伊勢へ到着後、まず外宮に参詣する。

宮川を渡りて、は山しげ山の陰に至りて見れば、此面彼面の里道をひらきて、誠にひとみやこなり。ここを山田の原と申せば、実も杉の村立おくふかげなり。これ則外宮也。

これもまた『とはずがたり』と同様、西行の「聞かずともここをせにせん郭公山田の原の杉の群立」を踏まえている。神宮に着くと真っ先に眼に映る杉木立に西行の歌を思い浮かべる様は、もはやそれがステロタイプな反応と化していると言ってよい。たとえてみれば、襟裳岬を始めて訪れた内地の人間の多くが「何もない春ですぅ」と森進一の歌を口ずさんでしまうのに近い。ここにあるのは、歌詠みにとっての伊勢が西行の目を通した伊勢であるという事実である。十仏は外宮と内宮を参詣した後、小朝熊社を経て二見浦へと向かう。

朝熊にて、二見浦はいづくぞと尋侍りし程に、をちかたに見ゆる里をすぎて行けば則かの浦なりと、あやしげなる人のをしえ侍りしかば、この詞をしるべにて尋行程に、目にかけし里をすぎて、こころざす浦にいたりぬ。この浦の景色を見るに、都にて伝聞しはことのかずにあらず。遠浦渺々として万株の松煙に和し、孤島峨々として百尺のいはほ、月にそばだてり。

十仏も二条と同じく「二見浦はどこか」と案内を乞うているのは、やはり西行の旧跡を訪ねようとしてのことであろう。海岸伝いに南下する途中、十仏は大江寺に立ち寄る。

山陰とほくめぐれる入海のかたを尋て、江寺と申観音の霊地にまゐりぬ。苔ふみのぼる石橋は盤折にて、渓の灣音かすかなり。黄葉を払てふるき跡をたづね、青竹に携て遥なる峯に至る。近頃までは僧坊などもありけるとや申侍れども、世の中のしづかならぬによりて、禅徒の止住すべき便もなし。あまのすみかの四五宇あるばかりなり。

この江寺（大江寺）は、やはり文治年間に西行の庇護者であった荒木田成長が再興したものの、南北朝の争乱によって再び荒廃していたと思われる。これを見た十仏は、

一花一香のつとめも絶ぬれば、千手千眼のちかひもなきがごとし。仏前のさびしくなる事も、人間のおとろふる故也と、世の哀にうちそへて、旅の涙もしきりにこぼる。

という感慨を漏らしている。やがて、十仏は目指す安養山にたどり着く。

磯山かげの道を行程に、哀れに心すごき古寺あり。安養山と申所也。是は西行上人の住侍ける旧跡とかやぞ承る。望を西刹にかけし昔は四十八願の迎の雲眼にさへぎり、名を南浮にとどむる今は、三十一字の詞の花を心に残す。

仏道修行の身となりしかども、神明崇敬の志も侍けるにや、難波津の梅の匂を神道山の春の霞にうつし、浅香山の月の影を御裳濯河の秋の水にうかべけり。宮川の歌合をも此所にて集けるとぞ承る。然れば両宮の祠官もこの風をまなび、一寺の僧侶もかの跡をこそしたひ侍りしに、いまは磯辺によするもしほ草、かきをくすさみばかりは、この世にとどまりて、浪間にひろひし玉のありかはたづぬべき道にもあらず。あしの葉の冬がれたる浦風吹わたりて、難波の春はと詠じけるむかしの夢のおもひ出しかば、

難波江にあらぬなぎさの芦のはも霜がれぬれば夢かとぞおもふ

「西行上人の住侍ける旧跡とかや承る」とあるように、草庵の跡はすっかり荒れ果てていたようである。十仏はこの廃墟を前に西行に思いを馳せる。かの『宮河歌合』▼注[20]もここで集められたと聞いた。両宮の祠官や一寺の僧侶も西行を偲んで歌を学んだというが、今やその跡も留めぬほどに荒んでしまっていると記す。「難波の春は」はもちろん『新古今集』の「津の国の難波の春は夢なれや蘆のかれはに風わたるなり」▼注[21]を指している。もはや西行を偲ばせるものは何もなく、すべては昔の夢でしかないのである。この場面は『伊勢大神宮参詣記』のクライマックスと言ってもよい。

先の大江寺の場面もそうであったが、十仏はしばしば時の移ろいに思いを馳せ、無常の念を噛み締める。廃墟に反応するのもその心情の表れであるが、『伊勢大神宮参詣記』にはもう一箇所印象的な廃墟のシーンがある。それは参詣記の最初の部分、参宮に先だって斎宮跡を訪ねる場面である。

これなむあら小田のなれるはてよとこたふるをきくに、いとどかはれる世の有様もかなしくて、斎宮に参りぬ。いにしへの築地の跡と覚て、草木の高き所々あり。鳥居は倒て、朽残たる柱の道によこたはれるを、人だにもかくとしらせずば、只ふし木とのみぞ見てすぎなまし。斎宮と申は、たえて久敷跡なりしを、ちかごろ再興有べしとて花やかなる風情など有しかども、芳野山の桜常なき風にさそはれ、嵯峨野の原の女郎花あだなる露にしほれしかば、野宮の名のみ残りて斎宮の御下りにも及ばず、神慮のうけおぼしめさぬ政なりけりとは、此時こそ思ひ

合せ侍しか。

築地の跡や朽ちた鳥居を見て、華やかなりし昔に思いを馳せている。十仏はこうして度々廃墟に反応しているが、もし西行が止住した寺がそのまま昔と変わらぬ姿でその場所に建っていたとしたら、果たしてこれほどの感慨を惹き起こしたであろうか。たとえばである、最近のどこかの観光地のように往時の西行庵を復元再建し、そこに西行の姿をした「人造人間」が坐して歌など詠んでいたりしたら（それはそれでちょっと見てみたい気もするが）、坂十仏はきっと興醒めしてすぐさま立ち去ってしまったことだろう。歌詠みである彼にとっては、廃墟こそがイメージを喚起する場所なのである。荒れ果てた古寺や築地の跡の方が、そこにかつてあったであろう建物やそこで暮らしていたであろう人の様についてのイメージを膨らませるのには好都合である。現代でもＣＧで再現してしまえば誰にでもわかりやすいが、その色や形は限定されてしまう。何も残ってなければ、見る人はそれぞれ自分のイメージを立ちあげて、そこに自分が見たいものを見ることができる。そしてそれを歌に詠んで人に伝えようとする。伊勢における西行や斎宮はそうしたものとして機能していると言えよう。

伊勢神宮は二十年に一度の式年遷宮というシステムを持っているがために、社殿は常に更新され時代を感じさせることがない。いわゆる「常若」は永遠の象徴であって、無常の対極にある。変らないものは歌の素材としては面白みに欠ける。西行という和歌世界のレジェンドは、「永遠」の世界である伊勢に「無常」を持ち込むはたらきをしている。ちょうど半導体にドープされた不純物のように、西行によって伊勢全体に揺らぎが生じ、歌を呼び起こすのである。

5　西行の聖地

坂十仏の参宮からさらに下ること一世紀余、文明三年（一四七一）に伊勢外宮の別宮高宮の祠官であった山田大路元長の手になる『元長参詣記』▼注[22]は、神宮の覚え書きのような内容でいわゆる『参詣記』とは少々趣きが異なるが、西行について次のような話を載せる。

西行法師、太神宮参詣出家ノ人、中院ノ神拝ヲ不許賜ト思、少マドロム心地シタリケル夢ニ、御詠歌給リ坐ス。其詠ニ、天照月乃光は神垣や曳注連縄のうち外もなし。

すなわち、僧尼の正殿近くでの参拝は許されないと思っていたが、夢中に「垣の内も外も違いはない」という神詠を授かったというのである。原克昭が指摘するように、応仁の乱以降の荒廃によって神宮周辺の治安は悪化し、参詣者の姿もないような状況であったらしい。その十年後の文明十三年（一四八一）に同じ元長が著した『参詣物語』▼注[23]には、

爰に倭姫命御裳のよごれを濯賜川御裳濯河と云。彼に一百二十丈黒樹橋有り、是秘し奉るなどかたるほどに已に暮れなんとす。旅人云、吾万里を隔て参りぬ。此の宮の御名残りもつきせず。有りつる宮人も帰りぬ。爰に西行上人賀茂の宝に参り、神前にて読み賜う歌、今身上に当たりて袖をぬらしき。

畏まる注連に涙のかかるかな又いつかはとおもふ心そ

とあって、西行の歌が引かれてはいるものの、伊勢ではなく賀茂社に参詣したときのものである。▼注[24]元長は外宮の杉の木立や二見浦を見ても西行の歌を引いてはいない。伊勢神宮が荒廃して式年遷宮も満足に実施できないような状況下、神官祠官である元長にとっては廃墟を見て西行を想うなどという余裕はなかったのかもしれない。

また坂十仏と同じ連歌師であるが、時代は百八十年も下って大永二年（一五二二）の『宗長手記』▼注[25]は次のように記す。

同月二十日あまり内宮の建国寺にまかりて西行谷とてかの上人の旧跡へ各誘引有て、五十鈴御裳濯のするゑをわたり、山田のあぜのほそみち萩薄の霜かれを分さす入より、まことに心ぼそげなり。山水をかけひにてその世ながらの松のはしら、竹あめる垣のうち坊に尼十余人ばかり紙の衾麻のつつり樒のかほり、むかしをもみるやうにお

ぼえて、ふと心にうかぶことを、

聞しよりみるはあはれに世を厭ふ昔おぼゆる住居かなしも

長らく式年遷宮は絶えて、神宮は荒廃していたと思われるが、宗長は西行の旧跡を訪って、質素な坊の尼たちに「昔を見る」ような感慨を抱く。これもまた歌詠みの想像力のなせるわざであろう。

なぜ人はかくも伊勢に惹き寄せられるのか。これは日本の信仰を研究する私にとってひとつの大きなテーマである。庶民が一生に一度は果たしたいと願うほど、お伊勢参りが風俗となった近世であれば説明はさして難しくない。「伊勢参り、大神宮へもちょっと寄り」という川柳を挙げるまでもなく、根底のところには信心があるにしても、やはり物見遊山が大きな動機であったことは間違いない。それに対して、中世の参宮はどうであったか。参詣ルートも整備されておらず、宿泊施設等のインフラも整ってはいない。一般庶民にとって伊勢はまだそれほど馴染みのある神ではなかった。それでもはるばる遠くから神宮へ足を運び、『参詣記』を記す人々を伊勢の地へと呼び寄せたものは何だったのか。彼らは僧であったり、尼であったり、医師であったりと様々であるが、共通していることがある。それはいずれもが「歌詠み」であったことである。そしていずれもがいわゆる「在俗」の身ではないことである。そして、彼らが見る伊勢がしばしば歌人西行を通して見た伊勢であったことは、本稿を通して見てきたとおりである。

中世の『参詣記』を読む限りにおいて、人を伊勢に引き寄せたものは天照大神への信仰でもなければ、ましてやその本地たる大日如来への信仰でもない。もちろん神宮の祠官や彼らと交流のある僧侶たち、あるいは神道に関心を抱く学僧や学者公卿などは、神学的関心や課題を胸に伊勢を訪れたことであろう。▼注[26] しかし、彼らのほとんどは『参詣記』という形で記録を残してはいない。『参詣記』を残しているのは主に文学的関心から伊勢を訪れた人たちで、彼らは皆「歌詠み」であった。そして彼らは、かつてかの「西行法師」が隠栖した地として伊勢を見、廃墟に西行の姿を偲ぶのである。つまり、なぜ歌詠みたちが伊勢に参るのかと言えば、それはそこがかつて西行がいた場所であったからに他ならない。最近、アニメの舞台となった場所を「聖地」と称して遠くから訪れる観光客が絶えないという話をよく聞く。それになぞらえて言えば、中世の伊勢はまさに歌詠みにとっての「西行の聖地」として認識されていたのではないか。そして今もなお「西行という聖地」は人を惹きつけてやまないのである。

【注】

［1］西行と伊勢に関する論考は数え上げればキリがないので、ここでは本稿に関わるもののうち主要なもののみを挙げるにとどめる。また、個々の問題に関する参考文献については後掲する。
目崎徳衛『西行の思想史的研究』（吉川弘文館、一九七八年）、萩原昌好「西行と伊勢信仰についての試論」（『論集西行』笠間書院、一九九〇年）、稲田利徳『西行の和歌の世界』（笠間書院、二〇〇四年）、小林幸男・船田淳一・平田英夫〈西行学会大会シンポジウム記録〉「伊勢と西行」（『西行学』六、二〇一五年）。

［2］前出、目崎徳衛（一九七八年）。

［3］岡田登「西行と伊勢の大神宮」（『西行学』六、二〇一五年）。

［4］石川一「『御裳濯和歌集』校注（Ⅰ）」（『県立広島大学人間文化学部紀要』八、二〇一三年三月）。

［5］例えば、石川一『慈円法楽和歌論考』（勉誠出版、二〇一五年）など。

［6］増補大神宮叢書十二『神宮参拝記大成』（吉川弘文館、二〇〇七年）。

［7］前出、目崎徳衛（一九七八）のほか、伊藤聡「文治二年東大寺衆徒伊勢参宮と弁暁―金沢文庫保管『大神宮大般若供養』をめぐって」（『仏教文学』二五、二〇〇一年三月）、阿部泰郎「伊勢に参る聖と王―『東大寺衆徒参詣伊勢太神宮記』をめぐりて―」（今谷明編『王権と神祇』思文閣出版、二〇〇二年）、近本謙介「文久から建久へ―東大寺衆徒伊勢参詣と西行―」（『巡礼記研究』三、二〇〇六年九月）など。

［8］寛延四年（一七五一）写。（早稲田大学図書館古典籍総合データベース）。

［9］大精進菩薩云々については、『迦葉経』の「出家後、大精進菩薩拿著佛像到山裡去、用草來鋪設座位、在佛像前面結跏趺坐。」に

もとづく。

〔10〕前出、『神宮参詣記大成』所収。
〔11〕『千載和歌集』巻二十　神祇歌。
〔12〕『とはずがたり』（日本古典文学全集、小学館、一九九九年）。
〔13〕『とはずがたり』と伊勢をめぐっては、阿部泰郎「西行における〈神〉の発見―参宮というテクスト―」（『西行学』一、二〇一〇年）、高木周「『とはずがたり』後編と西行―月の歌の影響を中心に―」（『西行学』五、二〇一四年）参照。
〔14〕『新古今和歌集』巻三　夏歌。
〔15〕『新古今和歌集』巻十　羇旅。
〔16〕『新古今和歌集』巻十九　神祇歌。
〔17〕前出、『神宮参拝記大成』。
〔18〕たとえば、文部省教学局編纂の「日本精神叢書」には加藤玄智執筆の『太神宮参詣記と敬神尊皇』（一九四〇年）が収められているほか、解説書や注釈書の多くは戦前に出版されている。
〔19〕数年前大学の演習の授業で坂十仏の『伊勢大神宮参詣記』を学生諸君と精読したが、和歌や漢詩についての広博な知識がこれでもかとばかりに披瀝されていて、非常に面白かった。坂十仏の『参詣記』は、もう一度きちんと読む必要があると思う。
〔20〕『宮河歌合』については、平田英夫『御裳濯河歌合　宮河歌合　新注』（青簡舎、二〇一二年）、同『和歌的想像力とその射程―西行の作家活動―』（新典社、二〇一三年）などを参照。
〔21〕『新古今和歌集』巻六　冬歌。
〔22〕『元長参詣記』については、原克昭「『元長参詣記』略解―現場で披かれる〈中世日本紀〉―」（伊藤聡編『中世神話と神祇・神道世界』竹林舎、二〇一一年）を参照。
〔23〕増補大神宮叢書十七『度会神道大成・前篇』（吉川弘文館、二〇〇八年）。
〔24〕『夫木和歌抄』巻第三十四、神祇。
〔25〕『群書類従』第十八輯、日記部。
〔26〕たとえば最近では、小川剛生「兼好法師の伊勢参宮」（『日本文学研究ジャーナル』創刊号、二〇一七年）が、こうした参宮を取り上げている。

【コラム】

弥勒信仰の表現史と西行

平田英夫

嘉応元年（一一六九）に没したとされる肥後阿闍梨、皇円は、『法然上人絵伝』（巻三十）によれば、「…慈尊の出世にあはむには、命ながきもの蛇にすぎたるはなし。我かならず、大蛇の身をうくべし」として、遠江国笠原庄の桜の池に蛇身となって沈み、弥勒下生のその時を待ったとされる。その命終には「水をこひ掌の中に入れておはりにけり」とされ、桜の池では、その後、閑かな夜には振鈴の音がしたとする。高僧の、類型的な、いわゆる極楽往生伝とは趣を異にする。弥勒菩薩の兜率天へ往生する説話は多いが、弥勒の下生をこの世で待ち受ける人々の物語史に心ひかれる。

五十六億七千万年後の「未来」といった果てしない時間軸を目指して展開される弥勒菩薩による龍華三会の暁を待つ人たちの物語は、日本においては、周知のごとく、空海に付随して語られてきた。真言密教の教義の核心とは必ずしも一致しないが、日本国においても弥勒の下生に立ち会う聖人が渇望されていた。空海の場合、皇円とは異なり、転生はせず、肉身のまま待ち続けるという超人的行為によってそれを成し遂げようとする。そして留身入定の地である高野山奥の院の弘法大師廟が、そのような思いを集約する場として設定された。現在、その地には、兜率天から落ちてきた「みろく石」といった事物が置かれることからもわかるように、そのままそこを弥勒下生の地として認識しようとしていた。そして空海の坐す岩室に詣でることは、永遠の時空を流転する人々も、納骨や納髪といった納める行為でそこに結縁することによって、龍華三会に召喚されて救済されるという観念があったこともすでに説かれているとおりであろう。

空海の没後に書かれた「御遺告」には、空海が、死後、兜率天に転生して、弥勒菩薩の御前に侍り、その御供として五十六億余の後に下生すると記されており、弥勒信仰の端緒とされる。『栄花物語』では、藤原道長が、その姿をのぞき見て「御髪青やかにて、奉りたる御衣いささか塵ばみ煤けず、あざやかに見えたり。御色のあはひなどぞ、めづらかなるや。ただ眠りたまへると見ゆ」（巻十五・うたがひ）と活き活きとその姿を捉え、『今昔物語集』では、空海の弟子筋である、観賢の眼を通して、「塵閑マリケレバ、大師ハ見エ給ケル。

御髪ハ一尺計生テ在マシケレバ、僧正自ラ、水ヲ浴ビ浄キ衣ヲ着テ入テゾ、新キ剃刀ヲ以テ御髪ヲ剃奉ケル。水精ノ御念珠ノ緒ノ朽ニケレバ、御前ニ落散タルヲ、拾ヒ集メテ緒ヲ直ク挿テ、御手ニ懸奉テケリ。御衣清浄ニ調ヘ儲テ、着奉テ出ヌ」（巻第十一第二十五話）と、その腐乱したところにも眼を向けて、現実的な風味をやや加えるかたちで捉え直される。その存在をそれ相応の立場の人が確認することを核として描かれる。この傾向は、その後も継続され、『太平記』（巻三十九／西源院本）では、その終盤で、光厳院が、入定の扉を開き、

その日やがて奥院へ御参詣あつて、大師御入定の扉を開かせ給へり。…慈尊の出世は遙かなれども、三会の儀すでに眼に遮るが如し。奥院に御通夜あつて、暁出でさせ給ひ、一首の御製あり。

高野山迷ひの夢も覚めやとてその暁を待たぬ夜ぞなき

と、未来仏の法会を現実的に最前線で体感できる場として描かれてきた。近代文学では、折口信夫『死者の書　続編』（折口の草稿につけられた仮称）にて、「木幡の右大臣」（藤原頼長をいうとも）が、その有様を見るという構成をとるように、このモチーフは、高野山奥の院をめぐる空想と文学の歴史に通底する大切な要素であった。

高野山奥の院の御廟の橋（無明橋）を渡ると、日本最古とされる歌碑卒塔婆が立つ。正和元年（一三一二）の銘を持ち、卒塔婆には「いにしへははなさくはるにむかひしににしにくまなき月おみるかな」といった和歌らしい花月の風情で構成される一首が記される。院政期になると、空海の廟を和歌に詠じるようになる。殷富門院大輔は、高野山奥の院に入定した空海を思い、以下のように詠む（傍線・波線は筆者による）。

様々めでたきことも、ふりぬるをのみこそつたへ聞け、高野の大師いまだおはしますなるこそ、聞くもめづらかに、かの鶏足山をこそはるかに聞きつたへましに、これもおはしますこそ心おごりにもおぼえて

高野山かみなき道にたづねいりてみねのあさ日の光をぞ待つ　（『殷富門院大輔集』二四九）

傍線部に「いまだおはしますなる」というところが、いわゆる即身仏信仰へと展開していく要素をもった言い回しで、以下の『梁塵秘抄』にも類似表現があり、その存在の臨場感をいう象徴性を持っていた。

大師の住所は何処何処ぞ　伝教慈覚は比叡の山　横河の御廟とか　智證大師は三井寺にな　弘法大師は高野の御山にまだ坐します　（『梁塵秘抄』二九五）

今まさに肉身のままそこに坐すがゆえに弘法大師は、特別な存在であったことをよく示す今様であろう。後に慈円もこの

ようなモチーフで高野山の霊性を説いていて、今も岩陰に坐すその存在感は神秘性を演出するのに非常に優れていた。

ありがたや高野の山の岩かげに大師はいまだおはしまするなる　（『拾玉集』春日百首草・高野・二六七二）

この「おはします」の表現史は、西行が大神宮で詠んだとされる以下の歌が有名で、

太神宮御祭日よめるとあり

何事のおはしますをば知らねどもかたじけなさに涙こぼるる　（『西行上人集』板本）

西行の伝承歌ではあるが、藤原清輔の『和歌初学抄』にも、以下のように神祇歌（『六華集』は「賀茂より日吉への御歌」とする）で用いられいて、

何事かおはしますらむ瑞垣の久しくなりぬみたてまつらで　（『和歌初学抄』一〇四）

その表現の位相には注意が必要である。菅原道真をどのように詠んでいるのかなど気にしてもよいところであろうが、神の「座」をめぐる、和歌においては敬語を用いた特殊な表現である。

殷富門院大輔詠に戻るが、その波線部は、天竺にて、同じく弥勒下生の世を待つ迦葉尊者が入定した「鶏足山」を思っていて、これも『梁塵秘抄』の例をひくが、

迦葉尊者はあはれなり　付嘱の衣頂きて　鶏足山に籠り居て　龍華のあか月待ち給ふ　（『梁塵秘抄』一八四）

龍華の暁を待つ聖人として日本においてもよく知られていた。空海の立場は、迦葉尊者の役割を日本において果たすことにあった。

三会のあか月待つ人は　処を占めてぞ坐します　鶏足山には摩訶迦葉　や　高野の山には大師とか　（『梁塵秘抄』二三四）

日本国において「処を占めてぞ坐します」人であり、大輔の歌は、日本国にそのような聖人が出たことを誇らしく思うところから詠まれていて、天竺から日本へと通じる系譜が意識されている。

『千載和歌集』の「釈教部」には、以下の寂蓮の歌が、高野山を詠んだものとして入集する。

高野にまゐりてよみ侍りける

暁を高野の山に待つほどや苔の下にもあり明の月　（『千載和歌集』釈教・一二三六・寂蓮法師）

やはり留身入定する空海に焦点を絞るが、朝陽としての弥勒を待つ間の「有明の月」として、岩室に座す空海を詠む点が和歌文学的である。地下空間に有明の月が封じられているといった発想は斬新であろう。

この時代、高野山に関心を持ち、その拠点を置いていた歌人は西行であるが、西行は、意外にも奥の院を和歌に詠むこ

とはしていない。ただし、無明橋の上にて月を眺め、都に去った西住を想う歌を残している。

高野のおくの院のはしのうへにて、月あかかりければ、もろともにながめあかして、そのころ西住上人京へいでにけり、その夜の月わすれがたくて、又おなじはしの月のころ、西住上人のもとへいひつかはしける

ことゝなく君こひわたる橋の上にあらそふ物は月の影のみ　（『山家集』一一五七）

かへし

おもひやる心は見えで橋の上にあらそひけりな月の影のみ　（同・一一五八・西住）

恋歌を偽装しながら、その月の美しさに託して西住への想いをいう歌になっている。月の美しさゆえに夜通し眺め明かしたとするが、そこが特殊な地であることを考える時、不可思議な印象をどうしても残す。その背景に、聖(ひじり)として夜間に無明橋の上にて、空海の廟に対して何らかの宗教行為を成していた西行の姿を見ることは可能であろうか。

そして西行と奥の院、弥勒信仰の関係を考える時、以下の『山家心中集』の「跋文」が重要な問題を提示してくれよう。

ある人のもとにまかりたりしに、山さとのしふと申ものゝ侍を見れば、さなりけりとをかしく、たれがしはざとおぼえぬこともかきつけられたり、みぐるしくかをあかむ心ちすれとも、ちり侍にけばかゐなくおぼえて、みもゝうたむそちこそさることはべりきとおぼゆれ、それをぬき給へと申し侍ぬ、すゐにみ給はむ人、むなしきこと葉をひるがへして、りう花のあか月さとりひらけむちぎりになしたまふべし

みやきがうたかとよ、あそびたはぶれまでもと申たることのはべるはいとかしこし　（伝冷泉為相筆本『山家心中集』跋文）

『山家心中集』は、『山家集』からの西行自身の秀歌撰と考えられていて、その成立の事情はこの跋文によって知られるのであるが、注目すべきところは他にあり、それが傍線部の箇所である。本傍線部は、狂言綺語観をめぐる、よく知られた以下の文言を基盤にして構成される。

願以今生世俗文字之業狂言綺語之誤
翻為当来世世讃仏乗之因転法輪之縁　（『和漢朗詠集』仏事・五八八・白楽天）

西行は、どうしてそれを龍華三会の暁の契りとするようにと言い換えて、世に残したのであろうか。自身の詩作や和歌、芸能といった狂言綺語を翻して讃仏乗の因とする構図は当時として決して珍しいものではないが、それを弥勒菩薩の龍華樹での悟りを開いた折の契りとせよと言うのは西行独自の意

図を読み取る必要がある。西行の歌を「末に見給はむ」人というのは我々でもあり、この文言は現代の我々に対しても投げかけられているのである。

今まで述べてきたように、時代の風潮としては、弥勒下生を意識する場といえば、高野山奥の院の弘法大師廟であった。少なくとも当時、西行がこのように言えばその地が意識されるのではないか。『山家心中集』の編集が、その高野山在住時代の末期に自身の作歌活動の大きな区切りとしてなされ、そして伊勢へと旅立っていったのであれば、傍線部の持つ意味は大きい。西行は、その作歌活動の集大成として、花月の美しさや恋の哀れを詠じた自身の秀歌を、空海に奉るという構想を提示したのではないか。実際にそのような行為をなすというより、そのような風を装った、「跋文」まで含めての文学的虚構が施されていると考えるべきであろう。このようなことが明確化される時、空海から天照大神へ、高野山から伊勢大神宮へといった西行の作歌活動の見通しが多少は鮮明になってくるが、それを言うには院政期における弥勒信仰の文学的表現の諸相や、奥の院の空海の留身入定をめぐる物語といったことをもっと丁寧に調査・考察していく必要があろう。和歌の美的言語を翻して龍華三会の暁の契りとするといったことが具体的にどのような意味合いを持つのかなど検討課題は多い。

2 詩歌、石仏、縁起が語る湯殿山信仰
――室町末期から江戸初期まで――

アンドレア・カスティリョーニ

1　戀の湯殿山

江戸時代（一六〇〇〜一八六八）の紀行に登場する出羽国（現在の山形県）の湯殿山はよく「戀の山」と呼ばれていた。▼注[1] 一見するとこのような呼称は、苦行の行場だった湯殿山の宗教的アイデンティティーと矛盾すると思われる。しかし、近世の巡礼者は、戀という字を四つの部位に分離し、この霊山に入る人の言葉（言）を二つの綱（糸糸）で縛り、心からの沈黙を守ることと解釈した。つまり、湯殿山は言葉の音を遮断し、巡礼の修行について語ることを禁じた極めて厳しい山岳として想像されたのである。

元禄二年（一六八九）に松尾芭蕉（一六四四〜一六九四）は、弟子の曽良（そら）（一六四九〜一七一〇）と共に出羽三山へ巡礼をし、語ることが禁じられた湯殿山に存在する沈黙を俳句の技術で描写しようとした。羽黒山に戻った後、芭蕉は「語られ

ぬ湯殿にぬらす袂かな」という有名な俳句を作り、言葉を超越した身体の感覚を利用して、湯殿山の秘密であるからこそ生まれるカリスマ性を、隠しながら明らかにした。[注2]芭蕉が亡くなってから、この湯殿山に関する俳句は『おくのほそ道』（元禄十五年〈一七〇二〉）に掲載された。この山への巡礼が俳諧師にとって意欲的な挑戦であったことを示していると考えられる。

芭蕉が経験した元禄の湯殿山は、その数年前から、近くにある羽黒山と月山の奥の院とされ、出羽三山の一角を占めるものになっていた。[注3]それ以前の十七世紀半ばごろまでの湯殿山は、羽黒山や月山、鳥海山、葉山を含む庄内平野に位置する全ての聖なる山の総奥の院として崇められていた。このことから出羽三山が柔軟な山岳霊場の構造を形成していたことが分かる。曼荼羅化した出羽三山のパノラマを読み解くと、聖観音菩薩（垂迹神は羽黒山大権現）は現世の象徴として羽黒山を守り、大日如来（垂迹神は湯殿山大権現）は来世の象徴として湯殿山を、阿弥陀如来（垂迹神は月山大権現）は前世の象徴として月山を守った。[注4]出羽三山には全ての時制を網羅した、救済への三尊の浄土の入り口があると信じられた。羽黒山には聖観音菩薩の霊地があり、湯殿山には大日如来の密厳浄土が、月山には阿弥陀如来の極楽浄土がそれぞれあった。羽黒山の麓から出発した巡礼者は、聖観音菩薩により現世利益を貫いながら月山の頂点まで登り、阿弥陀如来の慈悲によって前世の悪業を清め、翌日の曙に湯殿山まで降りて来世を守る大日如来と結縁し、即身成仏の体験をすることができると信じられていた。

出羽三山への巡礼の最後を飾るクライマックスだった湯殿山は、山と言われていても山ではない。なぜならば、湯殿山の最も聖なる場所は、仙人沢を流れる大梵字川の上流にある「御宝前（ごほうぜん）」という巨大な黄土色の岩だからである【図1】。温泉の湯はこのしわの寄った丸い石体の表面を覆い、左の噴火口は胎蔵界曼荼羅、右は金剛界曼荼羅であるとされ、また御宝前全体は両部大日如来の法身とされて、その変身である湯殿山大権現との合体を現わす。密教的な記号論を包括した御宝前は、命の起源である水の倉と宇宙の子宮と考えられたので、「霊場」と呼ばれたと同時に、万物を生む「霊女」とも呼ばれた。このことから、湯殿に関する信仰は、山岳信仰というより巨岩信仰だったと考えることもできる。

図１　御宝前（山形県仙人沢、著者撮影、23/07/2013）

出羽三山の中心にあった宗教的なダイナミズムは、羽黒山と湯殿山の間に生まれた融合と敵対の中から発生したと言える。羽黒山は「修験の山」であり、修験者は集団で入峰（にゅうぶ）儀礼をしていたので、この山の施設と教義に対して羽黒修験者は重要な影響を与えた。これとは異なり、湯殿山は「行の山」であり、仙人沢という行場で行者たちが個人的に苦行を実践した霊地だった。これにより、湯殿山には清僧、修験者、一世行人（いっせいぎょうにん）という三種類の宗教的なプロフェショナルが存在した。清僧は真言宗の僧侶である。修験者は在方修験者と言われ、湯殿山麓の村に暮らしながら農業をし家族を持っていた。また、一世行人は禁欲を守り、湯殿山で千日行と呼ばれた三年三ヶ月に及ぶ山籠を行い、この行の間に断食と木食行（もくじきぎょう）などの苦行をし、それによって得た行徳により、湯殿山講に属した信者の願を成就することができた。表口の別当寺だった注連寺と大日坊では、一世行人は住職の役割を果たし、裏口の別当寺だった本道寺と大日寺では、清僧のみが住職になり、修験者は巡礼者のために山先達として働き、一世行人は千日行を実践した。高名な一世行人の場合には、死後、石（いし）の匵（かろうと）と呼ばれる地下の岩屋に遺体が安置され、ミイラ化された後、即身仏と称された肉身像として湯殿山講の信者たちに崇拝された。これらのことから、湯殿山の特徴的な宗教的アイデンティティは、一世行人と彼らが実践した苦行との強い繋がりを基礎としていたと考えられる。

2 湯殿山が鍛えた渡海者

湯殿山の信仰は中世にも確かに存在したが、史料が僅かでその信仰の形態は断片的にしか残ってない。湯殿山の名前を記す最古の史料は享禄四年（一五三一）に学僧の恵範（えはん）（一四六一〜一五三七）が書いた『那珂湊補陀落渡海記（なかみなとふだらくとかいき）』である。▼注[5]常陸国（現在の茨城県）の六地蔵寺に住した恵範は、その寺の勧化僧のためにこの本を書いた。話は常陸国にある那珂の港から観音菩薩の補陀落へ渡海する高海上人という聖に焦点があてられる。補陀落に辿り着くことは入水という捨身行が前提とされた。渡海者の高海上人と、行動を共にした信者二十二人は、海の波間に身体を投げ、海の向こうにある補陀落の入り口を目指した。高海上人はフィクションの人物と思われるが、十六世紀には確かに補陀落を目指した入水がピークになり、特に常陸国の海岸は、観音菩薩の浄土に行くための最も相応しい出発点と考えられた。『那珂湊補陀落渡海記』を見ると、作者・恵範はこの信仰の隆盛を認識し、常陸国の人々が関心を持ちそうなテーマに焦点を合わせて、六地蔵寺の僧侶の勧化に対する人気を高めようとしたと推察できる。

高海上人は諸国遊行の僧として提示される。彼は木の葉でできた服を着用し、ある時には俗人と同じような髪型をし、ある時には仏陀の髪型を真似て自分の髪の毛を螺髪にして、狂った行者の雰囲気を醸しだし、裸のままで山や村を歩いた。この上人は百八つのどんぐりで自分の数珠を作り、泥の塊六個を錫杖の輪にし、旅に出る度に背負った笈の中に鉄と石の火打ち道具を入れ、絶えず独鈷を崇拝し、幣に神を誘った。▼注[6]享禄三年（一五三〇）十一月十八日に高海上人の夢に観音菩薩が現れ、補陀落へ渡ることを上人に迫った。その翌日、彼は下野国（現在の栃木県）の勇泉嶽（ゆうせんだけ）に登り、七日間その山に籠った後下山すると、そこには渡海船を作るための材木がどこからともなく現れた。一ヶ月後、高海上人は熱心な渡海者の集団と共に那珂川を厳粛に航行し、沖に向かって姿を消した。

この話の終わりに、恵範は高海上人を礼賛するために、五言律の十六行で出来た四連の詩歌を作った。

高山神山生　深海龍王宿　海岸孤絶峯　観音接化道
海公何因縁　廣大善根殖　上補陀洛高　音楽遊戯場
上下南西北　无倦勵行徳　水立又坐樹　来去更別无
人勧安楽国　際度益為卆　波平舟行直　迎接海内外
木為粮年越　生別菩薩衆　鎮命唱佛名　勢佛亦无我
食断如飛之　死敢不恠人　打杖一片補　至自他同一
草衣修佛前　海公卆所愛　苦抜祈弥陀　隋願主任心
衣破遊諸州　渡海観音敬　空不着京洛　後生浄刹中
別離不悲旅　常為留无便　岸啐又啼溪　弥碧海遠至
火木先王宿　楽生初禅得　下至十念色　陀佛阿弥此
浴流二六常　我執自遠離　風来温躰山　放逸者知不
水断回幾州　浄水見无欲　樹葉遮雨色　光来至寒遠
湯泉誰瑞吉　四時涌出常　恒流阿鑁名　應知大秘密
殿隣大福田　徳巣庫蔵在　吟行景催観　聲風樹妙嚴
清進絶倫大　山助又河補　妙因出濁世　即身得即佛
進趣覚山坂　登観音弥陀　法音又楽音　現遊安楽国▼注[7]

この詩歌は沓冠という技術で作られ、全ての句の最初と最後にある文字は右から左へ読むことが出来る。上から下への普通の読み方から来る意味に加え、秘密の意味の層が存在する。縦の意味を読み解くと、高海上人は海公と呼ばれ、断食をしながら色々な国を詣で、信者たちを阿弥陀の安楽国に導く。沓冠の横の意味はとても興味深く、とりわけ各行の最初の文字、十六字を読むと、高海上人が湯殿山で木食行、草衣の着用、清めた火（別火）の使用による食事、水垢離の行を行なって精進したと記されている。恵範は、湯殿山の一世行人をモデルとして高海上人という人物を創造したと考えられる。この記述から、十六世紀前半には湯殿山信仰は東北地方のみならず、北関東まで浸透していたことが分かる。

他の興味深いことは、高海上人が補陀落へ渡ることを主題にした詩に、先に述べた湯殿式の修行を行なったと書かれている点で、補陀落渡海信仰と湯殿山信仰が同じ文脈で登場することである。仏典により補陀落の位置は変化する。たとえば、玄奘（六〇二～六六四）の『大唐西域記』（六四六）によると、補陀落は閻浮洲の南にある布呾洛迦山と呼ばれる山であるが、『華厳経』によると、補怛洛迦は沖に浮かぶ島と描写されている。出羽三山の聖なるランドスケープに立ち返ると、月山の頂点の下に、東補陀落と西補陀落と呼ばれた霊地があった。東補陀落は、フタラと呼ばれた岩壁の突起を金剛界曼荼羅と男根に見立て、西補陀落は、その下にあった歯車のような凹面の石を胎蔵界曼荼羅と女陰に見立て、それぞれ崇拝された。▼注[8] これらのことから、十六世紀に湯殿山は、東西二種類の補陀落を持っていた月山を遥拝するための一種の浄土として認識されていたと思われる。高海上人も、最初に湯殿山の一世行人として修行を行ない、山の中から月山の補陀落を拝み、そして常陸国の那珂の港まで行って、海の中にある補陀落へと身を投げた僧として造形されたと考えられる。

3　不食と湯殿山

十六世紀後半から寛永期（一六二四〜一六四四）にかけて、湯殿山信仰は不食という修行と深い関わりを持った。不食の実践者は、毎月の決まった日に十穀断をし五辛を避け、場合によっては水断もした。[注9] このような儀礼的断食は念仏を唱えることに合わせ、毎月の八日によく行われた。[注10] なぜならば、八日はいわゆる六斎日の最初の日で、この時期だけに俗人の信者たちは僧侶の行動を真似ながら八斎戒を守り、特に八番目の斎戒による昼過ぎに食べることを禁止（非時食）すれば、大きな功徳が得られると信じられた。[注11] このことから、湯殿山講には八日講と名づけられたものがあることが知られている。不食の行は三年三ヶ月続けられたので、山中で行われた一世行人の千日行と同じ期間だったが、不食の場合には日常生活の中で行われた修行であった。

不食に関する史料を検討すると、この修行の実践の中心地は大阪の南部から、紀伊国（現在の紀伊半島）と信濃国（現在の長野県）まで広がっており、十七世紀中頃までは男女共に実践者がいたが、その後は女性が不食の代表的な実践者になったことが知られる。たとえば、不食の最古の資料は慶長十五年（一六一五）に遡り、紀伊国粉河町那賀郡出身のオサカという名前を持った女性の所有物であった。[注12] この『不食ノ日記』によると、オサカは不食の実践者（不食主）と言われ、彼女が選んだ不食の修行は湯殿権現（ユトノコンケン）と大日如来により、弘法大師空海（七七四〜八三五）によって伝えられたもので、毎月の決まった日に行わなければならない修行と書かれている。この修行により、行者は現世安穏（ゲン世案ノン）と後世の往生を得ることが出来た。この儀礼的断食の例を上げると、一月十五日の不食は六万五千の仏像の布施と同値であり、二月八日の不食は九重の塔十軒と同値であるとされている。このように、俗人の行者は、自力で耐えた飢えを貴重な布施になぞらえ、三年三ヶ月の間毎月一回、仏と菩薩にこの象徴的な布施を奉納すると考えられた。[注13] すなわち、不食を実行することで、一般の人々でも権力者と同等の布施を行ない、自らの願が

妙園妙園妙得妙法妙法道賢
妙西妙正妙心妙祐妙祐妙法妙女道永
妙西妙法妙祢妙蓮妙徳妙海
妙西妙西妙仲妙法妙口妙正妙弥妙正妙阿
妙正妙法妙西妙路妙連妙西妙祈
奉造立湯殿権現衆妙西妙弥
南無阿弥陀佛本願道心弥陀佛
食衆中結願成就処同妙音禅尼
妙法妙西妙忍妙法善阿弥
妙善妙西斑女道久浄久
長泉五郎女妙音
道祐浄園妙
宗西
永禄十年 二月八日

図２　石仏の銘に、文字で描かれた湯殿山の輪郭
（永禄10年２月８日作、大阪府堺、福徳寺、著者による複製）

叶うことを祈ることが出来た。

不食の作法は湯殿山大権現と湯殿山の大日如来により、弘法大師空海に口伝され、さらに空海が湯殿山講の人々とそれ以外の信者に向けてその作法を伝えたとされる。不食の実践者が拝む対象は、他の仏や菩薩など様々であるが、湯殿山大権現と湯殿山の大日如来は不食の揺るがぬ起源であり、この強い存在により修行自体の正統性が高められた。中世末期から近世初期まで俗人のあいだで行われた断食修行は、先に述べた理由により湯殿山式の修行として捉えられ、プロフェッショナルな行者だった一世行人が行なった千日行の見立てと考えることが出来る。また、延宝九年（一六八一）に書かれた他の不食の日記によると、この修行の作法を破ったり突然辞める女性がいれば、自分の救済に対して悪い影響を及ぼすだけでなく、六代先の親類までも無間地獄に陥ることになるとされる。つまり、女性の不食によって実践者自身だけではなく、現在と未来の家族の死後の運命をも左右するという決定的で強い責任が生じる修行であった。

文書以外に不食の例を探すと、永禄十年（一五六七）に大阪の南に位置する堺の福徳寺に立てられた僧形石仏をあげることが出来る。浅浮彫りの下部にある人物は、弘法大師や地蔵菩薩と思われ、右手で施無畏印（せむいいん）を結び、左手に蓮華を持ち、結跏趺坐をしている。上部にある銘によると、堺の女性たちは「湯殿権現衆」に入り、阿弥陀如来の本願で道心を得るためにこの石仏を建てた。石仏は「食衆（じきしゅう）」に所属した女性たちの結願の日を示している。銘の中心にある「阿弥陀仏」と「湯殿権現」の名前の左右に、女性たちの戒名と呪文のような語が並んでいる。たとえば、「妙女(みょうにょ)道(どう)」の三文字は何回も繰り返された。▼注[14] とくに興味深いのは、この文字テクストの形態は山の輪郭を象っており、長年に渡り不食により身を清めた女性の行者たちが自分の戒名と願文で、女人結界だった湯殿山の形を描いたことである【図２】。この石仏に不食という文字は直接見られないが、「食衆」という特別な熟語によって表わされていると考えられる。不食という修行には供養の意味も含まれていて、毎月の断食を終えた後、俗人の行者は斎食(さいじき)を作り、それを供物として仏や菩薩に捧げた。このことから、「食」という字は食べ物からの禁欲を指すと同時に、清めた食べ物（斎食）の供養の意味も包括していたと考えられる。▼注[15]

これらのことから、湯殿山信仰は十六世紀の終わりには和泉国まで広がっていたことが分かる。そして、湯殿山大権現は儀礼的な断食だった不食の起源になり、女性限定の結衆(けしゅう)の中で、湯殿山式の修行や供養を行ないながら様々な仏や菩薩を礼拝し、行者自身と家族全員の救済を祈ったのである。不食と石仏の関係を検討すると、このような儀礼的な断食は、自己の救済のための修行であるのみならず、板碑、供養塔、石仏に験力を与える役割を果たしたことが明らかになる。千日行と同じように長く続けられた不食の行により、行徳を得た俗人の行者は、石仏のような聖なるモノにその行徳を渡した。不食の験力によって「生きた物」と化した石仏は、人々の願成就の守護神になり、湯殿山の信者と村の共同体へ利益をもたらしたと考えることができる。

4　縁起の山

霊山信仰には二種類の動きがある。一つは山から周辺に向かう信仰の遠心力、もう一つは周辺から山に戻る信仰の求心力である。縁起は霊山から流動的に流れ出る一種の光線のように発信され、それは湯殿山信仰にとって伝播のための重要な要素だったと考えられる。縁起は霊山の時間と空間に関する成り立ちを語りながら、その時空に正統性と権威を付与する機能を持っている。「湯殿山縁起」の場合には、それらは二つに分けられ、目のために書かれた縁起（漢文テクスト）と、耳のために書かれた縁起（仮名テクスト）がある。前者の縁起は視覚的記憶を優先し、後者の縁起は聴覚の記憶を作る。江戸時代に縁起に触れた人は、目や耳だけを通したバーチャルな巡礼だけで満足することもあったが、実際に縁起に記された霊地まで旅したいと考えた人も多かった。「湯殿山縁起」は、読者や聴者をバーチャルな巡礼者から実際の巡礼者に変え、湯殿山で実践した修行によって人々が救済を得ることが出来ることを伝えた。縁起にはこのような一種の宣伝の機能以外に、神話創造の機能が備わっており、「湯殿山縁起」の場合には羽黒山に対し、湯殿山の歴史と宗教的アイデンティティーを形而上的な次元で再構築し、新たな正統性の言説を作ることによって湯殿山の政略に権威をもたらした。

たとえば、寛永三年（一六二六）、天有（一五九四～一六七四）は出羽三山についての様々な切り紙と口伝を編集し、『湯殿山法流式』を書いた。この文献は湯殿山に関する最古の縁起と考えられる。寛永七年（一六三〇）に天有は羽黒山別当になり、真言宗僧侶から天台宗僧侶となって、寛永十六年（一六三九）には湯殿山に対して最初の訴訟を起こした。天有の計画は、天台宗の山となった羽黒山の傘下に湯殿山を置き、羽黒山の権威によって出羽三山の全てを統一しようということだった。寛永十六年以降に書かれた羽黒山側の縁起は、湯殿山に対して批判的な内容のものだったが、『湯殿山法流式』が書かれた時には、天有はまだ宥誉と呼ばれた羽黒山の真言宗の僧侶だったので、真言系の湯殿山に対する天台系の羽黒山の確執に基づく湯殿山への偏執はなく、平等にその山の起源を語った。

縁起の初めに登場する大日如来は、三国を天竺、大唐、日本の順に訪れる。最後に訪れた日本では、阿蘇山に六年間籠った後、四国の淡路島にある嶽石城岩に二十二年間身を隠し、その後出羽国の玉河上流にある月山の奥の院に降りたつ。月山の奥の院は、金と銀と瑠璃の浄土と言われ、湯殿の聖地とされる。そこで、御宝前は大日如来の体を養い、この石の殻から仏は仏法を露、谷、草、石に変じて、それらの自然物によって人間を救済へと導く。縁起では、湯殿山では鳥さえも普通の鳴き方をせず、「阿吽（あうん）」という真言で鳴くと語られる。このような、仏法と自然の不二の結びつきは「湯殿山縁起」の特徴の一つであると考えられる。

縁起の中盤には、湯殿の語源と地理の由来についての記述がある。湯殿山は湧水の殿（波利殿（ばりでん））なので、御宝前から流れ出る水は天竺の恒河と同じとされる。「波利」という熟語は「婆梨（ばり）」（梵語で「水」を意味する *vāri* の音写）を簡略化した形で、純粋な水を指すと同時に、「頗梨」（*Skt. sphaṭika*）という水晶の意を表わす語にも結びついていると考えられる。また、天竺にあるマガダ国の鬼門（丑寅）を統轄する霊鷲山と同じように、湯殿山も日本列島の鬼門を司るという。▼注[16] このような文字の同音類義や地理的照応を通して、作者は仏陀の生国としての天竺の霊力と宗教的カリスマ性を、湯殿山の環境に当てはめた。これらの描写は、日本から遠く離れたインドの霊地を湯殿に展開させ、霊山としての名声を高める。

縁起の終わりには、「三御山（さんのみやま）」へ巡礼する人（参詣の輩）についての記述がある。この巡礼者は白冠（びゃくかん）をかぶり、七五三（しめ）の注連（しめ）を首に掛け、仙人沢の大梵字川の水を汲みながら絶え間なく水垢離をすると語られる。このことから、天有は縁起の読者と聴者を将来の巡礼者として想定し、浄土の具現化としての湯殿山とこの山の救済的な機能を強く宣伝したと思われる。

耳で楽しめる「湯殿山縁起」は「御国浄瑠璃（おくにじょうるり）」のジャンルに属し、「祭文語り（さいもんがたり）」として村の祭りの時に修験者、一世行人、琵琶法師のような語り部がそれを誦んだ。彼らは村人を楽しませながら、湯殿山に宿る神々の霊力で、村の共同体を守り邪気を払った。▼注[17] 祭文語りとしての「湯殿山縁起」の中に、神や仏の名前を繰り返している部分が多い理由は、このような厄除けの機能を持っていたからである。現存する祭文語りの全ての「湯殿山縁起」は、寛永十六年以降に書かれた。この時期に羽黒山と湯殿山の間の敵対意識は高まり、天台系の羽黒山と対峙するために、湯殿山は真言系のアイデンティティを作ろうとした。そのため、弘法大師空海は「湯殿山縁起」の重要な主人公になり、真言宗として語られる湯殿山の文献が増加した。▼注[18]

御国浄瑠璃に属する「湯殿山縁起」の一例として、嘉永七年（一八五四）に書かれた『湯殿山御縁起』の中に空海に関する興味深いエピソードがある。中国の五台山に登攀した空海は文殊菩薩にまみえ、日本にあるすべての霊山に登ったかと質問される。自信を持って肯定した空海は、次の瞬間湯殿山に行ったことがないことに気づく。恥ずかしく感じた空海は湯殿山大権現に祈りを捧げ、日本に戻ったら必ず湯殿山に行くという約束を文殊菩薩にした後、帰国する。つづく大同年間（八〇六～八一〇）、空海は湯殿山を開山するために、仙人沢に入り、御宝前に参拝しようとするが、目の前に荒沢不動明王が現れ、御宝前に近づく前に千日行を行じなければならないことを告げられる。三年かかって大梵字川で誠心を込めて体を清めた空海は、一世行人になった後、荒沢不動明王に導かれて御宝前の姿を目にすることをようやく許された。▼注[19]

この縁起のもっとも興味深い点は、湯殿山の地域性の強さである。空海が湯殿山を開山するためには、一世行人の特徴的な修行だった千日行を行い、空海自身が一世行人になって御宝前まで辿り着く必要があった。常に仏教のチャンピオンとして描かれている空海が、湯殿山の開山の時には、地域的な宗教的定めの前に自分が無力であることを露呈した。つまり、この縁起によると、真言宗の正統性から来る権威の象徴である空海は、湯殿山に真言宗のアイデンティティーを当てはめるために利用され、湯殿山に元からある地域的権威の神仏や湯殿山特有の行者集団である一世行人らは、霊地の最終的な決定権をもつ者として語られている。中心から来ている空海は、周縁に位置する湯殿山の聖なる環境に自らの行動を合わせることで、はじめてこの霊山に受け入れられたと考えられるのである。

5　おわりに

近世の出羽三山の宗教的背景の軸は二つあり、一つは羽黒山、もう一つは湯殿山であった。この二つの霊山の斥力と引力により、出羽三山の信仰は活発になったと考えられる。したがって、出羽三山を検討するためには羽黒山の歴史だけではなく、湯殿山の特徴的な歴史に対する研究も必要だと思われる。羽黒山を中心に出羽三山の歴史を研究した戸川安章（とがわあんしょう）（一九〇六～二〇〇六）は、自身も羽黒山との強い繋がりを持っていたこともあり、この研究分野では強い影響力がある。しかし、最近では戸川の研究からの自立が始まり、新たな出羽三山の学によって、湯殿山とこの山の信仰に関する研究が生まれている。▼注[20]

霊山としての湯殿山を考えるとき、最大の特性である秘密性と不在性について、避けては通れない。これは、湯殿山にとって口頭、聴覚、視覚のそれぞれの「沈黙」が、この山の宗教的カリスマ性の要因になっていたということである。このメカニズムにより表現の不在が、信仰の実在へと変身した。俳句・紀行・説話・修行の日記・石仏・縁起などのメディアは、湯殿山を常に間接的に語り、この山の中心である御宝前を雲の屏風の後ろに隠した。このように現実との距離をたもち、それを隠蔽することで、湯殿山のオーラは逆に高められ、人々の関心や信仰が深められた。湯殿山信仰が盛んになった要因の一つは、このメディアが作った「沈黙の雄弁」であったと考えられる。

中世期には、湯殿山の信仰は東北地方から関東、さらには関西地方まで広がり、活発な信仰であったと思われるが、それについての史料はほとんど残っておらず、明らかになっていない点が多い。僅かな文献から言えることは、当時の湯殿山は大日如来の密厳浄土としてだけではなく、修行の場としても広く知られていたことであり、人々がこの山と深く繋がった特別な存在である一世行人の行者集団を、特に尊んだことである。たとえば、『那珂湊補陀落渡海記』の主人公である高海上人は、行者の修行場だった湯殿山で、一世行人の訓練を受けた上で渡海者になり、観音菩薩の補陀落へ行くために捨身行を行なった。また、湯殿山についての最古の資料である『那珂湊補陀落渡海記』を検討すると、湯殿山信仰と補陀落渡海信仰は同じ文脈に属する宗教的言説と考えられ、中世末期の湯殿山には補陀落渡海信仰とのつながりが存在したと推察することが出来る。

次に、関西と中部地方の実録文献である不食日記と、聖なるマテリアリティ（物質）に属する南大阪にある石仏の銘について考えると、湯殿山信仰が湯殿山式の儀礼的な「断食」と強く結びついていたことが分かる。中世末期から近世初期にかけ、湯殿山信者たちは一世行人が行った千日行をモデルにして、様々な神仏を拝むために「不食」という家庭内でも行える修行を供養の基礎構造にした。言い換えると、行の山として知られた湯殿山のカリスマ性を通すことによって、不食の実践を湯殿山の一世行人が行ったプロフェッショナルな千日行の見立てとし、俗人の信者たちは自身の断食の宗教的価値を高めて、自らの願を叶えるためにこの苦行を実践した。日常の中で俗人の信者が行った不食に正統性を持たせるために、湯殿山大日如来と湯殿山大権現はこの修行の創造者として崇められ、また弘法大師空海は不食の伝播をした者として信仰された。このことから、中世末期から近世初期にかけての湯殿山信仰は、この霊山へ直接向かう信仰だけではなく、湯殿山とは無関係の神仏を拝むためにも儀礼的な技術としての不食という修行の形で登場し、他の信仰との共生関係を持つ可能性があったと考えられる。

さらに興味深い点は、湯殿山信仰と関係があった不食の実践者の大部分は女性だったことである。近世の湯殿山講は男性限定だったが、中世と近世には女性の信者たちによる特有の信仰と修行が行われたと思われる。たとえば、堺にある福徳寺の石仏には、断食で体を清めた女性たちの集団が自分の戒名と願を文字にし、その文字を女人結界だった湯殿山の輪郭を描くような形で刻印した。このことから、湯殿山信仰の流布に女性も大きな役割を果たしたと考えられる。また中世末期から近世初期にかけて、湯殿山信仰は石仏と板碑にその足跡を残し、そこには石で出来ている聖なるモノと人間が行う修行との深い関係が見出せる。すなわち、長年修行を続けた信者たちは、その験力を石仏や板碑に注入し、湯殿山の「生きた石」にした。このような石仏と板碑は、彼らにとっては修行完成の根拠と願成就の契約の証であった。このことから、湯殿山信仰を表わすマテリアリティである石は、湯殿山への信仰の言葉を残すための土台としてだけではなく、修行によって験力を委ねられた湯殿山そのものの分身となり、信者それぞれの村の守護神である湯殿山大権現の権威と救済を伝える媒体となった。

「湯殿山縁起」もこの霊山の神仏と環境に対する記憶とイメージとを社会の中で広めた。板碑と同じように、縁起も信仰の「跡」を作る力があった。縁起の場合には、実際には起っていない「過去の跡」であるフィクションを作り出し、そこから湯殿に合わせた新たな信仰が生まれた。▼注[21]「湯殿山縁起」は、一種の「形而上的歴史」に基づく言説の起源となり、羽黒山に対抗する湯殿山の権威を語ると同時に、縁起に触れる機会を持つ人々に出羽三山の巡礼者になる必要性を訴えた。

湯殿山信仰について、中世末期から近世初期までのこれら様々な形式の史料の中から、三つの柱を見いだすことができる。一つ目は高海上人から想起されるプロフェッショナルな行者である一世行人、二つ目は巡礼と不食の実践をした俗人の信者、そして三つ目は湯殿山そのものとそこに安置された大日如来と湯殿山大権現の神仏である。この三つの軸の相互作用により、中世末期から近世にかけて湯殿山信仰は発達し、代表的な山岳信仰の一つになったと思われる。

【注】

［1］延宝六年（一六七八）に吉田神道家の橘三喜（たちばなみつよし）（一六三五～一七〇三）は、湯殿山への巡礼を『一宮巡礼記』の中で語った。十九日（何月かは記されていない）の記載に、三喜は湯殿山を描写するために六条有忠（ろくじょうありただ）（一二八一～一三三九）が書いた「戀の山は入てくるしき道ぞとはふみそめてこそおもひ知りぬれ」の和歌を引用した。有忠自身は自分の和歌を作るために『新勅撰和歌集』（嘉

禎元年〈一二三五〉）に収録された藤原顕仲（一〇五九〜一一二九）の「戀の山繁き小笹の露分けていりそむるよりぬるる袖かな」の本歌取りをしていた。いうまでもなく、有忠と顕仲の和歌は湯殿山について記したものではないが、三喜はそれを利用し、この霊山の秘密性を表現した。本文は、岩鼻通明『出羽三山信仰の圏構造』（岩田書院、二〇〇三年）一六九〜一七〇頁に引用されている。

［2］本文は、萩原恭男校注『芭蕉おくのほそ道―付曽良旅日記奥細道菅菰抄』（岩波文庫、初版、一九七九年、再版、二〇〇二年）五一頁。

［3］出羽三山という名称は、昭和初期以降である。江戸時代の文献には「二山」や「三御山（さんのみやま）」が使われた。

［4］神仏習合によると、仏陀や菩薩は「本地仏」として考えられ、神々はそれらの「垂迹神」あるいは土着的現われとして拝まれた。神仏習合は、仏と神の相互の影響関係を表わす宗教思想である。神仏習合については、Bernard Faure, *Gods of Medieval Japan: The Fluid Pantheon*, vol.1（University of Hawai'i Press, 2016）p1-22.。

［5］恵範は三井寺と東大寺で修行し、大蔵経に含まれた膨大な経と経論を書写したことで知られる。彼は、仏教文学の形式と思想に特に造詣の深い学僧だった。

［6］本文は、根井浄『補陀落渡海史』（法蔵館、二〇〇一年）七五七頁に引用されている。

［7］本文は、根井浄『補陀落渡海史』七六一〜七六二頁に引用されている。

［8］西補陀落と呼ばれた石は、現在は存在しない。

［9］十穀断は米、麦、稗、小豆、大豆、胡麻、蕎麦、黍、粟、唐黍を食べないことを指し、五辛は大蒜、革葱、葱韮、蘭葱、興渠の香りが強い野菜を指す。

［10］八日に関する宗教的な意味と、江戸時代の千葉県船橋市の八日講については、鈴木正崇「念仏と修験―千葉県船橋市の天道念仏の事例から」『巫覡盲僧の伝承世界』第三巻（三弥井書店、二〇〇六年）一二〇〜一二六頁。

［11］六斎日は八日、十四日、十五日、二十三日、二十九日、三十日である。八斎戒の禁制は殺生、盗み、性交、嘘、飲酒、化粧品などの使用、心地がいい場所に寝ること、昼過ぎの食事を禁じている。

［12］不食に関する他の日記類は、寛文期（一六六一〜一六七三）に書かれた信濃国北安曇郡の文書、延宝九年（一六八一）に書かれた和泉国（現在の大阪府）河内村の文書、元禄十五年（一七〇二）に書かれた紀伊国長田中村の文書、および十八世紀に書かれた和泉国豊田村の文書である。これら全ての不食の日記の構造は類似している。これらの史料については、奥村隆彦「不食の日

記の一新資料」(『歴史考古学』二〇号、一九八七年十月)四六～四七頁。

[13] 慶長十五年の『不食ノ日記』の最初の本文は、坂本源一『常陸国南部の大日信仰―大日塚・念仏講衆の研究』(坂本源一、一九八八年)一八五頁による。この『不食ノ日記』の最後の本文は、奥村隆彦「不食供養―信仰の様相を中心として」(『日本仏教』四八号、一九七九年三月)七～八頁による。

[14] 「〔中略〕南無阿弥陀佛本願道心弥陀佛、奉造立湯殿権現衆、食衆中結願成就処、〔中略〕妙西妙正妙心妙祐妙祐妙法妙女道永」。全体の本文は、奥村隆彦「不食供養の研究(下)」(『史跡と美術』四三―九、一九七三年十一月)三四一～三四二頁。

[15] 宮島潤子「弾誓一派における大日信仰」(『インド学密教学研究―宮坂宥勝博士古希記念論文集―』二巻、法蔵館、一九九三年)一二七七頁。

[16] 本文は、戸川安章編集『出羽三山』、「神道大系」神社編・第三二(神道大系編纂会、一九八二年)二八六～二八七頁。

[17] 御国浄瑠璃とは、東北地方の宗教文化、特に霊山に宿る神仏の話(本地物(ほんじもの))を語り、段に分かれた文体で、浄瑠璃のような構造をしていた。「湯殿山縁起」は出羽国の霊山を中心とし、語り部の記憶し易いように段に分かれたテクストで、御国浄瑠璃の一つと考えられる。

[18] 祭文語りとしての「湯殿山縁起」については、成田守「『出羽国湯殿山由来』について」(『大東文化大学紀要』一四号、一九七六年三月)一三一～一四六頁、成田守「『湯殿山御縁起』―解説と翻刻」(『大東文化大学紀』一六号、一九七八年三月)一～一二頁。

[19] 本文は、成田守「『湯殿山御縁起』―解説と翻刻」一二頁。

[20] 出羽三山に関する新たな研究について、岩鼻通明『出羽三山の文化と民俗』(岩田書院、一九九六年)、Gaynor Sekimori, "Paper Fowl and Wooden Fish: The Separation of Kami and Buddha Worship in Haguro Shugendō, 1869–1875." Japanese Journal of Religious Studies 32, no.2 (March) :p197–234、山澤学「湯殿山木食行者鐡門海の活動形―態盛岡藩領を事例として」(『歴史人類』四三号、二〇一五年三月)二五～四五頁、山内志郎「修験道と湯殿山信仰」(『理想特集―信仰の哲学と思想』六七八号、二〇〇七年三月)二六～三六頁。

[21] 過去の起源としての「跡」の概念については、Jacques Derrida, Of Grammatology, trans. Gayatri Chakravorty Spivak (1967; repr., London: The Johns Hopkins Press, 1978), p70。

【コラム】

物言う石

――E・A・ゴルドンと高野山の景教碑レプリカ――

奥山直司

1 はじめに

高野山奥之院にある「大秦景教流行中国碑」(以下、景教碑)のレプリカ(以下、高野山レプリカ、【図1】参照)は、真言密教の中心地に立つキリスト教の記念碑としてよく知られている。これは、イギリスの宗教研究家、エリザベス・アンナ・ゴルドン(Elizabeth Anna Gordon 一八五一~一九二五)[注1]によって建立されたもので、一九一一年(明治四四)十月一日に開眼供養が執り行われた。

また高野山大学図書館には、ゴルドンから寄贈された書籍類が「ゴルドン文庫」として保管されており[注2]、その数は八八九冊と記録されている[注3]。これらの書籍は、奥之院に高野山レプリカが建立された後の一九一三年(大正二)から、ゴルドンの没後にかけて、数次にわたって寄贈されたと考えられる[注4]。

筆者は、ここ数年来、ゴルドン研究の基礎的作業として、「ゴルドン文庫」を再整理すると同時に、この文庫に含まれる稿本、旧蔵書へのゴルドンの書き込み、旧蔵書に添付された書簡などの調査を進めている。その間に高野山レプリカに関して知り得たことを以下に記して覚書としたい。

なお、ゴルドンの生涯については、中村悦子の研究が詳しく[注5]、マンリー・ホールによる伝記[注6]、小山騰による人物紹介[注7]も有用である。

2 高野山へのレプリカの建立

景教碑の原碑は西安の碑林博物館にある。唐の建中二年(七八一)、長安の義寧坊にあった大秦寺の境内に建立されたこの碑は、七、八世紀の中国にネストリウス派キリスト教(景教)が伝来・流行したことを伝える貴重な遺品である。その碑文は大秦寺の僧景浄(アダム)によって撰せられた。本碑は、明の天啓五年(一六二五)、もしくはその一、二年前に、西安城外のかつての義寧坊の跡地にある崇仁寺(通称金勝寺)の

境内から発掘され、そのまま野外に置かれていたが、清の光緒三十三年（一九〇七）、デンマーク人フリッツ・ホルム（Frits Holm 一八八一〜一九三〇）がこれを大英博物館のために購入しようとするに及んで、官憲によって西安碑林に移された。[注8]

明代の発現以来、本碑は、古代キリスト教の東方伝道の証拠、ゴルドンに倣って「ルカによる福音書」一九・四〇を踏まえて言うならば「物言う石」として、特に西洋人の注目を集め、数多くの報告・研究がなされてきた。わが国では佐伯好郎（一八七一〜一九六五）の研究が代表的なものとして知られている。[注9]

ゴルドンがこの碑のレプリカを高野山に建立しようとした理由は、八〇四年に入唐した弘法大師空海（七七四〜八三五）もまた長安でこの碑を見たに違いないと確信したからであり、さらに進んで、空海は景浄から景教の教義を学び、その影響を受けたと考えたからであった。今日的に見れば、確かな証拠の何もないことがらではあるが、この行動的で思索的なイギリス女性は、こうした思いをもって高野山レプリカの建立事業を進めたのである。

図１　高野山奥之院景教碑レプリカ

これがどのようにして制作されたかは、今のところはっきりしない。ただそれは、原碑の拓本や写真、実測値などに基づいて[注10]、日本において、それも高野山からあまり遠くないところで制作されたと考えてよいであろう。その開眼供養の模様を伝える『六大新報』の記事には、「碑は仙台石の巨大なるものにて数千円を費やしたりとぞ」[注11]とあり、制作過程の一端を窺わせる。

このレプリカの碑陰には次のような銘文が刻まれている。

為顕揚天帝之光栄追慕玄奘恵果
弘法般若景浄及景教宣伝者之偉
徳建設此碑於高野山大僧正密門
宥範鎌田観応開眼焉
耶蘇紀元千九百十一年九月二十一日
大英国　耶利沙伯安那戈登

当時、密門宥範（一八四三〜一九二〇）は真言宗各派聯合

長者兼高野派管長、鎌田観応（一八四九〜一九二三）は東寺派管長であった。従来、この銘文に基づいて、レプリカ建立の日付は一九一一年九月二十一日とされることが多かった。しかし、前出の『六大新報』の記事は、開眼供養が行われた日を同年十月一日としている。リアルタイムに近い報道だけに、これは尊重されるべきであろう。毎月二十一日は弘法大師報恩日である。最初はこの日を選んで予定されていた開眼供養が、何らかの理由で変更されたと考えれば説明はつく。導師も、宥範に代わって、寺務検校法印の山階宗覚（一九一七没）が務めた。

3　高野山レプリカの特徴

高野山レプリカを西安の原碑と比較すると、大きさこそ高さ一丈二尺、幅四尺九寸、厚さ七寸八分で原碑とさほど違わないが、▼注[12]細部にはさまざまな相違があることに気付かせられる。碑額の十字架の刻し方の違い（原碑は線刻、レプリカは浅浮彫）や螭首のデザインのいくらかの相違はしばらく措くとしても、水原堯榮（一八九〇〜一九六五）が指摘しているように、▼注[13]碑文の処々にシリア文字と漢字の欠字が見られることは見過ごすことができない。

この点において、高野山レプリカは、前述のホルムが一九〇七年に現地で作らせたレプリカとは来歴の異なるものなのである。ホルムのレプリカは原碑と同質の石材を用いた寸分違わないものであったとされる。このレプリカはアメリカに搬出され、ニューヨークのメトロポリタン美術館に数年間付託・展示された後、ローマのラテラン博物館に贈られた。ホルムはこのレプリカから石膏模型を作って各国の大学・博物館に配布した。その一つは一九二三年に京都帝国大学に寄贈され、現在は京都大学総合博物館に保管・展示されている。

これに比べれば、高野山レプリカは、レプリカとしてはやや精度に欠けたものと言わざるを得ない。だがその反面、これには、原碑にも、従ってホルムのレプリカにもない特徴があり、ゴルドンが高野山を建立地に選んだという由来と共に、この碑に独特の価値を与えている。

その特徴とは、碑陰上部に一切偏知印（一切如来智印）が刻まれ、その下に「玄奘上高昌王麴文泰書」と題された二十五行にわたる文章が刻まれていることである。▼注[14]一切偏知印は、白蓮華の上の光焔に包まれた三角形で、その中央と頂角上とに右卍字が刻まれている。これは大悲胎蔵生曼荼羅の偏知院の中央に描かれる図形で、一切如来の智火を象徴している。また文章は、慧立本彦悰箋の玄奘（六〇〇／六〇二〜六六四）の伝記、『大唐大慈恩寺三蔵法師伝』（大正No.二〇五三）の巻第一に収められた高昌国（トゥルファン）王麴

文泰（在位六二四〜六四〇）に対する玄奘の上表文を部分引用したものである。[注15]

一切偏知印と玄奘の上表文を碑陰に刻ませたのは、施主であるゴルドンの意思であると考えなければならない。これらが一九一一年の開眼供養時に刻まれていたことは、当時の写真から明らかである。

ゴルドンは一切偏知印を東西の思想交流を示すものとして重視していた。その著『蓮の福音』と『世界の治癒者たち』にそれぞれ一章を設けて分析を試みている。[注16]これを刻むことによって、この石碑はキリスト教の十字架と仏教の卍字とを背中合わせに持つこととなった。ゴルドンの奉ずる「仏耶（仏教・キリスト教）一元」の思想を象徴するモニュメントとなったのである。

また玄奘の上表文は、麹文泰からの高昌滞留の求めを拒否して天竺に向かうに当たって、自らの志を述べた力強い文章である。ゴルドンは、そこに顕れた大乗の衆生済度の精神に景教碑文に通底するものを見出したようである。この上表文は、レプリカ建立の後に出版された『弘法大師と景教』改訂版[注17]にも掲載されている。

このようにしてゴルドンは、自らの思想と信念を加味して、高野山レプリカをデザインしたのである。なお、ゴルドンは後に朝鮮北部の金剛山長安寺にも景教碑のレプリカを建立しているが、その現状は明らかではない。

4　ゴルドンの思想とその影響

ゴルドンの思想は、一口に「仏耶一元論」と呼ばれる。仏教とキリスト教の本源は一つであるという主張である。それはまた両部神道ならぬ「両部耶蘇教」とも呼ばれる。そこにはゴルドン自身の長年の研鑽に加えて、釈慶淳（一八六九〜一九一九）、土宜法龍（一八五四〜一九二三）ら真言僧からの影響があったと考えられる。また彼女は佐伯好郎の景教研究からも多くを学び、古代日本にキリスト教が伝来したことを信じていた。これらについての詳しい分析は今後の課題としなければならない。

ゴルドンの思想の影響として挙げなければならないのは、安藤礼二が明らかにした折口信夫（一八八七〜一九五三）の『死者の書　続篇』へのそれである。[注18]これについては礪波護による紹介が詳しい。[注19]

一九二五年（大正一四）六月二十七日、ゴルドンは長年滞在した京都ホテルの一室で没した。告別式は東寺で営まれた。戒名は密厳院自覚妙理大姉。遺言により、遺骨の半分は高野山へ、残りの半分は朝鮮金剛山長安寺に納められることになった。高野山への納骨は百箇日に行われた。遺骨は、同年十月三日、後事を託された京都ホテル支配人、淡川康韶の一行によって山上に運ばれ、翌四日、大師教会本部において埋骨式の法要が営まれた後、高野山レプリカの傍らに淡川が建立した彼女の墓に埋められた。▼注[20] その墓石は、棹石の上に十二葉の蓮華坐と石球を乗せた独特の形状のもので、石球の正面には阿字、裏面には十字が彫られている。「両部耶蘇の墓石」と呼ばれるこの墓石もまた、ゴルドンの思想を象徴している。

【注】

[1] Gordon は、現代ではゴードンと日本語表記するのが普通であろう。しかし当時の出版物には、ゴルドン、ゴードンの両方が用いられている。本稿では、早稲田大学と高野山大学に彼女が寄贈した文庫の名称にもなっているゴルドンを用いることにする。

[2] ただし、この文庫の蔵書票では「ゴールドン文庫」となっている。

[3] 和田性海編『高野山大学五十年史』（高野山大学、一九三六年）二〇五頁。ただし、再整理の結果この数字が変わる可能性もある。

[4] 和田編、前掲書、二〇五～二〇六頁。

[5] 中村悦子「E・A・ゴルドン夫人の生涯」（『早稲田大学図書館紀要』三〇号、一九八九年三月）二〇八～二一一頁、同「E・A・ゴルドンの人と思想—その仏耶一元論への軌跡—」（『比較思想研究』二一号、一九九四年三月）二九～三九頁。

[6] Hall, Manly P., *E. A. Gordon: Pioneer in East-West Religious Understanding, A Memorial Tribute.* Los Angeles: Philosophical Research Society, 1975.

[7] Koyama Noboru, "Elizabeth Anna Gordon (1851–1925)," *Britain and Japan: Biographical Portraits*, Vol.VIII. Leiden-Boston: Global Oriental, 2013, pp.351–359.

[8] 原碑の出土年代とその場所については異説があるが、ここでは桑原隲藏「大秦景教流行中国碑に就いて」（『東洋史説苑』西安府の大秦景教流行中国碑」桑原隲藏全集第一巻、岩波書店、一九六八年）三八六～四〇九頁に従う。

[9] 佐伯好郎『景教碑文研究』（待漏書院、一九一一年）、同『景教の研究』（東方文化学院東京研究所、一九三五年）など。

[10] ゴルドンは確かに原碑の拓本を所持していた。それはゴルドンと親交のあった野本大空（一八七〇～一九二四）の手を経て金剛峯寺に納められたという（水原堯榮著、中川善教編『高野山金石圖説』水原堯榮全集第六巻、同朋出版、一九八二年）一六一～一六二頁。

[11] 「高野通信」（『六大新報』四二一号、一九一一年十月）一八頁。

[12] 水原、前掲書、一五八頁。原碑は、佐伯、前掲『景教碑文研究』二六頁によれば、高さ一丈余、幅五尺、厚さ一

尺余。

[13] 水原、前掲書、一五七頁。

[14] 水原、前掲書、一五五～一五六頁に全文が収録されている。

[15] 大正新脩大蔵経第五〇巻、二二五下～二二六上。

[16] Gordon, E. A. , *The Lotus Gospel; Or Mahayana Buddhism and Its Symbolic Teachings, Compared Historically and Geographically with those of Catholic Christianity*, Tokyo: Waseda Universty Library, 1911, pp.379-386; "*World-Healers," Or The Lotus Gospel and its Bodhisattvas, Compared with Early Christianity*, Vol.II. Rev. and enl. ed. Tokyo: Maruzen Kabushiki-kaisha, Shanghai: Christian Literature Society, London: Eugene L. Morice, 1913, pp.360–377.

[17] イー、エー、ゴルドン著、高楠順次郎訳。これはまず一九〇九年八月、『新仏教』一〇巻八号に「物言ふ石教ふる石」の題で発表され、それからまもなく、丙午出版社より小冊子として出版された。その後、ゴルドン自身がその改訂版を一九一二年と一九一五年に出版したことが確認される。一九一五年版の書名は『弘法大師と景教碑』である。

[18] 安藤礼二『光の曼陀羅　日本文学論』（講談社、二〇一六年）三二一頁以下、同『霊獣　「死者の書」完結篇』（新潮社、二〇〇九年）。

[19] 礪波護「唐代長安の景教碑と洛陽の景教経幢」（『書香　大谷大学図書館・博物館報』二七号、二〇一〇年三月）七～一一頁、同『隋唐仏教文物史論考』（法蔵館、二〇一六年）二〇五～二一五頁。

[20] この経過は、淡川が作った写真帳、『故キ、エー、ゴードン夫人密厳院自覚妙理大姉於紀伊国高野山埋骨式法要紀念撮影　大正十四年十月四日』（私家版、日付なし、高野山大学図書館蔵）からも窺うことができる。

3

南方熊楠と水原堯栄の交流

——附〈新出資料〉親王院蔵　水原堯栄宛南方熊楠書簡——

神田英昭

1　南方熊楠と水原堯栄

本稿では博物学者であり植物学者の南方熊楠（一八六七～一九四一、熊楠と略）が、真言僧、水原堯栄（みずはらぎょうえい）【図1】（一八九〇～一九六五）に宛てた新出書簡の紹介を行い、そこに若干の考察を加えていこうとするものである。熊楠が生涯にわたって手紙のやりとりをした人物は膨大な人数に及ぶ。中でも仁和寺門跡や高野山真言宗管長といった重職を務めあげ、近代真言宗史において多大なる功績を残した土宜法龍（どぎほうりゅう）（以下、法龍と略）との間で交わされた往復書簡の存在は重要な位置づけとなっている。社会学者の鶴見和子は『南方熊楠全集』（平凡社）に収録される膨大な資料群を分析し、その中で明治三十六年（一九〇三）の書簡に描かれたいわゆる「南方マンダラ」に注目をして「南方の世界観を、絵図として示したもの」と説き、熊楠の思想を読み解くための鍵になると指摘した。鶴見による「南方マンダラ」の発見以後、法龍宛の書簡は、科学論や宗教論などが豊富に書き記されているため、熊楠の思想を読み解くにあたって南方熊楠研究者たちによって参照されるべき第一級の資料として、今もなお引用され続けている。

法龍が大正十二年（一九二三）に遷化した後に、熊楠と真言宗の僧侶との交流は途切れることはなかった。桁外れの常人離れの知識を持つ熊楠と対話をできる才覚を持ち合わせた僧侶は、水原堯栄（堯栄と略）であった。高野山において堯栄という人物は、高野山管長（第三九九世金剛峯寺座主）を務めあげただけでなく、高野山山上に幾多ある寺院の中でも、とりわけ格式の高い塔頭である親王院や清浄心院などの住職を兼務した。他にも僧侶の育成に力を注ぎ、後に高野山真言宗を支えることになる高僧たちを育成するなど、大正・昭和を通じて高野山において堯栄が残した功績は絶大なるものがあった。▼注[1]一方で研究活動においても熱心であり、特に日本史研究において名うての学僧としてその才能を遺憾なく発揮した。これについて歴史学者の中村直勝は堯栄の訃報に接し、堯栄が残した学術的な業績について次のように述懐する。

水原僧正は『邪教立川流の研究』で、その名を挙げ『高野版の研究』で特異の地歩を学界に占められたのであった。何となれば、まだ大正初年のわが史学界は幼稚なもので、印刷とか書物とかに関する研究は極めて微々たるので、甚しく言えば、そのような事は学問とは思われていなかったのであった。五指で数え切れるほどの僅かの人々が、古版の研究に手しておった時代であった。その中の一英俊であった堯栄僧正の存在はわれわれ国史の若輩には大きな光芒であった。

図1　水原堯栄（親王院蔵）

高野に学僧あり、その名を水原堯栄という—それは京阪の学界にも大きな響きをもって来たものであった。[注2]堯栄が残した主要な業績は『高野版の研究』といった高野山史における重要な基礎資料を提示しただけでなく、『邪教立川流の研究』といった日本仏教史の闇に埋もれた知られざる密教の歴史の姿を浮き彫りにするなど刺激的な話題を投げかけた。『邪教立川流の研究』は熊楠も所蔵をしており、その著作も併せて堯栄本人について岩田準一宛の書簡において次のように紹介している。

水原堯栄師は小生面識あり。……この人は、野山のことを十分によくしらべあり。例の立川派の陰陽教に関する著書もあり。よほど学びたる人に御座候。貴下登山あらばこの人に御面会いろいろ聞き合わさるるときは、大いに得るところあらんと存じ候。[注3]

熊楠が「水原堯栄師とは面識」ありと述べるように、紀伊田辺において研究生活に従事する熊楠と、高野山で清浄な僧院生活を送る堯栄（僧侶が妻帯しないという戒律が形骸化した昭和という時代において、堯栄は一生不犯の持戒堅固の清僧であった）とは、同じ和歌山県に在住していたという近さも手伝って、直接に会ったことがある。熊楠と堯栄がはじめて出会ったのは、大正九年（一九二〇）に植物調査をするために高野山を訪れた時のこと。[注4]熊楠は当時高野山管長の職にあった法龍に面会するため、金剛峯寺を訪れた。おそらく熊楠は法龍と対面することになる金剛峯寺の一室へと案内されたことであろう。その招き入れられた部屋へ茶を運んで来た一人の青年僧がいた。それが堯栄である。その時の模様について熊楠の長女である南方文枝は次のように証言する。

堯栄師は長く土宜法竜に仕え、父が高野山で管長を訪ねたとき、師はまだ若く、お茶を運んでこられましたが、一目で父はその英才ぶりを見ぬき、土宜管長に「君、今お茶を持ってきた若僧は偉い人物になるよ、大切にしなさい」と言ったと、いつか亡夫と師をお見舞いしましたときに話されました。[注5]

熊楠の文章や娘の文枝の言葉からわかることは、熊楠が「よほど学びたる人に御座候」と述べているように、熊楠本人が堯栄を高く評価していたことである。また法龍が遷化した後に書簡を交わし始めることからもその評価の高さを証明することができよう。前述したように、熊楠が高野山を訪れた時、法龍は高野山管長に着任していた。また一方、堯栄は高野山奥の院の維那（ゆいな）を当時務めており、▼注[6] 山上において法龍と堯栄は密接な交流を持っていた。堯栄は日本を代表する一大霊場である高野山奥の院において日本全国にいる信徒から除災招福をはじめとして、キツネ附きや死霊に悩まされるといった様々な相談を手紙で受けていた。おそらくその時にまだ若かった堯栄は、それらの質問に対してどう答えて良いのかわからなかったのであろう。その手紙を法龍のもとに持参をして、さらに法龍から熊楠へと「そのかかる民間信仰のいわれ、信仰の展開、地方地方にて如何様に信じられているか、かかる信仰は外国にも沢山あるかどうか」という内容を書簡で尋ねてもらい、それに対して熊楠が多様な事例をあげて返答をしたと、堯栄は述べる。▼注[7] さらに法龍が遷化した後は、堯栄から直接に手紙を出すようになった。熊楠と堯栄との交流について娘の文枝は「父との文通は長く続きました▼注[8]」と述べているが、その交流については『南方熊楠全集』第七巻に熊楠の堯栄宛書簡三通が収録されているのみに留まる。現存している書簡の少なさもあって、二人の交流については未だ不明な点が多い。

2　親王院蔵　昭和十四年九月十八日付　水原堯栄宛南方熊楠書簡

先年筆者が高野山親王院において調査をした結果、堯栄に宛てた熊楠の書簡が八通所蔵されていることがわかった。さらにその内の五通（封書一通、葉書四通）は『全集』に未収録の書簡であることも判明した。本稿の末尾において、その新出資料の翻刻文を附す。

また本稿で紹介する新出書簡の内で最も長文であり、かつ興味深い記述がなされているのは、昭和十四年（一九三九）九月十八日付けの書簡である。本書簡は封書で所蔵されており、そこには高野山の伽藍の中心に位置する金堂で観た大日如来の掛軸について熊楠独自の見解を踏まえて解釈する内容がみられ、晩年における熊楠の仏教観を知るための手掛かりとなる内容が含まれていることがわかったので、紹介を兼ねて考察を進めていきたいと思う。

3　高野山金堂で観た大日如来の掛け軸について

昭和十四年九月十八日付の書簡には、熊楠が大正九年（一九二〇）に高野山で植物調査をした際に弘法大師が唐より請来した大日如来の掛軸が金堂に掛けられており、その大日如来の顔つきは今までに熊楠が観たこともない程の美しい顔をしていたという。その掛軸を所蔵している高野山の塔頭寺院はどこなのかと堯栄に対して質問している。

去る大正九年七月登山の節金堂に掛けありし大師唐土より将来遊ばされたる由の大日如来画像は小生曽て見ざる美相なりし、其顔容全たく純然たる非男非女にて手脚は常に比して甚だ長く且つ円かりし、『酉陽雑俎』に某貴人が有名なる画師に命じて自分蓄へ愛する妓女を模して菩薩の面相を画かしめしことあるより推すに、此の大日如来も唐朝に高名なりし宦者を模して画きたるものかと察し候。件の大日如来の懸軸は何院の蔵に候や御知せ奉願上候。

この書簡で言及している大日如来の掛軸が具体的にいったい何をさしているのか不明である。ともあれ、その掛軸に画かれた大日如来の顔つきとは男でもなく女でもない顔つきであり、かつ手足は極端なまでに長く「円か」なものであったという。熊楠は「某本人」の寵愛する「妓女」をモデルにして画師が菩薩の顔を描いたという『酉陽雑俎』に書かれる記述を典拠に、掛軸に描かれた大日如来のモデルは「唐朝に高名なりし宦者を模して画きたるもの」と、そのモデルは宦官ではないかという独創的な解釈を展開する。

熊楠が高野山で出会った大日如来の掛軸のモデルが宦官ではないのかという論拠については、熊楠の残した書簡や論考からさらに掘り下げることが可能である。まずこの大日如来の掛軸については、書簡が書き記される約五年前にあたる昭和六年（一九三一）八月の岩田準一宛の書簡の中に言及している。そこには堯栄宛書簡に書いた内容以外の記述もみえる。

去る大正九年、小生ロンドンにむかしありし日の旧知土宜法龍師高野山の座主たり、しばしば招かれしゆえ、今年の勧業博覧会で一等賞金印を得たる当地の画師川島草堂……と同伴して金剛峯寺へ三十余年ぶりに尋ね候。そのときの座主、特に小生のために金堂に弘法大師将来の古軸若干をつり下げ示されたり。その内に大日如来の大幅一つありし。何ともいわれぬ荘厳また美麗なものなりし。その大日如来はまず二十四、五歳までの青年の相で、顔色桃紅、これは草堂咄に珊瑚末を用い彩りしものの由、千年以上のものながら大日如来が活きおるかと思うほどの艶采あり。さて例の髭鬚など少しもなく、手脚はことのほか長かりし。これは本邦の人に気が付かれぬが、宦者の人相を生写しにせしものに候。▼注[9]

手紙からは熊楠が大正九年に高野山の金堂で観た掛軸は、法龍によって用意されたものであることがわかる。文の中で「大日如来が活きおるか」と書いてあるように、その掛軸は熊楠にとっては得も言われぬほどの美しさを感じたらしく、その容姿は二十四、五歳の青年にみえたと述べている。そして植物調査に同行をしていた画家の川島草堂から顔料には珊瑚の粉末が使用されているのではないかと熊楠に教えられていたこともわかる。さらに堯栄宛書簡と同様にその大日如来のモデルとなったのは「宦者」ではないかと推測している。つまりここで対象となっている掛軸も堯栄宛書簡のものと同一のものであることがわかる。

さらにこの岩田宛書簡からさかのぼること約五年前、熊楠が植物調査の為に高野山へ登山をした同年にあたる一九二〇～一年に雑誌『現代』において連載をした論考「鳥を食うて王になった話」の「姦婦と宦官」においても大日如来の掛軸について言及している。

仏菩薩は男でも女でもないに女らしく画く者が多い。長安の宝応寺の韓幹画くところの釈梵天女ことごとく斉公の妓輩の写真というから（『酉陽雑俎』続五）、唐代から始まったらしい。さて昨夏高野の金堂で見た大師将来の大日如来の幅は実に見事で、その非男非女の美容はけだし唐世もっとも名を馳せた丰姿冠絶の黄門の写真に基づいたものと察する。▼注[10]

如来や菩薩たちは「男でも女でもない」つまり「非男非女」のような性別を超越した存在であるが、その多くは女性らしく描かれることが多い、と熊楠は述べる。この文章では『酉陽雑俎』の「続集巻五」の「道政房宝応寺」からの引用をもとに、高野山で観た大日如来の掛軸のモデルが「黄門」、つまり宦官であるという話を展開している。

熊楠は、大正九年に高野山金堂において美麗かつ艶やかな大日如来の掛け軸を観て、大きな感銘を受けた。またそのモデルになったのは宦官に違いないという着想をも得た。その感激の醒めやらぬ内に「鳥を食うて王になった話」を書き上げ、その大日如来について言及をした。それから約十年を経た後にも岩田準一宛書簡でも大日如来について書き記し、さらにその約五年後にあたる昭和十一年においても堯栄宛の書簡において大日如来の掛軸について問い合わせている。つまり約十五年もの期間を経ても尚、大日如来のモデルとなったのは宦官ではないかという思いは継続し、堯栄に対しては「掛軸は何院の蔵に候や」と質問しているのであるから、この掛軸に対する思い入れの深さに感嘆するよりほかない。その関心の高さは過去に法龍に対して、「幼年より真言宗（自分の）に固着し、常に大日を念じおり」▼注[11]と述べた内容を越えて、熊楠自身の抱える性的志向をも含んでいることは、熊楠研究者であれば容易に推察のつくところである。

4 水原堯栄からの返信

紀伊田辺にある南方熊楠顕彰館には堯栄から熊楠に宛てた書簡が八通所蔵されており、▼注[12]昭和十四年九月二十三日付の書簡には、次のような返答が書き記されている。

> 次に御尋ね越しの大日如来は云何様のもの也。大正九年七月御来嶺の折り金堂にかけあり候と有之候も金堂には大日如来画像掛け候との覚へ無し候が云何也。金剛峰寺所蔵にして寛元三年銘ある大日如来画像国宝として有之。これは頗る美相にして彩色など新しきまま如是見へ、鎌倉時代のものと思はれぬぐらい保存優良、作品優秀のものに有之。或はこれを申さるるには無之乎。大師唐土より将来と称する大日如来画像伝由不存候。▼注[13]

堯栄は高野山金堂において大日如来の掛軸が掛かっているとの記憶はなく、さらには弘法大師が請来したといわれる大日如来の掛軸も伝来していないのではないかとして、詳細についてはわからないと答える。その代わりにその掛軸とは、金剛峯寺に所蔵される「寛元三年」との銘がある鎌倉時代に製作された大日如来ではないかと推測している【図2】。この掛軸は、もともとは高野山御影堂に安置され、寛元三年（一二四五）七月二十日に開眼供養されたと書かれた押紙が紙背にあったと言い伝えられる掛軸である。この掛軸に画かれた大日如来の肌は白色に淡い紅をもって隈を施されており、川島草堂が熊楠に進言したように珊瑚の粉末を使ったといわれても合点のいく彩色である。堯栄の推測は熊楠が観た大日如来の掛軸そのものか、おそらく近いイメージであると思われる。▼注[14]

図2　金剛界大日如来
（鎌倉時代、重要文化財、高野山金剛峯寺蔵）

5　熊楠の菩提を弔う堯栄——幻となった熊楠と堯栄の会合

最後に熊楠本人や南方家から堯栄が僧侶としていかに高い信頼を得ていたかについて触れておきたいと思う。熊楠が自宅で息を引き取ったのは昭和十六年（一九四一）十二月二十九日のこと。熊楠死去の報道は全国へとまたたく間に広まったらしい。堯栄はその訃報を翌朝の新聞で読んで知り、すぐさま遺族へとお悔やみの手紙を認めた。南方熊楠顕彰館に所蔵される来簡資料には、次のような文章が書かれている。

拝啓　今朝の新紙にて拝見候処老先生御他界のよし驚入申候。痛惜至極にて御愁傷の御事と遙察申上候。合掌菩提資糧として誦経可仕、御生前『瑜伽論』の説を以て御申聞け有之候事、遂に先生と会合を現世に不得候事お互に遺憾と拝察申上居り候。当来必ず約を遂げ度候。不取敢御悔み申上度如是候　敬具

十二月三十日　高野山親王院　水原堯栄　合爪

南方老先生御遺族殿　御中▼注[15]

この書簡からわかることは、堯栄は高野山親王院において熊楠死去の報を知った後、その日に追福菩提として読経供養を行っていたことである。そして『瑜伽論』、つまり『瑜伽師地論』の内容について熊楠は堯栄に伝えていたらしい。
堯栄宛の書簡の中で『瑜伽師地論』について述べているのは、昭和十四年（一九三九）三月三日付書簡がある。

多年心配しくれし毛利氏も即世し、いろいろ面倒を見てくれし徳川頼倫侯、その他も将棊倒しに死に果てし今となって何と申すも即急に埒明かず。いかに法身如来観を運らすもさらに埒明かず。ところが、論語読まずの論語知らずよりは、論語読みの論語知らずが優れりで、五十年ほど前ちょっと覗きし『瑜伽論』の柔和忍辱の解意が大いに役立ち申し候。というは、人に悪しく仕向けられて、こちらよりその返報をするというは量からずという

悟りは、小生七十に余りてよく解しおるも、人が悪をなすを見て浅猿しい奴じゃ、俺は返報をする暇がないからゆるすが、いまに見ておれ、おのれの罪おのれを責めてむっしり油を取らるるぞという感想が折々起こり出す。それだけ小生はまだ悟り切りおらず、いわゆる「至人に夢なし」の域にはいまだ達しおらず候。慚愧の至りに候。▼注[16]

熊楠は書簡の中で『瑜伽師地論』の経文をひいて自身の心の状態を「まだ悟り切りおらず」や「慚愧の至りに候」と晩年を向かえた複雑な心情を堯栄に対して吐露している。▼注[17] 手紙の中で堯栄は「遂に先生と会合を現世に不得候事、お互に遺憾と拝察申上居り候」とも続けて書き記している。このような熊楠の慚愧の気持ちを含め、堯栄は熊楠と直接に会って様々な仏教談義に花を咲かせたかったようだ。だがそれを果たすことは叶わず、その慚愧の念をお悔やみの書簡というかたちで遺族に対して書き記すことより外なかった。

山の聖人と海の學者
新春紀南の會見

図３「山の聖人と海の学者」
『大阪毎日新聞』昭和10年（1935）12月26日付

実は、熊楠と堯栄の会合は口約束ではなく実現寸前までいっていた。それを裏付ける資料は、昭和一〇年（一九三五）一二月二十六日付の『大坂毎日新聞』（和歌山版）の「山の聖人と海の学者」と題される記事だ【図3】。そこには翌月に「近くかねて畏敬する田邊の南方熊楠翁に見参して高野山の古事につき翁の教えへを乞ひ心ゆくまで語り合うことになった」とある。記事にはこの会合が「来春一月になる」とあるが、熊楠の日記を確認しても堯栄が南方邸を来訪したとの痕跡はなく、何らかの理由でこの「山の聖人と海の学者」の会合は実現しなかった。堯栄が遺族に宛てた書簡の中で「当来必ず約を遂げ度候」と述べる背景には、二人の会合が目前まで迫ったにも関わらず、目的を果たすことができぬまま、熊楠が死去してしまったという堯栄の無念と決意が入り混じる思いがあったと推察できる。

この堯栄の思いが実現したかのように、熊楠がこの世を去った後に二人の会合は高野山で実現する。熊楠が亡くなった翌年の五月には長女の文枝が高野山へと登り、熊楠の遺骨を分骨した。▼注[18] 納骨先となったのは、高野山の親王院であり、法要の導師は住職である堯栄本人が執りおこなった。文枝は高野山での供養を終えた後、堯栄へ宛てた礼状において「父の為に御回向賜り誠に此上なき幸と御厚情の程謹しみて御礼申上候。父の霊も宿望叶ひ今はじめて此世を経て永劫の未来に赴きし事と感慨一入深く法の御山を下り候」▼注[19] と高野山へ納骨が叶った思いについて書き記す。このように熊楠と堯栄との交流は、二人の関係を越え、南方家の人々も含めたかたちでの交流であった。

6　〈新出資料〉親王院蔵　水原堯栄宛南方熊楠書簡

（1）昭和十三年（一九三八）六月二五日

〈葉書表〉

本県　高野山親王院住職

水原堯栄様

西牟婁郡田辺町中屋敷町三六　南方熊楠　再拝

昭和十三年六月二十五日午後六時半

拝復二十二日朝出御状二十三日朝七時四十分拝受、御尋問之件は小生も心懸け取調べたるも何時桝まりし等の事は一向定見を得ず。然し其の各国の例尤を多少集録し置たる物あるも只今眼病にて日々四回薬を点じ居り、且つ脚悪くして倉の二階に上り得ず其内軽快次第筺底を捜索の上御役に立ちそうなこと有そうな物を抄出し可差上候。多少時日がかかるべきに付此段一寸申上置候。

(2) 昭和十四年（一九三九）四月十六日

〈葉書表〉

伊都郡、高野山、親王院住職

水原堯栄様

西牟婁郡田辺町中屋敷町三六　南方熊楠　再拝

昭和十四年四月十六日　午後九時出

〈朱書〉四月二十日午前九時四十分着

拝復三月十四日午後九時出御葉書と同十五日正午出御状は三月十六日午前八時及び午後三時四十分難有く拝受。早速御受書可差上之処ろ、毎度村部より持込来る生物研査寸時も手を外されぬ事打続き間延ばしに今月に及び居候内四月十二日午後五時出御状は十四日午前八時又碑文拓本写真は昨十五日朝七時半悉く拝受本日委細の御返書差上んと存候内又々生物研究上取急ぎ写生を要する件出来、不得止乍略儀此葉書を以て右諸郵便物御受書だけ差上げ奉り候。何れ其内少暇を得候はば委細申上べく先は右一寸申上奉り候。

『ドルメン』当月分は今に当方えも着不致候。編輯人岡茂雄氏は軍属なるを以て只今昼間軍部にて執務夜間のみ自宅で編輯にかかる由に付き或は今月分は来月迄発行延引すべきかと存居候。前年上海軍の時も同様にて編輯事業を抛うち出征一年斗り休刊されたることに御座候。

（3）昭和十四年（一九三九）四月二十日

〈葉書表〉

伊都郡高野山　親王院住職

水原尭栄様

西牟婁郡田辺町中屋敷町三六　南方熊楠　再拝

昭和十四年四月二十日午後三時五十分

〈朱書〉十四年四月二十一日午後四時四十二分着

拝啓本日〇時四十五分、『ドルメン』四月分到着、全く編輯者が軍務執掌の為め手おくれたることと判り候。因て念の為め此ハガキと同時に発行者え、貴方へも一部差上る様頼み遣はし候間、一部御受取の上は小生え一寸其旨御通知奉願上候。小生多忙で詳読を得ざるが、一寸見た所ろ、此の四月号には宮武省三氏の「七度半の使」考が出で居り、昨年六月四日の大阪毎日より高野山にも此事有し由を引き居り、小生が同氏に通知した二三の材料をも載せ居り候間、右号御入手の上、御一読奉願上候。

敬具

（4）昭和十四年（一九三九）九月十八日

伊都郡高野山親王院住職

水原堯栄　様
　西牟婁郡田辺町中屋敷町三六
　　　　　　南方熊楠　再拝
　昭和十四年九月十八日早朝出
〈朱書〉九月十九日午後四時二十分着　九月二十三日午前十一時二十分返事書

昭和十四年九月十八日早朝三時頃認め夜明て後ち出す
　　　　　　　　　　　　　　南方熊楠　再拝
水原堯栄様

拝啓其後益御清適御事と遥察奉り候。降って小生事近年追々老衰、加るに目下菌類夥しく発生候季節と相成り、日夜写生記載に追はれ日夜坐して斗り居り候故両脚甚だ不自在眼も弱く相成り困却罷在候。扨過般御下問之七度半之使ひと申す事其後も不断眼を見張り注意罷在候内に近曽、大正十六年広谷国書刊行会発行の『新燕石十種』第二冊所収太田南畝の「ひともと草」下巻に載たる小島橘州の王子祭記に群集せる人々祭礼の初まるを俟つ様子を叙べ「辛うじて色めき渡るは今やと見るに氏子共のさはやかに出立たる十余人、彩どりたる竹の鑓持てどよめくが、拝殿の前に来り、南北に別ちて挑み戦ふ様するは神軍の余波なるべし、果は竹の鑓其侭打置ていぬるを、物見の人どよみ渡りて取るもいとらうがはし、と斗り有て物の具したる法師一人、われる竹携げて御先追ふに、水干に大口きたて、かんざしに作り花さしたる兒二人、あとに素袍烏帽子著たる数多供して、御寺の大徳は金襴の袈裟に襟たて衣華やかにさうぞきて、御寺より練出玉へるいと尊とし、社壇にやおら登り椽上に座し給ふる程、白張著て立傘持たる者御寺より走りきて社頭に向ひいみじくけいめいし又御寺に入る事あまたたび、是なん七度半の使とて、神軍の時のまねびなりとぞ方々」と見え候。是に拠を考れば、七度半の使とは、子細は知れねど、何でも昔し戦場にて合戦の初まる前に、両軍間に又は一軍の先陣と後陣との間だに七度半迄使者を往復する風習有しに始まりそれより婚礼、祭礼其の他種々の事にも此風習が行はれたることかと推測致候。右の一文のみを基として彼れ是れ申すは甚だ論拠薄弱なれども兎に角是れ丈でも見当りたるは他日何かの御役に立べくと存じ一寸申上げ置き候。

此序でに申上置候は去る大正九年七月登山の節金堂に掛けありし大師唐土より将来遊ばされたる由の大日如来画像は小生曽て見ざる美相なりし、其顔容全たく純然たる非男非女にて手脚は常に比して甚だ長く且つ円かりし、『酉陽雑俎』に某貴人が有名なる画師に命じて自分蓄へ愛する妓女を模して菩薩の面相を画かしめしことあるより推すに、此の大日如来も唐朝に高名なりし宦者を模して画きたるものかと察し候。件の大日如来の懸軸は何院の蔵に候や御知せ奉願上候。

宦者といへば一と通り婦女の監房人と解するが普通なれども其実房室の監督人の外に別に専ら色を以て君主に奉仕する宦者あり漢帝の籍孺□孺蜀後主の黄皓其他多かるべし、歴山大王が尤も寵愛せしは姫妾にも侍童にも非ずして何とか申す宦者で男女其色に及ぶもの無りしと申し伝え候。波斯国抔には戦争して虜獲せし童子を撰抜して之を宮せしめ帝王先づ其色を弄流して後ち有功の諸将に頒与せしこと数ばあり、十九世紀迄印度諸州にもジンク抔称へ宦者が女装して銘々夫を持ち歌舞を事とし、婚席の取り持ちに出で高給を取り、中には娼妓同然の業を営みしさえあり、唐詩に所謂妖童宝馬佚連銭などいへる内には日本の野郎、小姓などとかはり非男非女乃ち男性にも女性にも非る無性の人間が有りしことと存候。

小生老後の所作として『金剛経』と『大日経』を常住読誦し度思ひ立ち候が、これは御地又は京都辺の書肆にて容易に手に入るものに候や、大抵普通の売本にしていかほどにて手に入ることに候や、小生龍動に在し日京都新板の『維摩経』を送りもらひ居常読誦致せし一寸した注が入りありてほぼわけが分りし、それは三冊か四冊にて其頃二三円にて手に入り候ひし、神戸の知る所の古書肆に『大日経』『金剛経』の注疏入りが売りに出あるも二十円の三十円のと申すそんなものを買ても分るか分らぬか分らずなるべくあまり高価ならぬ物を手に入れ度候也。

眼が疲れある故、先は右丈け奉申上候。　敬具

（5）昭和十四年（一九三九）十一月十四日

〈葉書表〉

伊都郡高野山、親王院住職

水原堯栄様

西牟婁郡田辺町中屋敷町三六　南方熊楠　再拝

昭和十四年十一月十四日早朝

拝啓前日の七度半の使と申すこと『賢愚因縁経』巻十二波婆梨縁品第五十七に阿淚咤といふ貧人稗の粥を辟支仏に献りし功徳で一聚の閻浮檀金を獲其噂が王に達し王人を使はし之を視せしむるに王使の眼には其金塊が死人と見ゆる、余人に問ふに皆な金なりといふ、王七度使ひして見せしむるも言定まらずといふことあり。こんなことから七度の使とは念の入つた事にいひ、それより七度半の使をなほ一層念の入たことに申せしかとも察し候。又前日申上し『金剛経』と『大日経』は仏典講座とかいふ叢書（昭和十年刊行）の内に『般若心経』、『金剛経』、『大日経』、『理趣経』の講義（本文附き）各一冊あるを手に入れ候。これにて当分十分なれば此上御懸念なき様奉願上候。

早々敬具

〈朱書〉十一月十四日午前十時十分　到着礼葉書。

【注】

[1] 高野山における堯栄の行状については、堯栄の高野山管長時代に随行を務めた転法輪寺名誉住職の長原敬峰師より教示して頂いた。
[2] 中村直勝「親王院さん」(『高野山時報』一九六五年十一月一日号)二頁。
[3] 『南方熊楠全集』(『全集』と略)第九巻(平凡社、一九七一年)一五一頁。
[4] 熊楠と堯栄との出会いについては、神田英昭「水原堯栄」(『南方熊楠大事典』勉誠出版、二〇一二年)四七三〜六頁を参照した。
[5] 南方文枝『父 南方熊楠を語る—付神社合祀反対運動未公刊史料』(日本エディタースクール出版部)六九頁。
[6] 大正期に堯栄が奥の院維那を務めたのは、大正三年から十四年迄である。(山口耕栄『高野山僧伝聞書(近・現代篇)』報恩院、一九八一年、一二二頁及び山口耕栄『高野山年表—明治大正篇』高野山大学出版部、一九七七年、九一頁を参照)。
[7] 水原堯栄「南方熊楠先生を憶う」(飯倉照平他編『南方熊楠百話』八坂書房、一九九一年)一九二頁。
[8] 前掲『南方熊楠を語る』六九頁。
[9] 『全集』第九巻、一八頁。
[10] 「鳥を食うて王になった話」(『熊楠全集』別巻第一巻)六〇四頁。
[11] 『南方熊楠土宜法竜往復書簡』(八坂書房、一九九〇年)一一頁。
[12] 『南方熊楠邸資料目録』(田辺市南方熊楠邸保存顕彰会、二〇〇五年)二六〇〜一頁。
[13] 来簡［四三九一］水原堯栄・封書、前掲『資料目録』二六一頁。
[14] 『第十七回高野山大宝蔵展—高野山の如来像』(高野山霊宝館、一九九六年)一五八頁及び『弘法大師入唐一二〇〇年記念—空海と高野山』(高野山霊宝館、二〇〇三年)二七五〜六頁を参照。
[15] 来簡［四三九二］水原堯栄・封書、前掲『資料目録』二六一頁。
[16] 『全集』第九巻、四一一〜二頁。

［17］熊楠が参照した『瑜伽師地論』のどの箇所を参照したかについては詳らかでないが、以下の文章が考えられる。
若餘衆生為欲息滅疾疫災横。所用無験呪句明句。菩薩用之尚令有験。何況験者。成就増上柔和忍辱。能忍他悩不悩於他。見他相悩深生悲。悩忿嫉諂等諸隨煩悩。皆能摧伏令勢微薄。或暫現行速能除遣。（傍線筆者、『大正蔵』三十巻、四八二頁を参照）。

［18］南方文枝の親族である橋本邦子さんからの御教示によると、回向をする為に高野山へと登ったのは、南方文枝と弟常楠の妻、そして常楠家のお手伝いさんの三名であったとのことである。

［19］水原堯栄宛南方文枝書簡（親王院蔵）。

【追記】この度は『シリーズ　日本文学の展望を拓く』に執筆させて頂き光栄に思う。私にとって小峯和明先生との一番の思い出は、平成二十八年二月十四日に高野山金剛峯寺の大広間で執り行われた「常楽会」の法会を先生と二人で参列したことである。夜通しで行われる法要の始まりには大勢の参拝者が土室の間に詰めていたが、夜中も十二時を回るとその人数は数えるほどしかいなくなった。残った参列者の中にも夢の中でお経を聞いている者もある。その中で小峯先生は法会の模様を一時も見逃すまいと一睡もせず最前列でジッと見守っていた。その先生の後ろ姿を見ているだけで、こちらの身も引き締まる思いがした。僭越ながら、小峯先生こそ本物の学者だと確信せずにはいられなかった。法会が終わり、二人で外に出ると高野山の朝の空気は澄んで透明であった。高野山で先生と常楽会をまたご一緒できることを楽しみにしております。

あとがき

小峯和明

東アジアの「漢字漢文文化圏」を特徴づけるのが宗教であり、仏教・道教・儒教はその文化共有圏の思想と信仰面の枢要といえる。日本では儒教は宗教というより思想哲学、道徳慣習、規範として定着し、道教は仏教と混在融合したかたちで浸透し、確たる教団や制度としては導入されなかったが、深層に貫流する役割は無視できないものがある。また、沖縄では仏教は琉球王国時代に国策として導入されたものの、一般には本土ほど広まることはなかった。東アジアの地域においてその影響度や浸透度は様々で、いずれの地においても、アニミズムや祖先崇拝をはじめ、基層信仰との融合反発をくり返してきた。

とりわけ日本では仏教の浸透度が著しく、ことに前近代の文学・文化は仏教と無縁のものを見つけることができないほどである。「仏教文学」という用語が一般的ではあるが、この用語にまつわる研究状況がすでに退化した印象が強く、あらたな語彙が指向されている。阿部泰郎氏のいう「宗教テクスト」もその一つ（『中世日本の宗教テクスト体系』名古屋大学出版会、二〇一三年）、本書が「宗教文芸」を言挙げするのもその一つで、私の言う「仏教文芸」もそれに含まれる。新しい研究には常に新しい言葉が必要となるのだ。

そうした時代の転換を象徴するように、仏教文学研究の泰斗・今成元昭師の著作集全五巻が公刊された（法蔵館、二〇一五年）。すでに本書巻頭の拙論でふれたが、私の仏教研究開眼は一九七〇年代の院生時代、この師との出会いにつきる。お寺の正法寺が早稲田にあったこともあり、日参しては論文の草稿をみて頂き、逆に師の自説を耳にたこができるほどよく聞かされた。大学院での二年間の講義も、早実の授業を空けてもらって聴講した。新年会には正法寺に多くの学友が集まり、談論風発を楽しんだ。心理学で言う、「刷り込み」がなされた。そうした折々の対話がことごとく我が研究の血肉となっていることに思い至る。その象徴が「蓮胤方丈記の論」や日蓮折伏否定説であるが、通説を打ち破り、新しい学説を提示し続ける気概を師から受け継いだ気がする。

一口に仏教といっても内実は様々で、高度の哲学的、思弁的な仏教学から、平易で通俗的な説経に至るまで様々な位相がある。これはそもそも釈迦の教え自体が高度な教学だけではなく、分かりやすく方便として譬喩・因縁を利用して教えを説く二重性をそなえていることからも明らかである。曼荼羅から絵解きに至るまで図像も多用される。文学や美術が仏教と深い縁があるのもそのためである。文学には華美な比喩やレトリックをはじめ仮構のフィクションが避けがたく惹起されるが、それを「狂言綺語」として退ける一方で、逆にそれを利用して転法輪の縁として反転させ、仏教の教理や信仰に誘う論理があり、ここでも二重性が看取される。実語と妄語の相即と相剋においても同じことがいえるだろう。要するに仏教、ひいては宗教と文学は切っても切れない関係にある。

また、宗教には必ずや信仰がともなう。信仰の問題をぬいて宗教を語ることはできない。しかもこの信仰は個人の次元にとどまらず、共同体や社会、国家の紐帯としてあり、それらの維持存続にもかかわるから、権力との融和癒着、軋轢反発の力学から避けられない。一つの宗教といっても個別のおびただしい宗派、教派を抱えており、宗派間の対立、抗争も頻発し、戦争の多くが宗教とかかわるのも、権力との相剋や宗派間の争いによる場合が少なくない。宗教はまことに厄介なものでありつつ、信仰に生きる人々にとってはかけがえのない生きるよりどころであり、日々の営みとしてある。信仰を鼓舞し、昂揚させるために様々な言説が用意され、おのずと人の心の琴線にふれるものがもとめられるから、それがまさに宗教文芸を生み出す土壌となる。

一方、一九八〇年代の末、昭和天皇の死の前後にわかに立ち上がってきた天皇制の論議と連動して、神祇、神道の問題があった。戦前の皇国史観の反動として、戦後は神道が封印され、たとえば中世といえば、いわゆる鎌倉新仏教側が主導する研究情勢が定番だったが、次第にその封印が解けて、顕密体制論をはじめ、神道があらたに探究されるようになった。とりわけ中世では仏教との関連において神道のあり方も問われ、神仏習合や垂迹論のごとく双方は等価値に論じられるべき対象となった。宗教文学・文化研究の正当な領域を占めるようになったわけで、これが世紀の変わり目の研究の画期となったといえる。

ことに「中世日本紀」や「中世神話」の用語が脚光を浴び、文学研究に端を発して、歴史学や思想史の分野にも波及した。これは主に中世を端緒とする古今注や伊勢注、日本紀注などの学問注釈、古典学の研究の進展とも連動し、さらには物語学における神話論の展開としての中世神話論とも共鳴して、おおきな動向を生み出した。一時代前には思いも及ばぬ新しい分野にようやく光が当てられるようになったのである。古代研究の泰斗・西郷信綱がこれらの中世神道や日本紀世界の意義を全く認めなかったことは象徴的であろう。古代が近代の反転として表裏一体である構図が露呈し、西郷にとって『古事記』がまさにカノンであったことをも問わず語りに示している。

研究の進展の背景には、あいついで明らかになった寺院資料群があった。かつては門外不出だった寺院の聖教が俗人の研究者にも開放され、続々とあらたな資料が紹介され、それによって既成の文学史や文化史が書き換えられていった。本シリーズの第五巻に「資料学の現在」がテーマとなるような動向が典型例といえよう。

私自身、当初は遠巻きにながめているだけだったが、国文研主体の、真福寺、善通寺、高野山、叡山文庫、東大寺、仙台仙岳院等々、各地の寺院資料調査をふまえ、『野馬台詩』や〈聖徳太子未来記〉などの未来記・予言書に分け入ることによって、そうした動きに巻き込まれていったように思われる。一九八〇年代後半、東京文化財研究所の佐藤道子氏による法会セミナーの参加を皮切りに、永村真氏らとの寺院資料研究会のメンバーとの出会いも大きな契機となり、後年の『中世法会文芸論』につながった。とりわけ真鍋俊照、高橋秀栄、西岡芳文氏等々の手引きによる金沢文庫の存在が大きかった。一九九七年より伊藤聡・渡辺匡一氏との三人で文庫の委嘱を受けた東大寺尊勝院の弁暁草の調査と翻刻は得がたい糧となった。解読に難渋した作業も今ふりかえると懐かしく、疲れて気分転換に称名寺の池の周りを散策したり、裏山に登ったりしたことが思い出される。

また、もうひとつの動向として、東アジア路線の進展があげられる。本書にはシリーズ第一巻の『東アジアの文学圏』に重なる論考が少なくない。須弥山の天竺神話や仏伝文学と朝鮮の口頭伝承、阿育王塔のひろがりから、中国の法華経霊験記、高僧伝、はてはベトナムの海神の四位聖娘に至るまで広範な地域と対象に及んでいる。日本を中心にするにしても、おのずと東アジア比較研究の路線や方位が開かれ、研究に厚みと深みが招来される。シリーズの巻ごとの区分け、棲み分けにはあまり意味がないことを痛感させられる。徹底して坑道を掘り下げ、「日本」を深化させていく動きと、東アジアの広域から追究していく動きとがやがて交わり、重なり合う交点が指向されていくことだろう。

また、第三に備後の風土記をはじめ、鹿嶋と春日、伊勢、湯殿山、高野山といった地域と聖地が深くかかわっていることも印象深い。ことに聖地は宗教信仰の凝縮された独特の空間世界で、他に置き換えのきかない特別の雰囲気、空気をもたらす。聴覚表象にも重きをおく湯殿山をめぐるアンドレア論が印象深い。聖地はたんに物理的、現実的、実体的な場や空間としてあるのではなく、地勢などの自然環境や遺蹟や遺物等々とあいまって、過去から営々と積み重ねられてきた歴史幻想と一体化しているからである。その幻想を創造する媒体や契機がまさに宗教文芸にほかならず、折り重ねられてきた言説やイメージの層状化した幻想空間の場が聖地になる。聖地が文芸を生み出す土壌となるばかりでなく、文芸がまた聖地を生み出すのである。聖地は宗教文芸を検証する上で絶好の指標となるだろう。

同時に聖地論は〈環境文学〉論の対象にもなり、第四巻の拙稿にも響き合う。とりわけ伊勢の霊木「百枝松」の巨樹が参拝の指標となる伊藤論は示唆的である。

編者のいう「実践的営為が宗教文芸を生みだし宗教言説を醸成する」との指摘通り、宗教文芸はもはや文字テクストを読みこなすだけのレベルではとらえきれない。行や作法をはじめ種々の実践をともない、法会などのパフォーマンスや様々な言説、音声と身体を駆使した営みによって形作られるものである。本書は文芸言説論、文献表現論、実践動態論、聖地霊場論に区分けされるが、それらの基底にあるのは、実践動態であろう。たとえば、往生伝の編纂や書写自体が阿弥陀や往生者との結縁であり、行の意味を持っていたように、テクストの生成もまた行の実践の所産にほかならない。

本書を通覧して、仏教、神道を中心にめくるめく世界がひらけているが、東アジアに即していえば大西論を除いて、道教があまり全面に出ていないのもむべなるかな、との感が強い。妖言・訛言や占相をめぐるハイエク論の興味深い問題提起もあるが、陰陽道なども欲しいところだろう。キリシタン文学も今後の重要な領域であるが、これは本シリーズ第四巻の杉山論に問題提起がみられるくらいである。

道教といえば、増尾伸一郎が第一人者で、偽経の研究から民間の口頭伝承から語り芸へ、縦横無尽に学と知を飛翔させる特有の論を読みたかったが、これもかなわぬ夢となってしまった。すでに『リポート笠間』他、くり返し追悼文を書いているのでここでは略するが、ようやく生前から準備していた遺著『道教と中国撰述仏典』の大冊が公刊される（汲古書院、二〇一七年）。日本渡来の仏教の背後や深層に道教が深く根ざしていたことを、朝鮮半島やベトナムをも視野に入れて、「偽経」（「擬経」と表記すべき）の流伝と展開を軸に考究したもので、この著書がすべてを代弁するかのようである。残りのおびただしい諸論をまとめて三冊公刊する計画もあり、その実現を心待ちにするしかない。

本書は、宗教文芸のありようをとらえる上で、研究の最前線が提起されており、今後の研究のおおきな指針ともなるであろう。

全巻構成（付キーワード）

第一巻「東アジアの文学圏」（金英順編）

緒言――本シリーズの趣意――（鈴木　彰）
総論――交流と表像の文学世界――（金　英順）

第1部　東アジアの交流と文化圏

1　東アジア・〈漢字漢文文化圏〉論（小峯和明）
　＊東アジア、漢字漢文文化圏、古典学、類聚、瀟湘八景
2　『竹取物語』に読む古代アジアの文化圏（丁　莉）
　＊『竹取物語』、古代アジア、遣唐使、入竺僧、シルクロード
3　紫式部の想像力と源氏物語の時空（金　鍾徳）
　＊紫式部、記憶、時空間、高麗人、作意
【コラム】漢字・漢文・仏教文化圏の『万葉集』――「方便海」を例に――（何　衛紅）
　＊仏教文化圏、漢文文化圏、日本上代文学、万葉集、方便海
【コラム】軍記物語における「文事」（張　龍妹）
　＊軍記物語、文芸、和歌、漢詩文、文以載道
4　佐藤春夫の『車塵集』の翻訳方法――中日古典文学の基底にあるもの――（於　国瑛）
　＊佐藤春夫、車塵集、翻訳方法、古典文学、和漢的な表現
【コラム】「山陰」と「やまかげ」（趙　力偉）
　＊子猷尋戴、蒙求、唐物語、山陰、本説取り

第2部　東アジアの文芸の表現空間

1　「離騒」と卜筮――楚簡から楚辞をよむ――（井上　亘）
　＊占い（と文学）、通仮字、楚文化、簡帛学、校読
2　『日本書紀』所引書の文体研究――「百済三書」を中心に――（馬　駿）
　＊百済三書、文体的特徴、正格表現、仏格表現、変格表現
3　金剛山普徳窟縁起の伝承とその変容／【資料】保郁「普徳窟事蹟拾遺録」（一八五四年）（龍野沙代）
　＊朝鮮文学、仏教説話、金剛山、観音信仰、普徳窟
4　自好子『剪灯叢話』について（蒋　雲斗）
　＊剪灯叢話、自好子、十二巻本、十巻本、浅井了意
5　三層の曼荼羅図――朝鮮古典小説『九雲夢』の構造と六観大師――（染谷智幸）
　＊九雲夢、金萬重、曼荼羅、法華経、六道輪廻
6　日中近代の図書分類からみる「文学」、「小説」（河野貴美子）
　＊図書分類、目録、図書館、文学、小説
【コラム】韓流ドラマ「奇皇后」の原点（金　文京）
　＊東アジア比較文学、「釈迦如来十地修行記」、奇皇后

第3部　東アジアの信仰圏

1　東アジアにみる『百喩経』の受容と変容（金　英順）

＊仏教、譬喩、説話、唱導、仏伝

2 『弘賛法華伝』をめぐって（千本英史）

＊『今昔物語集』、『弘賛法華伝』、高麗、覚樹、俊源

3 朝鮮半島の仏教信仰における唐と天竺――新羅僧慈蔵の伝を中心に――（松本真輔）

＊天竺、新羅、慈蔵、通度寺、三国遺事

4 『禅苑集英』における禅学将来者の叙述法（佐野愛子）

＊東アジア、仏教、漢文説話、ベトナム

5 延命寺蔵仏伝涅槃図の生成と地域社会――渡来仏画の受容と再生に触れつつ――（鈴木　彰）

＊仏伝涅槃図、延命寺本、東龍寺本、中之坊寺本、渡来仏画の受容

【コラム】能「賀茂」と金春禅竹の秦氏意識（金　賢旭）

＊賀茂縁起、丹塗矢伝説、秦氏、金春禅竹、『秦氏本系帳』

第4部　東アジアの歴史叙述の深層

1 日本古代文学における「長安」像の変遷――〈実〉から〈虚〉へと――（高　兵兵）

＊長安、奈良、平安京、漢詩文、遣唐使

2 『古事集』試論――本文の特徴と成立背景を考える――（木村淳也）

＊古事集、琉球、地誌、鎌倉芳太郎、修史事業

3 『球陽』の叙述――「順治康熙王命書文」（『古事集』）から――（島村幸一）

＊古事集、球陽、順治康熙王命書文、中山世譜、鄭秉哲

4 古説話と歴史との交差――ベトナムで龍と戦い、中国に越境した李朝の「神鐘」――（ファム・レ・フイ）／【資料】思琅州崇慶寺鐘銘并序（ファム・レ・フイ／チャン・クアン・ドック）

＊ベトナム、古説話、崇慶寺、円明寺、鐘銘

5 日清戦争と居留清国人表象（樋口大祐）

＊日清戦争、大和魂、居留清国人、レイシズム、中勘助

【コラム】瀟湘八景のルーツと八景文化の意義（冉　毅）

＊瀟湘景、淡山巖、宋迪題字、環境と文学、風景の文化意義

6 *Constructing the China Behind Classical Chinese in Medieval Japan: The China Mirror*（Erin L. Brightwell）

＊Medieval Japan（中世日本）、cultural literacy（文化的な教養）、China images（中国のイメージ）、warriors（武士）、Mirrors（「鏡物」）

あとがき（小峯和明）

第二巻「絵画・イメージの回廊」（出口久徳編）

緒言――本シリーズの趣意――（鈴木　彰）

総論――絵画・イメージの〈読み〉から拓かれる世界――（出口久徳）

第1部　物語をつむぎだす絵画

1 絵巻・〈絵画物語〉論（小峯和明）

＊絵巻、絵画物語、画中詞、図巻、中国絵巻

2 光の救済――「光明真言功徳絵詞（絵巻）」の成立とその表現をめぐって――（キャロライン・ヒラサワ）

想像界・現実界

2 近江地方の羽衣伝説考（李 市埈）
＊羽衣伝説、天人女房、余呉の伝説、菅原道真、菊石姫伝説

【コラム】創造的破壊——中世と近世の架け橋としての『むさしあぶみ』——（デイヴィッド・アサートン）
＊仮名草子、浅井了意、むさしあぶみ、災害文学、時代区分

3 南奥羽地域における古浄瑠璃享受——文学史と語り物文芸研究の接点を求めて——（宮腰直人）
＊語り物文芸、地域社会、文学史、羽黒山、仙台

4 平将門朝敵観の伝播と成田山信仰——将門論の位相・明治篇——（鈴木 彰）
＊平将門、成田山信仰、明治期、日清戦争、霊験譚の簇生

5 近代日本と植民地能楽史の問題——問題の所在と課題を中心に——（徐 禎完）
＊植民地能楽史、近代能楽史、能・謡、文化権力、植民地朝鮮

第4部 文化学としての日本文学

1 反復と臨場——物語を体験すること——（會田 実）
＊反復、臨場、追体験、バーチャルリアリティ、死と再生

2 ホメロスから見た中世日本の『平家物語』——叙事詩の語用論的な機能へ——（クレール＝碧子・ブリッセ）
＊『平家物語』、ホメロス、語用論、エノンシアシオン、鎮魂

3 浦島太郎とルーマニアの不老不死説話（ニコラエ・ラルカ）
＊浦島太郎、不老不死、説話、比較、ルーマニア

4 仏教説話と笑話——『諸仏感応見好書』を中心として——（周 以量）
＊仏教説話、笑話、『諸仏感応見好書』、仏典、『今昔物語集』

5 南方熊楠論文の英日比較——「ホイッティントンの猫——東洋の類話」と「猫一疋の力に憑って大富となりし人の話」——（志村真幸）
＊南方熊楠、比較説話、猫、雑誌研究、イギリス

6 「ロンドン抜書」の中の日本——南方熊楠の文化交流史研究——（松居竜五）
＊南方熊楠、ロンドン抜書、南蛮時代、平戸商館、文化交流史

【コラム】南方熊楠の論集構想——毛利清雅・高島米峰・土宜法龍・石橋臥波——（田村義也）
＊南方熊楠、毛利清雅、高島円（米峰）、土宜法龍、石橋臥波

【コラム】理想の『日本文学史』とは？（ツベタナ・クリステワ）
＊文学史の概念化、ロスト・イン・トランスレーション、「脱哲学的中心的」な「知の形態」、パロディとしての擬古物語、メディアとしての和歌

あとがき（小峯和明）

第五巻「資料学の現在」（目黒将史編）

緒言——本シリーズの趣意——（鈴木 彰）

総論——〈資料〉から文学世界を拓く——（目黒将史）

第1部 資料学を〈拓く〉

1 〈説話本〉小考——『印度紀行釈尊墓況 説話筆記』から——（小峯

執筆者プロフィール（執筆順）

鈴木　彰（すずき・あきら）
立教大学教授。日本中世文学。『平家物語の展開と中世社会』（汲古書院、二〇〇六年）、『いくさと物語の中世』（編著、汲古書院、二〇一五年）、『島津重豪と薩摩の学問・文化　近世後期博物大名の視野と実践』アジア遊学一九〇（編著、勉誠出版、二〇一五年）。

原　克昭（はら・かつあき）
→奥付参照

小峯和明（こみね・かずあき）
→奥付参照

高　陽（Gao Yang）
清華大学准教授。日本説話文学・日中比較文学。「日本中世の孔子説話―『今昔物語集』を中心に」（『知性と創造―日中学者の思考』五号、二〇一四年一月）、「悪龍伝説の旅―『大唐西域記』と『弁暁草』」（『アジア遊学』一八二、勉誠出版、二〇一五年）、「『大唐西域記』と金沢文庫保管の説草・『西域記伝抄』」（『アジア遊学』一九七、勉誠出版、二〇一六年）。

趙　恩馤（Cho Eunae）
崇実大学校助教授。比較説話文学。「仏典と記紀神話―耶輸陀羅と「火中出生」を中心に―」（『日本文学』一一一号、立教大学日本学文会、二〇一四年）、「東アジアにおける『神仏習合』―『新羅殊異伝』『円光』を中心に―」（『日本言語文化』三〇号、日本言語文化学会、二〇一五年）、「植民地時代における「朝鮮説話集」と博物学―三輪環『伝説の朝鮮』を中心に―」（『日語日文学研究』九八―二、韓国日語日文学会、二〇一六年）。

陸　晩霞（Lu Wanxia）
上海外国語大学副教授。日本古典文学・和漢比較文学。『日本遁世文学的研究―中世知識人的思想与文章表現』（人民文学出版社、二〇一三年）、「中国文学と『方丈記』―表現・思想・文体の視点から―」（『中世の随筆―成立・展開と文体―』竹林舎、二〇一四年）、「樹上法師像の系譜―鳥窠禅師伝から『徒然草』へ」（『アジア遊学』一九七、勉誠出版、二〇一六年）。

石井公成（いしい・こうせい）
駒澤大学仏教学部教授。アジア諸国の仏教と文化。『華厳思想の研究』（春秋社、一九九六年）、『聖徳太子―実像と伝説の間―』（春秋社、二〇一六年）、『〈ものまね〉の歴史―仏教・笑い・芸能―』（吉川弘文館、二〇一七年）。

水口幹記（みずぐち・もとき）
藤女子大学准教授。東アジア文化史。『日本古代漢籍受容の史的研究』（汲古書院、二〇〇五年）、『渡航僧成尋、雨を祈る―『僧伝』が語る異文化の交錯―』（勉誠出版、二〇一三年）、『古代日本と中国文化―受容と選択―』（塙書房、二〇一四年）。

有賀夏紀（ありが・なつき）
学習院大学非常勤講師。中世宗教文芸。「『神道集』巻三「稲荷大明神事」における表現をめぐって」（『人文』一三号、二〇一五年三月）、「『神道集』と法会言説―本地説における表現形式の検討から」(『説話文学研究』四六号、二〇一一年七月)、「『神道集』の世界―白山権現の王子たちをめぐって」(『中世神話と神祇・神道世界』竹林舎、二〇一一年)。

李　銘敬(Li Mingjing)

中国人民大学教授。日本中古中世説話文学・中日仏教文学。『日本仏教説話集の源流』(勉誠出版、二〇〇七年)、「日本古典文芸にみる玄奘三蔵の渡天説話」(『アジア遊学』一八二、勉誠出版、二〇一五年)、「『三国伝記』における『三宝感応要略録』の出典研究をめぐって」(『アジア遊学』一九七、勉誠出版、二〇一六年)。

文　明載(Moon Myungjae)

韓国外国語大学校教授。日本と韓国の説話文学。『日本説話文学研究』(宝庫社、二〇〇三年)「日本説話文学研究方法論考察」(『日語日文学研究』六三巻二号、韓国日語日文学会、二〇〇七年一一月)、「日本語の慣用表現と日本文化教育の接木」(『日語日文学研究』九六巻一号、二〇一六年二月)。

大西和彦(おおにし・かずひこ)

ベトナム社会科学アカデミー宗教研究院客員研究員。ベトナム宗教・民間信仰史。『歴史と文化から見たベトナム人～人材育成の心構えと活用～』(日本海外投資促進事業団 :JETRO、二〇一一年三月)、「一八世紀ベトナム儒教入門者の道教儀礼」(『東洋文化研究』一四号、学習院大学東洋文化研究所、二〇一二年三月)、「16世紀ベトナムにおける道教の展開―『伝奇漫録』の「徐式仙婚録」を通じて―」(『洞天福地研究』六号、好分出版、二〇一六年三月)。

司　志武(Si Zhiwu)

暨南大学準教授。中日比較文学。現在は、主に中国讖緯思想が平安時代の説話文学に与える影響について研究。「日本中古説話集与讖緯―以『日本霊異記』為例」(『暨南史学』、二〇一六年一〇月)、「日本近世怪異小説与『剪灯新話』―以「金鳳釵記」的日本翻案為例」(『明清小説研究』二〇一三年五月)。

マティアス・ハイエク(Mathias Hayek)

パリ第7・ディドロ大学准教授。知識社会学、信仰社会学。Annick Horiuchiと共編著、*Listen, Copy, Read. Popular Learning in Early Modern Japan*, Brill, 2014.、「算置考―中世から近世初期までの占い師の実態を探って―」(『京都民俗』二七号、二〇一〇年)、「江戸時代の占い本―馬場信武を中心に」(『日本文化の人類学/異文化の民俗学』法蔵館、二〇〇八年)。

胡　照汀(Hu Zhaoting)

許昌学院外国語学院講師。五山文学・僧伝文学等。「『元亨釈書』「資治表」に見える春秋学の受容」(『和漢比較文学』五七号、二〇一六年八月)。

伊藤　聡(いとう・さとし)

茨城大学教授。日本思想史。『中世天照大神信仰の研究』(法藏館、二〇一一年)、『神道とは何か―神と仏の日本史』(中央公論新社、二〇一二年)、『神道の形成と中世神話』(吉川弘文館、二〇一六年)。

平沢卓也(ひらさわ・たくや)

学習院大学非常勤講師。神道思想史。「山王の受戒―中古天台における神祇観の一斑―」(『東洋の思想と宗教』二二号、

二〇〇五年三月）、「〈和光同塵灌頂〉考」（伊藤聡編『中世神話と神祇・神道世界』竹林舎、二〇一一年）、「変容する神仏関係─寛文・延宝期の伊勢神宮─」（『説話文学研究』四九号、二〇一四年一〇月）。

門屋　温（かどや・あつし）

早稲田大学非常勤講師。日本思想史。「解体する神話・再生する神々─中世における『旧事本紀』の位置」（『中世神話と神祇・神道世界』竹林舎、二〇一一年）、「ロールオーバー・ノリナガ」（『越境する「古事記伝」』森話社、二〇一二年）、校注解説・現代語訳『麗気記』（共著、法蔵館、二〇〇一年）。

平田英夫（ひらた・ひでお）

藤女子大学教授。中世文学。『御裳濯河歌合 宮河歌合　新注』新注和歌文学叢書11（青簡舎、二〇一二年）、『和歌的想像力と表現の射程　西行の作歌活動』（新典社、二〇一三年）、「軍記物語を通して読む中世の神祇歌」（『国語と国文学』九二巻五号、二〇一五年五月）。

アンドレア・カスティリョーニ（Andrea Castiglioni）

University of California, Santa Barbara. Department of Religious Studies, East Asian Languages and Cultural Studies. Postdoctoral fellow and lecturer（近世の修験道と、中世後期から近世にかけての行者集団の研究。現在は近世の湯殿山信仰を中心に研究）。博士論文 *"Ascesis and Devotion: The Mount Yudono Cult in Early Modern Japan"*（コロンビア大学、二〇一五年）、「江戸時代の湯殿山信仰と一世行人の即身仏」（『東洋学研究』五四号、近刊）、*"Devotion in Flesh and Bone: The Mummified Corpses of Mount Yudono Ascetics in the Edo Period,"* Asian Ethnology（近刊）。

奥山直司（おくやま・なおじ）

高野山大学教授。インド・チベット密教史、仏教文化史。『評伝　河口慧海』（中央公論新社、二〇〇三年）、『河口慧海日記─ヒマラヤ・チベットの旅』（編著、講談社、二〇〇七年）、『高山寺蔵　南方熊楠書翰─土宜法龍宛 1893 - 1922』（共編、藤原書店、二〇一〇年）。

神田英昭（かんだ・ひであき）

高野山真言宗僧侶。密教学・タイ仏教。『高山寺蔵　南方熊楠書翰─土宜法龍宛 1893-1922』（共編、藤原書店、二〇一〇年）、「タイへ渡った真言僧たち─高野山真言宗タイ国開教留学僧へのインタビュー」（『アジア遊学』一九六、勉誠出版、二〇一六年）。

【ま】

【み】

【む】

【め】

【も】

【や】

【ゆ】

【よ】

【に】

【ね】

【の】

【は】

【ひ】

【ふ】

【へ】

【ほ】

【た】

【ち】

【つ】

【て】

【と】

【な】

【す】

【せ】

【そ】

【さ】

【し】

【き】

【く】

【け】

【こ】

作品・資料名索引

【あ】

【い】

【う】

【え】

【お】

【か】

【よ】

【ら】

【り】

【れ】

【ろ】

【わ】

【の】

【は】

【ひ】

【ふ】

【す】

【せ】

【そ】

【た】

【け】

【こ】

【さ】

【し】

【お】

【か】

【き】

【く】

索引凡例

・本索引は、本書に登場する固有名詞の索引である。人名、作品・資料名の二類に分かち、各類において見出し語を五十音順に配列し、頁を示した。
・人名は基本として姓名で立項した。例えば、「道長」の場合、「藤原道長」で立項した。
・人名には、固有名詞的機能をもつ、仏、菩薩などの名称も含めた。
・通称・別称・注記等については（　）内に示した。
・異本がある場合は、下位項目で立項した。例えば、『平家物語』が親項目の場合、「延慶本」「覚一本」「流布本」などをその下位項目とした。
・近代の研究者、研究書・資料集・史料集などは、論文の中で考察の対象になっているもののみ採用した。
・本巻の索引は、大久保あづみが担当した。

人名索引

【あ】

【い】

【う】

【え】

シリーズ　日本文学の展望を拓く

第三巻

宗教文芸の言説と環境

［監修者］

小峯和明（こみね・かずあき）

1947年生まれ。立教大学名誉教授、中国人民大学高端外国専家、早稲田大学客員上級研究員、放送大学客員教授。早稲田大学大学院修了。日本中世文学、東アジア比較説話専攻。物語、説話、絵巻、琉球文学、法会文学など。著作に『説話の森』（岩波現代文庫）、『説話の声』（新曜社）、『説話の言説』（森話社）、『今昔物語集の世界』（岩波ジュニア新書）、『野馬台詩の謎』（岩波書店）、『中世日本の予言書』（岩波新書）、『今昔物語集の形成と構造』『院政期文学論』『中世法会文芸論』（笠間書院）、『東洋文庫 809　新羅殊異伝』（共編訳）、『東洋文庫 875　海東高僧伝』（共編訳）など、編著に、『東アジアの仏伝文学』（勉誠出版）、『東アジアの女性と仏教と文学　アジア遊学 207』（勉誠出版）、『日本文学史』（吉川弘文館）、『日本文学史―古代・中世編』（ミネルヴァ書房）、『東アジアの今昔物語集―翻訳・変成・予言』（勉誠出版）ほか多数。

［編者］

原　克昭（はら・かつあき）

立教大学助教。日本中世思想史。『中世日本紀論考―註釈の思想史』（法蔵館、2012年）、「「日本紀の家」盛衰記・再索―吉田兼見・梵舜の家学と文芸」（『中世文学』61号、2016年）、『続神道大系・習合神道』（共編、神道大系編纂会、2006年）。

［執筆者］

鈴木　彰／原　克昭／小峯和明／高　陽／趙　恩馤／陸　晩霞／石井公成
水口幹記／有賀夏紀／李　銘敬／文　明載／大西和夫／司　志武
マティアス・ハイエク／胡　照汀／伊藤　聡／平沢卓也／門屋　温
平田英夫／アンドレア・カスティリョーニ／奥山直司／神田英昭

2017（平成 29）年 11 月 10 日　初版第一刷発行

発行者
池田圭子
装　丁
笠間書院装丁室
発行所

笠間書院

〒 101-0064　東京都千代田区猿楽町 2-2-3　電話　03-3295-1331　Fax 03-3294-0996　振替　00110-1-56002

ISBN978-4-305-70883-0 C0095

モリモト印刷　印刷・製本

http://kasamashoin.jp/

［監修］小峯和明

本体価格：各 九、〇〇〇円（税別）

シリーズ　日本文学の展望を拓く

第一巻　東アジアの文学圏　金　英順編
第二巻　絵画・イメージの回廊　出口久徳編
第三巻　宗教文芸の言説と環境　原　克昭編
第四巻　文学史の時空　宮腰直人編
第五巻　資料学の現在　目黒将史編